中国语言文学类专业新文科系列教材

编写委员会

浙江省普通本科高校「十四五」重点立项建设教材

中国语言文学类专业新文科系列教材

总主编 肖瑞峰

中国当代文学思潮十五讲

第二版

ZHONGGUO
DANGDAI
WENXUE
SICHAO
SHIWU
JIANG

主编 洪治纲

·杭州·

图书在版编目（CIP）数据

中国当代文学思潮十五讲 / 洪治纲主编. -- 2版.
杭州 : 浙江大学出版社, 2025. 3 (2025.11重印).
(中国语言文学类专业新文科系列教材 / 肖瑞峰总主编).
ISBN 978-7-308-25874-6

Ⅰ. I209.7

中国国家版本馆CIP数据核字第2025J3M049号

中国当代文学思潮十五讲（第二版）
主　编　洪治纲

丛书策划　柯华杰
稿件统筹　李　晨
责任编辑　陈丽勋
责任校对　潘英妃
封面设计　周　灵
出版发行　浙江大学出版社
（杭州市天目山路148号　邮政编码310007）
（网址：http://www.zjupress.com）
排　　版　杭州林智广告有限公司
印　　刷　杭州捷派印务有限公司
开　　本　787mm×1092mm　1/16
印　　张　12.75
字　　数　290千
版 印 次　2025年3月第2版　2025年11月第2次印刷
书　　号　ISBN 978-7-308-25874-6
定　　价　45.00元

浙江大学出版社市场运营中心联系方式：0571-88925591；http://zjdxcbs.tmall.com

前言

PREFACE

在本科生汉语言文学专业的人才培养方案中，文学史作为核心课程，主要是梳理作家与作品。它通常将文学的发展过程划分为几个阶段，然后以诗歌、小说、散文、戏剧等体裁分而述之，呈现出文学发展的主要轨迹。而对于文学发展的内在精神脉络，尤其是文学在发生学意义上的某些群体性、动态性、历史性和观念性之审美特点，无法清晰展示。这或多或少影响了学生对文学发展内在逻辑的理解。

正是基于这一问题，我们在培养方案中增设了“中国当代文学思潮”选修课程，以期从文学思潮角度，深度梳理中国当代文学发展的内在精神主脉，使学生能够更深入地理解中国当代文学发展的某些内在逻辑，并于 2017 年出版了《中国当代文学思潮十五讲》第一版。该教材自出版以来，一直被一些高校作为高年级本科生的选修课教材，或中国现当代文学方向学术硕士的专业课教材，有些高校还将它作为本科生报考相关专业学术硕士研究生的重要参考书。

但是，经过几年的教学实践，我们发现这本教材尚有诸多有待完善之处。为了适应教育部的“新文科”培养要求，更好地促进学生深入理解中国当代文学发展的内在特点、提升对当代文学史的系统认知能力、探讨当代文学发展与社会政治经济文化之间的互动关系，推动本学科在人才培养上的跨学科交叉与融合，我们经过反复商议，决定对本教材进行全面修订。此次修订的主要目标有以下三个方面。

一是明确落实科际融合的教育理念。中国当代文学思潮的发生和发展，并不是文学领域闭环作用的结果，而是由诸多社会历史文化思潮或现象共同驱动的结果，蕴含了极为丰富的多学科知识和前沿理论。本教材着眼于每种文学思潮的文化背景，着重阐述每种思潮产生的复杂背景、发展过程、与其他学科紧密互动的内在方式及特质，以及在文学史意义上的价值与局限，提升学生对中国当代文学发展的系统认知和思考能力。

二是坚持以学生内在需要为导向。本教材致力于从以学科为导向转向以需求为导向，聚焦于本科生和硕士生的内在专业发展之需求，突出当代文学思潮形成的跨学科特质及复杂性，从每种文学思潮的发展特点、代表性作家作品等方面，围绕受众的文化心理和接受能力，科学规划课程体系、教学目标和不同能力的提升方式。

三是突破传统文科闭环教育思维模式。本教材以继承与创新、协同与共享为主要路径，多角度、多层面呈现中国当代文学思潮中所蕴含的不同学科理论知识及文化信息，探讨文学专业人才培养的理论创新、机制创新和模式创新，促进多学科交叉与深度融合，推动传统文学教育的更新升级。

本教材具体分工如下：杭州师范大学教授洪治纲负责撰写第一讲、第二讲、第四讲、第五讲、第十四讲、第十五讲；北京外国语大学教授曹霞负责撰写第三讲、第十讲、第十二讲；绍兴文理学院副教授鲁雪莉负责撰写第十一讲、第十三讲；华侨大学副教授欧阳光明负责撰写第六讲、第七讲；杭州师范大学副教授刘杨负责撰写第八讲、第九讲；全书由主编洪治纲教授最后统稿。

为了更好地提升学生自主学习的能力，我们为课后思考题提供了参考答案的要点，为有关文学思潮中的延伸资料提供了搜索路径。它们均以二维码形式置于教材的相关位置，方便学生使用。

由于受到“文学思潮”这一特定范畴的影响，本教材的编写需要参考大量的文献资料，并尽可能地呈现各种思潮发展的主要过程和特点，这常常让我们感到视野不够，学养不足，有心而力不逮。本教材难免会存在这样或那样的问题，我们期待方家的指正。

洪治纲

2025 年 1 月于杭州师范大学

目 录

CONTENTS

CONTENTS

CONTENTS

CONTENTS

第一讲

什么是文学思潮

一、文学思潮的概念

在文学研究领域，“文学思潮”是一个出现较晚而使用频率极高的概念，其定义众说纷纭，内涵与外延也较为宽泛，很难形成一种严谨而科学的精确界定。但是，它又是一个拥有广泛共识的重要概念，无论是在文学史研究中，还是在文学理论的探讨中，人们都可以通过这个概念所赋予的研究思路，有效辨析文学发展中的诸多内在问题。

根据韦勒克在《文学思潮和文学运动的概念》一书中的梳理，较早运用“文学思潮”进行文学史或文学理论研究的，是丹麦学者勃兰兑斯的《十九世纪文学主流》、法国学者梵·第根的《欧洲文学中的浪漫主义》、意大利学者马里奥·普拉兹的《浪漫的痛苦》以及匈牙利学者卢卡契的《现实主义问题》等。20 世纪初，深受西方思想影响的日本文学研究界也逐渐承袭这一概念，对有关文学理论或文学史问题进行了探讨，如厨川白村的《文艺思潮论》、本间久雄的《欧洲近代文艺思潮概论》、青木正儿的《中国古代文艺思潮论》等。这些日本学者的著作被迅速译为中文后，为中国文学研究提供了一种全新的思路，“中国学者开始自编中国文学思潮史和介绍西方文学思潮，开展文学思潮研究。仅在二十世纪二三十年代，就出现了黄忏华的《近代文艺思潮》(1924)、茅盾的《西洋文学通论》(1930)、孙席珍的《近代文艺思潮》(1932)、谭丕谟的《文艺思潮之演进》(1932)、蔡振华的《中国文艺思潮》(1935)、徐懋庸的《文艺思潮小史》(1936)、李何林的《近二十年中国文艺思潮论》(1940)、朱维之的《中国文艺思潮史略》(1939) 等专著”[①]。就 19 世纪以来的文学研究而言，“文学思潮”一直是文学研究中一个重要的目标，它既为人们提供了一种文学研究的重要思路和架构体系，也为人们提供了某种方法论意义的认知策略。

文学思潮之所以难以形成精确的概念界定，主要是因为人们对它的理解有着各不相同的出发点。有的侧重于文学创作实践，有的立足于理论批评实践，有的关注外部的社会文化思想之影响，有的聚焦于内部的创作纲领或审美观念。刘增杰在《云起云飞：20 世纪中国文学思潮研究透视》一书中就曾分析到，至少有五种不同的出发点，导致了人们对这一概念的不同解释：一是侧重于从文学创作角度来理解文学思潮；二是从文学思潮同社会思潮的关系角度来评价文学思潮；三是将文艺思潮理解为一种单纯的思想潮流；四是从创作方法的角度来理解文学思潮；五是强调文学思潮的思想潮流（理论潮

① 卢铁澎．文学思潮论 [M]. 修订本．北京：人民出版社，2015：3-4.

流）和创作潮流的特质。[1]毫无疑问，无论从哪种出发点来理解或阐释文学思潮，都有一定的合理性，当然也存在着某些明显的片面性和局限性。

这些片面性和局限性，很多时候是由历史自身的局限性造成的。我们注意到，在某些特定的历史时期，受意识形态观念的内在制约，只有一些特定的阐释才拥有重要的合法性地位。譬如，在20世纪80年代以前的中国当代文学研究中，人们基本上都是从文学思潮与社会思潮的关系角度来界定这一概念的："文艺思潮是由一个时代的社会生活和社会改革运动所引起的，在文学上的一种思想艺术倾向。它比创作方法狭窄得多，仅仅是一个时代里出现的，但它又比文学流派广泛得多；流派是风格相近的一些作家的集团，思潮则是风行于一个时代的潮流和主张。文艺思潮是在一定的创作方法指导下形成的"[2]；"文艺思潮是指以倡导某种文艺思想而形成为一股潮流的社会思潮。它是社会思潮中的重要组成部分"[3]；"从文学社会学的观点看，文学思潮是某个历史阶段社会思潮的组成部分和特殊形态。文学思潮不仅是诸多社会思潮中的一种，而且是社会思潮的'反映'或'表现'。就是说，文学思潮不单是关于文学自身的，同时它也总是社会的观念体系、思想原则的产物，它总是'反映'和表达着某个社会集团的精神冲动"[4]。《中国大百科全书》也不例外。它在《中国文学》中对于文学思潮的定义是："一定历史时期和一定地域内形成的，与社会的经济变革和人们的精神需求相适应的，具有广泛影响的文学思想和文学创作的潮流。"[5]在这些界定中，人们始终强调文学思潮是社会思想（即意识形态化的观念）的产物，甚至就是社会思潮的一个组成部分。如今，我们或许可以指出这些概念界定的局限性，但同时我们也必须看到，它仍然抓住了文学思潮与社会文化思潮内在的共振关系，包括它的历史性和动态性特征。

由于出发点的不同，人们对于文学思潮的理解和界定各有侧重。这一现象，已有不少学者注意到。譬如，席扬就指出："迄今为止有关文学思潮的概念界说大致可以归纳为'创作本位论''多元存在论'和'抽象外在论'三种。三类概念界说在范畴和逻辑架构上的不同，其实质是与研究主体'认知'模式的差异密切相关。"[6]尽管他在深入探讨导致这种"认知"差异的根源时，反复强调了文学思潮在属性上的模糊，但从本质上说，它仍然与研究主体在使用这一概念时的"适用性"密切相关。从"为我所用"的实用主义出发，对文学思潮进行符合自身研究需要的界定，这也是研究主体出现"认知"差异的缘由之一。况且，这种情况在文学研究中也是相当普遍的。另一位长期从事文学思潮理论研究的卢铁澎教授也强调，人们对文学思潮的理解至少有三种意义选择：具体的文学思潮（个别），类型学的文学思潮（特殊），形而上的文学思潮（一般）。"除了

① 刘增杰．云起云飞：20世纪中国文学思潮研究透视[M].上海：上海文艺出版社，1997：327-331.

② 李树谦，李景隆：文学概论[M].长春：吉林人民出版社，1957：399.

③ 陈辽．社会思潮、文艺思潮和文学流派[M]// 马春良，张大明，李葆琰．中国现代文学思潮流派讨论集．北京：人民文学出版社，1984：41.

④ 王又平．文学思潮史：对象与方法[J].新东方，2002（4）：38.

⑤ 中国大百科全书总编辑委员会《中国文学》编辑委员会．中国大百科全书：中国文学[M].北京：中国大百科全书出版社，1986：955.

⑥ 席扬．文学思潮：理论、方法、视野——兼论20世纪中国文学思潮若干问题[M].上海：上海三联书店，2009：1.

这三种意义在日常运用中常被混淆之外，还有将文学思潮与一般文学思想、文学观点、文学理论、文学风格、文学流派、文学运动、创作方法、创作现象、文艺论争以及哲学思潮、政治思潮等社会思潮混同的现象，造成了相当复杂的意义混乱。"①这种现象的出现，既涉及文学思潮的内涵，也涉及它的外延，质言之，也是受制于概念使用者的实用主义逻辑。

一方面，文学思潮可以为人们考察和研究文学史提供新的途径和观念，因为"文学思潮是一个时代文学思想中十分活跃因而引人注目的部分，集中代表着一个时代文学的某些突出方面。在文学的实际发展中，思潮也许可算是个纲。将文学思潮真正研究清楚，会使文学史上很多问题迎刃而解"②。另一方面，文学思潮的内涵和外延又显得变动不居，导致人们在使用这一概念时常常是各取所需，甚至将文学思潮史写成社会文化思潮史，或文学运动发展史，或创作风格、流派和方法的演变史。这里无疑隐含了文学思潮在文学自律上的属性问题，也导致了有关文学思潮的本体研究与运用文学思潮从事文学研究之间出现了较大的差异。我们认为，这种差异是正常的，也是文学研究中经常出现的情形，就像文学史的划分一样，总是存在着一定的相对性。

尽管文学思潮是一个相对复杂的概念，但是如果牢牢抓住它的一些核心要素，进行较为宽泛的界定，并不是特别困难。文学思潮首先是一种"思潮"。既然是"思潮"，就具有群体性、动态性特质，并与特定历史时期的社会文化思潮密切关联；同时，"思潮"并不仅仅是思想潮流，在文学中还应该包括审美观念、价值理念、文化趣味等潮流。其次，它是"文学"的思潮，是由文学创作、文学批评或文学理论内部的演变引发的一种思想观念或趣味的潮流，这就意味着它产生于文学实践之中，并为文学的发展赋予了某种新的群体性倾向。倘若从这两个核心因素来考察，我们认为，如果从抽象化的角度出发，"文学思潮是特定历史时期文学活动系统中受某种文学规范体系所支配的群体性思想趋向"③，这一界定就有较强的概括力。如果从具体的内涵和外延上来看，这一定义则比较全面："所谓文学思潮，是指在一定的社会文化思想的影响下，为适应社会变革和艺术创新的需要而形成和发展起来，并产生了广泛社会影响的文学思想潮流。文学思潮不是偶然出现的文学现象，它的发生也并非仅仅出于单纯的文学要求。因社会的发展而引起的政治、经济与文化上的变化，以及由此产生的思想需求，往往成为导致文学思潮发生的社会原因，直接或间接地促成了文学思潮的形成和发展。"④当然，这两个定义中的"群体性思想"和"文学思想潮流"，其"思想"都应当包括审美观念、价值理念及其文化趣味。

① 卢铁澎．文学思潮论 [M]. 修订本．北京：人民出版社，2015：36.
② 严家炎．文学思潮研究的二三感想 [J]. 河南大学学报（社会科学版），1992（5）：1.
③ 卢铁澎．文学思潮论 [M]. 修订本．北京：人民出版社，2015：78.
④ 王先霈，孙文宪．文学理论导引 [M]. 2 版．北京：高等教育出版社，2014：109.

二、文学思潮的特点

在梳理文学思潮的概念时，我们已从内涵上涉及了它的某些特点，譬如它的群体性、动态性和历史性。应该说，这些特点都是非常明显的，缺之便不能构成文学思潮。在归纳文学思潮的特点时，有些学者进行了较为全面的深入分析，并取得了很好的成果。如席扬就将文学思潮的特性归纳为七种："①群体性（或连锁效应性）；②扩张性（整合性、多向性、呼应性或外衍性等）；③互动性（双向性）；④现象性（具体性、可感性等）；⑤系统性（递进性、波及性、联动性等）；⑥集权性；⑦多维性（多义性、多元性等）。"[①]尽管这些特性的归纳过细，其中一些特性可以相互整合（如群体性、现象性、集权性），但从文学思潮本身来进行细化研究，无疑是可取的。卢铁澎则从宏观性上将文学思潮的特性归纳为四个方面："群体性、动态性、复杂性和历史性，它们之间互相关联，互为因果，多向互动，有不可割裂的整体联系。"[②]有关这四个特性及其内在的逻辑关系，他都进行了非常明确的阐释，颇有启迪性。

鉴于本书是以中国当代文学思潮为考察目标的，无法对文学思潮的特点进行深入辨析，因此，我们采用卢铁澎教授的归纳方法，并增加"观念性"作为其内涵特质，将文学思潮的特点归纳为五个方面：群体性、动态性、历史性、观念性、复杂性。之所以要增加"观念性"这一特点，是因为文学思潮中的"思"，并不是一种单纯的思想，而是一种广义的思想观念，包含了价值立场和审美趣味等。韦勒克也认为，文学思潮可以理解为"一种'包含某种规则的观念'（regulative idea），一套规范、程式和价值体系，和它之前和之后的规范、程式和价值体系相比，有自己形成、发展和消亡的过程"[③]。这里，"一套规范、程式和价值体系"，其实就是文学思潮中的"思"之内涵。

（一）群体性

文学思潮能够形成"潮流"，当然离不开它的群体性特质。这种群体性，是指由文学思潮内在的核心观念或思想系统统摄而成的一种聚合体。一方面，它包含了创作、理论、批评和接受等各层面的聚合，体现了文学思潮在各个环节、各种层面上的群体统摄；另一方面，它也是由一定数量的个体在文学实践中自觉或不自觉地共同参与，并以大致相同的审美主张推动这一观念或思想系统向前发展，最终形成的一种文学潮流。文学思潮的群体性，"一般被理解为一群（不是一个或几个）作家在某一文学主张思想指导下进行创作，写出了一大批在思想、艺术上具有共同特征的作品，产生了较大的社会影响"[④]。同时，它也可以指某种文学观念或思想，在文学理论或批评领域形成了较大范围的共鸣，启发了一批又一批后来者（包括作者和读者）的认同与呼应，由此推动了某些文学观念或范式的变化。譬如，20 世纪 80 年代中期的文学主体性论争，从起因上看，

① 席扬 . 文学思潮：理论、方法、视野——兼论 20 世纪中国文学思潮若干问题 [M]. 上海：上海三联书店，2009：30.
② 卢铁澎 . 文学思潮论 [M]. 修订本 . 北京：人民出版社，2015：102.
③ 韦勒克 . 文学思潮和文学运动的概念 [M]. 刘象愚，选编 . 北京：中国社会科学出版社，1989：254.
④ 卢铁澎 . 文学思潮论 [M]. 修订本 . 北京：人民出版社，2015：102–103.

它只是一个文学事件，即刘再复在发表了《论文学的主体性》等系列文章之后，引起了不同学者的争鸣。但是，随着争鸣的不断发酵，越来越多的学者和作家从争议双方的不同观点中受到启发，开始从不同层面积极探讨这种主体性的思想观念，认真辨析了主体意识对于文学创作、批评和接受的重要性。而这种主体意识的觉醒，无疑呈现出明确的启蒙主义倾向，也在一定程度上深化了“朦胧诗”所蕴含的启蒙主义精神。

文学思潮的群体性，建立在不同个体的聚合之上。它与作家、批评家和读者的个体意识并不矛盾。从实践方式上看，文学创作和批评通常是一种较为单纯的个体精神劳作，与创作主体的文化积淀、艺术修养和才情禀赋密切相关。所有文学创作或批评所呈现出来的，也都是作家或批评家自身的审美思考和艺术理想。但是，这并不意味着，作家或批评家的个体精神劳作就不具备通约性。因为人是一种社会的存在、文化的存在，任何个体都必须受到社会、历史与文化的制约；不可能存在绝对独立的个体，也不存在绝对自由的个体。在某些特定的历史语境中，受到特定社会文化思潮的影响，很多作家和批评家会对某种思想主潮或审美观念表现出不同程度的认可，由此形成一种聚合体，引发某种文学现象。随着这一现象在某种思想或观念上的不断发展和深化，文学思潮逐渐形成。

（二）动态性

文学思潮的动态性，是指文学思潮不是天然形成的、固态化的存在，它拥有极为丰富的内在的动态性特征。这种动态性，主要表现在三个方面。

一是任何一种文学思潮，都拥有发生、发展、结束这一相对完整的过程，具有明确的时间性。有的文学思潮发展时间很长，如现实主义文学思潮，经历了百余年；有的发展时间较短，只有短短数载，如 20 世纪 90 年代初期发生在中国文坛的人文主义思潮。但是，无论时间长短，在它自身发展的历史时间内，它总是充满了各种此消彼长的内在变化，而不是按部就班地保持着某种程式化的发展状态。

二是每一种文学思潮的发生和发展各不相同，其在创作、理论、批评和接受等层面发挥的作用也不一致，充满了无穷无尽的“变量”。这种“变量”，在本质上也体现了文学思潮的动态性。譬如，新中国成立初期的“革命现实主义思潮”，就是从意识形态的不断强化开始，再经过文学理论的大力阐释、倡导和推动，并通过文学批评对各种不同倾向的创作实践进行强制性规训，最终在文学创作中逐渐形成的。这一思潮的发展，同样也是通过理论的不断指导与规训来进行的，并最终形成了一元化革命现实主义文学思潮独占天下的文学格局。而在 20 世纪 80 年代中期的先锋文学思潮，则是由作家的实验性创作所引发的，它继而获得了文学批评的强力支持，同时也赢得了读者特别是青年读者的推崇，最终形成了一种充满了形式革命的文学思潮。

三是从认知角度来看，人们在理解文学思潮的过程中，也充满了动态性的变化。在判断、归纳和研究某种文学思潮时，人们不可能通过静态的方式进行总结和分析，而必须对文学思潮的发展过程进行动态性的跟踪和研究，特别是对其内部各因素此消彼长的观察和思考，从中归纳出支撑某种文学思潮发展的文化思想和审美观念，从而对这一思潮作出科学合理的评析。对文学思潮的认知和研究，总是充满了各种动态性的过程，也充满了不尽相同的理论判断。譬如，针对20世纪80年代中国“寻根文学”思潮的理解，大多数人都是立足于“寻根小说”的兴起和发展，认为这一思潮是由小说创作发展起来的，或者说是一种小说创作思潮；但也有人从文化寻根的诗歌出发，认为这一思潮首先体现在诗歌创作中，由“寻根诗歌”延伸到“寻根小说”再到“寻根文学”的相关理论批评，由此形成了一种“寻根文学”思潮。这种认知上的动态性特征，其实还延伸到文学史的建构之中，使我们对文学史的内在变化有了不同的判断。像新中国成立初期的一元化革命现实主义思潮，人们在分析和阐释这一文学思潮的形成过程时，就不断强调1942年的《在延安文艺座谈会上的讲话》所产生的巨大影响，尤其是它对新中国文艺发展的内在规约。

（三）历史性

任何一种文学思潮都是在特定历史境域中产生的，也是特定的地域性历史文化发展的产物。文学思潮的历史性特征，主要体现在三个方面。

一是文学思潮的产生和发展，必然受制于特定的历史文化环境。它是由当时的社会思想、文化伦理和价值观念等诸多因素共同促成的文学发展倾向。也就是说，任何文学思潮的形成，都是与特定的历史文化观念、社会思潮及伦理趣味相互映衬的，是历史意识作用于文学观念的结果。有学者就强调：“文学思潮的出现，往往是由多种因素形成的。其中最主要的是社会经济形态的变化和由此产生的新的思想要求，这两者是文学思潮形成和发展的客观基础。此外，历史文化的材料准备与文学思潮的形成也具有渊源关系。”①

二是文学思潮的产生和发展，具有历史性的地域特征。任何一种文学思潮的产生及其价值，都是相对于其自身文学传统而言的，并不一定具备全球性的意义。中国当代文学思潮，就是特指当代时期的中国文学思潮，无法涵盖其他国别的文学。譬如，20世纪80年代中期的先锋文学思潮，也是针对中国当代文学传统而言的，是一种在母语文化中自我更新式的探索和试验。如果将之与欧美等西方现代文学传统相比较，无疑不具备先锋性。这也就是说，先锋文学思潮具有地域性，即一切具有开创性或实验性的文学创作，只要是与其自身的文学传统构成了反叛倾向，那么，它就属于该民族或该区域的先锋文学思潮。事实上，从历史的角度看，先锋文学在欧美文艺界差不多活动了近一个世纪，其间除了不断涌现出各种新思潮新实验之外，同样存在着空间上的不停变换，直至覆盖了整个西方国家的文化领域，与文化的现代性构成了一种紧密的呼应。

三是文学思潮的产生和发展，对文学史的发展和变化产生了重要作用。鉴于其群体性和动态性的特质，任何文学思潮的产生和发展，都将直接作用于文学史的发展与变

① 童庆炳.文学理论教学参考书[M].北京：高等教育出版社，2009：219.

化，并且思潮发展的时间越长，对文学史的影响就越大。因此，人们在编撰文学史时，常常会选择文学思潮、重要作家、标志性作品作为文学史发展的基本路标，从中寻找并建构某个历史时期文学发展的主脉。有学者甚至认为，文学思潮的发展史，其实也是一种文学史，它可以较为清晰地描述文学发展的主要轨迹。事实也是如此。譬如，对于中国当代文学前十七年的文学史，如果我们从一元化革命现实主义思潮的发展过程来描述，就能够对其作出清晰的概括。

（四）观念性

文学思潮在本质上是一种抽象的、被命名的存在。大量个体化的“思”汇聚成某种相同或相似的“潮”，最后形成了一种独特的文学思潮。梁启超在《清代学术概论》里就曾说道：“凡‘思’非皆能成‘潮’，能成‘潮’者，则其‘思’必有相当之价值，而又适合于其时代之要求者也。凡‘时代’非皆有‘思潮’；有思潮之时代，必文化昂进之时代也。”①这也就是说，“思”能成“潮”，是因为这些“思”体现了特定时代的精神吁求，反映了某些共识性的审美观念，最终才能汇聚成一种潮流。从文学史上看，文学思潮的产生，散见于创作、批评、理论、接受等不同层面，当然也是这些不同层面相互作用的结果，但当它最终被命名为某种文学思潮时，必须经过理论化的抽象，即从思想观念上进行命名和确定。

有人认为，文学思潮其实就是社会思潮的一部分，是某种社会思潮在文学实践中的自然反映，其中的社会思想观念，在文学思潮中占有绝对性的统摄地位。这一判断并不非常科学。因为文学思潮不是单纯的社会思潮的反映，“文学思潮是一种重要的文化现象，其纷繁的现象背后包含了特定的精神内涵，并决定了自身的文化价值。文学思潮所包含的文化精神，总是体现出特定历史时期的文化价值取向”②。大多数学者都强调，文学思潮是由特定的精神内涵所支撑的，但对于这种精神内涵的表述，则各不相同。在众多的理论表述中，我们认为韦勒克的说法较为科学。韦勒克明确指出了文学思潮不同于文学现象，在于它具有明确的、规范化和体系化的“观念”。这种“观念”，既包含思想观念、文化观念、审美观念，也包含伦理观念和历史观念。正是这种观念，统摄着整个文学思潮向着既定的共识性目标来发展。

文学思潮就是一种观念性的存在。它既是某种观念驱动下的文学之潮，又是可以从观念层面上被确定的文学之潮。它的观念性不一定像文学流派那样，拥有非常清晰的纲领或宣言，但是，支撑其发展的内在动力仍是某些特定历史时期的观念。譬如，21 世纪以来以网络小说为代表的类型化文学思潮，其形成速度非常之快，其发展类型也异常丰富，从本质上说，就是一大批青年写手自觉或不自觉地认同了文化消费主义观念。因为文化消费主义不仅引发了大众文化趣味的全面张扬，还形成了一整套“文化快餐”的生产机制，使许多作品可以在不同消费领域获得极大的收益。换言之，正是文化消费主

① 梁启超 . 清代学术概论 [M]. 北京：东方出版社，1996：1.
② 周晓风 . 文化理性主义与中国当代文学思潮 [J]. 文艺研究，2015（1）：67.

义观念的盛行和推动，促进了大量青年作家对各种类型化写作的追捧，并形成了一股声势浩大的类型化的文学思潮。

（五）复杂性

文学思潮是对文学实践的一种综合性观照，它不仅涉及文学外部的各种社会文化思想等，还涉及文学内部的创作、批评、理论与接受等，因此，复杂性是它的基本特征。任何一种文学思潮，哪怕它形成和发展的时间很短暂，地域性的覆盖面也不是很广，但它的外部和内部都有异常复杂的动态结构与冲突，也会引发人们在理解和阐释上的巨大差异。卢铁澎就认为，文学思潮的复杂性主要体现在它的矛盾性、继承性和模糊性三个方面。所谓矛盾性，是指“特定的文学思潮往往在性质、形式、社会意义、理论与实践上都存在着种种复杂的矛盾”，像浪漫主义文学思潮，在不同的时期、不同的国家，就存在着相互矛盾甚至完全相反的理解和阐释。所谓继承性，是指“每一种文学思潮，不管在表面上与其前面的文学思潮如何势不两立，实质上却有着割不断的联系”。而模糊性，则表现在“许多思潮递嬗的起点和终点难以确切地划清，不少作家作品的思潮归属众说纷纭，莫衷一是”。[①]尽管这些分析主要是立足于认识论的角度，是基于人们对于文学思潮理解的复杂性，但是应该说这些分析还是颇有道理的。

文学思潮的复杂性，首先是基于它的形成和发展过程的繁复与驳杂。任何一种文学思潮的形成，都离不开创作、批评、理论和阅读等各个层面的有效整合，这种整合既没有特定的范式，也没有固定的手段。有时它有着明确的意识形态化的人为因素，如新中国成立初期的革命现实主义文学思潮；有时则呈现出创作上的高度自发性，如 20 世纪 90 年代的个人化写作思潮；有时体现为理论的先导性，如 20 世纪 90 年代初的人文主义思潮；有时又体现为阅读接受层面的消费性需求，如 21 世纪以来的类型化写作思潮。席扬认为，文学思潮的内部复杂性，“首先体现为对存有‘小异’的‘同质’因素的‘吸附’，其次表现为对在对抗中日益弱化的因素的‘招降’或‘改编’，同时也相应产生对‘传统’因素的‘改造’”[②]。

其次，还表现在理论认知上的差异性。由于文学思潮是在文学现象中逐步形成的，它与文学流派、文学风格、文学社团等，都有着千丝万缕的联系，这也导致了人们对文学思潮的判断、归纳和命名，存在着各种差异。譬如，20 世纪 80 年代中期的文学主体性论争，很多人只是关注这场论争的过程，包括论争双方的一些主要观点，但是，如果从论争的主要焦点及结果来看，它实质上仍然是启蒙主义思潮的一种深化，体现了文学理论与批评对于文学主体意识的高度关注，也折射了一大批作家和批评家对于主体意识与文学发展的深刻认知，体现了以人的主体自由为根本诉求的启蒙主义思潮。

① 卢铁澎．文学思潮论 [M]. 修订本．北京：人民出版社，2015：111-114.

② 席扬．文学思潮：理论、方法、视野——兼论 20 世纪中国文学思潮若干问题 [M]. 上海：上海三联书店，2009：27.

三、文学思潮的相关问题

在简要分析了文学思潮的相关概念和主要特点之后，我们还必须厘清与文学思潮密切相关的几个重要概念，包括创作风格、文学流派、文学运动、文学社团等。这些概念在使用过程中，常常与文学思潮交织在一起，有时甚至相互混淆，彼此取代。导致这一现象出现的原因当然很多，但其核心问题在于，这些概念中确实存在某些相似的特性，包括群体性、动态性、历史性等等。有不少概念在某些特定的历史时期，甚至是文学思潮中不可或缺的组成部分。因此，有效辨析这些概念及其关系，不仅有助于我们科学地理解文学思潮，而且有利于文学史研究的规范性和严谨性。

（一）文学思潮与创作风格

创作风格是指在具体的文学创作中所形成的独特的艺术风貌和审美格调。它既指作家在创作实践中逐渐形成并体现于其整体创作中的艺术个性，也指在某一特定条件下某些创作所表现出来的群体特点，包括时代风格、民族风格、流派风格等等。创作风格，是通过众多具体作品不断积淀而形成的，是创作主体通过对创作内容和形式进行有机整合后所传达出来的，具有独创性、稳定性和特殊性。因此，人们通常认为，创作风格是创作成熟的一种标志。

文学思潮与创作风格的区别，首先表现在它们所指涉的范畴不同。文学思潮是一种综合性、系统性的文学实践，既包括创作、理论，也包括批评、接受，在特定情形中，还包括某些创作方法或风格。但创作风格主要指具体的创作领域，是从作品的内涵与形式的统一中体现出来的审美特质；一些艺术形式方面的重要因素，如体裁、语言以及艺术方法、艺术技巧等，对风格的形成具有重要的作用，并体现出不同的语言风格、文体风格等。卢铁澎认为，“文学思潮属于文学活动系统中的观念层面，是一种精神性结构，具有抽象性。而文学风格无论个体风格还是群体风格，都是通过文学作品体现出来的创作特征、审美风貌”①。

其次表现在它们的形成方式不同。文学思潮的形成，通常离不开特定历史时期的社会文化思潮、伦理观念和审美趣味，具有潜在的观念层面上的规约性，其过程也充满了各种难以把控的动态性。而创作风格大多是自然形成的，是基于创作个体的文化积淀、艺术修养、个人心性和审美趣味发展而成的，具有相对的稳定性和延续性；即使是某些群体性的写作风格，也会存在着个体创作内部的差异性。

最后表现在它们的关注目标不同。从文学研究的角度来看，文学思潮关注的是宏观的文学史意义上的变化，探讨的是整个文学实践系统中“思潮”的具体作用，尤其是“思潮”对整个文学发展态势的变革性影响，以及“思潮”对创作、理论、批评、接受等层面的统领性和内在的支撑性。而创作风格关注的是具体的创作实践和作品本身，是对创作内部的内容和形式之独特性的认知与归纳，体现出某种意义上的具象性特点。即

① 卢铁澎. 文学思潮论 [M]. 修订本. 北京：人民出版社，2015：130.

使是对时代风格、民族风格的考察，也都是通过一个个重要的作家或一部部标志性的作品进行分析和判断，离开了具体作家和作品，创作风格就成了无源之水。

（二）文学思潮与文学流派

文学流派主要是指文学创作中体现出来的一种具有群体性特征的创作派别，它拥有相对明确的艺术理想、审美趣味和创作风格。从定义上说，文学流派“是指在一定历史时期内，思想倾向、艺术倾向和创作风格相同或相近的作家自觉或不自觉地结合成的文学派别。自然形成的文学流派，没有共同的组织、纲领、称号，他们自发地以某个或某些有代表性的作家为规范，创作出许多有共同特色的文学作品，后人总结时冠以一定的名称。如我国宋代的江西诗派和清代的桐城派。自觉形成的文学流派，则有一定的组织、名称和主张，先组成文学社团，后形成流派。如我国现代文学史上的文学研究会和创造社。文学流派不等于文学的创作方法，也有别于文学上的宗派”①。无论是自觉形成的，还是自然形成的，人们对于文学流派的认定，主要是依据相关作家的创作实践，包括创作题材、作品的思想内涵和审美风格。

尽管文学思潮与文学流派存在着一些共同性，如它们都呈现出群体性、动态性和历史性之特征，但它们之间仍有着本质的区别。首先，这种区别表现在它们的范畴不一样。文学思潮几乎囊括了创作、理论、批评、接受等各种重要层面，是一种高度综合化的文学存在，而文学流派主要是指文学创作领域里的“写什么”和“怎么写”。有人认为，“所谓文学流派，是指在一定时期内，思想倾向、审美理想和创作风格甚至创作题材、创作方法等都比较接近或一致的作家，自觉或不自觉地结合而成的文学派别。属于同一流派的作家，在‘写什么’和‘怎么写’两个基本方面，具有大体相同的审美趣味和艺术追求，在对生活和文学的认识和理解上也基本一致。表现在创作上，他们在题材的选择、主题的提炼、形象的塑造以及语言的运用等方面，都具有某些共同的特点，体现出本派的特色和风格”②。也就是说，相似或相近的文学观念、相同的艺术追求和特有的群体风格特色，是文学流派的核心标志。

其次，这种区别表现在两者的群体内部有着各不相同的潜在规约。文学思潮对于其群体内部的不同个体，主要体现为思想观念上的相对一致，对其他方面并没有太多的具体约束。但文学流派对于其群体内部的不同个体，有着更多的规约性。用席扬的归纳来说，在学养基础上，彼此应具有相关的知识谱系；在区域空间上，彼此应具有相同的区域文化认同；在审美风格上，彼此也应具有主体间“个性”的同一性。这些内部特征，可以从文学史上许多文学流派中得到印证，如中国古代的江西诗派、桐城派、公安派，现代的京派、海派、山药蛋派等，都是如此。

最后，这种区别还表现在形成的外在因素不尽相同。文学思潮的形成，深受当时社会文化思潮的影响，可以说是特定社会思潮、文化观念和伦理趣味在文学实践中的体

---

① 郑乃藏，唐再兴．文学理论词典[M]．北京：光明日报出版社，1989：228–229.

② 卢洪涛．中国现代文学思潮史论[M]．北京：中国社会科学出版社，2005：4–5.

现，具有明确的时代规约性。而文学流派虽然也会受到社会文化思潮的影响，但影响程度有限，相反，某些重要作家的统领性，常常会成为文学流派的精神支柱。“文学流派的产生是多种因素综合作用的结果。一定时代的社会生活条件，思想文化潮流，传统与外来的文学影响，都要通过一群具有相同或相近的文学志趣与创作追求的作者，和他们的人生观、美学观、文学修养乃至个性气质而发生作用。某一流派的成熟并获得社会公认，常常是由于表现在这群作家作品中的生活内容、感情倾向、艺术形式和创作特色与风格，大体上已经趋于一致。”①的确，在文学流派中，我们总是能够看到一些处于领袖地位的作家，他们对于该流派的发展产生了不可忽略的影响。

（三）文学思潮与文学运动

文学运动是文学发展中极为特殊的一种文学活动形式，它具有强烈的倾向性、组织性、鼓动性，是“那些在文学发展过程中有组织有纲领有规模有倡导有指向的带有群体性的有一定效果和影响的文学活动”②。这种“文学活动”，旨在改变某种文学发展现状，建构一种新的文学创作态势，具有意识形态化的干预性倾向。“文学运动是在一定历史时期内，在某种文学思潮的影响下，依照共同的文学主张，具有比较鲜明的目的、纲领或倾向，在某个或某些有声望的文学家的倡导和带动下，有众多的文学家的参与和实行的造成了一定的社会声势和影响的文学活动，如我国唐代以白居易为首的新乐府运动，以韩愈、柳宗元为代表的古文运动。文学运动是一定历史时期社会动向的反映，它不是顺应、推动历史的发展，就是逆历史潮流而动。文学运动总要树起一面旗帜，或直接以政治口号为号召，或仅以文学主张为大旗，或由政治人物所发动，或由文学家所倡导，但都通过文学实践直接、间接地反映了当时的社会风云，对当时以至未来文学实践、文学理论产生这样或那样的重大影响。文学运动是文学发展、变化的直接动力，没有进步的文学运动，就不可能冲破长期的历史的陈旧积淀，就不可能开创文学的新局面。”③

文学思潮与文学运动的区别，首先在于它们的表现形态不一样。文学思潮与文学运动都充满了动态性特征，但文学思潮主要以系统化的思想观念为发展动力，其表现形态是潜在的、抽象的，而文学运动通常是由一批志趣相同的创新者发起的，其表现形态是外在的、具体的。“如果这批创新者的创新和实验能够在思想和艺术上统一，并发展出一种独特的纲领，那就形成了文学上的‘运动’。一般地说，‘运动’的核心是一个地位大体相同的作家群，有时候也有老一代的代表作家参加，使它具有更大的势头”；“我们理解的‘运动’——再说一次——是一群趣味相同的人有意识的，在多数情况下有理论指导的、旨在说明艺术的一种新概念的努力。‘运动’与‘流派’的不同在于它大体上是一批同代人的努力，不存在导师—弟子的师承关系”。④文学运动有时能够推

---

① 刘扬体．简论鸳鸯蝴蝶派 [M]// 马良春，张大明，李葆琰．中国现代文学思潮流派讨论集．北京：人民文学出版社，1984：334.
② 朱德发．思维的飞翔 [M]. 济南：山东友谊出版社，2009：133.
③ 郑乃藏，唐再兴．文学理论词典 [M]. 北京：光明日报出版社，1989：228.
④ 王先霈，王又平．文学批评术语词典 [M]. 上海：上海文艺出版社，1999：163.

动文学思潮的发展，但并不是每一种文学思潮中都包含了文学运动这一剧烈的文学活动形式。

其次，从形成的原因上看，两者都与社会文化思潮密切相关，但文学运动往往是以更明确的外在活动，呼应社会文化思潮。“所谓文学运动者，它和整个的文化运动以及政治运动，是有着一脉相通的关系的，而文学运动本身也包含着各方面的活动，但无论如何，能造成一个有力的文学运动的，还是文学创作。”①而文学思潮则是在社会文化思潮的影响下，自觉或不自觉地形成的一种文学发展形态，不具备文学运动所拥有的剧烈感。“文学思潮的群体性是精神层面的，文学运动则是活动整体的群体性，既包括思想，也包括行为并且更偏重于行为；既有文学的因素，也有非文学的因素，社团、刊物、宣言、表演、宣传、谩骂、搏斗……都是文学运动的组成部分。”②

（四）文学思潮与文学社团

文学社团是一种具有结社性质的特殊的文学组织。它拥有一系列规范化和程式化的组织构架，包括章程、纲领、刊物以及入社要求等。因此，严格地说，文学社团是“一种有文学纲领、宣言和结社章程的作家组织形式。参加者一般要有入社、入会的手续，不一定有常设的机构，但经常聚会，并办有自己的刊物或书店等”③。当然，从结社条件来看，文学社团并不像其他社会团体，需要通过较为严格的资格审查和程序认证，但是社团成员也必须具有大致相同的审美趣味和艺术追求，同时也要有自由入社的个人意愿。总之，“文学社团是特定条件下的文人自发性会社。一般来说，文人或因志趣相投，或为情谊所感，或由兴致所之，时不时地都会兴起组会结社的冲动，只有在生活安定，且政治气候高度适宜的情况下这样的冲动才能得到最大可能的实现”④。

文学思潮与文学社团的区别在于，文学社团拥有明确的组织构架，从章程、纲领到刊物、入社程序等，都相对健全，体现出高度的自觉性和组织性。虽然也不乏一些组织松散的文学社团，但从总体上看，它无疑是一种具有结社性质的文学组织。文学思潮在一般情况下不存在这类组织，其群体中的不同个体并不需要某种明确的加盟程序。从组织形态上说，文学思潮是一种灵活多样的观念性聚合体，比较自由、松散，常常是一种被命名的文学存在。

从形成的背景或原因上看，文学社团的形成主要是基于一些个体的共同爱好和主观意愿，带着明确的艺术主张、思想立场和审美风格，体现出高度的群体自觉性和主动性。“它们有各自的发起人和基干成员，又有大量从读者中涌现出来的新生力量作补充，从而形成一种文学力量，在文坛上造成自己的声势和影响。”⑤而文学思潮通常是在特定的社会文化思潮影响下，由创作、理论、批评和接受等各种文学层面聚合而形成的，其

① 李广田．李广田全集：第 5 卷 [M]. 昆明：云南人民出版社，2010：203.
② 卢铁澎．文学思潮论 [M]. 修订本．北京：人民出版社，2015：148.
③ 庄涛，胡敦骅，梁冠群．写作大辞典 [M]. 上海：汉语大词典出版社，2003：832.
④ 朱寿桐．论中国现代文学研究中的社团研究 [J]. 湖南社会科学，2004（1）：123.
⑤ 贾植芳．《中国现代文学社团流派》序 [J]. 新文学史料，1989（3）：222.

内部不同层面的个体在主动性上并不突出，也不一定具备高度的群体意识和组织观念。

文学思潮之所以与创作风格、文学流派、文学运动、文学社团等发生混淆，主要是因为文学思潮是立足于各种文学现象之上的一种综合，而文学现象本身又涵盖了各种纷繁的文学实践，包括创作风格、文学流派、文学运动、文学社团等等。与此同时，我们也必须看到，在特定的历史语境中，无论是创作风格、文学流派，还是文学运动、文学社团，有时也会以自身特有的方式，参与某种文学思潮的建构。但从总体上看，“文学思潮是它们的灵魂、核心”①，具有强大的统摄作用，而创作风格、文学流派、文学运动和文学社团，只是一些更具体的文学表现形态。

思考题

1. 简述文学思潮与社会文化思潮之间的关系。
2. 如何理解文学思潮的动态性、历史性和观念性?
3. 简述文学思潮与文学流派、文学运动之间的区别。

参考答案

文献索引

卢铁澎．文学思潮论[M]．修订本．北京：人民出版社，2015．

席扬．文学思潮：理论、方法、视野——兼论 20 世纪中国文学思潮若干问题[M]．上海：上海三联书店，2009．

韦勒克．文学思潮和文学运动的概念[M]．刘象愚，选编．北京：中国社会科学出版社，1989．

① 卢铁澎．文学思潮论[M]．修订本．北京：人民出版社，2015：149．

第二讲

一元化的革命现实主义文学思潮

一、背景：第一次文代会

随着解放战争的不断深入，中国社会的政治格局也逐渐明朗起来。于是，在1949年前后，中国作家队伍便出现了“南下”与“北上”的独特景观。胡适、梁实秋、苏雪林、徐訏、纪弦、曹聚仁和林海音等人先后“南下”，前往殖民式统治下的香港或国民党统治下的台湾；而更多的作家，包括身处海外的曹禺、老舍、卞之琳等，则怀着对新中国的向往和新社会的憧憬，陆续“北上”，聚集于北平。1949年3月，中华全国文艺界协会的理事、监事和华北文协的理事在北平召开联席会议，商定召开中华全国文学艺术工作者代表大会（即“第一次文代会”），并在会议上产生了以郭沫若为主任委员和茅盾、周扬为副主任委员的42人筹委会，负责筹备“第一次文代会”的相关工作。

1949年7月2日至19日，第一次文代会在北平正式召开。出席第一次文代会的代表和特邀代表共有824人，分别组成了平津（一、二团）、华北、西北、华东、东北、华中、部队和南方（一、二团）等十个代表团。会议前一天，中共中央向大会发来了贺电，要求文艺工作者“进一步团结起来，进一步联系人民群众，广泛地发展为人民服务的文艺工作，使人民的文艺运动大大发展起来”[①]。在大会上，朱德代表中共中央致祝词。周恩来作《在中华全国文学艺术工作者代表大会上的政治报告》。郭沫若致开幕词并作《为建设新中国的人民文艺而奋斗》总报告。茅盾和周扬先后作了题为《在反动派压迫下斗争和发展的革命文艺》和《新的人民的文艺》的报告，分别总结了国统区和解放区文艺创作与文艺运动的基本情况。在7月6日大会期间，毛泽东主席亲临会场并作了简短的讲话：“同志们，今天我来欢迎你们。你们开的这样的大会是很好的大会，是革命需要的大会，是全国人民所希望的大会。因为你们都是人民所需要的人，你们是人民的文学家、人民的艺术家，或者是人民的文学艺术工作的组织者。你们对于革命有好处，对于人民有好处。因为人民需要你们，我们就有理由欢迎你们。再讲一声，我们欢迎你们。”[②]

第一次文代会的召开，被视为“中国当代文学”的起点。它的重要意义在于全面确立了中国共产党对新中国文学的领导。其主要途径包括两个方面：一是确立了一系列文艺方针和政策；二是成立了专门的文化艺术组织机构。在文艺方针和政策上，大会明确

① 中华全国文学艺术工作者代表大会宣传处．中华全国文学艺术工作者代表大会纪念文集 [C]. 北京：新华书店，1950：155.
② 中华全国文学艺术工作者代表大会宣传处．中华全国文学艺术工作者代表大会纪念文集 [C]. 北京：新华书店，1950：3.

了毛泽东的《在延安文艺座谈会上的讲话》(以下简称《讲话》)作为全国文艺工作的总方向。郭沫若在开幕词中强调，毛泽东的《讲话》“一直是普遍而妥当的真理。在今天我们应该明朗地表示：我们要一致接受毛主席的指示，把这一普遍而妥当的真理作为我们今后的文艺运动的总指标”①。周恩来在政治报告中，号召全国的文艺工作者团结起来，继续坚持毛泽东在1942年所提出的文艺为人民大众首先是为工农兵服务的方向，完成时代赋予的历史使命，并重点阐述了作家们要解决的六个问题：团结问题、为人民服务问题、普及与提高的问题、改造旧文艺的问题、全局观的问题、组织观的问题。周扬在《新的人民的文艺》中同样明确地强调，毛主席的《讲话》“规定了新中国的文艺的方向，解放区文艺工作者自觉地坚决地实践了这个方向，并以自己的全部经验证明了这个方向的完全正确，深信除此之外再没有第二个方向了，如果有，那就是错误的方向”②。茅盾在报告中虽然总结了国统区文艺的斗争经验，但同时也对诸多不良倾向进行了检讨。最后，“大会宣言”指出：“今后我们要继续贯彻这个方针，更进一步地与广大人民、与工农兵相结合”。③通过上述系列报告，本次大会不仅为新中国成立后的文艺发展确立了基本方针，也为中国当代文学的一元化审美观念确定了合法的制度保障。

与此同时，大会还成立了全国性的重要文艺组织——中华全国文学艺术界联合会，并以此作为新中国成立后的全国作家、艺术家组织领导机构，由郭沫若任主席，茅盾和周扬为副主席。随后，中华全国文学艺术界联合会又陆续成立了文学、戏剧、音乐、电影、美术和曲艺等方面的专业协会，并创办了《文艺报》《人民文学》等重要报刊阵地。

从文艺方针、组织机构到报刊阵地，第一次文代会经过一系列精心安排，基本上完成了新中国文学制度和文学秩序的建构。用郭沫若的话说，“工作纲领将更加集中，工作内容将更加丰富，工作步骤将更加整齐了”④；用周扬的话说，则是“我们不能容许文学的发展带有自发的性质”⑤。取消文学的“自发性质”，主要是为了确保新中国的文学发展能够全面适应新中国成立后的一系列艰巨的历史任务，与特殊历史时期的政治文化经济发展保持高度统一，也为新中国一元化革命现实主义文学思潮的形成提供了重要的制度保障和思想保障。

二、自上而下，以“破”求“立”

第一次文代会的主要目的，是通过一系列报告的学习、交流，促使不同地区、不同观念的作家们实现思想上的统一，使新中国的文学全面回到“为人民服务”的方针上，自觉取消文学的“自发性质”。但是，或许是广大作家对第一次文代会的内在精神和要求体会不深，或许是新的文艺方针和观念的统一还需要一个时间过程，事实上，新中国成立之后，无论是来自组织内部的思想还是外部的观念，都难以达成高度的一致性。在

① 中华全国文学艺术工作者代表大会宣传处．中华全国文学艺术工作者代表大会纪念文集[C].北京：新华书店，1950：143.
② 中华全国文学艺术工作者代表大会宣传处．中华全国文学艺术工作者代表大会纪念文集[C].北京：新华书店，1950：70.
③ 中华全国文学艺术工作者代表大会宣传处．中华全国文学艺术工作者代表大会纪念文集[C].北京：新华书店，1950：149.
④ 中华全国文学艺术工作者代表大会宣传处．中华全国文学艺术工作者代表大会纪念文集[C].北京：新华书店，1950：117.
⑤ 周扬．周扬文集：第1卷[M].北京：人民文学出版社，1984：256.

这种复杂的形势下，以“破”求“立”，通过批判的方式，实现作家们思想和观念的统一，就变得非常迫切了。于是，在新中国成立初期，陆续出现了一系列比较重要的文艺批判事件。

（一）电影《武训传》批判

由孙瑜编导、赵丹主演的电影《武训传》开拍于1948年，后因经费问题而被迫中断。新中国成立之后，剧本经过全面修改并通过中共中央宣传部的审查，由当时上海私营的昆仑影业公司继续拍摄。影片拍竣后，又经上海市委宣传部和上海市文化局审查，于1950年12月开始在全国上映。电影讲述了清朝末年山东省堂邑县贫苦农民武训，几十年如一日地“行乞兴学”和“苦操奇行”的故事。武训的感人事迹，不仅为清朝和民国时期的统治者所褒奖，而且也被陶行知等很多现代文化教育人士尊称为“圣人”。该片在全国上映以后，反响良好，上海的三家出版社还出版了关于武训的电影小说（《武训传》）、章回小说（《千古奇丐》）和画传（《武训画传》），《大众电影》将该影片评选为1950年全国“十佳国产片”之一。

1951年3月，中共中央有关部门发出通知，要求在全国范围内开展对影片《武训传》的讨论，并陆续推出了《不足为训的武训》《试谈陶行知先生表扬“武训精神”有无积极作用》等批评性文章。1951年5月20日，《人民日报》发表了社论《应当重视电影〈武训传〉的讨论》，其中写道：

> 《武训传》所提出的问题带有根本的性质。像武训那样的人，处在清朝末年中国人民反对外国侵略者和反对国内的反动封建统治者的伟大斗争的时代，根本不去触动封建经济基础及其上层建筑的一根毫毛，反而狂热地宣传封建文化，并为了取得自己所没有的宣传封建文化的地位，就对反动的封建统治者竭尽奴颜婢膝的能事，这种丑恶的行为，难道是我们所应当歌颂的吗？向着人民群众歌颂这种丑恶的行为，甚至打出“为人民服务”的革命旗号来歌颂，甚至用革命的农民斗争的失败作为反衬来歌颂，这难道是我们所能够容忍的吗？承认或者容忍这种歌颂，就是承认或者容忍污蔑农民革命斗争，污蔑中国历史，污蔑中国民族的反动宣传，就是把反动宣传认为正当的宣传。
>
> …… ……
>
> 特别值得注意的，是一些号称学得了马克思主义的共产党员。他们学得了社会发展史——历史唯物论，但是一遇到具体的历史事件，具体的历史人物（如像武训），具体的反历史的思想（如像电影《武训传》及其他关于武训的著作），就丧失了批判的能力，有些人则竟至向这种反动思想投降。资产阶级的反动思想侵入了战斗的共产党，这难道不是事实吗？一些共产党员自称已经学得的马克思主义，究竟跑到什么地方去了呢？[①]

① 毛泽东．应当重视电影《武训传》的讨论[M]// 毛泽东．毛泽东选集：第5卷．北京：人民出版社，1977：46–47.

全国各地主要报纸随即转载了这篇重要社论。同一天，《人民日报》还在《党的生活》专栏发表了短评《共产党员应当参加关于〈武训传〉的批判》。随后，文化部电影局又向全国发出通知，要求展开对于电影《武训传》的批判。有关部门之所以要发动对电影《武训传》的批判，主要是因为“在许多作者看来，历史的发展不是以新事物代替旧事物，而是以种种努力去保持旧事物使它得免于死亡；不是以阶级斗争去推翻应当推翻的反动的封建统治者，而是像武训那样否定被压迫人民的阶级斗争，向反动的封建统治者投降”①，尤其是以武训的“行乞兴学”，反衬了太平军武装斗争的失败，这种投降主义和改良主义，在某种程度上折射了“资产阶级的反动思想侵入了战斗的共产党”。

对电影《武训传》的批判，涉及的范围是比较广的。时任上海市文管会副主任兼文化局局长的夏衍，也在 1951 年 8 月 26 日的《人民日报》发表了题为《从〈武训传〉的批判检查我在上海文化艺术界的工作》的检讨；电影《武训传》的编导、演员等，也都进行了自我检讨。《人民日报》1951 年 7 月 26 日发表“武训历史调查团”的《武训历史调查记》和 8 月 8 日发表周扬的《反人民、反历史的思想和反现实主义的艺术——电影〈武训传〉批判》，基本上是对这场批判运动作了总结。这次批判，是新中国成立之后的一次自上而下的文艺创作纠偏行动，既检视了新中国文化管理体制的运行效率，也明确传达了中国文艺发展必须坚持的正确方向。

（二）俞平伯《〈红楼梦〉研究》批判

在中国古典文学研究领域，有关《红楼梦》的研究通常被称为“红学”。“红学”最初主要分为“索隐”和“自传”两派。前者以王梦阮和沈瓶庵 1914 年发表的《〈红楼梦〉索隐》、蔡元培 1916 年出版的《〈石头记〉索隐》和邓狂言 1919 年出版的《〈红楼梦〉释真》为主，后者以胡适 1921 年出版的《〈红楼梦〉考证》、俞平伯 1923 年出版的《〈红楼梦〉辨》为主，并被称为“新红学”。1952 年，俞平伯将 1922 年所写的《红楼梦辨》重新修订后，删去了其中胡适的姓名，同时增加了五篇新文，易名为《〈红楼梦〉研究》重新出版，随后又相继发表了《〈红楼梦〉简论》和《读〈红楼梦〉随笔》等多篇文章，成为新中国“红学”研究的重要专家。在这些著述中，俞平伯延续了“新红学”的“自传说”研究思路，强调曹雪芹的《红楼梦》是“感叹自己的身世”和“情场忏悔”；《红楼梦》的基本主题，可以概括为“色”与“空”；《红楼梦》的整体艺术风格，可谓“怨而不怒”。1953 年 5 月 15 日，《文艺报》第 9 号《新书刊》栏目发表专文，高度评价了俞平伯修订后的《〈红楼梦〉研究》，并说道：“研究《红楼梦》，向来有一个诨名，叫作‘红学’。过去所有红学家都戴了有色眼镜，作了许多索隐，全是牵强附会，捕风捉影。《〈红楼梦〉研究》一书作了细密的考证、校勘，扫除了过去‘红学’的一切梦呓，这是很大的功绩。”

应该说，俞平伯的《红楼梦》研究在当时也曾引起过一些学术争议，但并不激烈。

① 毛泽东．应当重视电影《武训传》的讨论 [M]// 中共中央文献研究室．毛泽东文集：第 6 卷．北京：人民出版社，1999：166–167.

1954 年，李希凡与蓝翎曾投稿并附信给中国文联的机关刊物《文艺报》，对俞平伯的《红楼梦》研究提出批评，但没有得到发表与答复。随后，《文史哲》在 9 月号上刊发了李希凡、蓝翎合写的《关于〈红楼梦简论〉及其他》，较为全面地质疑并批评了俞平伯的《红梦楼》研究。不久，《文艺报》于 1954 年第 18 号被指定转载了该文。10 月 10 日，《光明日报》的“文学遗产”副刊又发表了这两位作者的《评〈红楼梦研究〉》一文，直接将俞平伯的《红楼梦》研究与胡适的资产阶级思想联系起来。

在《关于〈红楼梦简论〉及其他》一文中，作者认为：“《红楼梦》出现在清代王朝的乾隆盛世，并不是偶然的现象。乾隆时代正是清代王朝的鼎盛时期，但也是它行将衰败的前奏曲。在这一巨变中注定了封建统治阶级不可避免的衰亡命运。这‘恶兆’首先是由腐朽的封建统治集团内部的崩溃开始。曹雪芹就生在这样一个时代。他的封建官僚家庭在这时代的转变中崩溃了。……他从自己的家庭遭遇和亲身生活体验中，已经预感到本阶级必然灭亡的历史命运。他将这种预感和封建统治集团内部崩溃的活生生的现实，以完整的艺术形象体现在《红楼梦》中，把封建官僚阶层内部腐朽透顶的生活真实地暴露出来，表现出它必然崩溃的原因。作者用这幅生动的典型的现实生活的画面勾画出封建统治阶级的历史命运”；“俞平伯先生未能从现实主义的原则去探讨《红楼梦》鲜明的反封建的倾向，而迷惑于作品的个别章节和作者对某些问题的态度，所以只能得出模棱两可的结论。……俞平伯先生不但否认《红楼梦》鲜明的政治倾向性，同时也否认它是一部现实主义作品。……既然《红楼梦》是‘色’‘空’观念的表达，那么书中人物也就不可能是带着丰富的现实生活色彩的‘典型环境里的典型性格’，而只能是表现这个观念的影子。……俞平伯先生的唯心论的论点，在接触到《红楼梦》的传统性问题时表现得更为明显”。① 在《评〈红楼梦研究〉》中，作者指出：“俞平伯先生把贾氏从当时的社会发展及它所隶属的阶级孤立开来去考察它的破败是没有意义的，最后只能说明这一家庭灭亡的事实，而不能回答它究竟为什么必然要灭亡，亦即是它的社会原因是什么，而这却恰恰是《红楼梦》所反映的‘真实’的历史情势。……俞平伯先生对于宝钗、黛玉两个形象的考证，也同样地抽掉了她们的社会内容，从钗黛合为一图推断出二者实为一人。……俞平伯先生所谓‘怨而不怒的风格’的实质，是他对《红楼梦》创作的自然主义见解的另一表现。” ②

由于两位作者将俞平伯的“红学”研究与“胡适派资产阶级唯心论”联系起来，便在全国引发了一场有关俞平伯《红楼梦》研究的批判运动。到 1955 年，作家出版社出版了四册《〈红楼梦〉问题讨论集》，共收录了 129 篇批判文章，近百万字。李希凡、蓝翎的文章，也结集为《〈红楼梦〉评论集》于 1957 年由作家出版社出版。这场批判运动的核心目标，就是要认定：“‘新红学’的实质就在于它是士大夫阶级意识和买办思想的混血儿……我们要研究《红楼梦》，首先就应该批评俞平伯先生的这种错误的观点和方法；要研究全部古典文学遗产就必须批判与此相同的观点和方法，即实验主义的

① 李希凡，蓝翎．关于《红楼梦简论》及其他 [M]// 李希凡，蓝翎．《红楼梦》评论集．北京：作家出版社，1957：2–10.

② 李希凡，蓝翎．评《红楼梦研究》[M]// 李希凡，蓝翎．《红楼梦》评论集．北京：作家出版社，1957：24–29.

反动哲学通过胡适之过去在中国学术界所长期散布的流毒。”[①]

相对于电影《武训传》的批判，这一次自上而下的批判要更为严厉一些，特别是涉及胡适资产阶级唯心主义的清算，在整个《〈红楼梦〉研究》批判过程中，显得尤为突出。这体现了新中国文艺发展在初始阶段对文艺思想统一的高度重视。

（三）“胡风反革命集团案”

胡风是中国现代文学史上一位重要的文学理论家、批评家、诗人和编辑家，也是著名的“七月派”核心人物，曾担任“左联”的宣传部长和书记，并与鲁迅、冯雪峰有着密切的联系。抗战时期，胡风曾任中华全国文艺界抗敌协会的常委和政治部文化工作委员会主任等职，创办并主编了《七月》《希望》等杂志。

1938 年，毛泽东在《中国共产党在民族战争中的地位》中提出了文学的“民族形式”问题。随后，他又在《新民主主义论》中指出：“民族的形式，新民主主义的内容——这就是我们今天的新文化。”[②]为此，周扬、艾思奇和何其芳等延安文化界人士，纷纷组织并撰文展开关于“民族形式”问题的讨论。与此同时，国统区的文化界也对这一问题进行了呼应。其中，最具争议性的，是胡风在《论民族形式问题》中明确地反对把“民族形式”狭义地理解为“民间形式”，反对“文化上文艺上的农民主义”和“民粹主义”。这与毛泽东和周扬等人所倡导的“民族形式”有着明显的不同，并被中共中央宣传部列为重庆文化工作中必须“纠正”的严重问题。

20 世纪 40 年代，胡风所建构的现实主义文学理论及其所强调的主观战斗精神，又与毛泽东的《讲话》存在着内在的分歧，而且胡风并没有在理论上表现出任何妥协的意愿。1945 年 1 月，胡风在其主编的《希望》上发表了舒芜的《论主观》一文，并配发了自己所写的短评，极力提倡“主观战斗精神”，反对客观主义的机械论。为此，中共中央南方局奉命在重庆组织召开座谈会，集中批评胡风的文艺观点及其所竭力推崇的《论主观》一文。但是，胡风非但没有接受对他的批评，反而还对自己的理论进行不断深化与完善，并于 1948 年出版了专著《论现实主义的路》。在该书中，胡风认为“到处都有生活”，“哪里有人民，哪里就有历史。哪里有生活，哪里就有斗争。有生活有斗争的地方，就应该也能够有诗”。他认为人民的“精神要求虽然伸向着解放，但随时随地都潜伏着或扩展着几千年的精神奴役底创伤”[③]，因此，应该坚持“五四”启蒙主义的改造国民性主题。在此意义上，他对知识分子的历史作用也就给予了极高的评价，并且认为知识分子不一定要接受人民群众的“改造”，而应该以自觉的“主观战斗精神”主动地搏击生活。胡风的这些理论主张，显然有悖于毛泽东的《讲话》精神。更重要的是，他还在著述中明确提出了对于延安整风、延安文艺座谈会和国统区文艺中心问题的不同看法。

---

① 李希凡，蓝翎．走什么样的路？：评俞平伯先生关于《红楼梦》研究的错误观点 [N]. 人民日报，1954-10-24（3）.

② 毛泽东．毛泽东选集：第 2 卷 [M]. 北京：人民出版社，1991：707.

③ 胡风．胡风全集：第 3 卷 [M]. 武汉：湖北人民出版社，1999：188.

这些文艺思想和理论上的内在分歧与争论，一直延续到新中国成立之后。1952 年底，中宣部连续召开了四次会议，专门批判胡风的文艺思想，林默涵和何其芳分别作了长篇发言《胡风的反马克思主义的文艺思想》和《现实主义的路，还是反现实主义的路》，并先后由《文艺报》1953 年第 2 期和第 3 期转载。面对越来越尖锐的批评，胡风并没有检讨自己的思想，反而着手更系统地思考 1949 年以后新中国的文艺领导及文学体制问题，并于 1954 年 7 月完成了《关于解放以来的文艺实践情况的报告》，递交给了中央政治局。该报告共分四个部分：一、几年来的经过简况；二、关于几个理论性问题的说明材料；三、事实举例和关于党性；四、作为参考的建议。应该说，这份报告全面阐述了胡风对新中国成立后包括文艺方针、文艺政策、文学体制等在内的“文艺实践情况”的思考，同时提出了诸多意见与建议，并对他所遭受的各种批判予以抗辩。

1955 年 1 月 21 日，中共中央批转了中央宣传部《关于开展批判胡风文艺思想的报告》，进行了批判胡风的全国性动员。在这种情形下，胡风写了《我的自我批判》，要求在相关报刊上发表。此后，全国报刊开始出现大量批判胡风的文章。1955 年初，《文艺报》在第 1、2 期合刊中以《胡风对文艺问题的意见》为题，以单册的形式随刊附发了胡风《关于解放以来的文艺实践情况的报告》中的第二、四两个部分，以及林默涵和何其芳先前发表的两篇批判胡风的长文，形成第一本专册性质的批判材料。1955 年 4 月 1 日，《人民日报》和《文艺报》第 7 期推出郭沫若的《反社会主义的胡风纲领》一文。1955 年 5 月 18 日，《人民日报》批判胡风文章的按语写道，胡风等人是“伪装拥护共产党而实际反对共产党，伪装拥护人民而实际反对人民，伪装拥护革命而实际反对革命”的人，如果“不把他们的破坏活动加以制止……让他们一天一天发展和扩大下去，他们就要用‘集束手榴弹’给我们的革命事业以严重的损害”①。胡风问题的性质，又被迅速上升到“反革命”的高度。5 月 17 日凌晨，胡风与妻子梅志在家中被拘捕，并被抄家。

1955 年 5 月 20 日，中共中央发出《中央对处理胡风集团的指示》，指出：“胡风集团现大体判明是一个反革命阴谋集团”，“实际上老早就是蒋介石匪帮和国际帝国主义的反革命阴谋活动的一部分”，要求“彻底清查胡风集团在各地的组织和活动情况，并坚决加以处理”。根据抄家所得的胡风书信与日记整理出来的《关于胡风反党集团的第二批材料》，其中按语写道：“他的基本队伍或是帝国主义国民党特务或是托洛茨基分子或是反动军官或是共产党的叛徒，由这些人作为骨干组织一个暗藏在革命阵营的反革命派别，一个地下独立王国。这个反革命派和独立王国，是以推翻中华人民共和国和恢复帝国主义、国民党统治为任务。”②

6 月 10 日，《人民日报》发表《关于胡风反革命集团的第三批材料》，其中的按语写道：“当本报公布了第一、二批材料之后，还有一些人在说：胡风集团不过是文化界少数野心分子的一个小集团……说这样话的人们，或者是因为在阶级本能上衷心地同情

① 提高警惕，揭露胡风（编者按）[N]. 人民日报，1955-05-18（2）.
② 毛泽东．毛泽东选集：第 5 卷 [M]. 北京：人民出版社，1977：163.

他们；或者是因为政治上嗅觉不灵，把事情想得太天真了；还有一部分则是暗藏的反动分子，或者就是胡风集团里面的人”，又说，“胡风和胡风集团中的许多骨干分子很早就是蒋介石国民党的忠实走狗，他们和帝国主义国民党特务机关有密切联系，长期地伪装革命，潜藏在进步人民内部，干着反革命勾当”。[①]与此同时，与第三批材料同时发表的，还有社论《必须从胡风事件吸取教训》，该社论明确指出：“胡风和他的一伙是帝国主义和蒋介石匪帮有密切联系的一群反革命分子”；“胡风分子已经混进我们的某些政府机关、某些军事机关、某些教育机关……他们也混进了中国共产党，有的还担任了相当重要职务”；“必须注意清查出一切暗藏的反革命分子，必须坚决地有分别地对于清查出来的这些分子给予适当的处理”。[②]随后，清查“胡风反革命集团”的运动迅速扩展至全国。该案共涉及 2100 余人。1979 年之后，中共中央历经多次平反、复查，直到 1988 年 6 月发出《关于为胡风同志进一步平反的补充通知》，胡风案最终得以彻底平反。[③]

应该说，“胡风案”是新中国成立初期第三次较大规模的文艺批判运动，体现了新中国自上而下、由“破”求“立”的文化策略，其目的是迅速有效地建立新中国文艺发展的一元化新秩序，确保党的文艺方针、文艺制度与作家创作、理论批评形成高度自觉的一致性。

三、中国当代文学制度的建构

作为中国当代文学的起点，第一次文代会一方面是为了团结解放区、国统区以及其他特殊地区的作家，使不同地区、不同经历、不同审美观念的作家，真正聚合到即将成立的新中国文艺发展轨道上来；另一方面，也是为了从国家制度上建构中国当代文学发展的未来秩序——这一点，才是最重要的。在这种制度的建构过程中，第一次文代会明确了毛泽东《在延安文艺座谈会上的讲话》的核心地位和统领作用，并将此作为文艺的最高标准，检视并引导今后的文艺创作实践，从而逐渐确立了革命现实主义的正确性和唯一性，也推动了新中国成立初期革命现实主义文学思潮的全面兴起。

所谓“革命现实主义”，其实就是苏联在 20 世纪 30 年代所强调的“社会主义现实主义”。它首先是作为一种创作方法提出来的，即要求作家、艺术家从现实的革命发展中真实地、历史地和具体地书写现实，同时让笔下的现实真实性和历史具体性，与用社会主义精神从思想上改造和教育劳动人民的任务相结合。这一创作方法，在延安时期经反复讨论，逐渐形成新中国文艺发展唯一正确的创作方法。“它要求作家从现实的革命发展中动态地去描写现实生活，要求作家站在进步的立场上‘去熟悉人民的新生活，表现人民的先进人物，表现人民的新的思想和感情’，写光明、写正面人物成为作家的首要任务，以这些人物表现新的思想，进而教育人民、打击敌人，为社会主义建设服

① 关于胡风反革命集团的第三批材料 [N]. 人民日报，1955-06-10（2）.

② 必须从胡风事件吸取教训 [N]. 人民日报，1955-06-10（1）.

③ 孙振．“胡风案件”的前前后后 [J]. 人民公安，2000（2）：60-63.

务。”[①] 1953年1月11日，周扬在《人民日报》上发表了《社会主义现实主义——中国文学前进的道路》，明确指出：“社会主义现实主义，现在已成为全世界一切进步作家的旗帜，中国人民的文学正在这个旗帜之下前进。正如中国新民主主义革命是无产阶级社会主义世界革命的组成部分一样，中国人民的文学也是世界社会主义现实主义文学的组成部分。”[②]这里，周扬是从思想上而不是单纯的方法上，指出了社会主义现实主义就是中国当代文学发展的唯一道路。在第二次文代会上，茅盾在《新的现实和新的任务》中，对此进行了进一步阐述：“今天我国的现实生活中不但已经有巨大的社会主义企业，而且已经有大批的英勇的先进者正在为社会主义社会的实现而创造条件，已经涌现了千千万万的劳动人民具有社会主义者的高贵品质。一个社会主义现实主义作家必须要求自己善于觉察出生活发展的方向和新事物的萌芽，善于从革命发展中去表现生活；一个社会主义现实主义作家的职责正是必须要把在今天看来还不是普遍存在，然而明天必将普遍存在的事物，加以表现。不会正确地看到今天和明天的现实，就不能正确地表现今天和明天的现实，这样的作家就不可能成为好的现实主义者。”[③]由此，社会主义现实主义，被确定为我国文艺创作和批评的最高标准。也就是说，它在本质上已不仅仅是一种创作方法或原则，而是贯彻一切文艺为政治服务的思想立场。

如果深而究之，社会主义现实主义所体现的，其实就是制度化的中国当代文学在创作实践中通过自上而下的方式所形成的文艺思潮，其背后有着一套完整而明确的文化背景和思想体系。它对文学的性质和功能，文学与生活、文学与意识形态的关系，文学与作者、读者的关系，文学创作的艺术方法和具体表现手法，以及文学批评的标准等，都有着明确的政治规定性，而且，这种规定性，与中国无产阶级革命的社会思潮紧密相连，有着密切的同构关系。因此，在理论上将它表述为“革命现实主义”思潮，无疑更为科学，也更有说服力。有学者就明确地阐述道：“所谓‘革命现实主义’……是一种具有鲜明政治性质的文学思潮，呈现为包括理论、批评、创作、组织团体、运动斗争等多种方式的综合形态。纵观全部中国现代文学思潮史，都应该以理论批评和思想斗争为叙述的主要内容，因为这些东西是现代文学思潮的主要载体，而‘革命现实主义’思潮尤其如此。”[④]从新中国成立初期的中国当代文学发展来看，革命现实主义文学思潮具有以下几个鲜明的特点。

第一，它是通过自上而下的方式建构起来的一种文学思潮。与一般的自发性文学思潮颇不相同，它是党中央为了确保文艺战线上的方针政策有效实施，通过一系列制度化措施进行全面推动的一种文学思潮，带着意识形态化的统领意味。这一文学思潮的兴起，尽管有着复杂的历史原因，但在具体的发展过程中，始终体现了制度化、意识形态化、政治立场化的特质，体现出“人民性、党性、党的纪律性三位一体”[⑤]的要求。为

① 李扬．中国当代文学思潮史 [M]. 上海：上海社会科学院出版社，2005：6.
② 周扬．社会主义现实主义——中国文学前进的道路 [N]. 人民日报，1953-01-11（3）.
③ 茅盾．新的现实和新的任务 [J]. 红岩，1953（12）：10.
④ 王福湘．关于“革命现实主义”研究几个基本问题的探讨 [J]. 海南师范大学学报（社会科学版），2013（6）：42.
⑤ 李扬．中国当代文学思潮史 [M]. 上海：上海社会科学院出版社，2005：10.

了有效推动中国当代文学的发展，确保“旗帜”与“方向”不受影响或偏离，周恩来在第一次文代会的政治报告中进一步阐明：在即将成立的新的国家政府机构中，“也要有文艺部门的组织。这种文艺部门的组织，那就要依靠我们上面说的那些群众团体来支持”，“我们新民主主义的政权机构里面的文艺部门，也需要我们全体文艺工作者来积极参加工作”，“文艺工作在政府方面也好，在群众团体方面也好，我们都要来有计划地安排。这就靠你们将要推选出来的领导机构来安排这些事情”。[①] 这也意味着，中国当代文学的发展，将在一种制度化的保障措施下进行，而不是依靠作家各自的艺术个性和思想观念随意创作。事实也是如此。在第一次文代会上，除了确立了“中华全国文学艺术界联合会”之外，还在联合会之下，成立了文学、戏剧、电影、音乐、舞蹈、美术等文艺工作者协会。这些团体名义上是“人民团体”的性质，但在实际上，它们的任务却与“政权机构里面的文艺部门”一样，并且与后者紧密配合，全面执行和管理全国的文学艺术组织工作。这种由各个团体所组成的文学艺术体制，一直延续至今。与此同时，所有出版发行都必须接受文化机构的统一管理；作家、艺术家也成为体制内的人，他们创作作品的发表与评论也都属于文化体制内的事。

第二，它带有鲜明的排他性的价值立场。作为新中国文艺方针的集中体现，革命现实主义文学思潮承载了党对新中国文艺发展的系统化要求，明确地彰显了文学为政治服务的基本功能，“革命化”是其重要特点，也是其思潮的重要边界。这在本质上维护了自身的一元化。第一次文代会的确意味着来自不同方面文学艺术人士的“大团结，大会师”，但这种“团结”与“会师”，有着相当明确的前提条件，诚如周恩来的政治报告所言：“这次文艺界代表大会的团结是这样一种情形的团结：是从老解放区来的与从新解放区来的两部分文艺军队的会师，也是新文艺部队的代表与赞成改造的旧文艺的代表的会师，又是在农村中的，在城市中的，在部队中的这三部文艺军队的会师。这些情形都说明了这次团结的局面的宽广，也说明了这次团结是在新民主主义旗帜之下，在毛主席新文艺方向之下的胜利的大团结，大会师。”[②]这里的“旗帜”与“方向”，不仅是“团结”与“会师”的前提与基础，也是新中国文学发展的核心要求。

通过制度化的手段来保障文学艺术的发展，这一方面是新中国借鉴了苏联政府对文艺创作的管理模式，另一方面也是为了新中国的文艺工作在指导思想上保持高度统一，在服务对象上保持高度统一。所谓指导思想的统一，就是坚持以毛泽东《在延安文艺座谈会上的讲话》为代表的马克思主义文艺思想作为它的指导思想；所谓服务对象的统一，就是坚持文艺为政治服务，为最广大的工农兵服务。无论是指导思想还是服务对象，最终落实到文艺创作实践中，就是全面确立延安时期已经形成的革命现实主义原则。

第三，它是通过有“破”有“立”、“破立相间”的方式，实现自身一元化的格局。其贯彻方式是有“立”有“破”，“破”中求“立”。其“立”的核心标志便是第一、二

① 中华全国文学艺术工作者代表大会宣传处．中华全国文学艺术工作者代表大会纪念文集 [C]. 北京：新华书店，1950：32-33.
② 中华全国文学艺术工作者代表大会宣传处．中华全国文学艺术工作者代表大会纪念文集 [C]. 北京：新华书店，1950：33.

次文代会中明确强调的文艺政策和建立的文学体制。对于新中国的文化建设，这种自上而下的政策方式，无疑为中国当代文学的发展奠定了相对坚实的文化基础。从 1950 年对电影《武训传》的批判到 1955 年的“胡风案”，文艺领域的一些批判运动，都是为了通过自上而下的手段，有效解决作家艺术家在思想观念上的分歧，确保一元化的革命现实主义文学思潮得以全面落实。

第四，革命现实主义思潮的核心目标，就是用积极昂扬的社会主义精神改造、教育和鼓舞劳动人民。为实现这一目标，努力展现社会主义的伟大时代、突出代表着时代进步力量的英雄人物，便成为重中之重。在第二次文代会上，周扬就认为，作家艺术家要站在无产阶级立场上，用辩证唯物主义和历史唯物主义的观点观察生活、表现生活，从现实的革命斗争发展中真实地、历史地和具体地去描写现实，突出其革命化、英雄化的思想伦理，彰显社会主义建设成就。他明确地提出了要把表现新的英雄人物作为“当前文艺创作的最重要的、最中心的任务”①。随后，冯雪峰也在《英雄和群众及其它》一文中，对如何塑造英雄主义，包括如何处理英雄与群众、反面人物的关系，进行了较为详细的阐述。通过这些倡导，我们可以看到，革命现实主义思潮是突出“新英雄理念”的一个重要文学思潮。

四、意义与局限

一元化的革命现实主义文学思潮，是新中国成立初期形成的一种意识形态化文学思潮，既体现了中国社会历史的特殊诉求，也折射了党中央对文艺发展的内在要求。这种文学思潮的兴起，主要是通过意识形态化的方式来推动的，有着特定的历史意义。

这种历史意义，主要体现在新中国成立初期党中央对新政权的维护之上。众所周知，新中国成立初期，各种矛盾此起彼伏，国内的各种敌对势力并没有彻底清除，时刻危及新政权的生存；国外的一些敌对势力更是虎视眈眈，对新生的红色政权四处封堵。特别是随着计划经济的全面实施，中央政府迅速完成了全国的私营经济改造，但是，对于意识形态领域中的资产阶级思想，无法通过外在的手段进行改造。1951 年 11 月 23 日，中央宣传部提交了一份有关文艺工作情况的报告，对当时存在的问题分析道：“特别是在文艺工作的领导方面，存在着一种忽视思想工作、脱离政治、脱离群众、迁就资产阶级小资产阶级的倾向，使文艺战线发生混乱，在党的文艺干部中也发展着某些无组织无纪律的现象。为此决定在文艺干部中进行一次整风学习，以澄清文艺界的各种错误思想，认真建立党对文艺工作的有效领导。”②与此同时，“随着国民经济的迅速恢复，中共领导层对中国社会性质的认识发生了重大的变化，新民主主义社会到底还要维持多长时间，或者说，什么时候进入社会主义社会，就成了一个引发争议的关键问题。激进的观点在争议中占了上风。1953 年党提出了过渡时期的总路线，把工作的重心转移到彻底改造私有制、向社会主义过渡上来了。与此相应，小资产阶级的合法性开始动摇，

① 周扬．周扬文集：第 2 卷 [M]. 北京：人民文学出版社，1985：251.
② 李扬．中国当代文学思潮史 [M]. 上海：上海社会科学院出版社，2005：14.

文艺界对于小资产阶级创作倾向的批判力度日益加大，不断升级，清除无产阶级与资产阶级之间的意识形态的‘中间地带’势在必行”[①]。正是在这种特定的历史形势下，党中央不得不通过一系列批判式的“规训”手段，有效控制文艺的发展方向，避免混杂的文艺思想扰乱新中国的社会经济建设，特别是对计划经济的破坏，以确保新政权取得思想上的高度统一，全力对付国内外的一些主要矛盾。

当然，这一文学思潮在发展过程中，显然存在着一定的局限。作为自上而下的一元化文学思潮，在方法论上对文艺内部的思想矛盾往往进行了简单的政治化处理，特别是将有些不属于阶级斗争性质的学术问题与政治问题联系起来，导致文艺在意识形态统领下失去了自身应有的空间。文艺方针和制度的制定与实施，需要遵循文艺自身的内在规律，在坚持“为人民服务，为社会主义服务”的前提下，倡导“百花齐放，百家争鸣”，充分激活作家、艺术家的内在创造潜能，使他们拥有展示思想和幻想、形式和内容的广阔天地。不同思想观念和审美理想的文艺创作，需要通过学术争鸣和严肃讨论的方式，达到相对的统一，才能促进整个文学艺术的繁荣。

思考题

1. 简述 1949 年第一次文代会的重要意义。
2. 简述革命现实主义文学思潮的主要特点。

参考答案

文献索引

王秀涛. 第一次文代会档案（一）[J]. 中国现代文学研究丛刊，2017（2）：215-219.

王秀涛. 第一次文代会档案（二）[J]. 中国现代文学研究丛刊，2017（4）：212-217.

李扬. 中国当代文学思潮史 [M]. 上海：上海社会科学院出版社，2005.

① 伍英姿. 过渡时期的政治语境与文艺论争 [J]. 武汉大学学报（社会科学版），2012，65（4）：119.

第三讲

反右派斗争与“左”倾化文学思潮

一、背景：“双百方针”的提出

对于中国当代文学来说，1956 年是一个涌动着希望和热情同时又不乏外部危机的年份。从国内情况来看，中国在这一年完成了社会主义改造，意识形态的关注重心发生了转移，从政治思想层面上的阶级矛盾转向解放生产力；从国际情况来看，苏共二十大揭露的斯大林肃反言行等核心问题在共产主义阵营引起震动，对新中国的政权是一次深刻的提醒。在这样的背景下，中国共产党对执政方向和政策制度也进行不断优化，并作出了相应的调整。

表现在文学艺术方面，一个重要的策略就是“百花齐放，百家争鸣”的“双百方针”。在 20 世纪 50 年代初期，这一提法便呼之欲出。1951 年，毛泽东应梅兰芳之邀为中国戏曲研究院的成立题词“百花齐放，推陈出新”。1953 年，郭沫若和范文澜就中国奴隶社会何时向封建社会转变的历史分期发生争论，时任中国历史问题研究委员会主任的陈伯达向毛泽东请示，他说要“百家争鸣”。“双百方针”能够在 1956 年作为一项文艺政策被正式提出，除了言论和思想上的准备外，还有对“知识分子”的重新定位。在 1956 年 1 月党中央召开的知识分子问题会议上，毛泽东发出“全党努力学习科学知识，同党外知识分子团结一致，为迅速赶上世界科学先进水平而奋斗”[①]的号召。周恩来赋予了知识分子以新的阶级地位，即知识分子从“资产阶级、小资产阶级”转变为“工人阶级的一部分”[②]，是可以依赖和依靠的对象。这意味着知识分子回归为国家政体合法化的组成部分。这为“双百方针”的实施奠定了基础，打开了必要的话语空间。

同时，“双百方针”也是对之前过度沿袭苏联文艺政策的调整。随着苏联模式的淡出，斯大林—日丹诺夫时期的文艺批判模式和文艺政策已经失效。1956 年 2 月，陆定一在一次会议上以苏联的遗传学论争为例，批评了苏联的教条主义及其对中国的影响，指出应该破除迷信，提倡自由讨论，毛泽东表示同意。[③]在中共八大会议的准备过程中，毛泽东抽出大量时间听取各部委的汇报，写成了《论十大关系》。它的出发点就是力图摆脱苏联模式的制约，调动“国内外一切积极因素”，建设适合中国国情的“强大的社会主义国家”。[④]这意味着毛泽东思考的是要尽快建立起适合中国本土社会发展的政治、

① 毛泽东 . 建国以来毛泽东文稿：第 6 册 [M]. 北京：中央文献出版社，1992：12.

② 周恩来 . 周恩来选集：下卷 [M]. 北京：人民出版社，1977：162.

③ 夏杏珍 .“百花齐放，百家争鸣”方针形成过程的历史回顾 [N]. 文艺报，1996-05-03（3）.

④ 毛泽东 . 建国以来毛泽东文稿：第 6 册 [M]. 北京：中央文献出版社，1992：82-83.

经济和文化制度。

综上所述，多方面、多层次的形势共同催生了“双百方针”的出台。在1956年4月28日的中央政治局扩大会议上，陆定一、陈伯达提出将政治问题与学术问题、技术问题分开，陈伯达认为在艺术和科学上要贯彻“百花齐放”和“百家争鸣”。毛泽东表示认同这一提法，他说：“艺术问题上的百花齐放，学术问题上的百家争鸣，我看应该成为我们的方针。”①在5月2日的最高国务会议上，毛泽东正式提出实行“双百方针”。党的八大确认了“双百方针”，并将之写入政治报告决议，这意味着“双百方针”成为国家最高领导机关的文化决策。5月26日，陆定一在怀仁堂向科学界和文艺界代表作了题为《百花齐放，百家争鸣》②的报告，系统阐述了这一方针的内容和精神，重申它对繁荣我国文化艺术的重要性和必要性。

“双百方针”的确立，在文学创作的多个层面都对以前奉行的相关政策进行了调整。从创作方向来看，1949年7月召开的第一次文代会上，“工农兵文学”作为解放区文学的优秀传统和新中国的文艺新方向被确定下来，“深信除此之外再没有第二个方向了，如果有，那就是错误的方向”③。“双百方针”对这一问题进行了调整：“对于文学艺术工作，党只有一个要求，就是‘为工农兵服务’，今天来说，也就是为包括知识分子在内的一切劳动人民服务。”这一提法扩展了服务对象的范围，为文学创作留下了相对丰富的空间。

从创作方法来看，从苏联引入的“社会主义现实主义”被确定为新中国唯一正确的创作方法，“双百方针”对此作出了新的解释。陆定一说：“社会主义现实主义，我们认为是最好的创作方法，但并不是唯一的创作方法；在为工农兵服务的前提下，任何作家可以用任何自己认为最好的创作方法来创作。”“双百方针”之后，秦兆阳、周勃、从维熙、刘绍棠等人对“社会主义现实主义”的内涵、实质和原则等进行了广泛探讨，这有利于中国本土文学理论的建构和发展。

在题材和人物方面，“双百方针”否定了题材单一化，暗示了新的创作可能性：“党从未加以限制，只许写工农兵题材，只许写新社会，只许写新人物等等，这种限制是不对的。”这引起了题材扩大化的讨论，对新中国文学来说是一个良性促动。听完陆定一的报告，朱光潜、韦君宜、老舍等人都撰文谈到自己的信心和兴奋之情。钟敬文、舒芜不约而同地使用了“浓春”④“浓郁的春光”⑤，说明“双百方针”对文艺工作者来说具有极其重要的如春天般“再生”和“新生”的意义。

随着“双百方针”带来的相对宽松的表达空间，文艺工作者对一些新的问题进行了阐释和探讨，如霍松林、毛星、李泽厚、狄其聪等人对“形象思维”的讨论，巴人、王淑明和钱谷融对“人情、人性、人道主义”的讨论，表明文艺工作者急欲摆脱教条主

① 毛泽东．毛泽东选集：第7卷[M].北京：人民出版社，1999：54.
② 陆定一．百花齐放，百家争鸣[N].人民日报，1956-06-13（2）.以下若无特别说明，所涉内容皆出自此文。
③ 中华全国文学艺术工作者代表大会宣传处．中华全国文学艺术工作者代表大会纪念文集[C].北京：新华书店，1950：70.
④ 钟敬文．我们文学艺术上未来的浓春[J].文艺报，1957（2）：8.
⑤ 舒芜．春风化雨百花开[J].文艺报，1957（2）：9.

义、建构审美话语的内心期待。

“双百方针”的提出，为新中国文学打开了新的空间，促使文学回归艺术领域，文学创作掀起了一个小高潮。在这之后到 1957 年上半年，文学界出现了“一系列变革”和“带有新异色彩的理论主张和创作”[①]，如何直（秦兆阳）的《现实主义——广阔的道路》等理论探讨，穆旦、汪静之等人的诗，耿简（柳溪）的《爬在旗杆上的人》、白危的《被围困的农庄主席》等特写，孙犁的《铁木前传》、王蒙的《组织部新来的青年人》、李国文的《改选》、李准的《灰色的帆篷》、宗璞的《红豆》、丰村的《美丽》、耿龙祥的《明镜台》等小说，表现出文学创作“干预生活”功能的增强、文学向艺术性本体回归等特点，这也是洪子诚等当代文学史家将这一时期称为“百花时代”的原因。

二、文艺界的反右派斗争

1957 年，针对当时社会现实中存在的问题，毛泽东在全国提出了整顿“三风”。在 3 月 12 日党的宣传工作会议上，他毫不含糊地批评了主观主义、官僚主义和宗派主义，希望通过党外人士的帮助和党内的批评与自我批评，把中国“建设成为富裕的、强盛的、具有高度文化的国家”。[②]在他的设想中，整风运动应该有四个阶段：“大鸣大放阶段（边整边改），反击右派阶段（边整边改），着重整改阶段（继续鸣放），每人研究文件、批判反省、提高自己阶段。”[③]毛泽东原本想通过整顿三风，有效转变中国共产党的不良风气。5 月 1 日，《人民日报》发表了《中国共产党中央委员会关于整风运动的指示》。整风运动得到了知识分子的拥护，费孝通用“早春天气”来形容，虽然“乍寒乍暖”“最难将息”，但老树茁出了新枝[④]，这道出了知识分子的心声。

但是，毛泽东很快发现，在“大鸣大放”和“引蛇出洞，诱敌深入”的“阳谋”[⑤]中，出现了一些无法控制的言论，比如“四个设计院”（章伯钧）、“平反委员会”（罗隆基）、“党天下”（储安平）等等，加上“五一九运动”“六教授事件”，以及波兰、匈牙利事件，他开始改变整风方向，将鼓励党外人士帮助共产党克服不正之风的整风运动，转向了以打击资产阶级右派为目标的阶级斗争。5 月 15 日，毛泽东撰写了《事情正在起变化》，指出右派的危害性，“有反共情绪的右派分子为了达到他们的企图，他们不顾一切，想要在中国这块土地上刮起一阵害禾稼、毁房屋的七级以上的台风”。[⑥]1957 年 6 月 8 日，《人民日报》发表社论《这是为什么？》，标志着反右派斗争开始，文艺界几乎是首当其冲。

从历史发展来看，文艺界的反右派斗争及其扩大化，是高度“左”倾化社会政治思潮的体现，它主要表现为以下三个重要特征。

---

① 洪子诚 . 1956：百花时代 [M]. 济南：山东教育出版社，1998：1.
② 毛泽东 . 建国以来毛泽东文稿：第 6 册 [M]. 北京：中央文献出版社，1992：385-387.
③ 毛泽东 . 建国以来毛泽东文稿：第 6 册 [M]. 北京：中央文献出版社，1992：552.“四个阶段”说在党的八届三中全会上得到了确认。
④ 费孝通 . 知识分子的早春天气 [N]. 人民日报，1957-03-24（2）.
⑤ 毛泽东 . 建国以来毛泽东文稿：第 6 册 [M]. 北京：中央文献出版社，1992：532.
⑥ 毛泽东 . 事情正在起变化 [M]// 中共中央党校 . 马列著作毛泽东著作选读 . 北京：人民出版社，1978：575.

第一，反右派斗争的政治化。

“左”倾思潮之所以能够形成和推进，源于它与政治之间的紧密关系。谁是右派分子，如何对右派分子进行批判，都被纳入了政治化的考量。如前所述，反右派斗争主要是为了保存社会主义阵营的力量和维护共产党的执政权威而作出的决策。为了配合和执行党中央提出的反击右派的目的，首先要确定谁是右派分子。在文艺界，那些有“反动”言论和历史问题的人被“优先”列为考虑对象。譬如，在“双百方针”之后，唐达成写了《烦琐公式可以指导创作吗？》一文，和周扬商榷关于“新英雄人物”要不要写缺点的问题。在反右派斗争中，这篇文章成为他和编辑唐因的“罪证”。1957 年 6 月 24 日到 7 月 8 日，在《文艺报》连续召开的五次全体工作人员大会上，此文被判定“为右派进攻中宣部领导打开缺口”①。在“百花时代”和“大鸣大放”阶段，不少作家和文艺理论家受到形势鼓舞和单位领导的鼓动，怀着为党整风的赤诚之心，写文章、发表讲话，却给自己招来了厄运。徐懋庸写了一百多篇针砭时弊的杂文，还在 1957 年 4 月 12 日《文艺报》举行的座谈会上，畅谈自己对杂文的性能、杂文如何反映人民内部矛盾等问题的看法。既有发言，又有文章，均为“铁证”。11 月 26 日至 29 日，中国科学院哲学社会科学部和中国作家协会举行了六次批判徐懋庸的会议，周扬、夏衍、刘白羽、陈笑雨等在会上发言，批判他是“资产阶级右派的辩护士”“反党、反社会主义的急先锋”②。

这种政治化程序，在“丁、陈反党集团”案中体现得尤为明显。1957 年 6 月 6 日，中国作协召开党组扩大会议，决定重新讨论处理丁玲、陈企霞问题。7 月以后，中国作协连续召开了 25 次党组扩大会议，经过对丁玲、陈企霞、冯雪峰等人的连续批判，最终取得“决定性胜利”，丁玲和陈企霞被打为“右派分子”。中国作协各支部大会同意，开除丁玲的党籍，建议将她发配到最偏远的地方去。由于政治形势的急剧变化，反右派斗争逐渐演变成文坛涉及面极广的内部斗争。

在这种特殊的历史环境中，一些被认定为“资产阶级右派”的人物，有些不停书写思想检查，有些甚至遭遇牢狱之灾。因此，甄别并确定谁是“右派分子”，不仅成为积极响应上级要求的行为，也折射了文艺界人人唯求自保的心理。艾青、丁玲这些“老党员”被打为“右派”，对郭沫若震动很大。他说：“像我们这样的人，如果不好好改造自己，骄傲自满，就会成为右派。”③足见这场运动给知识分子带来的心理震撼。

第二，批判逻辑的阶级化。

“阶级”问题是“左”倾化思想出现的重要动因。反右派斗争主要起源于毛泽东意识到“非无产阶级”对“无产阶级”构成了威胁，必须予以适当清理。在 1957 年党的八届三中全会上，他指出我国社会的主要矛盾是“无产阶级与资产阶级的矛盾，社会主

① 重新站到党的立场上来：本报文学部的自我批评 [J]. 文艺报，1957（19）：14.

② 马铁丁 . 批判徐懋庸 [J]. 文艺报，1957（34）：4–6.

③ 丁东 . 反思郭沫若 [M]. 北京：作家出版社，1998：267.

义道路与资本主义道路的矛盾”[①]，“阶级斗争并没有结束”，在我国，“社会主义和资本主义之间在意识形态方面的谁胜谁负的斗争，还需要一个相当长的时间才能解决”[②]。在这个前提下，他将“资产阶级右派”定义为“反共反人民反社会主义的资产阶级反动派”[③]，指出“鉴别资产阶级及资产阶级知识分子在政治上的真假善恶”的标准就是“看人们是否真正要社会主义和真正接受共产党的领导”[④]，这就将“右派”的身份问题转换成了阶级问题，为批判运动提供了重要的逻辑支持。

按照“阶级”立场的判断标准，在批评者看来，丁玲对贞贞持赞扬和同情态度，实为“赞扬失节人物、宣扬资产阶级个人主义人生哲学”[⑤]，《在医院中》是“反党小说”[⑥]。冯雪峰的文学被判定为“遵命文学”：“他‘遵’的不是无产阶级之‘命’，社会主义之‘命’，共产党之‘命’，而遵的是资产阶级右派之‘命’，是胡风之流之‘命’，是一贯反党反人民的反社会主义之‘命’。”[⑦]这样的论断脱离了对文本的解读，成为放之四海而皆准的政治性批判武器。在民族国家的话语逻辑里，一切叙事都应有其“阶级”目的和“阶级”感情，否则就是作家的世界观和思想立场有问题。就连刘绍棠这样“长在红旗下”的新作家也在劫难逃。他在“双百方针”之后提出过一些文艺意见[⑧]和对《讲话》的质疑，被认为是发出了“反党”的声音，被打成“右派”。他的《运河的桨声》《十字路口》《西苑草》《田野落霞》等作品曾受到批评家的高度赞扬，一旦成为“右派”，批评家的态度就来了个大转弯，批判这些小说是“对热火朝天的农业合作化运动后的农村生活”的“恶毒的歪曲”[⑨]，散布的是“没落的、猥亵的资产阶级的情调”，走的是“反对党反对社会主义”和“脱离生活真实背离人民的反动道路”[⑩]。在这样的批评逻辑里，由于设定了“阶级”的前提，因此，从不同的作品出发，得出的结论是一致的。它们的目的也并非挽救“阶级敌人”，而是将其制作成“标本”，以儆效尤，以正视听。

为了“便于和文艺界的右派的反动言行展开斗争”，《文艺报》从1957年7月起开始辑录他们的“反党反社会主义的言行”，根据这些言行对他们的思想和形象进行了定位：许杰“捣乱整风，要和共产党分庭抗礼”，施蛰存“攻击共产主义的品德”，曾彦修（严秀）“污蔑党，污蔑社会主义的出版事业”，宋云彬“替右派集团首脑辩护”，萧乾的言行是“对新社会的污蔑”[⑪]，陆侃如是“道貌岸然的‘学者’，原来是野心勃勃的阴谋家”，王希坚“玩弄两面手法，坚持右派立场”，钟敬文“到处煽火，到处放毒，

① 毛泽东．毛泽东选集：第5卷[M]．北京：人民出版社，1977：475.
② 毛泽东．建国以来毛泽东文稿：第6册[M]．北京：中央文献出版社，1992：344-345.
③ 毛泽东．建国以来毛泽东文稿：第6册[M]．北京：中央文献出版社，1992：533.
④ 毛泽东．建国以来毛泽东文稿：第6册[M]．北京：中央文献出版社，1992：474.
⑤ 陆耀东．评“我在霞村的时候”[J]．文艺报，1957（38）：4.
⑥ 张光年．莎菲女士在延安：谈丁玲的小说《在医院中》[J]．文艺报，1958（2）：9.
⑦ 艾克恩．略论“遵命文学”[J]．文艺报，1957（36）：8.
⑧ 刘绍棠．现实主义在社会主义时代的发展[J]．北京文艺，1957（4）：9-11.
⑨ 康濯．党和人民不许你走死路：写给刘绍棠[J]．文艺报，1957（19）：11.
⑩ 李影心．刘绍棠所探索和追求的：评“田野落霞”[J]．文艺报，1957（28）：10.
⑪ 文艺界右派的反动言行![J]．文艺报，1957（16）：4.

阴谋篡夺党对民间文学事业的领导权”，穆木天是“为资产阶级叫嚎的猫头鹰”，姚雪垠“仇视党的文艺方针，仇视社会主义制度”，苏金伞“贩卖胡风反动文艺观点，企图独霸河南文坛与党分庭抗礼”，冯亦代“勾结右派集团，妄图篡夺党对文教界的领导权”[①]……这些令人眼花缭乱的形象拥有一个共同的名字——“右派分子”，他们的共同点是对党、人民、社会主义的“仇视”。这种二元对立的方法将知识分子简单粗暴地区分为不同的阶级阵营。

今天来看，这种政治性批判的论证过程十分单薄，先是将知识分子打成“右派”，再用他们的文章去佐证其“罪行”。这是反右派斗争中的主流批评逻辑，并不具备艺术思想判断的合理性和有效性。但它们的打击力度是惊人的，这些白纸黑字为“右派分子”提供了“定罪”的坚实依据。这种文学艺术上跨界的判决，将反右派斗争向“左”倾化道路不可遏制地推进。

第三，反右派斗争的扩大化。

“左”倾化的一个重要特点，就是以超出正常事态的方式和节奏将相关问题扩大化，由此造成偏离预定轨道的后果。在反右派斗争过程中，这一情形尤为突出。1957 年下半年的《中共中央关于〈划分右派分子的标准〉的通知》出台后，全国共有 15 万“右派”[②]。而在文艺界，“右派分子”的数量和规模之所以扩张迅速，主要是“连坐”问题。一人、一文被打成“右派分子”，与之相关或相似的人也会被处以同样的身份。徐懋庸被批判后，有批评家认为巴人和徐懋庸的相同点是“对新社会的怨毒之深，对旧制度的眷恋之切”[③]。巴人被打成“右派”，遣返浙江，病困潦倒，精神分裂，孤独逝于医院。在批判钱谷融时，他的《论文学是“人学”》与何直、周勃、陈涌等人关于“社会主义现实主义”的文章被联系起来，被称为“文学上的资产阶级思潮中两个自成系统的极端”，一个用“写真实”、一个用“人道主义”来“反对社会主义文学的阶级性，反对马克思主义世界观”。[④]当然，在批判“人情”说时，钱谷融及其“人学”论也免不了陪绑。1957 年上半年，流沙河的《草木篇》受到批判。此时，公刘在“鸣放”期间出游在外，没法对他因“言”定罪。正在胶着的时候，传来《草木篇》被批为“反动透顶”的消息。批判者发现公刘的寓言诗与《草木篇》有异曲同工之处，于是把他的诗歌重新命名为《禽兽篇》，不仅与流沙河的诗对称，而且一目了然，可谓“双峰对峙，二水分流”[⑤]。这个“发现”一经成立，公刘也就顺理成章地被打成和流沙河同级别的“右派分子”。按照这样的“连坐”法，在一个“右派分子”或者一桩案件的处理中，往往能牵扯出若干人。在丁玲、陈企霞事件中，经有关人员揭发的就有艾青、冯雪峰、聂绀弩、唐达成、胡考、钟惦棐、浦熙修、梅朵等。就连最初作为中宣部审查丁玲历史五人小组成员之一的中宣部原秘书长、机关党委书记李之琏，因和黎辛、张海、崔毅一样

① 文艺界右派的反动言行![J]. 文艺报，1957（37）：10–11.
② 胡平 . 禅机：1957 苦难的祭坛 [M]. 广州：广东旅游出版社，2004：371.
③ 华夫 .“竞异求同”解 [J]. 文艺报，1960（2）：21.
④ 姚文元 . 文艺思想论争集 [M]. 北京：作家出版社，1964：275.
⑤ 徐光耀 . 昨夜西风凋碧树 [M]. 北京：十月文艺出版社，2001：116.

“偏袒”和“同情”丁玲，也一起被打为“右派分子”。

1957年，《人民日报》发表社论，认为对于“坏分子”，说服教育的办法无效，也决不能继续留用在单位，另外就业呢，又没人愿意收留。“对于这些人，就需要有一个既能改造他们，又能保障其生活出路的妥善办法。根据人民政府长期的研究和考虑，把他们收容起来，实行劳动教养，就是最适当的也是最好的办法。”①1958年1月，党中央下发了六种关于处理“右派分子”的规定。虽然规定声明对这些人要严肃和宽大处理相结合，但是，这种针对刑事罪犯和鸡鸣狗盗之徒的等级判断与处理方式，将知识分子彻底打入了社会的底层。

根据党的十一届三中全会后改正被错划“右派分子”的结果，在55万“右派分子”中，“除极少数是真右派外，绝大多数或者说99%都是错划的”。②扩大化的反右派斗争，对文艺界生态的破坏是颇为严重的。首先，文学的正常秩序和格局遭到摧残。知识分子在文艺创作上失去了相对宽松的探索空间，这种情形直到20世纪80年代才逐渐得以矫正；其次，反右派斗争之后，社会上弥漫着鄙视知识分子的浓厚风气。到“文化大革命”时期，则形成了全民对知识、对知识分子的集体漠视；最后，反右派斗争在一定程度上，也是“文化大革命”的一次预演。因为在这次运动中，针对知识分子的思想改造、“大鸣大放”、教育运动等模式已基本成形，只是规模不同而已。③

三、新民歌运动与文艺创作的“左”倾化

从20世纪中国文学的发展来看，“左”倾化文艺思潮在20年代末30年代初的文坛，也初见端倪。这种激进化的做法，虽然对当时的民族情绪有所激励，但对文学创作本身却造成了一定的影响。新中国成立后，由于阶级斗争之弦一直紧绷，“左”倾化文艺思潮并未完全断绝。从文艺作品生产过程、文学特征及其与意识形态之间的关系来看，1958年“大跃进运动”期间兴起的新民歌运动，可以说典型地体现了这一文学思潮的特征。

首先，新民歌运动是意识形态推动的产物。

“左”倾化文学思潮的重要表现之一，是根据意识形态的要求对文艺创作进行转换和调整。这种特点在新民歌运动中得到了充分的体现。它是一场在意识形态驱动下展开的民间诗歌收集和再创作运动。在1958年3月的成都会议上，毛泽东吩咐田家英收集关于四川的旧诗词，并提出要“搞点民歌”，“各阶层的人，青年，小孩都有许多民歌，搞几个点试办，每人发三五张纸，写写民歌，不能写的找人代写，限期十天搜集。这样，会收到大批旧民歌，下次会印一本出来”④。在之后的汉口会议上，他再次明确提出，“各省搞民歌”，“各省至少要交一百首”，“大中小学生，发动他们写，每人发三张

---

① 《人民日报》社论 . 为什么要实行劳动教养 [N]. 人民日报，1957-08-04（1）.

② 薄一波 . 若干重大决策与事件的回顾：下卷 [M]. 北京：中央党校出版社，1991：618-619.

③ 韦君宜 . 我所目睹的反右风涛 [J]. 百年潮，1998（2）：26.

④ 李锐 .“大跃进”亲历记 [M]. 上海：远东出版社，1996：233.

纸，没有任务，军队也要写，从士兵中搜集”。[①]根据以上指示，可以看出毛泽东发动搜集民歌的决心。需要注意的是，这里所说的“民歌”指的是未经加工的民间歌谣。后来经过党政机关的层层宣传、推进，演变为“工农兵”创作的“新民歌”，甚至还出现了郭沫若、蔡其矫、卞之琳等学习新民歌创作的“新诗”，这个过程就相对复杂了。

从20世纪20年代举办农民运动讲习所起，毛泽东就非常重视民间艺术的功能。新中国成立后，从世界阵营的意识形态对峙出发，他认为社会主义的优越性，不仅要表现在经济和生产力方面，还要在文化上体现出来，这种文化应当具有“中国作风和中国气派”，其创作主体是全民尤其是“无产阶级文艺大军”。“民歌”能够满足这样的要求。在1958年5月5日到23日召开的党的八大二次会议上，根据成都会议精神，周扬作了发言。周扬将“大跃进运动”中出现的民歌称为“新的、社会主义的民歌”，以区别于旧民歌、老民歌。他指出，新民歌是“工人、农民在车间或田头的政治鼓动诗”和“生产斗争的武器”，它“给人最突出的印象是劳动人民在国家生活中取得了主人公的地位，有了自豪的感觉”，它“真实地表现了人们在劳动过程中的新的相互关系”。周扬将新民歌提到诗歌发展的历程中，指出它“开拓了民歌发展的新纪元，同时也开拓了我国诗歌的新道路”[②]。同时，周扬还和郭沫若一道将“革命现实主义”和“革命浪漫主义”提炼为具有高度概括性的“两结合”，表面上看是两者之间的“平衡”，实际上“革命浪漫主义”始终占有优先地位。新民歌运动由此在全国展开。

新民歌运动虽有文艺之名，但是在推广和发动上，却带有意识形态化的动员特征。1958年4月14日，《人民日报》发表社论《大规模地收集全国民歌》，介绍了毛泽东在成都和武汉关于民歌的讲话。8月和10月，文化部召开省、市、自治区文化局长会议和全国文化行政会议，全面部署文化工作。各省响应毛泽东和宣传部、文化部的号召，要求收集民歌：“有风必采，随采随报，月月汇集，月月编选，能出书的就出书，该上报的就上报，并且有计划每年都编出几本书来，作为政治任务，把它经常制度化起来。长期地坚持下去。”[③]各省各地通过行政命令大力地调动资源，形成了一个自上而下的全国性诗歌运动。

1958年，全国到处都在赛诗，各地都在举办民歌展览会。《人民文学》《诗刊》和各地文艺刊物开办了《采风录》《新国风》栏目，大量刊登新民歌。徐迟在为《一九五八年诗选》作序时，充满激情地描述当时的情形：出现了无数诗歌的厂矿车间，到处都是万诗乡和百万首诗的地区，许多兵营也成了万首诗的兵营。几乎每个县从县委书记到群众都在动手写诗。“各地出版了不可计数的油印和铅印的诗集、诗选和诗歌刊物，诗写在街头上，刻在石碑上，贴在车间、工地和高炉上。诗传单在全国飞舞。”[④]全国展开了充满革命浪漫激情的“诗歌运动”。

---

① 陈晋．文人毛泽东[M]．上海：上海人民出版社，2005：450.

② 周扬．新民歌开拓了诗歌的新道路[J]．红旗，1958（1）：33-38．

③ 《湖北日报》社论．开展一个以收集民歌为主的采风运动[M]//湖北人民出版社编辑部．谈“湖北民歌”．武汉：湖北人民出版社，1958：6.

④ 徐迟．一九五八年诗选序[J]．诗刊，1959（4）：94-100.

其次，新民歌运动具有激进主义色彩。

激进主义是“左”倾化文艺思潮的重要特征。“激进”文学是一个相对于“传统”文学而言的概念：“它通常存在于左翼文学内部。在文学创作、文学功能、作家身份、作品阅读等问题上，对于原来的文学‘成规’，它常提出一种‘叛逆性’的主张，推行激进的措施。”①它是在“革命浪漫主义”的基础上，为实现其理想目标而设计的方法与途径。总而言之，为达到革命目标而采取超出现实常规的激进手段，在新民歌运动中体现得很明显。

新民歌运动发起于以高速度高指标为特征的“大跃进运动”期间。“社会主义大跃进”的目标是“赶英超美”“跑步进入共产主义”。为了完成这个目标，党的八大二次会议提出了“鼓足干劲，力争上游，多快好省地建设社会主义”的总路线和“用最高的速度来发展我国的社会主义生产力”的口号。这种“放卫星”“浮夸风”的“大跃进”思维被运用于文艺生产领域：“来一个增产运动，在创作方面也来跃进一番。”②1958 年 3 月 8 日，中国作家协会讨论《文学工作大跃进 32 条》，茅盾、巴金、曹禺等知名作家都为自己制定了高指标的创作计划。《人民日报》同日发表了题为《中国作家协会发出响亮号召　作家们！跃进，大跃进！》的文章，要求作家们“坚决执行计划，提前兑现”。4 月 26 日，文化部召开文化局长会议和全国文化行政会议，提出文化活动的目标包括“人人唱歌”“人人能创作”③，显示出中国作家协会和相关部门紧跟形势的积极性。

在党的八大二次会议上，毛泽东提出了新民歌运动的指标：“每个乡可出一集，九万个乡出九万集。如果太多了，少出一点，一两万集也好，出万把集是必要的。”④即使是这些数字里最少的“万把集”，现在看来也免不了激进色彩。实际上，这离他自己在汉口会议上说的“各省要搞一百多首”已相去甚远。柯庆施根据毛泽东的讲话精神，提出了“文化建设”的设想，说：“每个厂矿、农村都有图书馆、文化馆、歌咏队、演剧队，每个生产队、组都有自己的墙报、画报，都有自己的李白、鲁迅和聂耳，自己的梅兰芳和郭兰英。”⑤这个讲话深得毛泽东赞赏。如果说硬生生地拔高经济指标有违生产规律的话，那么，以个性化和艺术化为特点的文学创作在激进主义思路的推进下，则或多或少失去了其必要的审美独创性。

新民歌运动堪称文艺上的“大跃进”，甚至不输农业和工业建设：据安徽省 41 个县市不完全统计，几个月间出现了 3 亿 1000 多万首民歌。河北某县的 40 万人口中有 20 万在创作，占人口总数一半，可谓“个个是诗人，处处闻诗声”⑥。呼和浩特市决定 3 年到 5 年内要收集 50 万首民歌，内蒙古全区在 5 年内搜集 1000 万首民歌，认为这个数

---

① 洪子诚 . 1956：百花时代 [M]. 济南：山东教育出版社，1998：263.
② 欧阳予倩 . 鼓起干劲，多写剧本 ![J]. 文艺报，1958（4）：14.
③ 罗嗣亮 . 毛泽东与一九五八年民歌运动关系考论 [J]. 中共党史研究，2014（3）：78.
④ 毛泽东 . 毛泽东思想万岁（1958—1960）[Z]. 内部资料，1967：84.
⑤ 项东民，安熠辉 . 吹响“大跃进”冲锋号的中共八大二次会议 [J]. 文史精华，2011（3）：31.
⑥ 潘旭澜 . 新民歌简论 [J]. 复旦学报（社会科学版），1960（7）：36–37.

字“保守”。南京市 50 天内就产生了群众创作的民歌 130 万余首，仅常熟一县就有 43 万篇。河南省 96 个县统计有创作组 30751 个，仅许昌一个专区的业余作者就有 57000 多人。湖北省红安县委的调查结果是“搞不清”有多少民歌，因为“太多太普遍了”①，真可谓“村村要有李有才，社社要有王老九，县县要有郭沫若”。在新民歌中，超越现实的“浮夸风”“放卫星”也达到了匪夷所思的地步：“红薯亩产三万多，南瓜大一个，抱都抱不合，要拿重得像秤砣”，“肥猪赛大象，／只是鼻子短，／全村宰一头，／足够吃半年，／一个萝卜千斤重，／两头毛驴拉不动，／花生壳，圆又长，／两头相隔十几丈，／五百个人抬起来，／我们坐上游东海。”这种极度的夸张是“历史想象”的“真实”，也就是说，它确实反映了当时的人们在“大跃进运动”号召下的心声。

1958 年，中国成了一个“诗海”，一个诗歌的国度。这种激进的创作现实给予了人们以超越一切时代的自信心与自豪感。1959 年，周扬和郭沫若编选出版了《红旗歌谣》，周扬在该书序言中将它称为使“诗三百篇”也要逊色的“社会主义新时代的新国风”②，其时代政治特征和意识形态指向是很明确的。这个中国历史上从未有过的全民写诗运动与“大跃进运动”一道，分别从文艺生产和经济生产两个方面为人们提供了社会主义国家建设的一体化构想。

再次，新民歌运动承载着对社会主义新中国的想象。

新民歌最大的特征是充满了超现实的描述和审美想象。虽然这些想象在今天看来也显得夸张，但无疑凸显了创作者的乐观主义精神。它们既有着基于“大跃进”和“人民公社”的现实色彩，同时也展示出了人们对于未来的瑰丽期盼。

这种夸张带来的是神话化和浪漫化的美学效果，使不少诗篇都对“旧貌换新颜”的“现实”予以了诗情想象，这是新民歌的精神核心。在具有明快比喻的抒情笔法下，“小高炉”构成了幸福的乐园生活景象：“小高炉，像宝泉，／铁水源源汇成川。／／小高炉，像笔杆，／蘸着铁水画乐园。”大炼钢铁热火朝天的场面使得“王母惊呼玉帝打颤，／感叹天上不如人间”，也让社会主义的“敌人”士气大挫，“铁水滚滚似火龙，／能把地球缠三圈。／英帝看见心发慌，／美帝气得干瞪眼。”在新民歌展现的场景中，抵达“共产主义”的通道既顺遂又美好，“跃进，跃进，更跃进！／农村三变上天堂”。对于欢欣鼓舞的中国人来说，这种“革命浪漫主义”与未来的美好蓝图之间可以画上等号。新民歌以豪言壮语和诗情描述编织出了这幅蓝图，以期快捷地将壮丽的社会主义新中国想象变为现实。

最后，新民歌运动是“无产阶级文艺”的美学实践。

“无产阶级文艺”的创作主体和书写对象都是“无产阶级”，简而言之，写“无产阶级”和“无产阶级”写，这是“左”倾化文艺创作的核心策略。从无产阶级革命文学时期起，扬“无产阶级”、贬“（小）资产阶级”就成为文学创作和文学批评的一个重要倾向。新中国成立后，经过“可不可以写小资产阶级”“《腹地》批判”“萧也牧批

① 东风得意诗万篇——中国民间文学工作者大会发言集锦 [J]. 文艺报，1958（15）：39.

② 周扬，郭沫若 . 红旗歌谣 [M]. 北京：红旗杂志社，1959：“编者的话”2.

判”“《武训传》批判”“《〈红楼梦〉研究》批判”等大大小小的批判运动，以及左翼文学领袖和文艺、政治高层的不断阐释，“无产阶级文艺”逐渐成形。以“歌颂大跃进，回忆革命史”为主要题材的新民歌是这一政治写作主流的重要组成部分。在工人、农民中发现和培养作家，也成为文艺工作者的一个重要任务。周扬在《红旗歌谣》的序言中对“新民歌”进行界定时，指出它的主体是社会主义的劳动者。它是“政治鼓动诗”和“是生产斗争的武器”，又是“劳动群众自我创作、自我欣赏的艺术品”，是一种“新的、社会主义的民歌”。[①]《红旗歌谣》分为“党的颂歌”“农业大跃进之歌”“工业大跃进之歌”“保卫祖国之歌”四辑，体现了在党的领导下“工、农、兵”热火朝天建设祖国、保卫祖国的“无产阶级文艺”构想。

为了表现“无产阶级”的劳动场景，新民歌通常将大自然进行拟人化，想象它在高强度的劳动下“认输”“服软”。“人”的力大无穷和无所不能与大自然的被征服形成对比，从而达到对劳动主体进行“革命浪漫化”的修辞目的。修水库的“气得龙王干瞪眼，／气得土地没奈何”，运肥车的威力逼得“土地爷说：我被肥料压扁了”，保卫祖国的雷达兵长着“千里眼”，“上能见飞机，／下能见船只，／穿云穿雾没遮拦”。“无产阶级”的力量被发挥到前所未有的新高度：能与火箭争速度，和天公比高低；能让江河湖海搬家，让日月星辰转动。一首著名的《我来了》对劳动者进行了超自然的无限神化：“天上没有玉皇，／地上没有龙王，／我就是玉皇，我就是龙王，／喝令三山五岳开道，我来了！！！”在借“劳动”名义对天地万物进行征服的背后，传达出来的是革命浪漫主义的精神理想。

值得注意的是，以“无产阶级”为主体的新民歌并非表现的终极目的。这种朗朗上口、传播广泛的文艺形式作为重要的社会动员结构和组成元素，被纳入赞颂新中国的建构工程。在不少新民歌中，充满了对自然的拟人化描写，以及对集体主义力量的歌颂：“天塌社员补，／地裂社员衲”之所以能够“实现”，是因为“党的好领导，／集体力量大”。《指路明灯》等新民歌还对人们歌颂的对象进行了直接表述：“老汉咧嘴忍不住地笑”，因为“农业发展纲要四十条，／好像四十颗太阳当头照。／太阳也比不上它温暖，／处处地方它都照到”。新民歌一再强调“农业发展纲要”等国家“经／权”政策，彰显了人们对于社会主义新中国的内心愿景。

四、意义与局限

新民歌运动的存在时间很短。随着“大跃进运动”走向尾声，新民歌运动也逐渐偃旗息鼓。今天来看，这场全民写诗运动虽然有些荒谬，特别是其所体现的“左”倾化对文学造成了较大影响，但这一思潮对于中国当代文学的发展来说，有一定的意义。

首先，新民歌运动出现在反右派斗争之后，是在文艺荒芜时期对民间资源的一次调动。它的艺术水准虽然不高，但民间蓬勃旺盛的劳动热情、人们对社会主义建设的拥

① 周扬. 新民歌开拓了诗歌的新道路[J]. 红旗，1958（1）：33.

戴，都在一定程度上巩固了人们对社会主义新中国的建设信心。如描写宝成铁路的建设，“两拳打开老秦岭，／一脚踢倒剑门关”，有夸张色彩，但在条件艰苦的川陕地区，这种“人定胜天”的信念有助于铁路建设的推进。勘探队、钻井队、煤矿队，还有在悬崖上、隧道里、铁塔上、长江上工作的开山工、筑路工，电焊工、装卸工、妇女运输队等等，都在新民歌中得到了展现和书写。从某种程度上，可以将它们视为新中国社会主义建设的一个侧面、一种特写。

其次，“左”倾化文学思潮对民众的鼓动，构成了新中国群众文化艺术的一次尝试，显示出文学大众化潜在的生命力。在新民歌运动中，诞生了《工人诗歌一百首》、石油工人的《井场诗》、刘章等农民诗人创作的诗歌，这是对第一次文代会提倡的“工农兵群众的文艺活动”的重要实践。同时，这种创作对李季、田间、闻捷等诗人也有一定的启发性，特别是使他们在精神上受到激励和鼓舞。在这一文学思潮中，知识分子的主体性被糅进了工农兵的力量，部分地实现了“文艺工作者是精神劳动者，广义地说来也是工人阶级的一员。精神劳动者应该向体力劳动者学习”[①]这一新中国成立初期的文艺理想。

当然，这一文学思潮的弊端和局限性，也是很明显的。其一，它以激进化和阶级化的“左”倾姿态否定了“百花时代”的文学成果，否定了文艺创作的个性化、多元化等基本价值观，削弱了新中国成立以来文学发展的丰富空间。这种文学思潮，多少有违于文艺创作规律，导致文学创作的单薄、内涵单一；它提倡群体化的“合唱”，不允许“异质”的声音，统一化的表达后面是一体化的思想；它不提倡个人创作，新民歌大多没有个人署名，导致文学创作的个人空间受到严重挤压；它将超现实的幻想视为“真实”，使得人们对现实生活的认知陷入凌空蹈虚的窠臼。在这一历史幻景的罩护下，这种文学思潮阻碍了“生活真实”与“艺术真实”之间的紧密关系。

其二，它以“左”倾激进的方式介入文学领域，在有意无意之中强化了文学的阶级斗争属性。1958 年周扬发表的《文艺战线上的一场大辩论》，曾清晰地勾勒出 20 世纪 20 到 50 年代左翼文化运动的线索，“资产阶级”文艺路线作为异端被清理。该文指出，“文学艺术也要建军，也要练兵。一支完全新型的无产阶级文艺大军正在建成，它跟无产阶级知识分子大军的建成只能是同时的，其生产收获也大体上只能是同时的”。[②]用“无产阶级”驱逐其他“异质”阶级，在此基础上建立一种全新的、革命的、干净透明的文艺格局，这种单向度的价值规约，无疑严重影响了中国艺术发展的丰富性和多元性。

① 中华全国文学艺术工作者代表大会宣传处．中华全国文学艺术工作者代表大会纪念文集 [C]. 北京：新华书店，1950：25.

② 周扬．文艺战线上的一场大辩论 [N]. 人民日报，1958-02-28（2）.

思 考 题

1. 简述“双百方针”的提出过程。

2. 简述新民歌运动的特点。

参考答案

文献索引

毛泽东. 建国以来毛泽东文稿：第 6 册[M]. 北京：中央文献出版社，1992.

中华全国文学艺术工作者代表大会宣传处. 中华全国文学艺术工作者代表大会纪念文集[C]. 北京：新华书店，1950.

陈徒手. 人有病　天知否：一九四九年后中国文坛纪实[M]. 2 版. 北京：人民文学出版社，2010.

第四讲

“朦胧诗”群与启蒙主义思潮

一、背景：“文革”时期的民间诗歌

在中国当代文学史上，“朦胧诗”群就像是一道闪电，率先开辟了新时期文学的文化疆域。他们以“我不相信”的姿态，果断地清算以往的某些僵化观念，同时又以“在没有英雄的年代里／我只想做一个人”明确昭示了人本主义的启蒙意愿。很多学者在论及这一诗歌群体时都反复强调，“朦胧诗”从一开始就有效彰显了诗人们对自我权利、自我价值的肯定和吁求，清晰地体现了个体生命意识的觉醒，并激活了搁置已久的启蒙主义思潮。

由“朦胧诗”群所引发的这股启蒙主义思潮，并不是一种突发性的文学思潮，它有着复杂而隐秘的历史背景。从文化发生学的意义上说，这一思潮的出现离不开“文革”时期独特的历史语境，尤其是活跃于民间的各种青年写作群体。现有的史料披露，无论是在“文革”之前还是“文革”期间，都有一些与当时主流诗歌迥异的诗歌形态散布于民间，形成了各种与主流话语完全不同的“地下文学场”。在这些“地下文学场”中，最终催生“朦胧诗”群的，主要有“贵州诗人群”、诗人食指（郭路生）和“白洋淀诗群”等。

在“文革”中后期，偏远的贵州曾活跃着一个非常独特的民间诗歌群体。这个诗歌群体以诗人黄翔为代表，将他们自创的地下刊物直接命名为《启蒙》，发表了大量具有现代意识的诗歌，极力推崇各种启蒙思想和人本主义的理想。在这一诗歌群体中，仅黄翔留下来的作品，就能让人们深深地感受到那种批判与启蒙的激情。如他创作于1968年的《野兽》，通过一种激愤的语调，对那个野蛮的、人性扭曲的时代发出了最强烈的怒吼：“我是一只被追捕的野兽／我是一只刚捕获的野兽／我是被野兽践踏的野兽／我是践踏野兽的野兽。”短短的诗句，遍布“野兽”的意象，它隐喻了诗人对人性丧失的野蛮时代的强烈愤怒与尖锐的嘲讽。随后创作的《火神交响曲》，则更加明确地体现出一个思想启蒙者的情感穿透力，凸显了诗人对人本主义的召唤，传达了明确而强烈的启蒙主义意愿，并对“朦胧诗”群中的主要诗人产生了直接影响。

当然，对“朦胧诗”产生最直接影响的，还有诗人食指和“白洋淀诗群”。食指不仅对“文革”地下诗歌创作产生了巨大影响，而且对“朦胧诗”群中的众多诗人都产生了重要影响。那些“白洋淀诗群”的重要成员，如宋海泉、齐简等人，都不约而同地谈及初遇食指诗时的激动心情，“谈到当时的诗歌，不能不说到郭路生。有人评论郭路生为‘文革’诗歌第一人，应该说这是一个恰当的评价。是他使诗歌开始了一个回归：一个以阶级性、党性为主体的诗歌开始转变为一个以个体性为主体的诗歌，恢复了个体的人的尊严。恢复了诗的尊严”[①]。而北岛则说得更加直白，在面对法国记者的提问时，他直接将食指当作自己诗歌创作的引路人。[②]的确，食指的代表诗作如《愤怒》《相信未来》《这是四点零八分的北京》《鱼群三部曲》《海洋三部曲》等，都在质询神本主义的历史意志、呼唤个体生命的觉醒等方面展示了明确的启蒙意愿。

由下乡知识青年在民间自发形成的“白洋淀诗群”，与“朦胧诗”有更清晰的承续关系。一些后来成为“朦胧诗”重要力量的诗人，如芒克、多多，都是这个群体的核心人物；北岛、江河等人也与“白洋淀诗群”有密切的交往。陈默曾在一篇文章中详细地谈到这一诗歌群体：“‘白洋淀诗群’，是指 60 年代末到 70 年代中期（1969—1976），一批由北京赴河北水乡白洋淀插队的知青构成的诗歌创作群体。主要成员有芒克、多多、根子、方含、林莽、宋海泉、白青、潘青萍、陶雒诵、戎雪兰等。此外，还应包括虽未到白洋淀插队，但与这些人交往密切，常赴白洋淀以诗会友、交流思想的文学青年，如北岛、江河、严力、彭刚、史保嘉、甘铁生、郑义、陈凯歌等人。后者也是广义的‘白洋淀诗群’成员。”[③]这些在白洋淀插队的知识青年，有不少人出身于高干、高知家庭，有着优厚的生活条件和良好的家庭教育。而“文革”开始之后，他们的家庭却成了最早被冲击的对象，他们自身也就自然变成时代的旁观者，只能通过“自由组合”“自己申请”的方式，去一个“没有接受插队任务”的白洋淀插队。“当时，去兵团、农场插队，是一种待遇，只有‘红五类’才能享有这种资格。另一些激进的青年人，选择了比兵团、农场更为艰苦的穷乡僻壤，以此磨炼自己。‘白洋淀诗群’人员的情况与以上二者不同。他们大多出身于知识分子、干部、艺术家家庭。对‘文化大革命’而言，他们是被动的游离者，‘逍遥派’。多是几个好朋友结伴到白洋淀插队，带有某种‘兄弟’一同出走的性质。”[④]只是他们当时还不知道，这种选择却无意中改变了他们的命运，为他们创造自己的历史撒下了最初的种子。相对于那些兵团、农场而言，白洋淀无疑为他们的诗歌探索提供了理想的环境。这里的管理相对宽松，而且距离北京很近，极大地方便了这些年轻人的相互交流。

从“文革”前后的各种民间文学沙龙，到“文革”期间一些比较活跃的“地下诗群”，一股股不灭的“地火”，始终运行在中国的大地之上。随着“四人帮”的倒台和“文革”的结束，这些“地火”终于化为炽烈的岩浆奔涌而出，并以“朦胧诗”的特殊美学形态，展示了启蒙主义文学思潮的再度兴起。

---

① 宋海泉 . 白洋淀琐忆 [J]. 诗探索，1994（4）：122.
② 张清华 . 黑夜深处的火光：“前朦胧诗”论札 [J]. 山东师范大学学报（社会科学版），1997（6）：86-90.
③ 陈默 . 坚冰下的溪流：谈“白洋淀诗群”[J]. 诗探索，1994（4）：159.
④ 陈默 . 坚冰下的溪流：谈“白洋淀诗群”[J]. 诗探索，1994（4）：159.

二、"朦胧诗"的争论与启蒙主义文学思潮的凸显

作为新时期文学的发端，"朦胧诗"群从一开始就体现了对极左思潮进行清算和批判的姿态，并以全新的现代意识和美学原则，展示了鲜明的启蒙主义精神特质。张清华就曾论道："人道主义和个性主义是朦胧诗的思想内核，这一内核构成了其主题的启蒙性质，它所表达的对人性的呼唤、对人的尊严的悲歌，以及反抗迷信、专制、暴力和愚昧的理性精神，使之成为当代启蒙主义文学（文化）思潮的重要源头与组成部分。"[①] 的确，从"朦胧诗"群的发展过程来看，它在本质上以自我觉醒为前提，通过人本主义的极力彰显，否定了个人崇拜的历史沉疴，并以理性的追问、质疑和批判，重塑了个体觉醒的精神意愿，从而与一些启蒙思想构成了紧密的内在呼应，也使其自身在巨大的争议之中，逐渐体现为一股明确的启蒙主义文学思潮。

（一）形成阶段

在中国现当代文学史上，启蒙主义并非一种全新的文学思潮。从"新文化运动"开始，启蒙主义思潮就断断续续地存在于现代文学发展中，一直到 20 世纪 40 年代，渐趋消隐。随着"四人帮"被粉碎，中国社会开始步入一个新的历史时期。极左思想的坚冰开始融化，文化环境逐渐松动，个体意识也逐渐苏醒。在这种文化氛围中，民间刊物《今天》于 1978 年 12 月 23 日以半公开的形式在北京正式创刊，标志着曾经活跃于民间的文学爱好者开始浮出地表。在这份创刊号上，主创者北岛精心挑选了蔡其矫的《风景画》《给——》《思念》三首诗，排在首位；舒婷的《致橡树》和《啊，母亲》紧随其后；接下来是芒克的《天空》《冻土地》《我是诗人——给北岛》；最后是北岛的《回答》《微笑·雪花·星星》《一束》《黄昏：丁家滩——赠 M 和 B》，共 12 首。这些诗歌摒弃了口号式的表达形式，洋溢着诗人主体的情感和思考，带着鲜明的历史反思意味和自觉的个体生命意识。随后，从第 2 期到第 9 期，江河、食指、方含、齐云、杨炼、严力、顾城、田晓青、史康成、肖驰等诗人也纷纷亮相，他们以各自独特的审美表达，对历史与现实进行了必要的思考，也向当时的主流诗坛发起了猛烈冲击。

值得注意的是，《今天》虽然是一份民间刊物，但从第 2 期开始，便面向全国发售。"自第二期起，《今天》公布了编辑部通讯地址及联络人——北京东四 14 条 76 号刘念春，拓展刊物销售渠道。除在民主墙前公开出售外，另辟长期订阅业务，最多的时候订户有六七百，每期印一千册，每本卖五毛到七毛不等。在随后的两个月中，编辑部收到了来自北京、天津、河北、吉林、陕西、甘肃、新疆、山东、江苏、安徽、福建、河南、湖北、广东、四川、贵州、云南等十七个省市的读者来信近二百封。"[②] 这种公开发行的方式，成功地将大量具有启蒙主义思想的诗歌推到了全国读者的面前。时任《诗刊》编辑的邵燕祥看到《今天》之后就向北岛表示："他很喜欢《回答》，还有舒婷的

① 张清华."朦胧诗"·"新诗潮"[J]. 南方文坛，1999（3）：11.

② 张志国.《今天》的创办与诗歌构型 [J]. 诗探索，2010（7）：17.

《致橡树》，问我能不能把它们发在《诗刊》上，我说当然可以，他就在 1979 年《诗刊》三月号发表了《回答》，四月号发表了《致橡树》”。①

经过《诗刊》的转载，《今天》里的诗歌迅速引起了全国读者和诗歌研究者的高度关注，因为“《诗刊》当时的发行量有上百万份，这两首诗广为流传，造成全国性影响。对这个问题我们内部有争论：芒克反对《今天》的诗歌在官方刊物发表，而我认为应尽可能扩大影响，包括借助官方刊物的传播”②。1979—1982 年，北岛、舒婷、顾城、杨炼、江河、王小妮、梁小斌等这些“朦胧诗”群主要成员的诸多诗歌，都出现在《诗刊》上。如《诗刊》1980 年第 4 期推出的“新人新作小辑”中，就包括了顾城、王小妮等“朦胧诗”群的诗作，严辰还专门撰文对这些诗人进行了热情洋溢的评述：“今天成长起来的新秀，经历了波诡云谲的激变，信赖受到了欺骗，狂热受到了挫折，痛定思痛，爱作冷静的思考，穷究的探索。发而为诗，感情真挚而深沉，意境宽阔而蕴藉；冷静思考常含有哲理，思想解放常笔触锋利。他们摈弃空洞、虚假的调头，厌恶因袭、陈腐的渣滓，探索着新的题材，新的表现方法，新的风格，给诗坛带来了一股清新的气息。”③1980 年 7 月 20 日到 8 月 21 日，江河、顾城、梁小斌、舒婷、王小妮等人参加了由《诗刊》举办的青年诗作者创作学习会，《诗刊》第 8 期集中发表的青年诗人诗作中，舒婷、王小妮、北岛位列其中。

在《今天》和《诗刊》的共同推动下，“朦胧诗”群逐渐形成。他们以强烈的探索精神和高度自觉的个体意识，既对传统的诗歌形式发起了挑战，也对极左的历史意志进行了无情的批判，并获得了众多读者的高度赞赏。当然，与此相关的各种争议，也不可避免地随之出现。其中较典型的，就是章明的《令人气闷的“朦胧”》一文。在该文中，面对一些年轻诗人发表的意象“朦胧”、意义模糊、风格晦涩的诗歌，作者一时间很难接受，便讥之为“朦胧诗”，认为这是一种哗众取宠的诗歌创作：“也有少数作者大概是受了‘矫枉必须过正’和某些外国诗歌的影响，有意无意地把诗写得十分晦涩、怪僻，叫人读了几遍也得不到一个明确的印象，似懂非懂，半懂不懂，甚至完全不懂，百思不得一解。……为了避免‘粗暴’的嫌疑，我对上述一类的诗不用别的形容词，只用‘朦胧’二字；这种诗体，也就姑且名之为‘朦胧体’吧。”④该文发表之后，便获得不少老诗人和传统批评家的认同，由此引发了一场有关“朦胧诗”的争论，而“朦胧诗”这一命名，也被争论双方共同接受下来，成为描述以《今天》为主要阵地的诗歌创作的总称。“朦胧诗”群也开始以真正的、群体性的姿态浮出历史地表，并呈现出以启蒙思想为核心的思潮化发展倾向。

① 田志凌 .《今天》：青春和压力给予他们可贵的能量 [M]// 南方都市报 . 变迁：中国改革开放三十年文化生态备忘录 . 广州：广东教育出版社，2008：82.

② 田志凌 .《今天》：青春和压力给予他们可贵的能量 [M]// 南方都市报 . 变迁：中国改革开放三十年文化生态备忘录 . 广州：广东教育出版社，2008：82.

③ 严辰 . 写在《新人新作小辑》前面 [J]. 诗刊，1980（4）：3.

④ 章明 . 令人气闷的“朦胧”[J]. 诗刊，1980（8）：53.

（二）发展阶段

随着“朦胧诗”群的不断壮大，“朦胧诗”的影响也与日俱增，一场关于“朦胧诗”的争论也迅速展开。在争论初期，就有人注意到了“朦胧诗”中的个人主义倾向，他们认为这些诗歌过于突出诗人个体的生命情感与体验，存在着一定的片面性。如公刘在《新的课题——从顾城同志的几首诗谈起》一文中就指出，顾城的一些诗歌虽然情感上存在着“消极的甚至颓废的一面”，但也体现了他们确实是“思索的一代”。“坦白地说，我对他们的某些诗作中的思想感情以及表达那种思想感情的方式，也不胜骇异。但是，无论如何，我们必须努力去理解他们，理解得愈多愈好。这是一个新的课题。青年同志们对我们诗歌创作现状的不满意见，也必须引起我们足够的重视。……要真想避免他们走上危险的小路，关键还是在于引导。要有选择性地发表他们的若干作品，包括有缺陷的作品，并且组织评论。既要有勇气承认他们有我们值得学习的长处，也要有勇气指出他们的不足和谬误。视而不见，固然是贵族老爷式的态度，听之任之，任他自生自灭，更是不负责任的行为。”①随后，《文艺报》转载了这篇文章，并配发了“编者按”：“公刘同志提出了一个当前社会生活和文学事业中至关重要的问题：怎样对待像顾城同志这样的一代文学青年？他们肯于思考，勇于探索，但他们的某些思想、观点，又是我们所不能同意，或者是可以争议的。如视而不见，任其自生自灭，那么人才和平庸将一起在历史上湮没；如加以正确的引导和实事求是的评论，则肯定会从大量幼苗中间长出参天的大树来。这些文学青年往往是青年一代中有代表性的人物，影响所及，将不仅是文学而已。我们深信，后面的办法不失为一良策。本刊特转载《星星》复刊号上的这篇文章，请文艺界同行们读一读、想一想。”②《文艺报》一向是文艺运动或者文艺争论的风向标，它们以如此郑重的姿态配发“编者按”，让人们意识到确实应该好好地对待这一“新的课题”了。很快，一些官方刊物，如《诗刊》《安徽文学》《福建文艺》开始持续关注这一新的诗歌现象，特别是《福建文艺》，于1980年第2期开辟《新诗创作问题的讨论》专栏，开始集中讨论舒婷的诗歌创作。

1980年4月7日到22日，“全国当代诗歌讨论会”在广西南宁召开，会议讨论的焦点便是青年诗人所创作的“朦胧”“古怪”的诗歌。会议上，闻山、晏明、沙鸥、方冰、凡尼、谢冕、孙绍振、刘登翰等人展开了激烈的辩论和交锋。这是持不同意见的双方第一次大规模的交锋，对“朦胧诗”的探讨进入实质性的阶段。1980年5月7日，谢冕在《光明日报》上发表了《在新的崛起面前》，这就是著名的“三崛起”之一。在该文中，谢冕认为这些新诗的探索者“带来了万象纷呈的新气象，也带来了令人瞠目的‘怪’现象”。相对于一些人的“惶惶不安，以为诗歌出了乱子了”，作者认为用不着大惊小怪，而“主张听听、看看、想想，不要急于‘采取行动’”。最后，作者满怀激情地呼吁新诗接受挑战，勇敢地往前迈进：“接受挑战吧，新诗。也许它被一些‘怪’东

① 公刘．新的课题——从顾城同志的几首诗谈起[J]. 文艺报，1980（1）：41.

② 公刘．新的课题[M]// 洪子诚．中国当代文学史・史料选：1945—1999. 武汉：长江文艺出版社，2002：611.

西扰乱了平静，但一潭死水并不是发展，有风，有浪，有骚动，才是运动的正常规律。当前的诗歌形势是非常合理的。鉴于历史的教训，适当容忍和宽宏，我以为是有利于新诗的发展的。”①应该说，这是一篇较为全面地肯定“朦胧诗”审美价值的文章，有力地推动了“朦胧诗”争论的发展。

随着争论的继续，《诗刊》1980 年第 9 期在《问题讨论》专栏中刊发了李元洛的《鉴往知今一议》、孙绍振的《给艺术的革新者更自由的空气》、杜运燮的《我心目中的一个秋天》三篇文章，依然分为正反两个阵营。1980 年 9 月 20—27 日，《诗刊》编辑部在北京召开了一次诗歌理论座谈会。不久，《诗刊》便在第 12 期上集中刊发了 13 篇会议论文，主要有吴嘉、先树的《一次热烈而冷静的交锋——诗刊社举办的“诗歌理论座谈会”简记》、丁力的《古怪诗论质疑》、谢冕的《失去了平静以后》、严迪昌的《各还命脉各精神——关于新诗的“危机”与生机的随想》、尹在勤的《宽容·并存·竞赛》、何燕平的《为青年诗人说几句话》、阿红的《1 与 10^9——我所想到的关于大我与小我的笨理》、黄益庸的《诗艺乱弹》、李洁的《“表现我”有罪？——就教于闻山同志》、丁芒的《谈晦涩》、钟文的《还想象与诗歌》、孙静轩的《诗，属于勇者——从诗的“朦胧”与“晦涩”谈起》、刘祖慈的《借鉴、创新及其他》。这些争论文章虽然阐述问题的方式、重点各有不同，但总体看来，主要还是将“朦胧诗”的“懂与不懂”作为讨论焦点，探讨诗歌创作的标准。不过，也有少数文章已经开始触及“朦胧诗”群的思想内核，诸如“大我与小我”“表现自我”等问题，只是尚未从文学思潮的层面上进行归纳和提炼，也没有意识到“朦胧诗”群在本质上已呈现出启蒙主义文学思潮的特质。

1981 年，孙绍振在《诗刊》第 3 期上发表了《新的美学原则在崛起》。这篇文章已敏锐地意识到，“朦胧诗”群体现了一种“新的美学原则”。这种美学原则主要有如下几个特点：一是“他们不屑于作时代精神的号筒”；“不屑于表现自我感情世界以外的丰功伟绩”；“回避去写那些我们习惯了的人物的经历、英勇的斗争和忘我的劳动场景”；“不是直接去赞美生活，而是追求生活溶解在心灵中的秘密”。二是他们提出了社会学与美学的不一致性，强调自我表现，“既然是人创造了社会，就不应该以社会的利益否定个人的利益，既然是人创造了社会的精神文明，就不应该把社会的（时代的）精神作为个人的精神的敌对力量……”三是他们进行了顽强的艺术革新，“首先就是与传统的艺术习惯作斗争”，摒弃“艺术习惯的顽强惰性”。②应该说，在这篇文章中，尽管作者没有提及启蒙主义思想，但它的几个核心论点，都指向个体意识的觉醒和人本主义的追求，并将之上升为一种新的美学原则。

由于《新的美学原则在崛起》正面探讨了“朦胧诗”群中有关启蒙思想的内核，因此它迅速引起了部分传统文艺理论家的注意。要知道，在当时的历史语境中，一切与启蒙相关的思想，包括自我、自由、人本主义等，仍是一种高度敏感的思想话题。事实

① 谢冕．在新的崛起面前 [M]// 谢冕．燕园集：谢冕文论精选．福州：福建人民出版社，2015：5.

② 孙绍振．新的美学原则在崛起 [J]. 诗刊，1981（3）：55–58.

也是如此。孙绍振的文章发表不久，便相继出现了程代熙的《评〈新的美学原则在崛起〉——与孙绍振同志商榷》、洁珉的《读〈新的美学原则在崛起〉后》、宋垒的《追求什么样的心灵美》、李准的《理论讨论要注意概念的科学性和明确性》，以及傅子玖和黄后楼的《认清方向，前进！——评〈新的美学原则在崛起〉及其他》等批判性文章。像程代熙的《评〈新的美学原则在崛起〉——与孙绍振同志商榷》就一针见血地指出，所谓的“新的美学原则”，实际上是“一套相当完整的、散发出非常浓烈的小资产阶级的个人主义气味的美学思想”，“把艺术规律说成是艺术家心灵创造的产物，否认艺术规律的客观性，就使得他提出的那个美学原则具有相当浓厚的唯心主义色彩”。①这种具有意识形态化的批评，本质上就是回避有关启蒙主义的话题，并否定“朦胧诗”群对于个体生命意志自觉捍卫的价值意义。

随着“朦胧诗”群的创作不断发展，争论仍在持续。1983 年，徐敬亚在《当代文艺思潮》第 1 期发表了《崛起的诗群——评我国诗歌的现代倾向》一文，再次回应了人们对于“朦胧诗”的有关批评。在该文章中，作者对这种“朦胧诗”的精神追求、美学理念、写作技巧进行了较为详尽的论析，认为“一些中青年诗人开始主张写‘具有现代特点的自我’，他们轻视古典诗中的那些慷慨激昂的‘献身宗教的美’；他们坚信‘人的权利，人的意志，人的一切正常要求’；主张‘诗人首先是人’——人，这个包罗万象的字，成了相当多中、青年诗人的主题宗旨。他们的‘自我’，是一个个普普通通的中国现代公民”。②这些阐释已完全站在人本主义的立场上，对“朦胧诗”群的启蒙思潮进行了充分肯定，被视为新时期现代诗歌的一篇宣言。随后，程代熙在《给徐敬亚的公开信》中，明确指出：“你在文章里引用了一些写诗的青年人的话，把它们说成是‘新的诗歌宣言’。其实你的这篇文章又何尝不是一篇宣言，一篇资产阶级现代派的诗歌宣言。如果你能恕我直言，我倒想说是一篇资产阶级自由化思想的宣言书！”③尽管此文仍然以意识形态化的话语，对徐敬亚进行了尖锐的批评，但它所涉及的核心问题，就是明确的自由思考。而这，也是启蒙主义的重要内涵。

从相关的论争过程来看，围绕着三篇“崛起”文章，这一阶段的争论双方都超越了“懂与不懂”的表象问题，不断深入“朦胧诗”的思想内核。其中的一些言论虽然免不了上纲上线，但大多触及了“朦胧诗”群中有关个体意识、自由理想、反抗神本主义等启蒙性话语，也激发了“朦胧诗”创作对启蒙思想更加自觉、更加积极的表达。

（三）消融阶段

随着思想解放运动在中国社会中全面深入地展开，意识形态领域也逐渐完成了对“文革”极左思潮的清算。从 1984 年开始，中国社会逐渐步入改革开放的历史快车道。人道主义、思想解放、人性之类的启蒙性话语，已成为当时中国思想文化界普遍关注的

① 程代熙．评《新的美学原则在崛起》：与孙绍振同志商榷 [J]. 诗刊，1981（4）：7–17.
② 徐敬亚．崛起的诗群：评我国诗歌的现代倾向 [J]. 当代文艺思潮，1983（1）：18.
③ 程代熙．给徐敬亚的公开信 [J]. 诗刊，1983（11）：41.

命题，并获得了长足的讨论空间。在这种历史环境中，有关“朦胧诗”的争论也逐渐平息。

与此同时，越来越多的年轻诗人或文学爱好者，也高度认同“朦胧诗”的思想内涵和审美观念，并在具体的创作实践中，大规模地承袭了“朦胧诗”的基本元素，使之成为诗歌表达的常态。尤其是在小说创作领域，从“伤痕文学”到“反思文学”，随着一波又一波历史批判浪潮的涌现，以反思“文革”极左思潮的审美表达，渗透在不同代际的作家群体之中，成为新时期文学初期的共同表征。更重要的是，在这种集体性的审美表现策略之下，各种充满个体探索精神和创新意愿的现代实验性作品，也开始陆续亮相，并最终促使 1985 年成为中国当代文学的转折点。

正是这两个方面的变化，加快了“朦胧诗”群的迅速解体，也导致这股启蒙主义文学思潮迅速消融于后来的文学变革之中。当然，就“朦胧诗”群来说，最直接地推动它在启蒙主义文学思潮中快速消融的，还是“第三代诗人”的崛起。大约从 1984 年开始，以韩东、于坚、海男、杨然、万夏、杨黎、李亚伟等为代表的“第三代诗人”，以更为极端的个人体验和精神探索，高举着“PASS北岛”的大旗，在反抗“朦胧诗”群的历史英雄主义情结中，明确彰显了诗人作为平民的主体意识和精神诉求。他们故意摒弃了北岛们的历史理性和英雄情怀，极力讴歌平民化的普通生活，宣称自己要“像市民一样生活，像上帝一样思考”，在创作中力图使诗歌世俗化、平民化，贴近最凡俗的人生。在这种世俗化的审美追求中，“朦胧诗”群开始解体，有关启蒙主义的文学思潮也逐渐消融于其他文学实践之中。

三、“朦胧诗”群的启蒙主义文学思潮特质

作为一个独特的诗歌创作群体，“朦胧诗”群是在特定的历史情境中自觉承担了启蒙主义的历史重任，尽管他们并没有明确地挥舞着启蒙主义的思想之旗，甚至在具体创作中还不可避免地表达了历史英雄主义的人生理想，但是，从这一诗群的思想追求和审美诉求来看，诗人们都在创作中自觉地表达对人的生存尊严和精神自由的强烈吁求，突出了对以往极左思想的反思，并试图重新确认个体生命的内在价值，在现代诗学的维度上体现了诗歌对个体生命存在尊严的强力维护。通观“朦胧诗”群的具体创作，我们可以看到，他们在很多方面都体现了启蒙主义文学思潮的基本特质。

首先，体现了人道主义立场和人性关怀的伦理观念。

“朦胧诗”群在崛起之时，面对着“文革”极左思潮的历史重压，虽然“文革”刚刚结束，但其对文化观念的影响并没有消失。人道主义、以个体自由为基石的人性复归，尚属敏感领域。但是，在这种特殊的历史境遇中，“朦胧诗”群就已发出了反抗的声音，“我只能选择天空 / 决不跪在地上 / 以显示刽子手们的高大 / 好挡住自由的风 / / 从星星般的弹孔中 / 将流出血红的黎明。”（北岛《宣告》）在展示殉道式的反抗精神的同时，他们对自由美好的人性更是给予了积极的张扬，如舒婷的《致橡树》《会唱歌的鸢尾花》，都洋溢着一种温馨醇厚的情感之力，而顾城的《生命幻想曲》《游戏》《弧

线》等，则营造了童话般纯美的世界。在人性扭曲的记忆里，他们呼唤人性、人道、人格尊严的复归。在个人被压制，最终消融在面目模糊的群体中时，他们全力彰显自己的主体情感。他们渴望爱，渴望关怀，渴望重建人与人之间的信任，打破心灵与心灵之间的坚冰，渴望从非理性的狂热中解放出来，在自由与人道精神的照耀之下，真正恢复健康的人性。于是，做一个正常的“人”，表现“溶解在内心的秘密”①，成为这一代“朦胧诗”群集中表现的主题。

最具代表性的是北岛和舒婷。尤其是舒婷，凭借女诗人特有的温婉与细腻，传达出对纯洁爱情的向往，对他人的关怀，对独立人格的追求，对美好未来的期待。这在被人们反复吟诵的《致橡树》《神女峰》等诗中，就有着集中的表现。“如果我爱你——/绝不像攀援的凌霄花/借你的高枝炫耀自己……我们分担寒潮、风雷、霹雳/我们共享雾霭、流岚、虹霓/仿佛永远分离/却又终身相依”（《致橡树》），“与其在悬崖上展览千年/不如在爱人肩头痛哭一晚”（《神女峰》）。诗人一方面表达了对爱情的坚定追求和向往，一方面又在相爱的过程中保持着独立的人格。这显然是在充分的自由意志下才能作出的选择。《礁石与灯标》这首诗共分三节，每一节的开头都采用相同的句式“站在我的肩上，亲爱的——/你要勇敢些”“站在我的肩上，亲爱的——/你要温柔些”“站在我的肩上，亲爱的/你要快乐些”，在循环往复、一唱三叹的效果中，表达出了暖人心灵的柔情蜜意，同时，也表达了共赴苦难、不离不弃的人性之美。在《惠安女子》中，诗人从“这样优美地站在海天之间”的美丽的惠安女子身上，看到的是“令人忽略了：你的裸足/所踩过的碱滩和礁石/于是，在封面和插图中/你成为风景，成为传奇”的无奈，诗人显然不愿意看到惠安女子成为凝固在封面和插图中供人欣赏的“风景”，或者成为被讲述的“传奇”，而是更愿意让人们走进一个真实女子的心灵，感受她的希望和痛苦。

顾城则试图用纯洁的孩子般的心灵，构筑起一个“童话王国”，与丑陋、残暴的世界隔开，从而获得人性的温暖与关爱。诗人带着天真的童心，感受着大自然的神奇与美妙，在这个不受干扰的世界里，享受生命的丰富与安宁：“睡吧！合上双眼/世界就与我无关”（《生命幻想曲》）；像一个“被妈妈宠坏的孩子”那样，“画下一只永远不会流泪的眼睛”（《我是一个任性的孩子》）。但诗人又时时刻刻能够真切地感受到僵硬而暴虐的现实世界对生命的逼迫与褫夺，“总有人要变成草原的灰烬”“总有树要分开空气、河水，分开大地/使生命停止呼吸、被自己的芳香包围”（《颂歌世界》）。这种清醒的认识从未曾离开过顾城的世界，现实的残酷与梦幻的诗意就这样相互交织在一起，这种强烈的反差，让人们更强烈地感受到了诗人对美的世界的向往，和对美好人性的憧憬。

其次，体现了强烈的理性批判意识和理想主义的殉道情怀。

在“朦胧诗”群的诗歌实践中，清醒的理性意识一直占据着非常重要的位置。通过理性的思考，他们指出了神本主义掩饰下的非人性的世界；借助理性的辨析，他们确立

① 孙绍振．新的美学原则在崛起 [J]. 诗刊，1981（3）：55-59.

了自己反叛的目标和坚定的人本主义理想。像北岛的诗，在反叛与沉思历史的过程中，融入了大量的理性思索和历史反思，从而使诗作拥有极为深沉的思想穿透力。在《回答》中，面对“卑鄙是卑鄙者的通行证／高尚是高尚的墓志铭”这样一个错位的境遇，诗人以一个挑战者和殉道者的姿态，向世界大声宣告“我不相信”这样振聋发聩的呐喊，并且表达了重新选择命运的勇气。“如果海洋注定要决堤／就让所有的苦水都注入我心中／如果陆地注定要上升／就让人类重新选择生存的峰顶。”在《雨夜》中，诗人没有被恐怖和流血所吓倒，为了实现自我的理想，他愿意承受所有的苦难，也要守护生命的尊严。“即使明天早上／枪口和血淋淋的朝霞／让我交出自由、青春和笔／我也决不会交出这个夜晚／我决不会交出你／让墙壁堵住我的嘴唇吧／让铁条分割我的天空吧／只要心在跳动，就有血的潮汐。”在《宣告》与《结局或开始》中，诗人更是将献身真理的精神表现得淋漓尽致。“宁静的地平线／分开了生者和死者的行列／我只能选择天空／决不跪在地上／以显出刽子手们的高大／好阻挡那自由的风”（《宣告》）。在生命的最后时刻，诗人“只想做一个人”，选择站着面对死亡，迎接“自由的风”与“黎明”。《结局或开始》中，在“以太阳的名义／黑暗在公开地掠夺”这个惨淡的现实面前，英雄为了改变“沉默依然是东方的故事／人民在褪色的壁画上／默默地永生／默默地死去”这样的局面，不幸逝去了。但这不是“结束”，因为“我，站在这里／代替另一个被杀害的人／为了每当太阳升起／让沉重的影子像道路／穿过整个国土”，这将是另一个“开始”，即便“我”也倒下了，也会有更多的人站起来，“在我倒下的地方／将会有另一个人站起”。

在江河的《纪念碑》中，诗人将自己比喻为纪念碑，在见证了历史的沉重与沧桑之后，决定为祖国的新生和自由而斗争。“革命把用血浸透的旗帜／留给风，留给自由的空气／那么／斗争就是我的主题／我把我的诗和我的生命／献给纪念碑。”在《祖国啊，祖国》中，面对一片美丽却伤痕累累的土地，饱尝痛苦与绝望之后，诗人决定站起来，“在英雄倒下的地方／我起来歌唱祖国”。在《葬礼》中，在风雨飘摇的土地上，“亿万颗低垂的头颅”生存在“无尽的悲哀”和贫困中，这里“丧失了文明和尊严”，甚至“丧失了生存的权利”，但就在这令人绝望的时刻，“英雄最后一次／把自己交给火／在没有太阳的时候／熊熊燃烧”。在《没有写完的诗》中，欺骗、流血、监狱笼罩在人们的头上，但是，诗人还是选择勇敢地直面这种惨淡的现实，“欺骗的风蒙住窗子／屠杀在进行／我不能躲在屋子里／我的血不能让我这样做”。

最后，体现了鲜明的个体生命意识和自由的艺术精神。

个体生命意识的觉醒是启蒙主义的重要内涵之一，也是民主与科学得以发展的基本前提和重要保障。对于“朦胧诗”群来说，个体生命意识的觉醒，主要表现为诗人对集体化观念的游离，确保“小我”这一抒情主体的在场。如北岛的《同谋》就写道，“我们不是无辜的／ 早已和镜子中的历史成为同谋”，诗人在深刻的自省中，揭示了个体生命意识被强大的集体无意识屏蔽之后的尴尬。舒婷的《神女峰》，则从人道主义的理想出发，强烈地批判了神本主义对人性的扼杀，同时也鞭笞了传统伦理上的贞洁观对女性个体生命意识的剥夺，表达了诗人对传统女性观念的叛逆和唾弃，以及对现代女性意识的伸张和肯定。

个体生命意识的觉醒，也意味着诗人们在创作实践中更加注重个人的精神空间，更加自觉地强化个体的自由探索，从而使诗歌带上鲜明的个人化审美烙印。在“朦胧诗”群中，我们看到，北岛通过凌厉的语言风格、冷硬的意象、磅礴的诗情，树立起了一个思想者的形象；舒婷通过女性特有的温婉的语言、明丽的意象，将女性丰富的内心、细腻的内心感受、独立的人格追求很好地展现了出来；顾城则用孩子般纯净的语言、跳跃的意象，与在现实世界的压抑与隐恐相互交织，让人感受到他内心深处无法调和的矛盾与迷茫；而其他的“朦胧诗人”，如江河、杨炼、梁小斌、王小妮等，也通过各自不同的语言形式、诗歌意象，构筑出一个个独特而丰富的诗歌世界。

钱谷融曾说过：“如果说‘五四’文学的人道主义精神是对于数千年来封建传统对于人性的束缚的反抗与批判，那么也就不难理解‘十年动乱’后在中国大地上会再次出现类似的人道主义启蒙运动了。这正是新时期的中国思想界与文学界对于‘文革’十年黑暗禁锢的清算和否定。可以这样说，中国现当代文学史上的这两次最引人注目的文学运动，首先基本上都是以人道主义为其核心的启蒙文学运动，并且，它们也都不约而同地成为全社会的启蒙思想潮流中的一种重要组成部分，具有强烈的时代文化色彩。”① 的确，就“朦胧诗”群而言，他们在特殊的历史境遇中，以觉醒者的姿态，对世界大声喊出“我不相信”，同时又用一双双“黑色的眼睛”，去寻找未来的“光明”。他们是抗争的一代、真诚的一代，为获得“人”正当权利，发出了对人本主义最真诚的呼唤，并以自身的创作，在饱受争议甚至非议的文化境遇中，成功地形成了这股启蒙主义文学思潮。

四、意义与局限

作为新时期文学发展中的首个重要文学思潮，以“朦胧诗”群为载体的启蒙主义思潮，是从极左思想的禁锢中解放出来的，并对之进行了深刻的反思和批判，展示了文学对于人道与人性、自我与理想的顽强吁求。正因如此，孙绍振才认为它是一种正在崛起的“新的美学原则”，“这种新的美学原则，不能说与传统美学观念没有任何联系，但崛起的青年对我们传统的美学观念常常表现出一种不驯服的姿态。他们不屑于作时代精神的号筒，也不屑于表现自我情感世界以外的丰功伟绩。他们甚至于回避去写那些我们习惯了的人物的经历、英勇的斗争和忘我的劳动场景。他们和我们五十年代的颂歌传统和六十年代战歌传统有所不同，不是直接去赞美生活，而是追求生活溶解在心灵中的秘密”。②这种美学追求，对中国当代诗歌创作的发展无疑具有重要的意义。

首先，它以启蒙主义的核心思想为诗歌表达的主题，将表现内心深处的秘密、真诚地呼唤人道主义作为创作的重点。众所周知，在新中国成立之后相当长的一段时间里，

① 钱谷融，吴俊 . 中国现当代文学与人道主义 [J]. 时代与思潮，1989（2）：159.

② 孙绍振 . 新的美学原则在崛起 [J]. 诗刊，1981（3）：55.

当代新诗创作所遵从的美学原则，主要是以革命现实主义与革命浪漫主义为指导，强调诗歌的政治性与民族性相统一，“表现时代，对祖国伟大事业的强烈的信仰，正是我们的美学原则中所最不可缺少的因素”[①]。而这，恰恰成为“朦胧诗”群的反叛目标。“朦胧诗”群始终将创作的焦点对准到“人”的身上，一边呼唤人性、人情、人道主义，一边在“自我”的天地里，抒发“溶解在心灵中的秘密”。

其次，它以启蒙主义的自由精神为艺术基石，不断探寻中国当代诗歌的审美空间，使文学表达与个体生命意识之间形成紧密的共振关系。“朦胧诗”群果断地颠覆了一元化的革命现实主义美学伦理，在吸收现代主义诗歌创作技巧的基础上，大量运用暗示、象征、通感等修辞手段，强调对瞬间形成的意象的捕捉，对一些固化的意象也进行了创造性的处理。如对“太阳”这一意象的创造性运用，就颇具代表性。在传统诗歌中，“太阳”是光明与温暖的象征，永远散发出思想的光芒。而在“朦胧诗人”笔下，“太阳”却成了暴烈与晦暗的象征。“以太阳的名义／黑暗在公开掠夺”“太阳变成了萎缩的花环”“太阳升起来，天空血淋淋的，犹如一块盾牌”等等。诗歌中这种反常规的象征性与隐喻性、开放性与多元性，造成了诗歌整体上的“朦胧”与多义性。

再次，它以启蒙主义的理性批判为立场，对人性的自由、真理和正义发出了强烈的呼唤。作为新时期作家中最先觉醒的群体，“朦胧诗”群面对精神荒芜、人性扭曲、心灵麻木的现实，明确地展示了自己的理性批判立场。“他们批判任何外在的权威、现成的经典、流行的偏见，并对既存的宗教、自然观、社会、国家制度以及从前毫无置疑的种种观念信仰，重新加以审视、检查、诘难、辩驳、求证，以验证所有这些对象历史存在的合法性、真理性、有效性以及发展变化的可能性。这种理性态度和批判立场，在朦胧诗从民间汇入新时期文学主潮之后，研究者很容易找到它与‘五四’思想启蒙的共同之处。”[②]正是这种具有现代理性的批判意识，使他们的诗歌在否定之中，始终与真理、光明、自由、人道交织在一起，展示了启蒙主义应有的内在力量。

当然，作为特定历史条件下所形成的文学思潮，这股以“朦胧诗”群为中心的启蒙主义思潮在具体的发展过程中，并没有得到充分的展开，也未能获得广泛的思想认同和观念提升，导致它在经历了短暂的辉煌之后，便迅速消融于其他文学潮流之中。这种过渡性的特征，使它一直深陷于各种意识形态化的争议之中，未能在理论上很好地承续“五四”以来的启蒙主义精神，也没有对新时期诗歌发展在思想启蒙上明确提出一些亟待解决的重要问题。

与此同时，这一思潮在发展过程中，过于强调历史英雄主义的理想，反复彰显无所畏惧的殉道主义精神，这与传统的革命英雄主义仍然存在着暗合之处，也折射了“朦胧诗”群受集体化价值观念深度制约的情形，因此，其局限性也是不言而喻的。正因如此，随着“第三代诗人”的崛起，新一代诗人便自觉地高喊“PASS北岛”，坚持让诗歌回到平民化的生活之中。

① 洁珉．读《新的美学原则在崛起》后 [J]. 诗刊，1981（6）：51.

② 徐国源．论朦胧诗的批判主题及启蒙价值 [J]. 苏州大学学报（哲学社会科学版），2010（3）：80.

思 考 题

1. 简述朦胧诗群在形式表达上的主要美学特征。

2. 简述朦胧诗群的人道主义精神内涵。

参考答案

文献索引

洪子诚. 中国当代文学史·史料选：1945—1999[M]. 武汉：长江文艺出版社，2002.

张清华. “朦胧诗”·“新诗潮”[J]. 南方文坛，1999（3）：9-11.

谢冕. 在新的崛起面前[M]//谢冕. 燕园集：谢冕文论精选. 福州：福建人民出版社，2015：5.

孙绍振. 新的美学原则在崛起[J]. 诗刊，1981（3）：55-58.

第五讲

文学主体性与启蒙主义思潮的深化

一、背景：“人”的觉醒与聚焦

20世纪80年代初期，随着中国社会思想解放运动的不断深入，一些域外现代思潮开始陆续进入中国，中国的思想界步入异常活跃的历史时期。无论是文艺领域，还是其他一些人文科学领域，在日趋宽松的文化环境中，各种思想和观点都获得了一定的表达空间。为此，有学者曾将这一时期称为启蒙主义高扬的时代。从文学角度来看，随着一批批创作不断加强对以往各种极左思想的反省，作家们对人性、人情、人道主义等文学的基本问题有了更深入的思考，同时也对自身的历史使命、人文情怀和审美理想有了更清醒的认识。如何重构文学中的主体意识，在自由开放的文化背景中，推动新时期文学走向多元共存的审美格局，已成为当代作家共同面对的问题。正是在这种特定的历史情境中，刘再复从文艺理论的角度，率先提出了“文学主体性”的系统建构，并以其历史的必然性和艺术的必要性，向人们揭示了主体意识的重要实践意义，从而将“朦胧诗”群中尚未充分展开的启蒙主义文学思潮重新激活，并使得这一文学思潮走向更为深远的历史空间。

从文化背景上看，刘再复的“文学主体性”之所以在文艺界产生了巨大的共鸣，并有力推动了启蒙主义思潮在新时期文学实践中的深化，主要是因为新时期文学始终保持着对“人”的持续关注。无论是创作界还是批评界，自“朦胧诗”群开始，围绕着各种创作现象和作品所引发的争论可谓层出不穷，构成了20世纪80年代初期当代文坛的一道奇观。但令人意味深长的是，大量争论其实最后都聚焦于“人”的认识问题，包括人道主义、人性、人的精神自由等等。只不过，这些争论在当时还没有得到及时而有效的总结，一个争论还没有结束，便被另一个争论取而代之，有关文学中“人”的诸多问题，始终未能获得理论上的系统盘点。

从创作实践上看，以《班主任》《伤痕》等为代表的“伤痕文学”，强烈控诉了人性的扭曲和错位，尤其是对美好人性的严重伤害，表现出创作主体的满腔愤怒，并重新发出了“救救孩子”的呼声。这是对“五四”时代“救救孩子”的直接呼应，让人们看到了这两个时代在启蒙精神上的关联。稍后出现的“反思文学”，将审视和反思历史的眼光铺展得更广，以更加清醒、理性的态度，对极左历史进行了严肃而认真的反思。同时，对特定悲剧产生的原因，“反思文学”不再局限于政治层面，而是从更多的维度，包括文化、民族心理等方面进行追溯；在反思过程中，他们也不再进行简单的政治图解，而是自觉维护“人”的价值，不断呼唤人道主义精神。此外，围绕着“朦胧诗”群以及《晚霞消失的时候》《公开的“内参”》《鲁班的子孙》《女俘》《男人的一半是女人》等作品的争论，也是此起彼伏。这些争论，虽然大多以意识形态化的观念冲突呈现出来，但在各种观念的背后，都渗透着人们对人性、人道的不同理解。

从理论批评上看，有关人性、人道等问题，一直是新时期文坛关注的焦点。只不过，这些问题仍然或多或少地存在着一些敏感性，常常受到不同观点者的质疑和批判，很难形成文艺思想上的共识。早在 1978 年初，美学家朱光潜就率先发表了《文艺复兴至十九世纪西方资产阶级文学家艺术家有关人道主义、人性论的言论概述》，表达了文学创作需要对人性、人道主义重新认识的诉求；1979 年又发表了《关于人性、人道主义、人情味和共同美问题》，文章开宗明义地指出：“当前文艺界的最大课题就是解放思想、冲破禁区。”首当其冲的，就是“‘人性论’这个禁区”。而“与‘人性论’这个禁区密切相联系的还有壁垒同样森严的‘人道主义’禁区。”[①] 1983 年，王若水发表了《为人道主义辩护》一文，对人道主义作了较为清晰的梳理和辨析，认为人道主义有广义和狭义之分：“‘人道主义’一词，最初是指文艺复兴的思想主题（这是狭义的人道主义，一般也译为‘人文主义’）；后来泛指一切以人、人的价值、人的尊严、人的利益或幸福、人的发展或自由为主旨的观念和哲学思想（这就是本文讨论的广义的人道主义）。”进而指出，人道主义并不是“资产阶级的意识形态”，而是马克思从青年到老年都一直关注的问题：“马克思始终是把无产阶级革命、共产主义同人的价值、人的尊严、人的解放、人的自由等问题联系在一起的。这是最彻底的人道主义。”所以，“社会主义需要人道主义”，它对社会主义现代化建设，有着重要意义。[②]当然，将人道主义之争推向高潮的，还是周扬在马克思逝世 100 周年纪念会上的报告《关于马克思主义的几个理论问题的探讨》。该报告在第四部分“马克思主义与人道主义的关系”中明确指出：“马克思主义是包含着人道主义的。当然，这是马克思主义的人道主义。在马克思主义中，人占有重要地位。马克思主义是关心人、重视人的，是主张解放全人类的。”[③]周扬的报告获得了与会人员的热烈响应。鉴于周扬的特殊身份以及所作报告的特殊场合，《人民日报》随后全文刊载了这份报告，并在文艺界产生了极大的思想震动。

无论是在文学创作还是理论批评中，一方面大家都绕不开人道主义、人性、人情等问题，另一方面这些话题又不时地受到各种争议或质疑。所幸的是，在思想解放的大环境中，这些争议并没有被禁止，而是通过各种碰撞被不断深化，从而对新时期的文学发展产生了潜在的影响。特别是在一些作品的争鸣中，我们看到，各种人道与人性的分析，开始逐渐成为一种重要的评价标准。正是这些跃动于创作和理论之中的思想争鸣，极大地促进了作家和批评家们在主体意识上的觉醒，并为“文学主体性”这一启蒙主义核心思想的提出，提供了颇为坚实的思想基础。

---

① 朱光潜．关于人性、人道主义、人情味和共同美问题 [J]. 文艺研究，1979（3）：40.

② 王若水．为人道主义辩护 [N]. 文汇报，1983-01-17（3）.

③ 周扬．关于马克思主义的几个理论问题的探讨 [N]. 人民日报，1983-03-16（4）.

二、“文学主体性”的提出及其论争过程

启蒙主义的核心话语就是对“人”的关注。它希望人类在理性的轨道上，通过民主、科学、自由、平等的追求，驱散一切影响人类精神生活的内在痼疾，建立起人本主义的价值体系。在文学领域，启蒙主义就是要建立起一套以“人”为中心的文艺创作和批评体系，确立人的主体地位，彰显人的尊严和价值。在这种价值体系中，文学的主体意识特别是作家的主体意识是否明确，则是一个至关重要的核心问题。只有主体意识明确了，作家才会拥有独立自由的精神空间，拥有深邃独特的审美眼光；也只有主体意识明确了，作家才会让笔下的人物保持自身的人性面貌，呈现真实的人情和人道，恢复文学即“人学”的基本伦理。因此，文学的主体性问题，就是文学的启蒙问题，是启蒙主义在文学领域中的本质性规定。

（一）“文学主体性”的提出

作为一位思维敏捷且勤于思考的文艺理论家，刘再复曾从鲁迅研究中，逐渐发现鲁迅对人道主义的执着追求。1984 年，刘再复发表了《性格组合论》系列论文，系统地反驳了传统文学创作的某些僵化模式，并阐述了人的性格并不是明朗、单一的存在，而是具有丰富性、具体性、矛盾性的特点。在这些文章中，他明确地提出了“人”是文学的出发点和归宿。随后，刘再复又分别在《文汇报》和《文艺报》上发表了《文学研究应以人为思维中心》《文学的反思和自我的超越》等文章，并明确指出：“在今天，应当构筑一个以人为思维中心的文学理论与文学史的研究系统，也就是说，我们的文学研究应当把人作为文学的主人翁来思考，或者说，把主体作为中心来思考。”[①]

经过这些预演性的思考之后，1985 年底，刘再复正式推出了《论文学的主体性》一文。该文长达 7 万余字，分两期在《文学评论》发表，集中阐述了作者对“以人为中心”的启蒙思想的系统思考。在该文中，刘再复指出，人的主体性包括实践主体性与精神主体性。“文艺创作强调主体性，包括两层基本内涵：一是文艺创作要把人放到历史运动中的实践主体的地位上，即把实践的人看作历史运动的轴心，看作历史的主人。……二是文艺创作要高度重视人的精神的主体性，这就是要重视人在历史运动中的能动性、自主性和创造性。”历史是客观世界的外宇宙和人的精神主体的内宇宙互相结合的运动过程。[②]这就意味着，文艺创作中的“主体性”，不仅要重视“实践的主体性”，更要注意“人的精神的主体性”。实际上，相对于“实践的主体性”，“精神主体性”对于文学来说无疑更为重要，因为文学是人类精神活动的特殊形式，而“人的精神世界作为主体，是一个独立的，无比丰富的神秘世界，它是另一个自然，另一个宇宙。我们可称之为内自然，内宇宙，或者称为第二自然，第二宇宙。因此，可以说，历史就是两个宇宙互相结合、互相作用、互相补充的交叉运动过程。精神主体的内宇宙运动，与外宇

① 刘再复 . 文学研究应以人为思维中心 [N]. 文汇报，1985-07-08（3）.

② 刘再复 . 论文学的主体性 [J]. 文学评论，1985（6）：12.

宙一样，也有自己的导向，自己的形式，自己的矢量（不仅是标量），自己的历史”[①]。这里，刘再复特别强调，“精神主体性”的世界，是一个相对于客观现实存在的、独立的世界，有着自己独特的形式和运行规则。在具体的文学实践中，刘再复认为，精神的主体性主要由三个部分构成：作为创造主体的作家；作为文学对象主体的人物形象；作为接受主体的读者和批评家。[②]

首先是作家的主体性。它应该包括实践主体性与精神主体性两个方面，实践主体性主要是指作家的创作实践能力，主要表现为作家将自己的审美体验付诸形式的手段和技巧；而精神主体性则是指“精神世界的能动性”，包括作家的创作动机和情感活动等。在作家如何实现主体性这个方面，刘再复借用了马斯洛的人格心理结构理论，从“五个需要层次”，对作家主体性的实现程度进行了一一辨析。最后认为，作家主体性的完全实现，必须是在“自我实现”这一层次才能完成。因为只有在这一层面，作家的意志、能力、创造性才处于完全自由的状态当中。此时，创作主体不仅沟通了宇宙万物，排除了一切功利性和人性负累，而且还将自己的精神世界外化。与此同时，作家主体性的实现，还要求作家必须肩负起社会责任和历史使命。在文学创作中，这种历史使命，往往表现为深广的忧患意识，把爱推向整个人间的人道精神，也就是我们通常所说的人道伦理与博爱意识。

其次是对象的主体性。它主要体现为作家在进行创作时，应将笔下的人物视为具有自己独立意志的、活生生的人，赋予他们主体的地位。“作家给笔下的人物以主体的地位，赋予人物以主体的形象，归结为一句通俗的话，就是把人当成人——把笔下的人物当成独立的个性，当作具有自主意识和自身价值的活生生的人，即按照自己的灵魂和逻辑行动着、实践着的人，而不是任人摆布的玩物与偶像。不管是所谓‘正面人物’还是‘反面人物’，都承认他们是作为实践主体和精神主体而存在的，即以人为本。”[③]而创作对象一旦获得了主体的地位，也就具备了按照自己的意志进行活动的能力。这时，创作对象不再是某种固定理念的承担者，也不是创作主体随意摆布的木偶。

最后是接受的主体性。它包括一般的读者和批评家两种接受群体。接受主体的实现，则是“自我实现”和“成为审美创造者”的统一。“关于接受主体性的基本内涵，概括地说，就是指人在接受过程中发挥审美创造的能动性，在审美静观中实现人的自由自觉的本质，使不自由的、不全面的、不自觉的人复归为自由的、全面的、自觉的人，整个艺术接受过程，正是人性复归的过程——把人应有的东西归还给人的过程，也就是把人应有的尊严、价值和使命归还给人自身的过程。我们可以把艺术审美的这种效应，归结为人的本质的还原效应，也可称为艺术接受主体的还原原理。”[④]而作为“文学接受者的高级部分”的批评家，他的主体性的实现，除了达到一般读者的程度之外，还

① 刘再复．论文学的主体性[J]. 文学评论，1985（6）：12.
② 刘再复．论文学的主体性[J]. 文学评论，1985（6）：15.
③ 刘再复．论文学的主体性[J]. 文学评论，1985（6）：15.
④ 刘再复．论文学的主体性（续）[J]. 文学评论，1986（1）：4.

有更高的要求，需要完成“三级超越”。除了进行一般读者的第一级超越之外，还要完成“对作家意识范围的超越和对自身的主体结构和固有意识的超越”[①]。只有这样，批评家才能与作家进行富有成效的对话，实现自己的审美理想，最终完成自我主体的实现。

通过三个基本维度的思考，刘再复较为系统地阐述了有关文学主体性的理论构架。在这个理论构架中，最为核心的支柱就是“人”，即启蒙主义在文学领域中所关注的终极目标。刘再复直言不讳地说道：“五四运动以来，我国现代文学直至当代文学不断有新的思潮出现，如果我们从思潮的中心内容来考察，就可以发现这股思潮的变迁史，大体上是人的观念的变迁史，更具体地说，是人在文学中的地位的变迁史。这段历史变迁，最中心的思潮，是三次具有不同内涵的‘人的发现’。”[②]从“人的发现”到“以人为本”，刘再复从创作到接受这一完整的过程，对文学中“人”的主体性给予了理性的论述。

（二）“文学主体性”的论争

刘再复的“文学主体性”理论一经抛出，便很快引发了文艺理论界和创作界的强烈反应。不同立场和观念的论者，根据自己的知识结构和审美理念，纷纷撰文发表意见；各种有关文学主体性的研讨会也相继召开。一时间，文坛迅速掀起了有关“文学主体性”的争议热潮，同时也促成了启蒙主义文学思潮在新时期文学中的进一步深化。

针对刘再复的这一理论体系，一些深受传统观念影响的文艺理论家首先提出了质疑。在他们看来，这种“主体性”理论，是对我们长期以来所坚持的文艺理论的严重偏离。如陈涌就从“反映论”出发，以“肯定了一定的文艺是一定的政治经济的反映，这就是肯定了基本的事实，抓住了文艺发展变化的基本的普遍的规律”[③]为标准，来审视刘再复的“主体性”理论，并顺理成章地推导出，这是一种有违马克思主义文艺观念的理论体系：“这不是一个小问题，这是一个关系到马克思主义在中国的命运，关系到社会主义文艺在中国的命运问题。”[④]陈涌的这种评判，显然是将文学研究纳入政治范畴进行批评的惯性思维的延续。而敏泽则在肯定社会主义文学应该表现人的能动性、创造性的前提下，认为“《主体性》一文，在某种意义上说，是一篇地地道道的关于人的自由、博爱的宣言书。问题并不在于应该不应该重视对人和人道主义的研究和宣传，而在于站在什么立足点上。是历史唯物主义的观点，还是‘以人为本’或‘人本主义’的观点，这正是一系列原则性分歧的根本”。[⑤]为此，他还以建构者的姿态，于1987年发表了《文学主体性论纲》，提出了“历史唯物主义观点下”的“主体性”表现方式，从而与刘再复的“主体性”理论相区别。

程代熙在对西方“主体性”哲学进行了一番考证和分析之后，指出“刘再复同志的

① 刘再复．论文学的主体性（续）[J]．文学评论，1986（1）：9.
② 刘再复．关于人与文学的思考 [J]．读书，1986（8）：153.
③ 陈涌．文艺学方法论问题 [M]// 红旗杂志编辑部文艺组．文学主体性论争集．北京：红旗出版社，1986：83.
④ 陈涌．文艺学方法论问题 [M]// 红旗杂志编辑部文艺组．文学主体性论争集．北京：红旗出版社，1986：93.
⑤ 敏泽．论《论文学的主体性——与刘再复同志商榷》[M]// 红旗杂志编辑部文艺组．文学主体性论争集．北京：红旗出版社，1986：153.

‘以人为本’的文学主体性思想不外乎这样两个方面的内容：一是人是目的，不是工具；二是情感论。因此，也可以这样说，刘再复同志的文学主体性就是目的论和情感论的二重组合。如果说康德和费希特的‘人是目的，不是工具’说还有一定的反封建的进步意义，法国唯物主义者和费尔巴哈的人的本质在于感性思想也在历史上起过重要的进步作用的话，那末，在刘再复同志的主体性理论里就连这样的积极意义也荡然无存了。因为他的主体性理论不是建立在社会实践的基础上，而且还与当代现实生活发展的要求直接相抵牾”。因此，刘再复的“主体性”理论非但不能纠正文学领域存在的弊端，还有可能在走向另一个极端的过程中，“把文艺理论和创作引向歧途”。[①]姚雪垠则结合自身的创作经验，认为在创作实践中，所谓的“内部规律”和“外部规律”，实际上是不可分割的整体，但刘再复却将此进行了割裂，无疑“离开了最根本的东西”。而过分强调作家和人物的主体性，看似新颖，实则与客观实际不相符，是违背科学的表现。因此，这种认识“包含着主观唯心主义的实质”。[②]

尽管这些质疑也不断地遭到各种反驳，但质疑之声一直没有停歇。1990 年 11 月，在山东济南召开的“文学主体性”讨论会上，来自全国各地高校的数十位学者仍然坚持认为，“原《文学评论》主编刘再复的‘文学主体性’理论并没有沿着马克思主义的轨迹行进，不仅在思想上颠倒理论是非、对社会主义的文艺事业造成了不良影响，而且在政治上也起到助长资产阶级自由化思潮泛滥的作用，因而，必须加以认真清理”[③]。有些学者甚至认为，“刘再复说：‘我们的文学研究应当……把人的主体性作为中心来思考。’由于他对人的主体性的上述‘思考’严重违反了马克思主义和人的实际，并将完全错误的‘人的主体论’贯彻到‘文学主体论’中去，因此他的‘文学研究’，他对‘文学的主体性’的论述，尽管并非全是错的，其中也有某些可取的、较好的因素，但无法避免一系列根本性的原则性的错误”[④]。这种“上纲上线”的意识形态化评述，也折射了启蒙主义文学思潮在新时期文学发展中的艰难与曲折。

质疑和反驳不断在文坛持续发酵。陆贵山在 1991、1992 年连续发表文章，对刘再复的“文学主体性”理论再次进行了全面反驳。在《“文学主体性”理论与审美乌托邦》一文中，陆贵山指出，“应该看到，‘文学主体性’论者同‘全面异化’论者是有区别的。‘文学主体性’论者不带有明显的反动的政治目的。但他们从学术角度触及政治态度和政治信仰问题，他们的思路和精神意向同‘全面异化’论者是一致的、相通的”[⑤]。在《对“文学主体性”理论的综合分析》中，作者从主体性和客体性的关系、从个体性和群体性的关系、从价值论和认识论的关系、从“自律”和“他律”的关系、从自由和必然的关系、从目的和工具的关系这六个方面，继续对刘再复的“主体性”理论

① 程代熙．对一种文学主体性理论的述评：与刘再复同志商榷 [J]. 文艺理论与批评，1986（1）：60.

② 姚雪垠．创作实践与创作理论 [M]. 北京：红旗出版社，1987：1–30.

③ 严学胜．文学主体性问题讨论会纪要 [J]. 文艺理论与批评，1991（1）：20.

④ 张国民．论人的主体性和文学中的主体性问题：评刘再复的“主体论”兼及李泽厚的“主体性实践哲学”[J]. 文学评论，1991（4）：18.

⑤ 陆贵山．“文学主体性”理论与审美乌托邦 [J]. 文艺理论与批评，1991（2）：86.

进行系统性批驳，并认为“‘文学主体性’论者所提倡的主体性是完全虚假的，是伪科学和反科学的。这样的‘主体性’理论只能导致人的主体性的真正的失落。论者对他所建构的虚假的、伪科学和反科学的‘主体性’理论的表述，凭借诗的华彩、文体的思辨和体系的‘严谨’，曾一时走红爆热于文坛，迷惑和征服了一些带有盲目性和猎奇心理的年轻人。然而，这种‘文学主体性’理论并不是什么新东西。它的表层的丰厚和新奇掩盖着骨子里的陈腐、肤浅、贫瘠、苍白和伪善。‘文学主体性’理论只不过是现代西方被奉为主旋律的形形色色的主体论思潮的常态和变态。这种‘文学主体性’理论的核心和灵魂是以新人本主义思潮为根本特征的。这种新人本主义同先期的古典的人本主义或人道主义是很不相同的，这种新人本主义的总体性的精神意向是非理性和反理性的，它通过宣扬抽象的泛爱主义鼓吹一种狭隘的鄙俗的个人本位主义”。①

王元骧在《评〈论文学的主体性〉》一文中，也认为刘再复的“主体性”理论是资产阶级主观主义、唯心主义在现代中国的翻版，如果不加以制止，势必对中国的文学事业造成严重影响。“总之，他所说的‘主体性’说到底就是一种个人的主观性。从而使得他这篇文章通过对人以及主体性的阐述，全面而系统地宣扬了唯心主义的世界观以及个人主义的人生观、价值观和道德观，它与我们今天所要提倡、弘扬的以历史唯物主义为基础、以集体主义为核心的共产主义的思想和社会主义的精神文明是格格不入的。对于这种‘人的理论’在我国思想界和文艺理论界所造成的消极影响，我们决不能等闲而视！”②刘谦的《评〈论文学的主体性〉的错误倾向》，一开始就明确表示，该文将从政治角度对刘再复的“主体性”理论进行批驳。“这里，我想就它的思想政治倾向作一剖析。在我看来，《主体性》并不是纯学术论文，而是表达了一种明确的思想政治倾向的论文。自然，这是一种错误的思想政治倾向。这种错误的倾向主要包括两个方面的内容：一是与马克思主义基本原理的对立倾向；二是对我们今天的社会主义现实的离心倾向。”③

针对这些质疑和反驳，也有众多学者对“文学主体性”进行了充分肯定。很多人认为，刘再复的“主体性”理论尽管存在着一些问题和缺陷，却展现出巨大的理论勇气，也切合了时代发展的需要，表现出了超前的理论眼光和广阔的视野，必将推动我国新时期文论体系的进一步发展。1986 年 2 月，中国社会科学院文学研究所曾就《论文学的主体性》一文召开了小型讨论会，杜书瀛在会议上指出：“刘再复同志关于文学的主体性的文章，某些提法、某些观点、某些论述，我感到有可以商榷之处；但是，我仍然认为这是一篇富有探索精神，给人以多方面启发的文章。”王善忠也表示：“刘再复这篇文章不乏观点新颖，启发思索之处，对扩大视野，开拓思路不无裨益。”袁红则认为：“刘再复《论文学的主体性》一文具有重要的现实意义。首先，它提出了一个重大问题。在相当长的历史时期里，在我国的文学艺术领域中，从事文学活动的人的主体性被压抑，

① 陆贵山 . 对“文学主体性”理论的综合分析 [J]. 文艺理论与批评，1992（4）：58-64.
② 王元骧 . 评《论文学的主体性》[J]. 高校理论战线，1991（1）：49.
③ 刘谦 . 评《论文学的主体性》的错误倾向 [J]. 北京师范大学学报（社会科学），1991（1）：52.

被扭曲，被笼罩在政治、权力和某些个人意志主体性的无限扩大之中，文艺的健康发展受到了严重的妨碍，作者能够不失时机地抓住这个具有本质意义的问题，明确地提出强化主体意识，实现主体价值的主张，这是十分必要的，值得加以重视并进行进一步的探讨。其次，它是即将到来的全面发展的理论研究的先声。”毛崇杰表示：“再复的文章占据哲学制高点，把问题摆到一种历史观与人性观的框架内，可谓气度恢宏。”王春元也对刘再复所提出的观点表示认同：“对文学主体意识的探讨是应该的和必要的，也是切合时宜的。”何西来更是对刘再复的文章赞誉有加，指出：“刘再复在文艺学方面所作的关于主体性问题的探讨是有益的。从总体来看，这种探讨符合时代的要求；从局部的文艺界实情来看，这种探讨是出于对具体的文艺发展历史的反思，并且基于这种反思对于文艺自身的某些重要方面提出了自己的一些设想。这些设想，针对着理论上曾经被人们有意无意地忽视了的方面大胆地发表了自己的见解。”并且认为，“主体性”理论并不是资产阶级唯心主义的翻版，也没有偏离马克思主义文论体系，而是对马克思文论的补充和发展。所以，“文学的主体性”“对于把文学理论从‘左’倾教条的僵化模式中解放出来，促进文学观念的变革，建立中国化的马克思主义文学理论体系，是很有意义的”。[①]

更多的学者，则以建构主义的姿态，对刘再复的“主体性”理论进行了充分的肯定和进一步完善。如唐云坤曾将刘再复的文章喻为“春天里的一声惊雷”，认为“刘再复站在时代和历史的高度，对新时期文学创作及文学研究发展轨迹进行追踪、审视和思考。以一个思想家、评论家的敏锐目光，及时地发现了造成新时期活跃的文学态势的根本原因在于文学主体性的恢复，为着要发展这个态势，因而从理论上对人在文学中的主体性地位予以强调，这是对新时期文学发展状况的高层次的理论观照，这是对忽视人作为主体存在的唯意志论和机械论的严正批判，是对长期以来所沿袭的五十年代从苏联引进的文学理论框架的一大突破，他呼出了作家、批评家、读者群众的愿望和心声，显示出一个共产党员对国家民族文艺发展的关切和高度责任感、使命感”。[②]程麻也认为，“文学主体性”的提出，与马克思主义价值观念具有内在的一致性，“文学主体性的觉醒，就是挖掘和建立马克思主义价值理论的一种努力”。[③]因为马克思主义本身就重视人的主观能动性的发挥。而那种将马克思主义文艺观仅仅局限于“反映论”的认识，才是真正“狭隘的、片面的”，不符合马克思主义本质特征的文艺观。而这一认识，在杨春时的《论文艺的充分主体性和超越性——兼评〈文艺学方法论问题〉》一文中，有着更为系统的阐述：“文艺主体性和超越性问题的提出，正是基于坚持和发展马克思主义文艺思想，建立和完善马克思主义文艺理论体系的历史要求。”[④]因此，那种认为刘再复的“文学的主体性”理论违背马克思基本原理的批驳是不能成立的。

林兴宅认为，文学主体性理论的意义在于“它引入了构筑文艺理论体系的新的逻辑

---

① 文学研究所文艺理论研究室 . 自由地讨论，深入地探索：关于刘再复《论文学的主体性》一文的讨论 [J]. 文学评论，1986（3）：14.

② 唐云坤 . 春天里的一声惊雷：谈《论文学的主体性》[J]. 内江师范学院学报，1988（1）：60.

③ 程麻 . 从价值论说到主体性 [M]// 陈飞，徐国利，刘晖，等 . 回读百年：20 世纪中国社会人文论争（第 5 卷・上）. 郑州：大象出版社，2009：682–685.

④ 杨春时 . 论文艺的充分主体性和超越性——兼评《文艺学方法论问题》[J]. 文学评论，1986（4）：12–13.

思路——价值论的视角。即把文学看作人类自我实现的价值形态，并以此为出发点来理解文学的本质、特征和功能。这就使人们审视文学现象的角度发生了从外向内、由客体向主体的转移。这不仅是开辟了新的思维空间，更重要的是找到了新的文艺理论体系的生长点"。并进一步认为，陈涌之所以对刘再复的"主体性"理论进行指责，并非因为"主体性"理论本身存在错误，其本质上是新旧文艺理论观念的深刻分歧。"如果说陈涌同志的文章仅仅是重申了旧文艺理论体系早已基本说透的文艺表层规律，那么刘再复同志的论著则是创造性地研究了被旧的文艺理论体系忽视的文艺深层规律。"①孙绍振也表达了与此相近的看法。在他看来，以陈涌为代表的固守文学"反映论"的文论家们，往往在文学与意识形态这一单一性的思维定式中纠缠不清，却看不到文艺创作中多向度与深层次矛盾，从而在"理论上误入歧途"。②

此外，陈辽、汤学智等人也纷纷撰文，对刘再复的"主体性"理论进行了肯定。他们的理论基点、行文方式、论述重点虽有不同，但都认为"主体性"理论是对传统"反映论"的超越，对于推动文论在新时期的发展、深化启蒙主义文学思潮，具有重要的意义。

在"文学主体性"的争论过程中，尽管很少有理论家从文学思潮的层面对之进行系统的总结和提炼，但是，这种激烈的争论方式和彼此质疑、反驳的形式，其实是大多数文学思潮发展的基本形态。文学思潮的动态性和历史性，决定了任何一种新的思潮的出现，总会经历各种不同观念、不同思想的交锋。或者说，文学思潮的发展，尤其是它对文学发展的内在影响，很多时候都是通过争论的方式，让更多的作家、理论家参与其中，并逐渐意识到思潮背后的观念与文学创作的关系。因此，有关"文学主体性"的争论，在本质上体现了启蒙主义思潮的深化，对于20世纪80年代后期开始陆续出现的"新写实小说""人文精神大讨论"等，都产生了直接的影响。

（三）"文学主体性"问题的深化

有关"文学主体性"的争论，在经历了20世纪90年代初期的反弹之后，随着中国社会转型期的到来，开始逐渐淡出人们的理论视野。一方面，作为启蒙主义的文学思潮，"主体性"问题在大量的西方现代哲学和现代性的理论建构中，重新成为人们反思的对象，特别是由人类理性所延伸出来的"工具理性"，已对人类社会的全面发展，包括对人性的全面发展，都产生了不同程度的制约作用。也正是在这种前提下，后现代主义或审美现代性开始崛起，并重提感性化的、非理性意义的日常生活，对于人类也具有同样的重要性。受这些现代理论思潮的影响，有关主体性的问题，逐渐向"主体间性"过渡，从而使"主体性"在不断深化的过程中，更多地步入西方审美现代性的理论领域。

另一方面，随着市场经济的逐步深化，以满足个体生命欲望和精神需求的消费文化

① 林兴宅．我们时代的文艺理论：评刘再复近著兼与陈涌商榷[J]. 读书，1986（12）：73.

② 孙绍振．陈涌同志在理论上误入歧途的三个原因[N]. 文论报，1986-09-21（1）.

渐成社会的主流文化，特别是20世纪90年代中期之后，个人主义基本上成为中国社会的主要风尚，“主体性”也几乎不再成为人们关注的焦点。在这种文化背景下，中国文学自然而然地步入“个人化写作”的大潮，虽然有关“文学的主体性”问题，在消费主义的劫持下，仍然存在着这样或那样的障碍，但在“个人化写作”的驱动之下，这一启蒙主义的文学思潮也逐渐消隐。

三、文学主体性的启蒙主义特质

在“文学主体性”的理论建构中，刘再复始终将“构筑一个以人为思维中心的文学理论与文学史研究系统”“把人的主体性作为中心来思考”作为逻辑起点，让文学从“神本主义”和“物本主义”的束缚中解脱出来，试图全面恢复人的主体地位。这实际上是人道主义启蒙理想在文学研究中的运用，诚如有人所言：“文学主体性是文学领域中人道主义的一个哲学化的提法。”① 从文学思潮的发展形态来看，围绕这一“主体性”的理论建构所引发的群体性争论，有力地推动了新时期文学在启蒙主义文学思潮上的深化，并体现了这一思潮的诸多重要特质。

首先，揭示了“以人为本”“人是目的”的启蒙文学观。

从哲学渊源来看，刘再复的“主体性”思考主要源于李泽厚的相关论述，这是一个显在的事实。在20世纪80年代初，李泽厚就陆续发表了《康德哲学与建立主体性论纲》《关于主体性的补充说明》等文章，对“人性”“主体性”进行了清晰的界定。他曾指出：“人性就是人与物性、与神性的静态区别而言的。如果就人与自然、与对象世界的动态区别而言，人性便是主体性。就是说，相对于整个对象世界，人类给自己建立了一套既感性具体拥有现实物质基础（自然）又超生物族类、具有普遍必然性质（社会）的主体力量结构（能量和信息）。”② 在讨论“主体性”概念时，李泽厚认为：“‘主体性’概念包括有两个双重内容和含义。第一个‘双重’是：它具有外在的即工艺—社会的结构面和内在的即文化—心理的结构面。第二个‘双重’是：它具有人类群体（又可区分为不同社会、时代、民族、阶级、阶层、集团等等）的性质和个体身心的性质。这四者相互交错渗透，不可分割。”③ 而且，“这种主体性的人性结构就是‘理性的内化’（智力结构），‘理性的凝聚’（意志结构）和‘理性的积淀’（审美结构）。它们作为普遍形式是人类群体超生物族类的确证。它们落实在个体心理上，却是以创造性的心理功能而不断开拓和丰富自身而成为‘自由直观’（以美启真）、‘自由意志’（以美储善）和自由感受（审美快乐）。普遍心理的结构形式和个体心理的创造功能便是人性主体性所要探究的基本课题”④。这里，李泽厚虽然是以唯物史观为基础，对主体性进行了阐释，但论述的重点最终却落在“个体心理”的“知、情、意”的创造性功能上，强调“自由”的

① 何西来．对于当前我国文艺理论发展态势的几点认识[M]// 中国社科院文学研究所．文学思维空间的拓展．北京：工人出版社，1988：52.

② 李泽厚．李泽厚哲学美学文选[M]. 长沙：湖南人民出版社，1985：150.

③ 李泽厚．李泽厚哲学美学文选[M]. 长沙：湖南人民出版社，1985：164-165.

④ 李泽厚．李泽厚哲学美学文选[M]. 长沙：湖南人民出版社，1985：168.

价值和意义。

刘再复在借用这一启蒙主体性的哲学思想之后，根据文学领域的自身规律进行了必要的改造和扩展，形成了较为系统的文学主体性理论。在刘再复看来，新中国成立之后，文学领域一直强调客观反映论，后来受极左思想的影响，原本具有积极意义的反映论，也慢慢变成了一种僵化的理论思维，致使文学的主体性陷入失落的困境中。在这种理论支配下，作家的创作常常成了某些既定观念的图解，无论是作家的主体意识还是对象的主体意识，都不甚清晰，很难体现创作的自觉探索和审美的个性化。特别是作为文学对象主体性，在“环境决定论”“抽象的阶级性”与客观性的制约过程中，走向全面的衰落。

为了打破这种僵化的理论格局，恢复文学的主体性地位，刘再复及其追随者们通过对启蒙精神中“人是目的”的全面阐释，试图激发作家们主体意识的觉醒，并在“超常性、超前性和超我性”中，获得一种“天马行空”般的大自由境界。在对象主体方面，则提倡要把文学中所塑造的人物，当作真正的人来对待，而不是当成“自然的存在”，当成没有主体性的“牲畜、草芥、工具”。同样，对于接受者来说，也需要充分发挥能动性，在艺术接受和欣赏过程中，进行审美的再创造。从作家主体、文学创作到文学接受，针对文学实践的每个过程，这一思潮都从主体性的层面上不断诠释了“以人为中心”的启蒙思想。

其次，突出了生命个体在文学活动中的价值，尤其是精神主体性的创造性意义。

在“文学主体性”的论争过程中，刘再复承续了李泽厚的“个体心理创造功能”之论点，并对之进行了创造性的扩展，强调要在对人的反映与创造的双向建构中理解人的主体性，这无疑体现了认识论与价值论的统一。李泽厚认为，人的“文化—心理结构”的形成，来源于实践活动。“人类一切认识的主体心理结构（从感知觉到概念思维等等）都建立在这个极为漫长的人类使用、创造、更新、调节工具的劳动活动之上。多种多样的自然合规律性的结构、形式，首先是保存、积累在这种实践活动之中，然后才转化为语言、符号和文化的信息体系，最终积淀为人的心理结构，这才产生了和动物根本不同的人类的认识世界的主体性。”[①]这就意味着，人的主观能动性、主体性的实现，无论如何也无法摆脱这一基础的制约。

但刘再复所追求的“文学主体性”，更多的是强调“从各种束缚、各种限制中超越出来”的“精神主体性”。它要求抛弃神本主义和物本主义，回到自我的内心之中，在独立的自我精神空间里建构属于自己的艺术世界，因为只有“精神主体性”得到了充分的发挥，获得一种无拘无束的自由境界，才能有效摆脱外在的一切干扰，真正实现“人的主体性”；也只有这样，人们才能在感知人生和宇宙的过程中，将“爱”与“忧患意识”散播到整个人类，发现人物内心深处的灵魂搏斗，并最终实现人格的独立与完整。

与此同时，刘再复以及后来的林兴宅、程麻、徐俊西等学者，还对“精神的主体

① 李泽厚．李泽厚哲学美学文选 [M]. 长沙：湖南人民出版社，1985：152.

性”进行了深化研究，并使之延伸到审美活动之中。如林兴宅就认为：“文学审美活动作为价值关系的领域，认识和反映仅仅是一种手段或载体，而目的和实际内容则是象征，即在审美对象上面看到人自己的自由本质。”[①]正是这些深入的探讨，使启蒙主义思潮沿着精神主体的轨道，不断挺进人类内在的审美活动之中，与文学本体论形成了某种共振关系。

最后，展现了人的潜意识和非理性思维在文学创作中的特殊价值。

20 世纪 80 年代初期，西方现代思想大规模涌入中国，为新时期文学发展提供了丰富的思想资源，其中就包括以弗洛伊德为代表的精神分析学说。精神分析学说让人们深刻地意识到，人类除了容易被发现的意识层之外，还有一个隐藏着的、不易被发现的潜意识层。虽然不易被发现，但它无时无刻不在参与人的精神构成和实践行为。早在 20 世纪 20 年代，弗洛伊德的相关学说就被介绍到中国，但种种原因使其并没有受到重视。新时期之后，这一学说的价值被重新发现，并被有意识地运用到具体的文学创作和评论中。刘再复在《文学研究思维空间的拓展》一文中，就敏锐地指出：“从某些意义上说，情感是变态心理的领域，感情到了最深挚的时候，就要发生变态。”[②]这虽然不是对潜意识的直接阐释，但在某种意义上，也触及了潜意识中的非理性情感。

在讨论“文学的主体性”中，刘再复围绕着“文学是人学”的问题，明确地指出：“‘文学是人学’的含义必定要向内宇宙延伸，不仅一般地承认文学是人学，而且要承认文学是人的灵魂学、人的性格学、人的精神主体学。”在面对精神主体的“双重结构”时，既要关注精神的表层结构，也要关注精神的深层结构。“精神主体的表层结构，是被理念支配的意识层次的内容，而深层结构则是积淀在人的精神主体内部的潜意识。”[③]对“精神主体深层结构”的关注，促使刘再复将建立“文学主体性”的视野，伸向人的潜意识层，关注非理性思维的特性。随后，林兴宅等人则进一步深化了这一理论，不仅充分肯定了个性表现在文学活动中的价值，而且突出了人的非自觉意识的创造性价值，特别是人的深层心理结构中的各种潜意识对于文学艺术的内在作用。我们说，启蒙的意义在于全面恢复人的价值，通过理性和科学的认知途径，有效认识并理解人的内在精神结构，包括一些非理性和潜意识的功能。因此，从这个角度上说，有关人的潜意识和非理性思维在文学创作中价值的探讨，仍然体现了启蒙主义的文学思潮之特质。

无论是对文学领域曾经进行的“人性”“人道主义”之争的接续，还是对人的“精神主体性”、潜意识和非理性功能的深入探究，由“文学主体性”所引发的这场争论，其目的就是颠覆已经僵化的文学反映论，全面激活文学主体意识，从而有力推动启蒙主义文学思潮在新时期文学中的深化。

① 林兴宅．我们时代的文艺理论：评刘再复近著兼与陈涌商榷 [J]. 读书，1986（12）：73.
② 刘再复．文学的反思 [M]. 福州：福建教育出版社，2010：13.
③ 刘再复．论文学的主体性 [J]. 文学评论，1985（6）：14.

四、意义与局限

围绕着刘再复的“文学主体性”所引发的这股启蒙主义文学思潮，无论是在文艺理论上还是在创作实践中，都具有极为重要的意义。正如刘再复自己所言：“文学的主体性问题，是文学理论建设上的一个大有可为的课题，它可以展示得极其丰富，这种展示可能会使我国的现代文学理论结构发生较大的变动。”①当然，这一思潮本身也存在着一定的局限性。

从积极意义上看，这一文学思潮发生在1985年这个中国当代文学的重要转折时期，既为中国当代文论的现代化发展，突破了各种传统观念的障碍，开拓了重要的思维空间，也为当时的“寻根文学”、先锋文学、新历史小说等多元化的文学创作提供了必要的理论支撑。

第一，这一思潮从理论层面打破了被现实主义反映论长期“定于一尊”的文论格局，促进了当代文论多元性的建设和发展。“目前在中国文论界有较大影响的四种文学理论观——主体论文学观、象征论文学观、生产论文学观和审美意识形态文学观，都在很大程度上受到了文学主体性论争话语的促进和影响。”②事实也的确如此。譬如陆贵山在《审美主客体》中，就对刘再复高扬的“文学主体性”进行了批判性的接受。一方面，他对审美主体与审美客体进行了详细论证；另一方面，则将刘再复推远的外在“束缚”，重新纳进来，辩证地分析“艺术个性”与“社会本质”、“审美理想”与“心理机制”之间的关系。九歌的《主体论文艺学》，同样是将文学纳入人的总体活动，在论述文学本质的过程中，提出了“文学：主体的特殊活动”这一核心命题。这些无疑都受到了“文学主体性”争论的影响，并使得各种现代文艺思想有效地纳入某个整体。

第二，这一思潮还有力地推动了文学创作和研究由“外”向“内”的转向。传统的现实主义文学反映论，主要是强调文学“写什么”，突出文学与社会、政治等外在因素的关联。而这股启蒙主义文学思潮在彰显“文学主体性”的过程中，突破了这种片面化的反映论，突出了人的精神主体作用，强调个体内在的感受性，强调文学是人的心灵学、性格学和精神主体学。在具体的创作实践中，作家们不仅要在面对客观现实时发挥主观能动性，还要自觉遵从内在情感与精神的召唤，经由表层心理到深层心理，挖掘内心深处的渴望与灵魂的搏斗。正是在这种情况下，在20世纪80年代的中国文坛，刮起了一股强劲的“向内转”的创作与研究之风，出现了以“题材的心灵化、语言的情绪化、主题的繁复化、情节的淡化”等为表现的“向内转”色彩③，成为当代文坛一个最引人注目的特征。

当然，这一启蒙主义思潮在极力倡导“文学主体性”建构的过程中，也体现了某些历史的局限性。首先，在具体的论争过程中，大多数学者未能深入地探讨“主体性”与

---

① 刘再复．论文学的主体性（续）[J]. 文学评论，1986（1）：19.

② 孟登迎．20 世纪 80 年代文学主体性论争：作为中国当代文论发展史的解读 [J]. 中国青年政治学院学报，2005（6）：106.

③ 鲁枢元．论新时期文学的“向内转”[M]// 白烨．中华人民共和国成立 70 周年优秀文学作品精选：文学评论卷．北京：北京十月文艺出版社，2019：218.

现实物质、文化的关系，只是将“主体性”视为超越一切束缚的精神性存在，从而不自觉地夸大了人的“内宇宙”功能，隐含某种神秘化的陷阱，由此也造成了一些概念、范畴上的模糊与含混，甚至在逻辑上陷入了不能自圆其说的矛盾。譬如，如何理解作家主体性与表达对象主体之间的关系？两者之间显然既有冲突又有统一，但是很难从逻辑上解释清楚。

其次，从文学思潮的影响来看，这一思潮在质询神本主义和物本主义的过程中，过度切割了“文学主体性”与社会意识形态、文化环境之内的内在关系，强调文学作为人类精神活动的特殊形态，而忽略了“文学主体性”在生成过程中的诸多外在因素，特别是集体主义观念、意识形态熏陶及文化传统的影响等。人是一种文化的存在，历史的存在，绝对独立的主体性并不存在，因此，必须将人的主体意识纳入更宽广的文化体系进行考察，才能更科学地分析出主体构成的基本特征。

总之，20 世纪 80 年代中期的这股启蒙主义文学思潮，以“文学主体性”理论建构为发端，有效地打开了新时期文论建设相对缓慢的局面，开拓了文学研究的思维空间，为文学回归自身作出了重要贡献。尽管这一思潮存在着某些局限性，但它为新时期文学注入了新的营养，也为 20 世纪 80 年代以来文学的繁荣开拓了新的空间。

思考题

1. 简述文学主体性论争中的主要焦点问题及其原因。
2. 为什么说这场文学主体性争论体现了启蒙主义文学思潮？
3. 分析刘再复《论文学的主体性》一文的内在局限。

参考答案

文献索引

洪子诚. 中国当代文学史·史料选：1945—1999[M]. 武汉：长江文艺出版社，2002.

红旗杂志编辑部文艺组. 文学主体性论争集[M]. 北京：红旗出版社，1986.

何火任. 当前文学主体性问题论争[M]. 福州：海峡文艺出版社，1986.

李若愚，汪正龙. 文学主体性理论：缘起、论争与评价[J]. 湖北大学学报（哲学社会科学版），2023（3）：63-70.

第六讲

文化寻根与现代主义思潮

一、背景：拉美爆炸文学的启示

在中国当代文学史上，“寻根文学”的出现，可谓一道别样的文学奇观。它以鲜明的现代意识、自觉的理性精神，极力寻找西方现代主义与中国本土文化相融合的途径，试图重新激活中国传统文化的某些基因，使它们在世界现代文化的层面上焕发出独有的光芒，并由此形成了一股现代主义本土化的文学思潮。从文化背景上看，这股文学思潮的产生，既离不开西方现代主义作品和理论在中国的大面积流行，也离不开拉美“魔幻现实主义文学”的启发。当然，从某种意义上说，“魔幻现实主义”其实也是现代主义的一种特殊形态。

在20世纪70年代末至80年代初，随着思想解放运动的不断深入，一些译介外国文学的专业性期刊不断复刊或创刊，曾一度被拒斥的外国文学与理论开始大面积涌入，与“寻根文学”直接相关的文学样态——拉美“魔幻现实主义”文学，也在这一时期被大量译介到中国。在1980—1982年短短三年时间里，“魔幻现实主义”的集大成者——马尔克斯的作品，被大量地翻译了进来，仅《外国文艺》就发表了他的六部小说，《世界文学》也在1984年发表了他的重要对话集《番石榴飘香》。博尔赫斯是另一位被重点引进的拉美作家，《外国文艺》先后发表了他的七篇小说和多首诗歌。随后，卡彭铁尔、阿斯图里亚斯、略萨等杰出作家的作品，也被陆续译介到中国。其中，对“寻根文学”产生最直接影响的，当数马尔克斯。李洁非曾描述过当时的情景：“实际上，还从来没有一位诺贝尔文学奖得主像马尔克斯这样在中国作家中引起过如此广泛、持久的关注，当时，可以说《百年孤独》几乎出现在每一个中国作家的书桌上，而在大大小小的文学聚会上发言者们口中则屡屡会念叨着‘马尔克斯’这四个字，他确实给80年代中期的中国文坛带来了巨大震动和启示。”①

作家们从以马尔克斯为代表的“魔幻现实主义”文学中，看到了从西方现代主义文学的焦虑中摆脱出来并成功走向世界的可能，同时获得了一种思考民族传统文化的新视角——传统文化并不是创作的包袱，而是一笔巨大的财富，是一种可以被世界认同和接受的内在资源。一时间，“越是民族的，就越是世界的”成为传颂甚广的文化口号。它使人们相信，这是促进中国当代文学发展，最终走向世界的一条切实可行的路径。

与此同时，与“寻根文学”密切相关的西方现代主义文学，包括象征主义、表现主

① 李洁非．寻根文学：更新的开始（1944—1985）[J]. 当代作家评论，1995（4）：102-103.

义、意识流、黑色幽默、荒诞派戏剧、超现实主义、存在主义、“垮掉的一代”等等，也陆续进入中国文坛，并引起人们的高度关注。一个显著的例证是，从 1978 年底到 1984 年底，《世界文学》《外国文艺》《译林》这三种主要登载外国文学与文艺理论的刊物，大面积引进了瓦雷里、叶芝、艾略特、波德莱尔、卡夫卡、布莱希特、海明威、福克纳、约翰·巴斯、乔伊斯、普鲁斯特、约瑟夫·海勒、尤奈斯库、贝克特、奥·埃利蒂斯、阿拉贡、萨特、加缪、索尔·贝娄等后来对中国文坛产生深远影响的现代主义作家。一大批经典性的现代作品如诗歌《基督重临》《驶向拜占庭》《荒原》《四首四重奏》等，小说《变形记》《乡村医生》《乞力马扎罗的雪》《纪念爱米丽的一朵玫瑰花》《死者》《司旺的爱情》《第二十二条军规》《好邻居》《杀人不是游戏》《不贞的妻子》等，戏剧《生日晚会》《肮脏的手》《死无葬身之地》等，文学评论《存在主义是一种人道主义》《现代小说》《卡夫卡的天堂》《布莱希特论叙述体戏剧》《波德莱尔论文艺》等，随之出现在当时的文坛上。这些西方现代主义作品和理论的大量涌入，强烈地刺激了新时期的诗人和作家，也引起了文艺理论家的密切关注。

对于当时的中国文坛来说，现代主义文学的表现形态、审美风格、价值观念、精神内涵等方面，都充满了某种异质化倾向。在这种情形下，由不同的价值立场和审美理念所引发的争议，也就变得不可避免。事实上，从西方现代派文学进入中国当代文坛开始，这种争议就从未停止。尽管袁可嘉、柳鸣九等西方文学研究专家纷纷撰文，试图纠正人们对西方现代主义文学的偏见，但种种原因，各种固执的观念仍然无法在短期内消除。之后，随着老翻译家徐迟《现代化与现代派》一文的刊发，以及冯骥才、李陀、刘心武三人以《上海文学》为阵地所展开的“风筝”通信，更是将争论推向了高潮。徐迟的文章强调了文学与经济之间的密切联系，认为西方现代主义文学的产生，“既不能从它本身来解释它，也不能从所谓人类精神的发展来理解它。它还是来源于人民生活的源泉的。更确切地说，它是来源于社会的物质生活，而且是反映了这种物质生活关系的总和的内在精神的”。进而指出：“我们将实现社会主义的四个现代化，并且到时候将出现我们现代派思想感情的文学艺术。”[①]冯骥才、李陀、刘心武三人的通信，虽然表述的重点各有不同，但都对发展中国的“现代文学”表现出极大的热情。特别是冯骥才，他在给李陀的信中展现出一种不可遏抑的兴奋之情，并以一种反问的口气说道：“社会要现代化，文学何妨出现‘现代派’？”[②]显然，这些作家与理论家从文学发展的角度，强烈渴望建构出属于自己的“现代派文学”。

但是，也有一些文艺理论家对西方现代主义文学的大规模涌入心怀警惕，对文坛上日益高涨的“发展中国现代主义文学”的呼声极为不满，并纷纷撰文予以批驳。如《文艺报》开辟专栏，以专论的方式，对现代主义文学进行批驳。“《文艺报》1982 年第 11 期开辟《讨论会》栏目，转载了徐迟发表在《外国文学研究》和《上海文学》上的文章《现代化与现代派》，同时配发李基凯以理迪笔名撰写的与徐迟商榷的文章《〈现代化与

① 徐迟．现代化与现代派 [J]. 外国文学研究，1982（1）：115-116.

② 冯骥才．中国文学需要“现代派”！：冯骥才给李陀的信 [J]. 上海文学，1982（8）：88-91.

现代派〉一文质疑》，表明我们对提倡现代派是持批评态度的，至少是应该讨论的。在《讨论会》栏题下，加写了‘编者按’说：‘最近又有读者提出今年出版的《外国文学研究》第一期上，徐迟同志发表的《现代化与现代派》的文章，关系到我国文艺发展的方向问题，也需要进一步展开讨论，以便更有利于建设我国革命的、民族的、大众的新文艺，使我国的社会主义文艺在建设以共产主义思想为核心的社会主义精神文明中发挥更大的作用。我们认为这个建议是很好的。’”①

尽管受到种种质疑和批评，但西方现代主义文学仍凭借其独特而新异的审美特征，让人们意识到文学世界的宽广与浩瀚，并在一定程度上为“寻根文学”的出现提供了重要的参照。

二、中国传统文化的现代寻根之旅

在文学史的表述中，通常将 1984 年 12 月召开的“杭州会议”与“寻根文学”联系在一起，甚至将其视为“寻根文学”的起点。“十二月不是杭州的好时节，但来自京沪和各地的二十几位与会者意兴甚浓。这次活动由《上海文学》发起，得到当地的一家出版社和另一团体的有力支持。……现在可以说，那次会议与‘寻根’思潮的发展关系甚大。”②“那次会议”就是指“杭州会议”，“当地的一家出版社和另一团体”指浙江文艺出版社和《西湖》编辑部，周介人对此有过比较详细的解读：“一九八四年十二月，《上海文学》编辑部、杭州市文联《西湖》编辑部、浙江文艺出版社在杭州陆军疗养院联合举办青年作家与评论家对话会议。会议的议题是《新时期文学：回顾与预测》。”③可以看出，这次会议的议题非常宽泛，与会者可以根据自己的观察、创作经验进行交流与漫谈，也因此被称为“神仙会”。“当时会议并没有一个明确的规范，只是要求大家就自己关心的文学问题作一交流，并对文学现状和未来的写作发表意见。是一个名副其实的‘神仙会’。”④虽然这是一个没有太多规范和约束的“神仙会”，但没有流于泛泛的形式，而是从多个方面对后来的文学发展产生了极其重要的影响。⑤

一种常见的看法是，“寻根文学”主要指 1985 年前后出现的“寻根小说”大潮。其实，在“寻根小说”出现之前，诗歌领域的寻根步伐早已迈开。“‘文化寻根’现象的发生，在诗歌，要比在小说中来得早。……阿城、韩少功、李杭育们在杭州一次小说讨论会上，合计打出正式旗号。而杨炼的半坡组诗 1982 年即已写成，到 1984 年，他已陆续写出摹拟《周易》思维结构的庞大、繁复的《自在者说》。时差至少为两年。”⑥

---

① 刘锡诚 . 1982：“现代派”风波 [J]. 南方文坛，2014（1）：98.

② 李庆西 . 寻根：回到事物本身 [J]. 文学评论，1988（4）：14.

③ 周介人 . 文学探讨的当代意识背景 [J]. 文学自由谈，1986（1）：32.

④ 蔡翔 . 有关“杭州会议”的前后 [J]. 当代作家评论，2000（6）：60.

⑤ 目前研究“杭州会议”与寻根文学的关系的文章，除了引文中呈现的这些之外，还有周介人 . 青年作家与青年评论家对话 共同探讨文学新课题 [J]. 上海文学，1985（2）：80，75；韩少功 . 杭州会议前后 [J]. 上海文学，2001（2）：96；李杭育 . 我的 1984（之一）（之二）（之三）[J]. 上海文学，2013（10）（11）（12）；陈思和 . 杭州会议和寻根文学 [J]. 文艺争鸣，2014（11）：6–8；谢尚发 .“杭州会议”开会记：“寻根文学起点说”疑议 [J]. 中国现代文学研究丛刊，2017（2）：72–84；以及一些硕士学位论文等。

⑥ 李振声 .“文化寻根”诗的意义与命运 [J]. 复旦学报（社会科学版），1991（3）：35.

这些诗歌，也就是李振声在《季节的轮换》中所指称的“文化寻根诗”（也被一些学者称为“史诗”“大诗”“现代史诗”）。虽然说“文化寻根诗”与“寻根小说”在创作形式、审美特质、表现手法以及对待传统文化的态度等方面存在很大的差异，“如果说寻根诗借以作为‘根’之见证物的更多是文化遗址或历史文本，那么寻根小说则更多地关注的是‘活着的传统’，即那些尚存活于独特地域或族群中的风俗、世情和生存样态”①。但立足于传统文化寻找新的灵感和创作方向，是他们共同的追求。从这一维度上看，李振声的这一判断无疑具有较强的说服力。

先看诗歌领域的“文化寻根”。

从现有的资料来看，较早进行“文化寻根”的诗人是曾经属于“朦胧诗”的江河和杨炼。经过“朦胧诗”时期的反叛与抗争之后，他们迅速调整了诗歌探索的方向，开始转向深厚的历史与文化索取创作灵感和资源，试图重新确立诗歌的形式与价值。这种转型，既与诗人们对“朦胧诗”的反思相关，也是他们对传统文化与人的存在重新认识的结果。此时，他们已经认识到，作为一个文化中的人，很难超越时代的限制，更难摆脱传统文化形塑的“文化—心理结构”的规约，诗歌同样也是在这种限制中探索的结果。“传统永远不会成为一片废墟。它像一条河流，涌来，又流下去。没有一代代个人才能的加入，就会堵塞，现在所谈的传统，往往是过去时态的传统，并非传统的全部含义。如果楚辞仅仅遵循诗经，宋词仅仅遵循唐诗，传统就会凝固。未来的人们谈到传统，必然包括了我们极具个性的加入。当然，过去的传统会不断地挤压我们，这就更需要百折不挠地全新地创造。不但会冲掉那些腐朽的东西，而且会重新发现历史上忽略的东西，使传统的秩序不断得到调整。”②基于这样的认识，江河开始了他的“史诗”探索。1985年，江河推出了他的代表性长诗《太阳和他的反光》，该诗从中国古代神话题材演化而来，在创世的宏大视野中，重现了中华民族的辉煌诞生与艰苦探索，并对民族“文化—心理结构”进行了一番极具现代意味的演绎。

对于传统文化对个体生命和个人诗歌创作的潜在影响，杨炼也有着相当深刻的认识和体会。他在《传统与我们》一文中曾指出：“它是传统，谁都无法、谁也不能摆脱的传统。我们基于共同文化—心理结构的独特语言形式。说它是形式，因为它从不规定某种题材的‘时代性’，而是规定了某种特殊的感受、思维和表达方式，它在创造每一件艺术作品的过程中使我们服从。我相信，任何个人的创造都无法根本背叛他所属的传统。每一个艺术家在他所提供的‘单元模式’中，都自觉或不自觉、或多或少地浸透着传统的‘内在因素’，这是他自身存在的前提。传统应当被理解为‘内在因素’所贯穿而又彼此独立的‘单元模式’系列，像一趟用看不见的挂钩连接起来的列车，活在我们对自己环节的铸造中，并通过个人的特性显示出民族的特质。”③其实，早在“朦胧诗”写作阶段，杨炼的诗歌就呈现出比较开阔的文化视野，只是还没有完全摆脱政治抒情诗

① 贺桂梅．“新启蒙”知识档案：80年代中国文化研究[M].北京：北京大学出版社，2010：190.

② 张学梦，高伐林，徐敬亚，等．请听听我们的声音：青年诗人笔谈[J].诗探索，1980（1）：58.

③ 杨炼．传统与我们[J].山花，1983（9）：73.

的特征。从1983年开始，杨炼便连续创作出了《诺日朗》《半坡》《敦煌》《自在者说》《与死亡对称》等具有深厚文化气息的大型组诗。在这些诗作中，诗人或一头扎进那些蕴含着独特精神韵味的历史人文景观，或走进浩瀚无边的古代典籍，一方面对传统文化的博大精深震撼不已，一方面又在人类本真性的生命困境与存在之谜中陷入了深深的思考，最终较为成功地将现代人的精神与传统文化精神交融为一，从而创造出一系列气象阔大、意象绵密、意蕴深厚的“史诗性”作品。

继江河、杨炼之后，当时颇有影响的民间诗歌社团“整体主义”和“新传统主义”也承袭了“文化寻根”的创作途径，不断向本土文化的内部挺进。“整体主义”的主要成员石光华、宋渠、宋炜等，曾深受江河、杨炼“文化史诗”探索的影响。在《这是一个需要史诗的时代》一文中，宋渠、宋炜就曾表示，“对传统需要做出新的判断。历史上被忽略了的一切应该重新得到承认”[①]。石光华也在自印诗集《企及磁心》的代序中，认为诗歌要“追求史诗气质，创造阳刚之美”。“整体主义”诗人们的文化史诗实践，有着别人不具备的优势。巴山蜀水这片散发神秘气息的大地，为他们探索具有现代意味的文化“史诗”，奠定了良好的基础。在这种情况下，《大曰是》《大佛》《和象》等诗歌喷薄而出，诗人们似乎无法抑制自己的澎湃激情，只能任由那些意象繁复、语义密集而又饶舌的长句，如暴雨般倾泻下来，将历史与文化、形而上与形而下的体验和思考，一股脑放进想象的熔炉里，将诗歌的形式与内涵推向一个又一个极致。

如果说“整体主义”诗人与江河、杨炼一道，被阔大浩瀚的传统文化吸引，从而心甘情愿地深陷其中，那么，欧阳江河与“新传统主义”诗人廖亦武等，则走向了一条与他们相反的道路。他们没有在传统文化中流连忘返，而是对其进行了无情的解构和鞭挞，尽显批判锋芒。“如果说‘整体’诗是通过寻根，最终认同和归依于‘根’，那么廖亦武、欧阳江河却是通过寻根，最终除根，即断然弃绝这个‘根’。”[②]在欧阳江河的《悬棺》和廖亦武的系列组诗《死城》《幻城》《巨匠》中，依然遍布着远古时代的文化意象，但是，再也找不到稳定的终极价值，更无法获得安放人类灵魂的栖居之所。这里只有意义被悬空之后的虚幻：“那么你，幸存者，面对高悬于自身陨落的唯一瞬间，有什么值得庆幸？被无手之紧握、无目之逼视所包围，除了你自己，除了一代又一代的盲目，又能收获些什么、炫耀些什么？”（《悬棺》）只有丧失指称价值之后，直面自然生命的生死同一：“鸟的高贵羽毛和山岳有相同的重量。仅有的一个字和全部书卷有相同的重量。”（《悬棺》）只有弥漫着死亡与恐怖、愚昧与暴烈的“死城”：“几位大夫在追捕女娲。夸父、刑天、屈原、庄周等疯祖宗的器官全被宰掉了。我好歹逃出杀人如麻的桃花村，随你挤进喧嚣的广场。”（《死城》）更有甚者，先知阿拉法威也不再作为拯救者和庇护神出现，它虽然还能预示“死城”中人们无法逃避的宿命：“巴人村先知阿拉法威在临终时指着脚下说：‘这个城市将围困你们，不管上帝是死是活。’”（《死城》）也仅此而已。意义的悬空与先知的无力，昭示着传统文化再也无力为现代人的生存提供

① 宋渠，宋炜．这是一个需要史诗的时代[M]// 老木．青年诗人谈诗．北京：北京大学五四文学社，1985：179.

② 李振声．“文化寻根”诗的意义与命运[J]. 复旦学报（社会科学版），1991（3）：37.

终极价值。至此，所谓的“根”，也失去了应有的意义；“寻根”的努力与价值，在寻找的过程中一点点被消解，终至于走向绝望与虚无。

诗歌中展现出来的这种对传统文化的认同、批判、解构相互交织的复杂情感，表明文学的现代寻根之旅已经开启，并呈现出一片熟悉而又陌生的妖娆景观。随后，在小说家们的推动下，“寻根文学”的影响开始扩展到整个新时期文坛。

再看“寻根小说”的兴起。

事实上，在“寻根文学”正式命名之前，一些小说家已经开始将民俗、风情、地域文化纳入自己的创作视野，并取得了广泛的影响。如汪曾祺《受戒》《大淖记事》等，这些带有浓厚地域色彩和文化习俗的小说，看似脱离了“时代精神”，却因为闲适、清新的人间烟火味，无意间开创出一个新的审美空间，引起了文坛的瞩目。贾平凹聚焦陕南的商州文化，力图挖掘出中原文化的浑厚与质朴，创作了备受好评的《商州初录》；陆文夫的《美食家》，极力书写蕴含着丰厚地域文化色彩的美食（吃）文化；还有冯骥才的《神鞭》《三寸金莲》，邓友梅的《那五》《烟壶》等等，无不是向厚重的传统文化寻求灵感，索取写作资源。这些作品，虽然不是严格意义上的“寻根小说”，但两者之间无疑具有紧密的联系，因而也被视为“寻根小说”的先声。

“杭州会议”之后，“寻根文学”的主将们根据各自的不同理解，陆续发表了一系列类似“寻根文学”宣言的理论文章，包括韩少功的《文学的“根”》、郑万隆的《我的根》、李杭育的《理一理我们的“根”》、阿城的《文化制约着人类》等。从此，“寻根文学”一改“散兵作战”的方式，开始以群体性、规模化的方式，在喧嚣不已的文坛上获得了巨大成功。

尽管这些理论文章的逻辑并不十分严密，对“根”的理解和论述也不尽相同，从而造成了“众多的语义场”的局面，“愈是仔细阅读围绕着‘寻根文学’所留下的种种文本，人们则会愈加强烈地感到言人人殊的状况。实际上，‘寻根文学’这个称谓的界说即是含混不清、各执一词的；同时，诸如‘根’、‘文化’、‘传统’、‘断裂’这些人们所常用的概念、术语也未必有一个相对统一的含义。因此，诚如陈平原所言，谈论‘寻根文学’出现了‘众多的语义场’。”[①]但是，通过梳理，还是能够较为清晰地勾勒出“寻根文学”的创作指向。在韩少功等作家看来，小说所要寻找的“根”，是一种“活的传统”，广泛散布在“非规范”的传统文化如楚文化、吴越文化、庄禅文化，以及其他地域（区域）文化之中。“乡土中所凝结的传统文化，又更多地属于不规范之列。俚语，野史，传说，笑料，民歌，神怪故事，习惯风俗，性爱方式等等，其中大部分鲜见于经典，不入正宗。”[②]“规范之外的，才是我们需要的‘根’，因为它们分布在广阔的大地，深植于民间的沃土。”[③]文学创作只有将“根”深植于这样鲜活文化的岩层中，才能创作出根深叶茂，既具有“民族自我”又能与“世界对话”的全新文学。

---

① 南帆．札记：关于“寻根文学”[J]. 小说评论，1991（3）：19.

② 韩少功．文学的“根”[M]// 谢尚发．寻根文学研究资料．南昌：百花洲文艺出版社，2018：79.

③ 李杭育．理一理我们的“根”[J]. 作家，1985（9）：75.

正如一些学者指出的那样，正是西方现代派文学的流行，激发出中国作家的主体意识，从而产生“寻根”的诉求。因此，“寻根文学”并不是扑进过去的故纸堆去引经据典，证明传统文化的博大精深；或者在漫长的历史烟尘中，展现历史人物的丰功伟绩，而是在现代精神的照耀下，对传统文化进行审视，“理一理我们的‘根’，也选一选人家的‘枝’，将西方现代文明的茁壮新芽，嫁接在我们的古老、健康、深植于沃土的活根上”[①]，从而创作出既具有鲜明的主体性，又足够“现代”的文学作品。在这种明确的现代价值追求之下，一批具有经典意味的“寻根小说”随之出现，如韩少功的《爸爸爸》《女女女》，阿城的“三王”(《棋王》《树王》《孩子王》)、《遍地风流》，李杭育的《最后一个渔佬儿》，王安忆的《小鲍庄》等。

韩少功的《爸爸爸》以鸡头寨独特而封闭的地方作为叙事空间，讲述了一个类似于“不知有汉，无论魏晋”的世外之地的故事。小说运用一种现代寓言化的叙事策略，在高度抽象的隐喻化情境中，对传统文化展开审视与批判。在《棋王》中，阿城借助于一个以棋为生的“棋呆子”王一生的传奇经历，重新勘察了禅、道文化所蕴含的自然而自由的生存方式，并曲折地传达了知识分子内心深处那种自由自在、不沾不滞、自傲清高、以弱胜强的人格魅力。王安忆的《小鲍庄》，李杭育的《最后一个渔佬儿》，还有乌热尔图的《七叉犄角的公鹿》《琥珀色的篝火》，郑万隆的“异乡异闻”系列等等，无不是在“文化”的大地上，在边缘的、相对闭塞的空间里，书写出“一个久远的梦境”和“一种精神寄托”[②]，展现了生命存在的别样状态。

这些小说运用独特的文化视野、象征和寓言的方式，将各种现代理念融入传统文化，赋予了传统文化在现代化进程中的特殊意义，并使“寻根文学”大潮呈现出鲜明的现代主义思潮特征。

由此可见，“文化寻根”思潮是新时期文学在现代意识观照下重审传统文化、发掘本土精神资源的一次重要努力。它试图在重新激活传统文化的同时，找到现代主义生长的坚实土壤，并为中国文学融入世界提供了重要的经验。因此，它是立足于中国传统文化内部的一次现代主义文学之旅，也是一种具有独特形式的现代主义文学思潮。

三、“寻根文学”的现代主义思潮特质

“寻根文学”是在西方现代文化和拉美“魔幻现实主义”的强烈冲击之下，由一批思维敏锐的本土作家在重审传统与现代的关系中产生的，不可避免地带着西方现代主义文学思潮的诸多特质，同时又融入了中国作家对传统文化的现代认知与深度思考，表现出鲜明的主体性追求。“至少在这一思潮倡导者的自我表述中，‘寻根’是在对西方现代派甚至中国现代化进程的某种疑虑或批判的意识下发生的。它尝试通过对民族文化资源的重构，来重新确立中国文化的主体位置，并形成了某种或可称为文化民族主义的新的

① 李杭育．理一理我们的“根”[J]. 作家，1985（9）：75.
② 莫言．我的故乡与我的小说 [J]. 当代作家评论，1993（2）：39.

表述形态。”[①]在这种情况下，“寻根文学”表现出独特而繁复的现代追求。

首先，“寻根文学”明确表现了中国当代作家面向世界文化的现代诉求。

面对西方文化的大面积涌入，提倡“寻根文学”的诗人和小说家一开始就明确反对“全盘西化”，主张文学必须具有民族的个性和性格，要“穿越文化的断裂带”，在“开掘文化岩层”的过程中，重新接续被割裂的传统文化。所以，尽管“寻根文学”在寻找写作资源时，常常表现得既“远”且“深”，或者将文化的“岩层”开掘到了远古的洪荒时代，或者走向深山老林，在一个边缘而逼仄的环境中进行审美思考，但这并不是一场文学的“复古”运动。正如“寻根宣言”所昭示的那样，这是一次以现代精神、现代世界为参照来审视与镀亮传统文化的文学事件，体现出创作主体明确的现代诉求。“以诗人所属的文化传统为纵轴，以诗人所处时代的人类文明（哲学、文学、艺术、宗教等）为横轴，诗人不断以自己所处时代中的人类文明的最新成就‘反观’自己的传统，于是看到了许多过去由于认识水平而未被看到的东西，这就是‘重新发现’。”[②]杨炼的这番表白，集中体现出诗人对文学现代性的内在思考与建构意愿。韩少功则从民族与世界的关系出发，毫不含糊地指出：“这里正在出现轰轰烈烈的经济体制改革和经济的、文化的建设，在向西方‘拿来’一切我们可用的科学和技术等等，正在走向现代化的生活方式。但阴阳相生，得失相成，新旧相因，万端变化中，中国还是中国，尤其是在文学艺术方面，在民族的深厚精神和文化物质方面，我们有民族的自我，我们的责任是释放现代观念的热能，来重铸和镀亮这种自我。”[③]这里，韩少功所说的释放现代热能、重铸民族自我的心理，其实是这一时期审美现代性的一种内在需求，也是寻求将现代文化本土化的一种深层的自觉意识，即作家们试图通过对自身文化之根的寻觅和确认，以彼岸文化为参照，来重修自身坚实的文化主体，使中国现代文化能够顺利地融入世界整体性。因此，从这些创作主体自身的思考来看，“寻根文学”从根本上体现了作家们的现代诉求。

其次，“寻根文学”体现了现代主义与本民族文化相融合的发展之路。

改革开放之后，中国社会在面向世界、面向现代化的历史语境中，一度存在着传统／现代、中国／西方、落后／先进等二元式的认知模式。作为第三世界国家的中国，在很长时间里，都在学习和借鉴西方现代文明的诸多经验，尤其是技术主义所带来的社会进步。当然，各种现代文化思潮，也成为广泛学习和借鉴的对象。现代主义文学通常不太注重反映和再现社会现实问题，而是主张深入人类精神深处，深刻发掘人的内心生活，探寻人的存在本相，包括各种潜意识和非理性的生存状态，以此揭示个体生存与现实伦理之间的错位感。“寻根文学”作家当然不是无条件地吸收西方现代主义文学，而是着力寻找它与中国传统文化之间的内在联系，使传统文学在现代意识中重新焕发出特有的光泽。诗人杨炼就指出：“在中国，诗歌已经到了这样一个时刻，它对任何古老遗

① 贺桂梅．“新启蒙”知识档案：80年代中国文化研究[M]．北京：北京大学出版社，2010：164.

② 杨炼．传统与我们[J]．山花，1983（9）：74.

③ 韩少功．文学的“根”[M]// 谢尚发．寻根文学研究资料．南昌：百花洲文艺出版社，2018：81.

产的脸谱化搬用或追随西方流行观念后亦步亦趋均不屑一顾，它毫不容情地把那些猎奇者、故弄玄虚者、哗众取宠者和西方文学‘未注册的函授学生’们从自己身上淘汰下去。不是哪个人，而是诗歌本身在做这件事，它常新的灵魂并不怜悯那些业已落伍的生命。”[①]杨炼明确意识到，如果中国文学的发展是对西方文学亦步亦趋的模仿，将会完全丧失自己的个性，进而丧失应有的价值。所以，要实现中国文学的健康发展，就必须探索一条属于自己的路，一条既具有自己特色，又被现代精神浇灌过的精神花朵，也即具有民族文化心理与意识的现代文学。

因此，在“寻根文学”大潮中，作家们的主要精力都是放在寻找并审视传统文化心理结构上，如郑义的《老井》，就极力展示了在严酷的自然环境中老井村人强大的意志力量，这种意志力量来自家族打井传统的神话，而由此形成的“文化之根”，构成老井村人生存的意义与价值。李锐的《厚土：吕梁山印象》系列小说也表现了作家对吕梁山这块有着古老历史文化遗迹的黄土高原的深思，包括对这片土地上的人们封闭、古朴的文化性格与心理结构的反省。《合坟》中讲述了吕梁山区神峪村民为 14 年前在抗洪中牺牲的女知青玉香“配干亲”的奇特故事，以寄托山民对下乡知青深挚、真诚的哀思，显示了古老的民族文化在人们心理深层的积淀。《假婚》写了一个丧妻 20 年的中国农民的性压抑与性焦渴，以及受刺激之后产生的近乎癫狂的性报复，揭示了中国特定历史文化背景下男人与女人悲剧性的心理和命运。《无风之树》中的拐叔作为历史的受难者，为了保护“瘤拐们”的“公妻”暖玉，毅然离开了这个本来就不怎么值得留恋的人世。这种悲剧性根源于深厚的民族历史文化积淀所产生的集体无意识。这种文化积淀与无意识又铸成了人性的崇高与尊严，显示了作家对文化积淀与生存方式的深层思索，以及由此而产生的两难态度。

重审中国传统文化的目的，当然不仅仅是批判或肯定，而是从这种“文化之根”出发，呈现中国文学独特的审美思考。在论及“寻根文学”思潮时，刘再复曾经说道，这股思潮“反映了一些年轻的作家对我国历史文化进行反思的朦胧意向，反映了在人们注意向异域进行横向借鉴时，他们敏感地注意到向传统本位文化进行纵向寻求的思路。这种在新的审美方向上的执意追求，是文学创作生气勃勃的表现。而且他们在实际上也写出了一些具有审美价值的作品，这些作品标志着新时期小说文化意识已经觉醒”[②]。的确，从表面上看，“寻根文学”是由诗人和作家自觉发起的一次文化寻根之旅，是创作主体从理性层面上对中国传统文化的一次现代审视和反思，但在本质上，“寻根文学”融入了大量西方现代的文化思维，也隐含了西方人文主义的精神立场，是一种非常典型的“中学为体，西学为用”的文化改良之行动，体现了新时期的诗人和作家重塑中国传统文化，并借此与世界现代文化达成对话机制的主观意愿。

最后，“寻根文学”体现出丰富复杂的现代主义审美风范。

在“寻根文学”大潮中，诗人和作家们要么透过沉重的历史烟尘，追寻中华民族的

---

① 杨炼．诗，自在者说——[J]. 诗刊，1986（1）：9.

② 刘再复．新时期文学的评论和深化 [J]. 新华月报，1986（9）：145-146.

文化源头；要么迷恋于活泼、自由的民间文化，大力开掘传统文化本源性的精神，并希望以此为基础，建立一种新的价值体系，为刚从废墟上走来的漂泊无依的灵魂寻找一个栖居之所。这种新的价值体系，既包含着现代文明，又接续上“断裂”的传统文化精神；既有理性精神的烛照，又有传统文化所特有的脉脉温情。为了全面展示这种理想的价值形态，从审美形态上体现创作主体的现代意愿和艺术探索，“寻根文学”的诗人和作家们根据各自的审美爱好，不断吸收西方现代主义的表达手法，使“寻根文学”在总体上呈现出丰富而复杂的现代主义审美风范。

就表现形式而言，现代主义为了适应人的精神心理表达的需要，突出人性异化的相关问题，常常采用主观化、象征性、意识流等表现手法，广泛运用意象比喻、时空错叠、多重排列等结构形式，来暗示人的感觉、印象和精神状态；在人物形象的塑造上，它不注重个性鲜明、性格完整的人物形象，而着重表现人的异化或抽象特质。特别是拉美的“魔幻现实主义”，强调神秘主义、神话传统与现代生活的内在交融。“寻根文学”的诗人和作家们，同样也吸收了这些现代表现手法，并依据自己的个性气质和审美趣味，将这种表现方式转化为自己的表达风格。如廖亦武的《大盆地》《穿越这片神奇的大地》《巨匠》《大循环》《死城》《黄城》《幻城》等诗歌，均以宏阔的气象、瑰丽的意象、雄浑的语式，在展示生命原始冲动与形而上气韵的同时，呈现出有关种族历史文化与人类命运的尖锐思考，也传达了诗人对于生命存在的绝望式体验。在他的诗歌中，“现实经验和潜意识层面的意象交替呈现，焦虑、疯狂、困惑、自卑、亵渎……复杂的情感共时性呈示。那对历史文化高高扬起的挞伐之鞭，那伸进自己体内的无情解剖的手术刀，那激情裹挟下的清醒、焦灼、紧张与无力自拔、无处逃遁的悲哀，与杨炼、江河等对业已解体的远古文明的倾心、迷恋与内心激情的浪漫扩展形成鲜明对比”①。毫无疑问，廖亦武带有强烈的个性灵魂奔突、撕裂的呼号与血斑。即使在他那些符咒式的语言或呓语式的感喟里，我们也不难感到他的诗魂与人类命运的共振关系。

在“寻根小说”中，这种现代主义审美形态表现得更为丰富。很多小说家都不再满足于单纯的写实手法，而是不断地借鉴、承袭现代主义经典作品的叙事策略和表现方法，通过各种隐喻化的意象或故事，传达创作主体的审美思考。如韩少功的《爸爸爸》就是借助寓言、象征等叙事手段，重新复活了楚文化中光怪陆离、神秘瑰奇的神话意味，使文本涂抹上神秘乃至宿命的色彩。小说中的丙崽，从小到大只能说出“爸爸爸”和“×妈妈”两句话，实际上是一个真正的失语者，而无父的现实生存又象征着“根”的丧失。所以，与其说韩少功塑造的丙崽，是一个类似于阿Q的人物形象，还不如说是借助这个没有父亲（失却了根）、个头永远长不大（不成熟）、基本无语言能力（不能表达和认识自己）的傻子，表现了对古老之“根”的终极性怀疑。阿城的《棋王》则选择了散文化的叙事风格，使小说呈现出空灵、飘逸之美。简短的句式、词性的活用，使每一个词语都饱含了张力，而质朴自然的语言则还原了现象世界的原生态。郑义的《老

① 严军．文化史诗：“寻根”途中的收获与遗落 [J]. 东南大学学报（哲学社会科学版），2004（6）：66.

井》中，“老井”显然是一个具有整体象征意义的意象：它既象征了老井人封闭、凝滞的生存状态，又成为太行山区农民苦难与抗争历史的见证。

作为一种现代主义本土化的文学思潮，“寻根文学”的诗人和作家们以强烈的自觉意识，在现代性的思维下寻找民族传统文化的内在活力。在这一思潮中，创作主体彻底摒弃了对生活和历史进行单纯政治层面剖析的创作手法，而把探寻的笔触伸进了民族历史文化心理结构中去，实现了“从原有的‘政治、经济、道德与法’的范畴过渡到‘自然、历史、文化与人’的范畴”的转变。①

四、意义与局限

立足于中国本土文化的这股现代主义文学思潮，不仅有效地探索了中国文学步入世界现代文学的某些途径，也推动了对中国传统文化的再认识。无论是寻根诗人还是小说家，他们对西方现代主义包括拉美“魔幻现实主义”的借鉴与袭用，促进了中国当代文学在审美形态上的日趋丰富和多元，并与当时的先锋文学思潮、新历史主义文学思潮相互交映，将新时期文学推向了异常活跃的格局之中。当然，这股思潮在其发展的过程中，也存在着一些明显的局限性。

从意义方面来看，一是对文学与政治的关系进行了重新审理。众所周知，在相当长的时间里，中国当代文学与政治的关系相当密切，同为上层建筑的重要组成部分，向以自觉承担教育和宣传的“载道”功能为己任。“寻根文学”努力摆脱政治对文学的规训，为文学的发展寻求新空间。当然，这并不意味着文学与社会和政治无关，而是需要在纳入这些因素时，运用文学的方式进行处理。“诗歌在寻求表达时，把万物（包括人）统统变成它使用的语言，当诗的触角穿透时间的隔墙，伸入历史，或者在遥远的距离之外，与文化传统的背景发生呼应时，它并不是简单地重现某一特定历史阶段（因而与‘寻根’之说毫无关系），也不囿于某个民族，某种环境的原形或变形描述与主题性判断。它在揭示内在空间意义——构造诗的存在——的同时抛弃其时间意义（这自足的意识使它与任何‘史诗’绝缘）。诗的空间铸成此时此地而囊括了所有时空。”②这里，杨炼似乎对“寻根”与“史诗”的标签表示相当的不满，却恰恰道出了“寻根文学”创作主体的精神诉求。选择“文化”这个包容性极强的领域，来摆脱政治对文学的干扰，无疑是安全而有效的。

二是努力回归“文学本身”。当文学从政治的束缚中解放出来之后，具有明确主体意识的作家，开始在广阔的“文化”世界里自由逡巡，并根据各自的才情和审美意愿，放飞想象力，创作出一批审美特征各异，又具有鲜明文体意识的作品。这里，“寻根文学”在走进深邃的传统文化世界与大自然的过程中，意义的揭示不再是表达的唯一要求，相反，它们更加注重作品本身的审美意义，注重修辞的运用和语言的个性。如《遍地风流》中对民族语言的有意识模仿和创造，《爸爸爸》的整体象征，《自在者说》《死

① 李庆西．寻根：回到事物本身[J]．文学评论，1988（4）：15.

② 杨炼．诗，自在者说[J]．诗刊，1986（1）：10.

城》中繁复的意象以及无处不在的象征，等等。由此，中国当代文学在逐渐回归于自身的过程中，审美表现空间被极大地开拓了出来，这为后来的文学变革奠定了良好的基础。

三是承前启后的过渡功能。李庆西曾将“寻根文学”视为“中间物”：“在新时期文学进程中，寻根派只是一个‘中间物’……事实上，只有当寻根派挣脱‘工具论’的枷锁，打开了非英雄化通道之后，形形色色的叙事话语才有可能一哄而上。”[①]“中间物”意味着一种过渡形态，承前启后是它的重要使命。确实，如果没有“寻根文学”回归文学本身的努力，没有对叙事领域的一系列开拓，很难想象后来的文学变革会那么迅速，那么自如。

与此同时，“寻根文学”也存在显而易见的局限。首先，理论与实践之间存在矛盾。在系列“寻根”的理论文章中，作家们都有比较鲜明的理性意识，明确指出要用现代人的精神与意识来“镀亮”传统文化之根，但是，在具体的创作中，一些作家却在古老或边缘的传统文化中迷失了自我，进而丧失了批判的锋芒，也弱化了洞穿传统文化的思想穿透力，造成了理论与写作实践之间的裂缝，从而使“寻根文学”的现代意义大打折扣。这一弊端，在诗人们营造建构的“文化寻根诗”中表现得较为突出。在《自在者说》中，诗人模仿《易经》的结构方式，雄心勃勃地打造出一组结构庞大、意象繁复的大型组诗，显示出诗人广博的胸襟和重构民族“史诗”的野心。但是，在这个看似纵横捭阖的想象世界里，诗人的主体意识却被传统文化的强大惯性消融了，最终被这种“诗体的限定操纵”。“这种史诗性追求最终所导致的，要求个人在群体仪式中的献祭，在一种个体与群体的神秘合一中，鼓动个体对一体化社会的归顺，向群体性退化和最终拜伏。”[②]这是传统文化强大惯性力量使然，它的亲和力与消解力，总能有效地卸掉个人的武装，从而呈现出强大的同化力量。但更为根本的，还是创作主体的主体精神不够强大，才会导致最终的迷失。这从另一个方面也透露出“寻根文学”作家那种摇摆不定的矛盾与复杂的心态。

其次，理念过强，人物形象相对模糊。“寻根文学”是在高举现代理性的旗帜下对传统文化的重新审视和镀亮。在具体的文学创作中，诗人和小说家往往将基本的出发点放在文化这一层面，在理性精神的全面介入下，“寻根文学”被蒙上了一层浓厚的观念化色彩，“人”的形象被无奈地削弱了。而痴迷于对民俗、传闻、野史的搜寻，以及对非正统的边缘性文化的猎奇式叙述，也使“寻根文学”陷入了另一重弊端。“人们不难发现，许多‘寻根文学’无法驾驭具象与抽象之间的高度平衡。作家无意地纵容种种风俗民情，掌故轶闻淹没了或者置换了性格。人物仅仅成为种种野史、传闻片段的连缀，成为大批文化资料展览的解说员。这与其说是文学，不如说更像民俗志。”[③]于是，“寻根文学”越来越远离最初所倡导的精神，也失去了应有的开拓性。

---

① 李庆西．寻根文学再思考 [J]. 上海文化，2009（5）：20.

② 李振声．“文化寻根”诗的意义与命运 [J]. 复旦学报（社会科学版），1991（3）：39.

③ 南帆．札记：关于“寻根文学”[J]. 小说评论，1991（3）：22.

尽管“寻根文学”还不成熟，还存在一些局限，但是，它极大地推动了中国当代文学的发展，为文学的下一次变革积蓄了力量，这或许就是它留给中国当代文学的一笔最大财富。

思考题

1. 简述“寻根文学”思潮的主要特征。
2. 简述“寻根文学”独特的现代追求。

参考答案

文献索引

谢尚发．寻根文学研究资料[M]. 南昌：百花洲文艺出版社，2018.

贺桂梅．“新启蒙”知识档案：80 年代中国文化研究[M]. 北京：北京大学出版社，2010.

熊修雨．中国当代寻根文学思潮论[M]. 北京：中国人民大学出版社，2020.

第七讲

文体革命与先锋文学思潮

一、背景：西方现代主义的涌入

对于中国当代先锋文学思潮，一般认为有广义和狭义之分。广义上的先锋文学思潮，其开端可以追溯到"朦胧诗"时期。[①]"朦胧诗"对固有的艺术成规和审美期待进行顽强突围，诗人们秉承现代主义精神和审美诉求，不再追求对外在"丰功伟绩"的描摹，而着重表现"溶解在内心深处的秘密"，这一创作转向被视为"新的美学原则在崛起"。这种鲜明的开创性和叛逆性特质，正是典型的先锋精神的体现，因此，"很多人都将'朦胧诗'的出现视为中国当代先锋文学的开端"[②]。与此相对的，则为狭义的先锋文学思潮，主要是指20世纪80年代中期出现的一股极具实验性质的现代主义文学思潮，一般将1985年视为先锋文学思潮的兴起之年。2015年，北京师范大学国际写作中心举办了名为"通向世界性与现代性之路——纪念先锋文学三十年国际论坛"的会议，《文艺争鸣》也在2015年发表了"先锋文学三十年研究专辑"的系列文章，这些活动表明，将1985年视为先锋文学思潮的起点是文学界的广泛共识。

尽管先锋文学思潮有广义和狭义之分，其起点也存在着一些认识上的差异，但是，先锋文学思潮的特质取得了普遍的共识，即它以开创性的审美形式和异常鲜明的反叛姿态，对传统的文学范式和文本形态进行了大规模的颠覆，同时也对人类的各种存在之境进行了顽强的探索，极大地开拓了人们对文学的固有认识与审美期待。"在文学艺术中，真正的先锋就是一种内在精神的先锋，就是一种审美思想的超前，它意味着创作主体对社会、生命的深邃思考和审美表达站到了时代的最前列，既对人类的痛苦、焦灼和绝望显示出义不容辞的承担勇气，又在积极地思考、探究并回答人性深处的自我追问和永远的期待。"因此，这种先锋文学思潮并不仅仅意味着形式方面的变革，更重要的是精神上的先锋，是永不止歇地突破既有的精神栅栏，努力开创新的话语空间。"先锋文学在指涉一个作家是否可以归属自己麾下时，并不只是关注其作品的外在艺术形态，而是要求他在艺术精神上必须拥有自我独立的话语空间，并在这种空间内保持自身与众不同的艺术知觉和不跟从他人的警觉性，也就是说，他必须在内心深处洞悉传统艺术的各种圭臬并与之保持距离，同时对各种超前性的艺术范式拥有良好的感知力。在具体的艺术实践中，他不仅仅是一个文本技术的实验家，更重要的是，在与传统的对峙中，他还表

① 还有一些学者如张清华认为"先锋文学"的起点可以追溯到20世纪70年代初期的"白洋淀诗群"，认为这些诗人曾"写出了足称得上惊世骇俗的"先锋诗歌。详见张清华．谁是先锋，今天我们如何纪念[J]．文艺争鸣，2015（10）：22-30.

② 洪治纲．现代性的追问与当代先锋的崛起：重审中国当代先锋文学的历史语境之一[J]．南方文坛，2005（4）：25.

现出自己对新的人文精神的发掘与关怀，表现出对社会存在本质的独到体察，对人与自然、人与社会、人与历史、人与自身种种关系的新的探索。”正是基于这样的认识，洪治纲将先锋文学（思潮）的基本特质归纳为独创性、叛逆性、区域性、动态性、前瞻性等五个方面。[①]

先锋文学思潮在20世纪80年代兴起，其原因是多层面的，经济、政治、文化、社会等方面的变革，都起到了重要的推动作用，但如果从发生学的层面来看，先锋文学思潮的兴起，与西方现代主义的大面积引进与借鉴存在直接的联系。“在以‘前工业化’为基本特征的中国当代文化情境中，在以‘现实主义’和‘浪漫主义’为主流构造的20世纪中国文学传统面前，‘先锋’显然应具有相对确定的含义，也就是说，它的起点的定位应是现代主义性质。”[②]这种“现代主义性质”，与西方的现代主义构成了内在的互文关系，一些作家甚至直言不讳地说：“当我们谈论先锋的时候，某种意义上也在谈论西方现代主义文学。那么在技术层面，我们更多的是借师西方。”[③]孙甘露还撰写专文《先锋文学与外国文学》，谈论了两者之间的内在关系。余华对西方文学的广泛阅读和吸纳，更是为人们所熟知。在《西方现代主义文学阅读与余华创作的先锋转向》这篇文章中，高玉详细分析了西方现代主义文学对余华的影响，认为余华的创作风格和创作的转型，都与西方现代主义文学息息相关。“西方现代主义小说不仅在技术的层面上给余华提供了经验和借鉴，更重要的是他们深刻地影响了余华对文学的看法和观念。”[④]与此同时，余华并没有完全模仿西方现代主义，而是在借鉴的过程中，将其与自身独特的经验和情感有效地融合在一起。“余华一方面大量阅读西方现代主义包括后现代主义小说，并积极向西方现代主义小说学习，但另一方面，余华学习西方现代主义小说又不是照抄照搬地模仿，而是借鉴，把西方现代主义小说的技巧方法和中国经验以及中国人的情感心理表现有效地融合起来，从而创造出一种不同于西方现代主义小说的中国式先锋小说。”[⑤]而苏童、格非等先锋作家，也都在自己的文章中谈及了对西方现代文学的阅读，以及两者之间的互动关系。先锋文学作家广泛阅读西方现代派文学，从中重新发现了现代叙述的秘密，也彻底改变了他们对文学观念的认知，这为他们的创作带来了一个全新的空间。

然而，20世纪80年代并不是西方现代主义首次进入中国文坛，早在“五四”时期，西方现代主义就曾广泛传播，并得到了众多作家的推崇，鲁迅、郭沫若、曹禺等现代文学大师，都与西方现代主义结下了不解之缘，他们成功地将现代主义的精髓变为自己文学创作的养分，推出了一大批具有现代意识的文学作品。而象征主义代表诗人李金发，以及被称为“新感觉派”的施蛰存、刘呐鸥、穆时英等人，更是将现代主义创作推向了一个高潮。但是，随着中国社会局势的发展，特别是在“救亡压倒启蒙”的时代，现

① 洪治纲．先锋文学：概念的缘起与文化的流变 [J]. 当代作家评论，2005（4）：48–49.
② 张清华．从启蒙主义到存在主义：当代中国先锋文学思潮论 [J]. 中国社会科学，1997（6）：133.
③ 艾伟．从“没有温度”到关注“人的复杂性” [J]. 文艺争鸣，2015（12）：12.
④ 高玉．西方现代主义文学阅读与余华创作的先锋转向 [J]. 外国文学研究，2016（1）：122.
⑤ 高玉．西方现代主义文学阅读与余华创作的先锋转向 [J]. 外国文学研究，2016（1）：123.

代主义文学的发展受到了严重阻碍，在随后的几十年里，再也没有形成规模性的创作潮流，只能以潜在的方式，延续着一脉余绪。20 世纪 50—70 年代，现代主义文学因为戴上了“资产阶级”的“帽子”，丧失了存在的合法性，遭遇了更为严峻的危机。直到新时期的到来，现代主义才再度“浮出历史地表”。

在谈及 20 世纪 80 年代初期的精神氛围时，张闳写道：“地下的或半公开的年轻的先锋主义写手们形成了一个庞大的‘亚文化’群落。在他们的枕头底下和案头，摆放的是卡夫卡、T.S. 艾略特、里尔克、博尔赫斯、加西亚·马尔克斯、罗布·格里耶和米兰·昆德拉的作品。女生们则还要特别地加上玛格丽特·杜拉斯和西尔维亚·普拉斯。这些是他们的‘秘籍’，也是这个群落内部得以进行文学沟通的暗号，谈论博尔赫斯或罗布·格里耶。如同一种‘江湖黑话’，外界人士很难听懂。在这个文学江湖里，汉语写作酝酿着革命性的骚动。”[①]这表明，在 20 世纪 80 年代初，对西方现代主义的大规模接受已经浮出水面，不长的时间里，各种西方现代主义文学思潮和流派，都找到了适合自己生存的土壤。

早在 20 世纪 80 年代初的短短几年里，“叔本华热”“尼采热”“弗洛伊德热”“萨特热”“马斯洛热”“罗杰斯热”“西方马克思主义热”等截然不同的西方现代思想，奇迹般地在中国文坛上相继上演。仅以“尼采热”为例，有研究指出，“尼采热”主要发生在 1985—1989 年间，“来势迅猛，无论在广大青年中，还是在知识界都有比较强烈的反响。上海、北京等地对部分大学生调查的结果表明，直接阅读过尼采著作的，1985 年是 21.3%，1986 年是 38.4%；欣赏赞同唯意志论的 1985 年占 26.6%，1986 年占 47%。在 1989 年末对华东区六省一市 20 所高校的 780 名大学生进行的问卷调查中，在对‘对你影响较大的学术思潮’的回答中，认为是唯意志论的占 12.56%，排在实用主义、存在主义、弗洛伊德主义和人格主义之后，列第五位，但在回答‘对你思想影响较大的西方学者’时，尼采的获选率为 17.17%，排在培根、弗洛伊德之后，领先于黑格尔、萨特和卢梭等”。[②]尼采既是现代主义的开启者，也是后现代思想的推动者，他在中国知识界的接受与影响范围如此之广，不能不让人惊讶。从这个调查中，同样可以发现，其他的一系列西方现代主义思想，也对知识界产生了巨大的影响。这些驳杂、繁复的现代思潮极大地开拓了人们的眼界，有效地改变了人们的思维方式，为各种先锋文学实验奠定了较好的基础。

与此同时，西方形式主义对中国先锋文学思潮所起的重要作用也不能被忽视，可以说，对形式主义的有效借鉴为先锋文学思潮的发展扫清了技术上的障碍。众所周知，西方形式主义主要包括俄国形式主义、英美“新批评”和结构主义文学批评。在具体的批评实践中，这些派别的侧重点虽然不同，各自使用的术语也差异甚大，但它们都反对文学的外部研究，而致力于文学内部的探究，深入分析文学之为文学的“文学性”，极力为文学研究寻求一条科学的路径。“‘形式主义’批评的唯一目的是发现和解释文学

① 张闳 . 先锋文学的“四个四重奏”[J]. 文艺争鸣，2015（10）：37.

② 魏金声 . 现代西方人学思潮的震荡 [M]. 北京：中国人民大学出版社，1996：87.

作品的形式。这种批评方法把文学作品本身看作是独立的，因此文学作品以外的考虑，如作者的生平；作者所处的时代；作品对社会、政治、经济和心理等方面的意义，相对来说是不重要的。”[①]这些形式主义文学研究，带来了一系列新的批判术语，如“文学性”“陌生化”“文本细读”等，为人们深入探究文学内部的奥秘，提供了方法和路径，有效地拓展了文学研究的空间。

综上，这些大规模涌入的西方现代主义，无论是审美内涵，还是形式探索，其鲜明的“异质性”色彩，均为 20 世纪 80 年代中国先锋文学思潮的蓬勃发展，提供了可供借鉴的丰富资源，也提供了反叛传统的视角和勇气。

二、“怎么写”的形式突围

先锋文学思潮的内在本质是“精神的先锋”，主要表现为独创性、反叛性与不可重复性，与此相应的是文本形式方面的大规模变革，即“文体革命”。正如孟繁华所言：“‘先锋小说’更注重‘形式’的探索，更强调小说是‘叙事的艺术’，‘形式的意识形态’，受到先锋作家的普遍认同。”[②]在先锋作家们看来，文学形式并不仅仅是装载内容的载体，它本身就具有独特的审美价值和意义；文学的意义也并非仅仅由内容来传达，文学叙事过程、文学形式的呈现实际上就是意义展示的过程。因此，“怎么写”远比“写什么”更重要，更能体现文学的本质所在。正是基于这样的认识，先锋文学开始了大规模的出击，“文体革命”正式启动。纵观先锋文学思潮的发展进程，大致可以将其分为三个阶段。

（一）兴起阶段

这一阶段大致在 1984 年到 1985 年。以马原、残雪、扎西达娃、莫言等人为代表的一批作家，开始了大面积的形式主义探索。马原被认为是“文体革命”的旗手。1984 年 8 月，他在《西藏文学》上发表了《拉萨河女神》，标志着“文体革命”的开端。在这篇小说中，内容的建构不再是写作的重点，叙述本身占据了中心位置。而随后发表的《冈底斯的诱惑》《西海无帆船》《虚构》《叠纸鹞的三种方法》《涂满古怪图案的墙壁》等小说，则将叙述本身的意义全面展示了出来。一方面，马原打破了传统小说那种首尾连贯的叙事方法，而更迷恋破碎、非连贯性的叙事形式。他认为，寻找事件背后的因果联系、赋予故事明晰的逻辑结构，并没有多大意义，因此，他更愿意在非逻辑的结构中，将不同事件与故事拼贴起来。“马原的经验方式是片断性的、拼合的与互不相关的。他的许多小说都缺乏经验在时间上的连贯性和在空间上的完整性。马原的经验非常忠实于它的日常原状，马原看起来并不刻意追究经验背后的因果，而只是执意显示并组装这些经验。”[③]因果逻辑的缺失，造成了意义链的断裂，从而在文本中留下了一个个难

① 古尔灵，雷伯尔，莫根，等．文学批评方法手册 [M]. 姚锦清，黄虹炜，叶宪，等译．沈阳：春风文艺出版社，1988：94.
② 90 年代中国先锋文学再思考 [N]. 光明日报，2000-12-27（B02）.
③ 吴亮．马原的叙述圈套 [J]. 当代作家评论，1987（3）：48.

解的谜团，这也是“马原式叙述圈套”的由来。另一方面，他不再追求小说的“似真幻觉”，而是有意采用元小说的叙事手法，让叙事者经常粗暴地进入小说，譬如小说中不断闪现的“我就是那个叫马原的汉人”。叙事者直接出现在小说文本中，无疑造成了一种突兀的间离效果，也因此将叙事本身凸显了出来。

残雪则以女性特有的敏感，绕开了对客观现实的描述，直接以感觉化、心灵化、主观化的方式，刻画出一个个阴暗、丑陋、焦灼与变态的末日世界。如在《苍老的浮云》《黄泥街》等小说中，布满了让人恶心的毒蛇、蝎子、苍蝇、蜘蛛、枯树，以及人与人之间的相互算计，甚至亲人之间的相互攻讦与伤害。在《山上的小屋》中，恐惧与变态无处不在。小屋里每天晚上都会响起疯狂的撞击声，“声音一直持续到天亮”，父亲在夜里变成了一头疯狂奔跑的狼，“发出凄厉的嗥叫”，母亲也经常披头散发，神经质般地重复着毫无意义的举动……残雪集中呈现出了一个扭曲而乖张的世界，人性的堕落与情感的沦丧，使得人们在窥视与被窥视中体验着生命的恐慌和绝望。

扎西达娃的《西藏：系在皮绳扣上的魂》，将宗教的神秘体验与人的日常命运融合在一起，透露出一股浓浓的宿命感。莫言的《透明的红萝卜》《金发婴儿》《球状闪电》《爆炸》等小说，也表现出明显的形式主义特征。无论是《透明的红萝卜》中黑孩对世界的感知，还是《金发婴儿》中对压抑心理与分裂性格的剖析；无论是《球状闪电》中呈现出来的魔幻而荒诞的存在，还是《爆炸》中那种不断膨胀的叙述，都呈现出一系列主观化、心灵化的意象特征，作品的主旨与意蕴飘摇不定，模糊而多义，凸显出了叙事本身的审美特征。

（二）发展阶段

这一阶段大致在1986年到1989年。这是“文体革命”的发展阶段，也是先锋文学思潮走向深入的关键期。经过初期阶段的铺垫，先锋文学作家们对叙事形式本身的意义有了更明确的认识，并将这种形式革新向深处推进。这在格非、孙甘露、余华、苏童等作家的小说创作中有着明确的体现。

格非是一个具有浓厚思辨气质的先锋作家，善于在作品中营构出一个个叙事迷宫。如果说马原的“叙事圈套”，是在炫技般的叙事过程中，设置一些误导性的标志，将读者引向歧途的话，那么，格非则习惯于在叙事的关键部位留下一个个无法填补的“空白”，或者截断时间的正常走向，在时间的迷津里熔梦幻、幻想、现实于一炉，从而使小说形成一种惚兮恍兮的艺术效果，最终留下一个个谜一般的小说文本。譬如，在《青黄》中，寻找“青黄”是小说叙事的起点，也是叙事的目标。可是，随着叙事的不断推进，“青黄”却变得越来越模糊，越来越不可企及。最终，“青黄”的真实性彻底消失，再也无法确定它的真实指向。《褐色鸟群》似乎在时间的迷津中彻底迷失了自己。在时间的分岔路口，“我”几次遇见那个叫“棋”的女人，但每次都变成了错位的相遇，从而使“相遇”成了一个迷离恍惚的事件。于是，“棋”的存在或者说真实性变得越来越可疑。在这种情况下，记忆与历史、现实与虚幻的边界消融了，共同沦陷在一个错位的迷宫里，再也理不出头绪。"'棋'作为历史的起源和历史的见证，她表明整个存在的不确定性。因而，'重复'不是在现实和幻觉之间作出解释，而是集中对根本'不在'的探究。"[①]实际上，这也体现了格非对时间哲学的别样思考，折射了他对世界的确定性与明晰性的不信任。

孙甘露的形式实验更多地集中在语言的延展与重组上，他就像一个语言的祭司，在自己的领地上，一边不断地驱使语言在能指的范围内无限增殖，另一边又截断所指，拒绝指向明确的意义。如在《我是少年酒坛子》《信使之函》《呼吸》《访问梦境》等小说中，孙甘露集中展示了拨弄语言的欲望和才情，他无视语言的固有规律，在随意压缩或伸张、重组或拼贴中，将其玩弄于股掌之间，使语言的能指与所指完全失衡，形成了一种"饶舌"与"失语"并存、话语膨胀与"意义缺失"并置的语言奇观。"如果再看看《信使之函》和《呼吸》，其中既没有明确的人物，也没有时间、地点，更谈不上故事，而是将毫无节制的夸夸其谈与东方智者的沉思默想相结合，把人类的拙劣的日常行为与超越性生存的形而上阐发混为一谈，把摧毁语言规则的蛮横行径改变为神秘莫测的优雅理趣。"[②]在这种情况下，情节、人物、性格等因素，则被放逐到小说叙事之外。

苏童的小说，既具有娴熟的现代叙事技巧，又分明渗透了古典的旖旎与华丽。在清丽而柔婉的叙述语言中，苏童营造出一个个繁复而又回味无穷的意象世界。苏童并不排斥小说的故事性，他是一个讲故事的高手，但他的故事基本上不是"现实生活"的反映，他毫无顾忌地行使作家虚构的特权，将"虚构的权威"发挥得淋漓尽致。因此，他总是喜欢将小说发生的背景推向远处，在虚构的情景中，体察个人的悲欢离合，勘探个体的存在困境和无可逃遁的悲剧性命运，这些在《1934 年的逃亡》《妻妾成群》《罂粟之家》《我的帝王生涯》等小说中，都有很好的体现。于是，苏童小说的先锋性显得独具一格，在引人入胜的故事性中，在各种因素协调共生的"中和"之美中，直抵人的存在之谜。

余华毫无疑问是先锋文学思潮的一个中坚人物，从 1986 年底到 1987 年，短短一年多时间里，就以"井喷"的方式，创作出七部极具先锋意味的作品，包括《十八岁出门远行》《西北风呼啸的中午》《死亡叙述》《四月三日事件》《一九八六年》《河边的错误》《现实一种》等。在这一集束式的先锋出击中，余华以"零度情感"的姿态，展现了对人性之谜的独特思考。余华显然对所谓的"客观真实"毫无兴趣，并在写作过程中，一直保持着与现实的紧张关系。在《虚伪的作品》中，他曾明确地指出："当我发现以往那种就事论事的写作态度只能导致表面的真实以后，我就必须去寻找新的表达方式。寻找的结果使我不再忠诚所描绘事物的形态，我开始使用一种虚伪的形式。这种形式背离了现状世界提供给我的秩序和逻辑，然而却使我自由地接近了真实。"[③]这也意味着，余华追求的真实是一种心灵的真实，是对隐秘心灵颤动的捕捉与缉拿。也正是在这

① 陈晓明．空缺与重复：格非的叙事策略 [J]. 当代作家评论，1992（5）：49.

② 洪治纲．守望先锋：兼论中国当代先锋文学的发展 [M]. 增订版．合肥：安徽教育出版社，2022：255.

③ 余华．余华作品集：第 2 册 [M]. 北京：中国社会科学出版社，1995：278.

种创作理念的支配下，余华直接绕开外在的现实，直抵人的内在精神领域，对人的存在之谜展开了深度探察。

摆脱了外在现实和种种僵硬话语的束缚之后，人、人性便裸露在原初的情境之中，于是，死亡、血腥与暴力这些被“文明”话语长期压抑和日常生活中极力掩饰的东西，成了余华洞悉人性本质的重要通道。众多学者和读者都指出，余华的小说充满了死亡与暴力，在他那冷酷而令人惊悸的叙述中，人性的幽暗迅速呈现出狰狞的面孔。如在《现实一种》中，一场亲人之间的残杀，将人性中的非理性与疯狂报复欲望展示得惊心动魄。《十八岁出门远行》中，“我”初入社会便遭遇了一场突如其来的情感与伦理的剧烈冲击，在社会现实与启蒙理性的巨大错位中，现实的非理性与荒诞以一种强势而蛮横的姿态，完成了对“我”的另一种“启蒙”。而《西北风呼啸的中午》《死亡叙述》《四月三日事件》《一九八六年》《河边的错误》等小说，也同样被暴力、死亡与非理性的疯狂充斥，正常的伦理道德与社会秩序被冲击得七零八落，在一片混乱的境遇中，人的命运宿命般走向失控的境地。

可以看出，在这一阶段，形式变革被深入推进，人性的幽暗与混乱以及各种存在的境况也不断地被揭示出来，先锋文学的形式变革与内容更有效地结合在一起，呈现出一个个现代意识鲜明又具有明确个性特征的先锋文本。这是作家们对先锋文学认识不断加深的结果，也是先锋文学思潮走向成熟的标志。

（三）深化阶段

进入 20 世纪 90 年代之后，先锋文学思潮又有了新的发展。在叙事形式上，80 年代那种激进的形式探索平和了不少，但还是出现了一定规模的“跨文体”写作潮流。与此同时，先锋作家群也开始出现分化，一部分作家放弃了先锋写作，而一些坚持先锋探索的作家，也自觉走向“民间”，开始了真正的个人化探索。

“跨文体”写作是先锋文学文体变革的一个新动向。早在 20 世纪初期，伍尔夫就敏锐地意识到，未来的小说，将会打破文体界限的束缚而走向更高程度的综合。“它将用散文写成，但那是一种具有许多诗歌特征的散文。它将具有诗歌的某种凝练，但更多地接近于散文的平凡。它将带有戏剧性，然而它又不是戏剧。它将被人阅读，而不是被人演出。”① 在现代社会中，各类文体分化开来之后，都确立起了相对清晰的边界，小说、诗歌、散文、戏剧等文体，得到了相当程度的发展，建立起了相对完善的审美体系和理论体系。但是，这种过于明晰的界限又在某种程度上变成了新的束缚，影响到了审美领域的拓展。为了获得更广阔的创作与审美空间，先锋作家们开始有意识地打破文体界限，全面伸张自己的审美理想，从而促进了“跨文体”写作的出现。这在韩少功的《马桥词典》《暗示》，史铁生的《务虚笔记》《我的丁一之旅》，李洱的《遗忘》《花腔》，潘军的《独白与手势》，刘恪的《城与市》，莫言的《檀香刑》《蛙》，余华的《许

① 伍尔夫 . 论小说与小说家 [M]. 瞿世镜，译 . 上海：上海译文出版社，1986：214.

三观卖血记》《第七天》等小说中，有较明显的表现。

《马桥词典》以“词典”的形式结构小说，在每一个“词条”下，作者都对相关的史料进行了考证和辨析，并在此基础上给予了现代的诠释。于是，这个由众多“词条”构成的小说，在一种集考证、诠释、说明、叙述为一体的综合形式中，将马桥的自然地理、风俗民情、个体命运有效地展现了出来。《暗示》将纪实与虚构、叙事与议论、个体情感与集体意志熔于一炉，毫无顾忌地对传统文体形式进行了拆解和重构，将曾经被排斥在外的非小说因素，重新吸纳进来，从而创作出驳杂纷呈、具有丰富审美特性的小说文本。《务虚笔记》《我的丁一之旅》则以散文化、心灵化的方式推动叙事的进展，将情感体悟、哲学思辨、梦想与呓语交融在一起，从而使小说文本呈现出一种心灵絮语和哲学思辨等因素相互交织的特征。

《遗忘》融入了大量考据学的知识。叙事者本意是考证“嫦娥奔月”这一事件，但是随着叙事的推进，这一预设的目标非但没有达成，反而戏剧性地走向反面，写作成了一次证伪的过程。《花腔》同样是一个多重因素相互交织的繁复文本，小说通过不同当事者的讲述，试图还原个体真实的生命历程，解开命运之谜。吊诡的是，来自不同阵营的讲述者带来的“内幕消息”，非但没有接近真相，反而在话语的相互制衡与消解中，真相彻底消失不见了。《独白与手势》将文字与插图融合在一起，文字负责解释和追踪心灵颤动与存在之谜，图片则以具象和象征的方式予以补充和说明，从而呈现出一种独特的艺术效果。《城与市》将日记、诗歌、考据、词条、神话等因素杂糅在一起，形成了一个庞大的“跨文体”组合。《檀香刑》融入了“猫腔”的元素，使得小说出现了一种独特的韵律。《蛙》将小说、戏剧、书信等文体进行杂糅，从而将一个重大的现实问题，变成了一个独具审美意蕴的“有意味的形式”。《许三观卖血记》在结构上参照了《马太受难曲》和浙江越剧的形式，在一种循环往复的结构中，小说呈现出一种单纯的“复杂”。

“跨文体”写作是先锋文学思潮持续深化与本土化的结果，它不仅表明了文本形式革命方面的新发展，更是先锋精神不竭的表现。20 世纪 90 年代以来，一些学者开始迫不及待地宣称“先锋的终结”，某种程度上看，这是一种“形式的迷障”所带来的结果。我们认为，每一个时代都有属于自己的先锋文学，所谓“一代有一代的文学”，先锋文学显然不仅仅局限于文本形式的变革，更重要的是先锋精神的在场。因此，20 世纪 90 年代以来的先锋文学思潮，虽然大规模的文体变革浪潮再未出现，但那种先锋精神，却以多样化的形式继续流淌，继续向人类的存在之谜与精神的高地跋涉。从这个意义上看，先锋文学并未终结，而是表明先锋文学退去了初期生涩的模仿，走向了成熟与发展的新阶段。

三、先锋文学思潮的审美特质

作为新时期文学中极为喧嚣且影响甚巨的一股文学思潮，先锋文学思潮之所以引人瞩目，很大程度上是因为它对既定的文学秩序和审美观念进行了明确的颠覆和解构，并努力寻找种种新的艺术形态和审美价值。其鲜明的审美特质，主要表现为以下几个方面。

第一，先锋文学思潮以激进的形式实验，改变了新时期文学的艺术观念。

先锋文学从形式入手，在“文体变革”的实践中，以明确的颠覆性和反叛性，改变了传统现实主义艺术观念，摆脱了文学工具论的功利性认识，颠覆了“形式为内容服务”的艺术观念，某种程度上看，这是对传统文学观念的本质性解构。我们知道，现实主义文学很大程度上以“反映论”为哲学基础，在相当长的时间里占据统治地位，这种观念强调文学对客观现实的反映，虽然也认为文学“源于生活，又高于生活”，但认为所有的这一切，都是建立在客观真实这一基础之上的。但在先锋作家看来，文学的真实并不是客观的真实，而是经过创作主体想象与变形之后的虚构的真实。“由于长久以来过于科学地理解真实，真实似乎只对早餐这类事物有意义，而对深夜月光下某个人叙述的死人复活故事，真实在翌日清晨对它的回避总是毫不犹豫。因此我们的文学只能在缺乏想象的茅屋里度日如年。在有人以要求新闻记者眼中的真实，来要求作家眼中的真实时，人们的广泛拥护也就理所当然了。而我们也因此无法期待文学会出现奇迹。”[①]这里，余华以一种激进的姿态，重新建立了一种文学的真实观，并开始以“虚伪的形式”，来接近“真实”，从而获得鲜活的人生经验。这种激进的姿态，并非余华一个人的诉求，在马原、格非、苏童、孙甘露等人身上，都有明显表现，甚至可以说是整个先锋作家群体性追求的集中表现，这无疑促进了文学观念的彻底改变。

第二，先锋文学思潮以强烈的反叛精神，展示了创作主体对个体自由的吁求。

先锋文学思潮的本质，是在一种绝对自由精神的支配下，反抗一切外在的束缚，展示人类异常丰富的精神景观和审美意愿，正如尤奈斯库所言，“所谓先锋派，就是自由”[②]，充分体现了创作主体对自由的自觉捍卫。先锋文学不会臣服于任何既定的秩序和规则，不以任何权威为自己的创作标准，而是始终在自由精神的推动下，展现作家一如既往的探索激情，寻找文学发展的各种可能性空间。事实上，也正是在这种自由精神的支配下，先锋作家才能深入勘察人性之谜，才能不断打开人的各种可能性存在的境况。

第三，先锋文学思潮的多维度探索，打开了异常繁复的人性空间。

在先锋文学实验中，各种观念上的禁区被频频打破，人性探索也得到了多维拓展，并在重审人性、情感和伦理的过程中，确立了“审丑”的合法性。像莫言的《红高粱》，从一开始就为“高密东北乡”定下了美与丑相互交融的基调：“最美丽最丑陋、最超脱最世俗、最圣洁最龌龊、最英雄好汉最王八蛋、最能喝酒最能爱的地方。”[③]小说中的主要人物如余占鳌、戴凤莲等，都是集放纵、耿直、率性于一身，敢爱敢恨，呈现出了生命的自然本色。而在残雪的笔下，完全是一个“脏、乱、差”的世界，小说中的

① 余华 . 余华作品集：第 2 册 [M]. 北京：中国社会科学出版社，1995：277.

② 尤奈斯库 . 论先锋派 [M]// 巴比塞，法朗士，列菲弗尔，等 . 法国作家论文学 . 王忠琪，吴育群，刘崇慧，等译 . 北京：生活・读书・新知三联书店，1984：579.

③ 莫言 . 红高粱家族 [M]. 北京：作家出版社，2012：3.

各类人物，都带着晦暗、隐恐、彼此猜度的畸形心理，人性之恶，四处泛滥。当文学中这种人性之恶与人性之善相互缠绕、理性与非理性相互渗透的景观大面积出现之后，“审丑”开始成为理解人性的一种别样的美学范式。由是，长期以来所形成的判断文学的标准便不可避免地出现变化，从而带来了审美观念的巨变。

与此同时，荒诞与错位的人生、理性与非理性的人性景观，也成为先锋文学重点思考的对象。在《披甲者说》《劫持者说》《聒噪者说》《极地之侧》《奔丧》《湮没》《我是少年酒坛子》《信使之函》《呼吸》《雅农的劣势》《圆廊式概括》等小说中，越是逼近存在的各种境况，就越容易与吊诡的命运不期而遇。于是，人性不断地裸露出各种荒诞的本质，人类所赖以生存的各种伦理秩序、道德观念和情感取向，也因此变得脆弱不堪。在非理性的世界里，余华走得更远。在《十八岁出门远行》中，那位初入社会的翩翩少年，带着对外面世界的无限遐想，满怀信心地行走在异地他乡，准备开启一次浪漫的旅行。让他始料未及的是，这次“说走就走的”旅行，非但没有让他获得想象中的鲜花与浪漫，反而让他在残酷的现实中发现了人性的幽暗和人生的无奈。在《西北风呼啸的中午》中，这种非理性表现得更加集中。“我”被一个陌生的彪形大汉带走，为一位素不相识的“朋友”奔丧。“我”不仅要为死者守灵，还要替死者尽孝。这究竟是现实的错位，还是命运的嘲弄？似乎永远难以获得一个确定的答案。在《死亡叙述》中，非理性的力量同样强大。“我”开着卡车撞死了乡村少年，因为害怕惩罚而逃离了现场。因为这次事故没有被发现，“我”也没有受到任何惩罚，只是良心备受折磨；多年后，当“我”再一次造成严重事故后，在良心的鞭策下，“我”选择承担所有责任。结果是，女孩的家人却毫不含糊地用各种农具将“我”活活打死。《鲜血梅花》中，少年阮海阔背上绝世宝剑，踏上了为父报仇的漫漫征程。然而手无缚鸡之力的一介书生，又如何能完成这一神圣的使命？荒诞的体验和错位的人生在这一刻显露无遗。

这些小说体现出一种全新的美学特质和精神内涵，集中展现了先锋文学特有的原创性、不可复制性和反叛性，折射了先锋作家们追求内心自由的强烈意愿，并有力激活了创作主体的艺术潜能，为后来的多元化文学发展格局奠定了坚实的基础。

四、意义与局限

先锋文学思潮的兴起，推动了当代文学的巨大变革，完成了由“写什么”向“怎么写”的转变，第一次在真正意义上确立了形式本身的审美价值和意义，革新了文学的观念。它不但为当代文学的发展赢得了一个自律性的空间，而且极大地促进了中国当代文学的现代转型。所以，从这个方面来看，先锋文学思潮无疑具有重要的意义。

首先，它赋予形式以独立的审美价值与意义。一直以来，中国文学都有重内容而轻形式的传统，通常认为形式只是内容的载体，为内容服务，它本身并没有独立的价值和意义。在这种观念支配下，文学是否表现了重大的社会问题，是否把握了人类社会发展的规律，便成了重要甚至唯一的评判标准。先锋文学思潮的到来，打破了这样的文学观念，它以激进的姿态和反叛的勇气，宣告了形式革命的到来，使得重内容而轻形式的文学观念摇摇欲坠。

其次，它进一步完善了文学的自律性空间。从某种意义上来说，新时期以来的文学发展，可视为自觉追求文学自律性的过程。从“朦胧诗”开始，诗人们就试图打破政治对文学的强大制约，谋求诗歌独立发展的空间。但是，受时代环境的影响，加上诗人本身的精神限制，这种诉求并没有彻底实现。先锋文学思潮所掀起的形式革命，以及它背后的哲学思想和文学观念，都明确地将文学的意义和价值指向文学本身，而不再指向文学之外的东西。在先锋作家看来，文学之外的因素，虽然具有一定的意义，却不是文学的本质性要素。因此，从心理、文化、政治、哲学等外在层面评价文学，并不能有效地揭示文学的本质。文学的本质在于文学的内部，也即“文学性”，通过语言、词与词的组合、张力、反讽、隐喻、含混、象征等方式表现出来。在这种情况下，先锋作家通过持续的反叛与创新，最终确立了文学的自律空间。

再次，它推动了中国当代文学的多元发展。先锋文学内在精神的规定性，决定了它对所有的创作秩序保持着高度的警惕，它不以任何标准为准则，而是在自由精神的推动下，向各种各样的规则发起挑战。正如米兰·昆德拉所言：“建立在唯一的一个真理之上的世界与小说的模糊与相对的世界两者是由完全不同的方式构成的。”[①]也就是说，先锋文学的发展不可能遵循唯一的方向，而是多方位开拓，寻求文学发展的各种可能性。因此，在先锋文学思潮的推动下，当代文学的发展真正迈入了“个人化”的写作时期，从“共名”走向了“无名”。

当然，任何一种文学思潮的发展，都与特定的历史、文化息息相关，或多或少存在着时代的某些局限性。就先锋文学思潮而言，其局限主要表现为对某种形式主义的迷恋。在很长一段时间内，人们对于先锋文学的认识，是从形式入手的，同时也局限于形式之中，所以，先锋文学变成了“形式主义”的同义词。这样的认识，虽然抓住了先锋文学最重要的一个表现特征，但并没有真正认识先锋文学的实质。“我们也必须意识到，从整个世界文学发展格局来看，将先锋文学的重要特质始终安置在形式实验上，其实已隐含了某些审美认知上的误区，甚至严重阻碍了我们对于先锋文学内在价值与历史作用的判断。”[②]不错，先锋文学与文体形式的变革是分不开的，但是，这种形式的变革，是在先锋精神的推动下，为自由地表达内心深处的审美理想而表现出来的，是先锋精神的一种外化，并不仅仅是一种技术主义的冲动。但迷恋形式的误区还是或多或少地存在着，忽视了精神的先锋性，形式将难以成为“有意味的形式”。

同时，这种局限还表现为思想穿透力的薄弱。在先锋文学思潮中，出现作家过于迷恋形式革新，却忽视对先锋精神的培育和守护，根本的原因在于精神膂力还不够强大，无法洞穿各种存在的本质和人性的真相，也无法站在现代哲学的高度直面现代人的精神困境。真正的先锋文学，要求创作主体必须具备强大的精神世界，必须拥有穿透庸常的现实表现，抵抗各种外在的压抑与诱惑的能力。但遗憾的是，具备这种强大精神品质的

① 昆德拉．小说的艺术 [M]. 孟湄，译．北京：生活・读书・新知三联书店，1992：13.
② 洪治纲．先锋文学与形式主义的迷障 [J]. 南方文坛，2015（3）：5.

先锋作家并不多。所以，在进入 20 世纪 90 年代之后，极端性的形式探索现象并不少见，如“身体写作”“下半身叙事”等，但具有真正先锋精神的作品却越来越少，这显然是先锋精神缺失的表征。

尽管先锋文学思潮的发展还面临着这样或那样的困境，但它的出现极大地改变了既有的文学观念，拓展了当代文学的审美领域，也开辟了文学发展的可能性空间。20 世纪 90 年代之后，尽管大规模的形式实验浪潮再难显现，但是，那种反叛性与前瞻性的先锋精神，已经内化到当代文学的脉络里，将继续推动中国当代文学不断向前发展。

思考题

1. 简述先锋文学的主要特征。
2. 简述先锋文学思潮的发展过程，并归纳其阶段性特征。

参考答案

文献索引

洪治纲. 守望先锋：兼论中国当代先锋文学的发展[M]. 增订版. 合肥：安徽教育出版社，2022.

张清华. 中国当代先锋文学思潮论[M]. 沈阳：春风文艺出版社，2022.

陈晓明. 无边的挑战：中国先锋文学的后现代性[M]. 修订版. 北京：中国人民大学出版社，2015.

李建周. 先锋小说研究资料[M]. 南昌：百花洲文艺出版社，2018.

第八讲

新历史小说与新历史主义思潮

新历史小说在20世纪80年代后期与新写实小说几乎同时产生，并在90年代蔚为大观。叶兆言、苏童、刘震云、陈忠实、李锐等一大批作家，致力于突出历史题材文学的虚构性，表现出年轻一代的作家对历史新的认知与理解。随着这种小说范式的不断发展和壮大，一股新历史主义思潮形成了。

一、背景：个体化认知的觉醒

中国当代文学从20世纪50年代到80年代初，长篇历史小说的创作题旨是明晰的，即选取历史材料，提炼宏大题旨，以客观史实为基础，写出历史发展的规律。80年代中后期，文坛涌现了莫言的“红高粱”系列，乔良的《灵旗》，权延赤的《狼毒花》，格非的《敌人》《迷舟》，苏童的《妻妾成群》《红粉》，周梅森的“战争与人”系列，叶兆言的“夜泊秦淮”系列等一大批书写历史的小说。与传统的历史小说相比，这些小说中的“历史”，都是一种无法勘证的时空背景，其中的人物和故事，也均是一些无从考证的往事。或者说，这些小说只是作家们借助了特定的历史时空，自由地表达了自己对人的存在和命运的深度思考。这种不拘泥于历史史实和证据的创作，很大程度上改变了文学书写历史的方式，因此被人们称为“新历史小说”。从文化背景上看，这一文学思潮的形成，很大程度上源于创作主体个体意识的觉醒，也与西方兴起的新历史主义文化思潮传入中国密切相关。

首先，作家主体意识觉醒。改革开放之初，在“朦胧诗”的讨论中，不少诗人和理论家已经明确地意识到了“个体意识”对于文学创作的重要性。在“反思文学”中，很多作家也从不同层面上体察到人的主体意识的觉醒问题。从某种意义上说，“个体意识”的觉醒问题，是人的主体意识发展到成熟阶段的表现。及至20世纪80年代中期的中国文坛，随着时代的进步和个体意识的不断觉醒，作家们无论是面对现实，还是进入历史，都开始张扬强大的个体创造精神，揭示被遮蔽的人性真相，探讨人类的各种存在之谜，不断开拓出新的审美领域。与此同时，哲学界、文学界关于“主体性”的讨论，很大程度上提升了作家个体意识的自觉。从具体文学思潮来看，“寻根文学”从文化角度对历史的探寻，有助于作家扭转之前历史小说过于强大的政治视角；而先锋小说对文学形式和话语方式的敏感，有助于作家发现历史话语的内在虚构本质。

在“寻根文学”影响下，一批作家将目光投向广远浩瀚的过去，以现代知识分子的主体意识审视历史文化传统。与此同时，一部分作家积极开展语言的形式实验，为书写历史提供了新的艺术可能，特别是在语言形式和叙事技巧的方面，改变了传统历史小说宏大史诗的审美形式。这两种文学思潮的融合，激活了作家面对“历史”的个体意识。

其次，西方新历史主义文化思潮的引进和接受，为这股文学思潮提供了重要的理论基础，并进一步激发了作家们重新整合和阐释历史的热情。作为一种文化批评理论，新历史主义是对形式主义之类本文批评的反驳和挑战。学术界一般认为“新历史主义”的奠基之作是史蒂芬·格林布拉特的《文艺复兴时期的自我塑造》（*Renaissance Self-Fashioning*）。“新历史主义”这个术语在《英国文艺复兴中的形式力量》（*The Power of Forms in the English Renaissance*）一书的引言中被使用。但是就对中国文学的影响而言，海登·怀特和杰姆逊以及张京媛的《新历史主义与文学批评》的影响则更为直接。海登·怀特对于“元史学”的建构和历史话语的分析，提升了新历史主义在史学界、文学界的地位。他将20世纪中期以后哲学、文学、语言学等学科的新观念融合在一起，构建了新的理论话语，重构了历史、文本、作者、读者之间的关系，阐明了意识形态等要素介入历史叙述的种种途径，从而“在文化理解和叙事的语境中把历史编纂和文学批评完美地结合起来”[①]。

在新历史主义者看来，单纯的文本审美形式研究无法揭示文学的全部意义，只有将其放置在更大的历史文化语境中，才能更为准确地触摸到文学内在的真相。“80年代初，当解构主义乃至后现代主义在‘语言论转向’的旗帜下斩断了文本与社会的联系，强调文本间关系比文本自身更重要，进而热衷于从文本的裂缝和踪迹中寻绎压抑语型和差异解释，并借此推导出激进的‘洞见’时，新历史主义突然进行‘历史—文化转型’，强调对文本实施政治、经济、社会综合治理，并将其工作重点放在对半个世纪以来的形式主义批评的清算上，他们将形式主义颠倒的传统再颠倒过来，再重新注重艺术与人生、文本与历史、文学与权力话语的关系。”[②]在这个意义上，新历史主义不再像形式主义、新批评那样排斥社会、政治、意识形态等所谓的“文学外部因素”，而是将之重新纳入文学研究的事业，并赋予它们重要的地位。当然，这并不意味着新历史主义理论回归了传统的“社会—历史”批评。简单地说，新历史主义“主导性阐释模式都是着重于文学形式与修饰意义的挖掘，强调自我观念的阐释，或文本的政治意识形态的解读”[③]。新历史主义之“新”在于通过话语转义分析，讨论历史叙述如何不断变形而形成带有强烈叙事性的矛盾话语。他们主张分析历史叙述如何重复、变异、累积，进而发现历史叙述生成的话语环境，激活历史阐释的意义空间。

海登·怀特曾指出：“历史学家把不同的事件组合成事件发展的开头、中间和结尾，这并不是‘实在’或‘真实’，历史学家也不是仅仅由始至终地记录了‘到底发生了什么’。所有的开头与结尾都无一例外地是诗歌构筑，依靠使其和谐的比喻语言。所有的叙事不只是简单地记录事件在转化过程中‘发生了什么’，而是重新描写事件系列，解

① 李福长.20世纪历史学科通论[M].济南：齐鲁书社，2012：273.
② 朱立元.当代西方文艺理论[M].3版.上海：华东师范大学出版社，2014：349.
③ 王岳川.当代西方最新文论教程[M].上海：复旦大学出版社，2008：403.

构最初语言模式中编码的结构以便在结尾时把事件在另一个模式中重新编码。”①在他们看来，以实证式的方式试图“重返”一个确定的历史现场，必然会忽视历史叙述中的复杂性，得出的认知和阐释实践难以避免带有误解和偏颇之处。在海登·怀特看来，所谓历史，并不具有“客观性”与“自主性”，而是一种“文本的历史”，是经过历史学家的编码与解码之后所形成的故事。在这个过程中，历史叙述者为了获得历史的意义，对历史事件进行了取舍和话语加工。他认为，即便是按照时间的先后顺序排列的历史事件，也并不能说明这样的历史就是“客观”的。因此，所谓的“历史真相”是一个无法企及的存在。这样的历史将不再具有唯一的权威性言说。所有的阐释仅仅是历史的一种解读方式，并不具有“真理性”的成分。在这种情况下，人们就可以根据自己的视野和知识结构，对历史进行重新编码与解说。

新历史主义的这种历史观，冲击了人们早已接受的传统历史观。它并不是凭空出现的，而是 20 世纪以来西方文化界思想不断延续和发展的结果。克罗齐那句“一切真历史都是当代史”被学者们反复引用，作为自己历史观更新的见证，有时甚至被篡改为“一切历史都是当代史”。所谓“真历史”，按克罗齐的话来讲：“它的存在的条件是，它所述的事迹必须在历史家的心灵中回荡，或者（用专业历史家的话说），历史家面前必须有凭证，而凭证必须是可以理解的。”②也就是说，历史在叙述主体的理解中显现出其价值。波普也曾对总体论、历史决定论有所反思：“‘历史决定论’是探讨社会科学的一种方法，它假定历史预测是社会科学的主要目的，并且假定可以通过发现隐藏在历史演变下面的‘节律’或‘模式’，‘规律’或‘倾向’来达到这个目的。”③于是，历史的“客观性”与“自主性”，在各种思想的冲击之下变得千疮百孔；历史的“整体性”，在无情的解构中，变得支离破碎；历史意义的唯一性，被相对性取代；言说历史的权力，也开始四处散落。新历史主义小说渴望介入历史，但又不认同既定的、对历史的权威解释。对于作家讲述的历史，我们只是分辨出大概的年代，人物、事件大多是虚构的，因为作家更着眼于“想象的真实”，主动建构历史叙事的新可能。

在这一理论背景下，我们不难发现新历史小说对历史与现实的深度思考，呈现出鲜明的“新历史主义”思想印记。这些作品在讲述历史的同时，又对历史进行了解构和超越。新历史小说是一种对历史的深度反思，这种文学创作方式打破了传统历史小说的束缚，实现了对历史和现实的双重超越。

二、新历史小说的发展阶段

新历史小说创作之所以“新”，是因为它从一开始就明确地体现了对既定历史叙述的不信任，并以解构性的姿态，从创作主体的个人化立场出发，对既定的历史进行了现代意义上的重构。但是，从新历史主义思潮的发展来看，新历史小说并不是一味地对正

① 张京媛. 新历史主义与文学批评 [M]. 北京：北京大学出版社，1993：177–178.
② 克罗齐. 历史学的理论和实际 [M]. 傅任敢，译. 北京：商务印书馆，1982：2.
③ 波普. 历史决定论的贫困 [M]. 杜汝楫，邱仁宗，译. 北京：华夏出版社，1987：2.

统历史进行颠覆性的消解，而是试图在解构的基础上，在现代历史观的视野中，重新建立起历史的主体。从整个发展历程来看，这一文学思潮大致经历了三个阶段，并在不同的阶段表现出不同的审美诉求。

（一）兴起阶段

这一阶段主要是在1985年前后，以莫言、乔良、周梅森、权延赤等为代表的新历史主义作家，以明确的个人化方式和民间的姿态，对历史进行了重新审视，由此形成了与主流意识形态规定下的历史叙事极为不同的表达形式。在这些小说中，创作主体将生命情感和体验，与曾经发生的历史或者仅是想象的历史融为一体。他们更注重表现普通人的生命情态，传达个体命运在历史过程中的沉浮跌宕。这种精神诉求，从某种意义上来说，也是历史启蒙主义思想冲动的表征。

莫言的《红高粱》被视为新历史小说创作的奠基性和代表性作品。小说采用了颇为独特的第一人称后设性视角，带着强烈的主观感情，叙述了高密东北乡上“我”爷爷、“我”奶奶以及周围的人们的传奇性故事。它游离了传统历史叙事所要求的“客观性”。小说虽然讲述了一次胶东抗日的游击战，但这是一场自发的、为生存而战的战争，也属于被正史遗忘的民间抗战。在这场大气磅礴而又悲壮无比的战争中，政治派性隐含在民族大义之中，故事则集中凸显美与丑、豪迈与狡诈、英勇与懦弱相互交织的复杂人性。同时，作者也将民间生命特有的质朴、豪迈、顽强表现得淋漓尽致。莫言通过这种新历史叙事，展示了一个充满活力、自由自在的民间世界，一个“藏污纳垢”而又辉煌无比的世界。乔良的《灵旗》则以造成红军惨重伤亡的湘江之战为叙事背景。但是，小说并没有正面叙述这场战争，而是通过一个无名无姓的叙事者青果老爹，以回忆性的视角，回溯了那场发生在数十年前的惨烈战争，尤其是战后各种反革命势力对红军的残杀、“那汉子”的复仇及其普通人的爱恨情仇成为小说叙事的重点。在青果老爹不断闪现的回忆中，历史的完整性变得支离破碎，也正是这种支离破碎，才使那些被正史遗忘的场景不断呈现出来。战争的惨烈与黑暗的人性，也随着叙事的推进完全暴露了出来。“是败战。红军史上只记下八个字：湘江一战，损失过半。”[①]正史中这一不带任何情感色彩的记载，在小说中变成了一种具有强烈冲击力的具象化形式，让人们真真切切地感受到了战争的硝烟与消散不掉的血腥。

周梅森的“战争与人”系列，则将战争中的人们推向极端的环境中，展示人在求生本能的支配下所表现出来的复杂人性。同时，对官方披露的战争信息，作者也在怀疑中进行了审美重构，重现了战争中特有的阴暗、潮湿以及充满死亡气息的残酷。“他几乎在每一部小说中都暗示读者，世所公认的历史和他叙述的历史是完全不同的，或者说历史从来就有两张面孔：它显露给公众的是一副光辉灿烂的面孔，有鲜花和光环伴绕于四周；可是在其背面却阴沉无比，那里，历史仿佛整个在阴谋的大厦中穿行，其间又杂以

① 王彪．新历史小说选[M].杭州：浙江文艺出版社，1993：13.

暴力。”[①]譬如在《大捷》中，这场由国民政府向外界宣布的“大捷”，实际上充满了谎言和阴谋。《冷血》中，弹尽粮绝的远征军被迫向荒山野岭撤退，充满了失败与绝望的情绪，还出现了互相欺诈、兄弟阋于墙的可悲一幕。《军歌》中，被困在日本战俘营的中国军队，策划了一次大规模的集体逃亡。但是，在最关键的时刻他们被告密者出卖，使逃亡的计划功亏一篑。这些囚禁在集中营的军人，再一次受到了敌人残酷的清洗。《国殇》则更具代表性。这是一部充满了各种谎言与阴谋的权力斗争史，作者将复杂而黑暗的历史一览无遗地展现了出来。军长、副军长、师长、手枪营营长因为各种不能说的秘密，先后在自杀与他杀中毙命，最后，新上任的军长给民国中央政府的电文却如此写道：“向中央和长官部发报，电文如下：历经七日惨烈血战，我新二十二军成功突破敌军重围，日前，全军两师四旅六千七百人已转进界山，休整待命。此役毙敌逾两千，不，三千，击落敌机三架。我中将军长杨梦征、少将副军长毕元奇、三一二师少将师长白云森，壮烈殉国。”历史就这样露出了它那张诡异的面孔，所谓的真相，也消失在这种说不清、道不明的历史进程中。

（二）发展阶段

这一阶段从 1987 年开始，以先锋作家的新历史小说创作为主，代表性作家有苏童、格非、余华、叶兆言等。这一时期，先锋文学在形式主义的道路上越走越艰难，而不少作家秉承先锋精神，将叙述的触角伸向可感的历史情境。讲述虚构的历史故事成为先锋派与中国历史文学传统碰撞的重要产物。“如果将它和原始客观形态的历史事实相比，它显然带有人化处理的某些主观因素在内”[②]，在他们的笔下，历史作为承载创作主体审美理念的一个背景，为他们的自由想象提供了一个实验场所。

传统现实主义的历史小说在历史书写中强调真实的典型环境，历史和时代构成了人物行动的环境背景，并在历史时间中生成意义深度。在现代主义审美观念的大力介入之下，新历史小说的历史书写淡化了时间价值与意识形态价值，而呈现出高度主观化的色彩。历史和时代只是一个供人物表演的舞台，至于舞台上演什么内容，则与舞台本身没有多少意义联系。譬如，苏童的《1934 年的逃亡》虽然给出了一个明确的时间，但是，它只是一个虚幻的背景，并没有多少实际的意义。作者只是借助于这个并不具备特殊意义的历史时间，取得一个适当的叙事距离，从而在想象中自由自在地抒发自己的审美理想。《罂粟之家》则干脆打破时间结构，以欲望为叙事推动力，对中国现代的革命进程与地主阶级的颓败进行了一番重新审视，如陈晓明所言：“我以为把‘欲望’植入历史，并且用‘欲望’的末世学去颠覆历史的辩证法是这篇小说最为独特之处，也正是因为对欲望与历史关系所作的如此大胆的揭示，《罂粟之家》给出了它对历史与文学的最有力的表达。”[③]在这一特殊的结构中，革命行动、阶级矛盾与人性欲望紧密联系在一起，传统革命历史叙事中明晰的阶级冲突、浓厚的政治意识形态不见了，取而代之的是

① 蒋原伦. 小说 · 历史 · 意识形态：周梅森、格非小说中的历史 [J]. 上海文学，1991（4）：72.
② 吴秀明. 论历史文学的历史真实与艺术真实 [J]. 学习与探索，1988（2）：118.
③ 陈晓明. 论《罂粟之家》：苏童创作中的历史感与美学意味 [J]. 文艺争鸣，2007（6）：106.

在欲望的驱动下，一切都变得潮湿、颓败、暧昧难明。此外，像《妻妾成群》《妇女生活》《红粉》等，也都是以民国初期到新中国成立初期的普通女性为关注的对象。在这些小说中，作者对传统的道德判断和价值取向丝毫不感兴趣，也不愿意对这些女性不幸的遭遇进行宏观意义上的阐述，而是深入她们的内心世界，揭开生命本真状态下的悲凉与创痛。余华的《鲜血梅花》和《古典爱情》，表面上看与传统的传奇小说具有高度相似性，实际上，他仅仅是借助于这种古典的形式，表现现代人的情感与生命的颤动。前者所取的“复仇行动”与后者“穷书生与富家小姐”的故事，早已失去了古典小说所追求的意义指向，而是着重表现现代人对某种荒诞与孤寂的人生境遇的深度体察。

格非的《迷舟》，开头给出了“1928 年 3 月 21 日”这个具体的时间，但在随后的叙事中，这个确定的时间却变得可有可无，北伐军与孙传芳部队的正义与非正义的对立，也变得不再重要，因为叙事的重点迅速转向了对人的失控命运的关注。当马三婶来到萧的临时指挥所，向他报告他父亲的死讯之后，萧便被一系列接踵而至的偶然性事件，不断地改变命运的轨迹。在经历了一次次的灾难事件之后，萧终于被贴身警卫击毙。究竟是什么原因使萧不断走向绝境？这个贴身警卫的身份究竟是什么？小说并没有给出明确的答案，从而形成了一个个难解的谜团。尽管从叙事的走向来看，小说中也留下了一些解开真相的蛛丝马迹，但这些线索又不足以解释全部的真相。最后，只能跟随“当心你的酒盅”的咒语，深陷宿命的迷宫。在《敌人》中，“敌人”的真实面目始终没有出现，却让赵家人接二连三地死于非命。赵家被巨大的死亡阴影笼罩，赵少忠内心的恐惧达到了崩裂的极限。虽然敌人始终没有出现，但他相信敌人就在他周围。于是，那个所谓的预言和死亡的阴影，如紧箍咒一般规训着赵家的命运，以至于赵少忠最后鬼使神差地杀死儿子，让预言和死亡变成无法逃离的现实。这里，作者或许是要说明这样一个事实：真实的敌人并不存在，自己内心中那种非理性的恐惧和疑虑，才是隐藏最深也最难以捉摸和控制的“敌人”。

叶兆言的“夜泊秦淮”系列，同样将故事发生的时间推向过往的历史，如《状元境》写的是民国初期的故事，《十字铺》为北伐战争时期，《追月楼》则将时间安置在抗日战争时期，《半边营》为淞沪抗战时期。如果从历史进程来看，这些时间本身就具有丰富而重大的历史意义，完全可以创作出厚重的、具有史诗意味的作品。但是，叶兆言感兴趣的并不是重大的历史事件，而是普通人的命运遭际，以及那种逐渐飘散的秦淮河一带的风流遗韵。如《状元境》中张二胡与三姐之间的纠葛；《追月楼》中丁老先生那种传统士人身上的迂阔和酸腐；《十字铺》中错位人生演绎出来的爱恨情仇，以及那种通达与乐观的精神；《半边营》中人与人之间的情感龃龉；等等。更有意味的，是叶兆言对这些人与事所负载的传统文化精神的理性追问。在这个剧烈变动的时代，秦淮河一带曾经的辉煌与优雅，那种被深厚传统文化浸染后的精神沉淀，慢慢地消失不见。面对这样的人世沧桑，叶兆言内心思绪万千：一方面，他清楚地知道，传统文化精神的没落是不可挽回的命运，另一方面，却又不免流露出深深的眷恋之情与缅怀的哀伤。

在这些小说中，作家们都不约而同地放逐了历史的意识形态价值，也抛弃了历史的可勘证性，原本由史料建立起来的真实性，完全被个人想象的艺术真实取代。而且，作家们不再关注历史与个人的巨大冲突，不再将揭示历史规律作为主要目标，而是沉迷于历史的皱褶之中，饶有意味地书写那些普通人的命运走向与人性景观。

（三）回归阶段

在 1992 年后，新历史小说又呈现了更为丰富多样的发展态势。虽然一些作家还在继续对“历史理性”进行解构与颠覆，如刘震云的《故乡天下黄花》《故乡到处流传》，李锐的《银城故事》等；也有一些作家在对历史的戏仿与拼贴中，进行了更为激进的文本实验，如李冯的《武松打虎》《孙行者》《孔子》等，这些小说均以经典性的小说为基础，对之进行再度创作，使两者之间形成一种奇特的对话关系，或者说一种“互文”的效果，因此李冯也被称为“文本的寄生者”[①]。但与此同时，更多的新历史小说作家，开始以建构者的姿态，对历史主体进行了重铸。如卡西尔所言，“历史的事实属于过去”，“一切历史的事实，不论看上去多么简单，都只有通过事先分析符号才能被规定和理解”[②]，文学则是使人们理解历史的一个重要途径。这在方方的《祖父在父亲心中》、陈忠实的《白鹿原》、王安忆的《长恨歌》、张炜的《家族》、迟子建的《伪满洲国》、刘醒龙的《圣天门口》等小说中，都有着较为清晰的表现。

陈忠实的《白鹿原》以“民族秘史”的形式，立足于传统儒家文化的坚实土壤，来观照中国近现代以来的革命历史进程。小说既没有在“历史理性”中展示历史的必然性，也没有在“偶然性”的冲击下陷入迷茫和宿命的泥潭，而是在重述历史的过程中，展现出一种强大的悲悯情怀与救赎意愿。在白鹿原这片苦难深重的中原大地上，革命与暴动、理性与欲望、官匪勾结与政治投机相互交织在一起，催发出一股疯狂的人性，将这里搅得没有片刻安宁。而代表着儒家文化精髓的朱先生，以及他的立身之所白鹿书院，成了这场人性与历史劫难的最后拯救力量。朱先生严守儒家文化的教导，始终保持着慎独、隐忍的儒家风范，有着强大而独立的文化人格。他虽然身在一片清静之地，保持着与那个疯狂世界适当的距离，但这并不意味着逃避遁世，而是以“穷则独善其身，达则兼济天下”的人生信条，自觉地承担属于自己的那份责任。对损害道义的行为，他坚决抵制；对善的举动，则予以褒奖。他以一个儒家君子的人格魅力，毁罂粟、开粮仓、救苍生，表现出一种巨大的担当勇气。他对党派之争表现出超然的一面，而对日寇入侵中华这样的大是大非的问题，则毫不含糊。由此可见，“陈忠实的内心是希望借助传统文化中的某些重要价值体系，在审时度势之中，直接回应纷乱历史中所出现的各种灾难”[③]。这种回应，实际上是在“革命与启蒙的双重变奏”之外，对历史主体的另一种思索和重建。陈忠实通过两家人之间不同的政治选择展开作品，矛盾其实引入了中国新民主主义革命的斗争背景，折射出中华民族文化蕴含的核心意象。他对中国传统文化是肯定的态度，是把中华文化的传统观念视为中国文化的精髓，视为走向世界的民族性、

---

① 李振声 .“文本寄生者”李冯和他的长篇《孔子》[J]. 当代作家评论，1997（6）：94-97.

② 卡西尔 . 人论 [M]. 李琛，译 . 北京：光明日报出版社，2009：167.

③ 洪治纲 . 民族精魂的现代思考：重读《白鹿原》[J]. 南方文坛，2007（2）：47.

标识性方法。在 20 世纪 90 年代初，这确实是特定历史时期中国文化自我建构的需要，当然也存在着明显的理想化的倾向。

与那种解构性的历史叙事相区别，张炜的《家族》是从正面的角度，探讨革命信仰与个体命运之间的矛盾纠葛。正如张清华所言：“《家族》实际上是一部从局部重写革命的书，一部从正面恢复革命的光荣内涵并写出其作为局部与个体行为的历史复杂性的书。”①小说的主人公宁珂有着为革命献身的坚定信仰，这种信仰不是盲目的，而是经过理性思考之后，对其高度认同的结果。如果小说的思考仅仅停留在这个层面，那么，就与传统的革命历史叙事没有区别。它之所以具有一种独特的价值，是因为它对如何面对革命理性与个体人性之间的冲突这个问题进行了持续性的思考。作者显然不准备回避这样的事实：革命理想与事实的走向，经常出现不协调甚至发生激烈冲突的一面。如在革命即将胜利之时，宁珂蒙受巨大的冤屈一事，就是典型例证。但这是否意味着革命与善、与人性真的存在着不可调和的矛盾呢？这样的追问成为小说叙事的一个根本性问题。答案显然是否定的。小说中，那些革命者，如宁珂、许予明等人不但有着鲜明的个性色彩，而且也有着正常人的缺陷，实际上，他们都是正常的人，表现出正常人的欲望与诉求，只不过在面对革命信仰这样根本性的问题时，他们表现出了比一般人更坚强的意志。在他们身上，革命与善、人性是完美地交融在一起的，并不存在革命对人性的排斥。“革命、文明和进步决不能以牺牲人性中美好的东西、牺牲正义原则、善的理想、牺牲人的共同的生存利益为代价，否则便会走向它的反面。”②可见，革命中的恶并不是革命理想本身的问题，而具有复杂的成因。小说对革命与人性的复杂纠葛进行了深度剖析，试图为困扰人们多时的问题提供一种解答的路径，足以引起人们的沉思。

类似的小说还有很多。像迟子建的《白雪乌鸦》对民国时期哈尔滨鼠疫灾难的民间化呈现；王安忆的《长恨歌》以王琦瑶四十年命运的沉浮跌宕，勾勒出上海乃至整个中国历史的风云变幻；刘醒龙的《圣天门口》以天门口镇雪家和杭家两个家族的遭遇，重新勾勒出 20 世纪中国历史的复杂面目，并表现出一种强烈的救赎意识；铁凝的《笨花》以笨花村向氏家族两代人的日常生活为主线，将乡土风情和革命历史风云交融在一起，展现出从清末到 20 世纪中叶的国家与个人命运的变迁。这种对历史的重构性书写，一直延续至今。在这些小说中，作家们虽然在书写各种波澜壮阔、大气磅礴的历史变迁时，具有宏大的视野，表现出某种“史诗性”的追求，但他们都秉承了新历史主义的基本观念，以各种无迹可考的小人物为叙事对象，在微观化的日常生活中重构历史场景，既充分彰显了作家的艺术想象，又传达了创作主体对特定历史境遇中个人的命运及其复杂人性的思考。

三、新历史主义思潮的特质

新历史主义思潮出现在 20 世纪 80 年代中后期，是多种因素合力作用的结果。它

① 张清华．历史的坚冷岩壁和它燃烧着激情的回声：读张炜的《家族》[J]. 理论与创作，1996（4）：57–58.

② 张清华．历史的坚冷岩壁和它燃烧着激情的回声：读张炜的《家族》[J]. 理论与创作，1996（4）：58.

在重新探察历史、触摸历史的过程中，试图以各种方式穿透那些历史的既定观念，展示历史自身的复杂面孔与人的本真生命情状，折射了某种现代理性精神。具体而言，其特质有如下几个方面。

第一，它具有明确的主体意识，体现了明确的理性精神。在重构历史生活的过程中，新历史小说家始终以明确的主体意识、强大的理性精神统摄全局。他们不再臣服于任何既定的历史观念，也不再对业已形成的传统历史深信不疑，而是高举着理性精神的旗帜，不断挖掘被各种观念遮蔽的历史现场，拨开历史迷雾，让历史呈现出某些现代意义上的“真实”。“我在利用档案资料时，是很注意抹去档案资料本身的主观成分和主观色彩的。我往往只取一个基本形态和基本事实……至于当时各方势力的评价、推测，以及由此表现出来的倾向性描述材料，均在余弃之列，不应该影响我的观点，也不应该成为作品的依据——不过，在对照基本事实进行独立思考后，和它们的倾向性取得某种认同，则另当别论了。”[①]当作家以这种理性精神来重新把握历史之后，新历史小说开始表现出历史应有的驳杂。譬如，周梅森的“战争与人”系列就表现得非常突出。《大捷》中吊诡的历史，正是对“大捷”的一种反讽，也展现了历史特有的阴暗与荒谬；《国殇》中，历史事件的发展与历史的记录，完全是两极性的存在，那封发给国民党中央政府的电文，事实上是对历史真实的扭曲与背离。而且，历史的走向也表现得异常诡异和荒诞，可以说，整部历史都是由偶然性构成的。如果军长杨梦征在签署投降命令之前，与属下明确沟通，而不是选择一个人承担所有的骂名，那么在他开枪自杀之后，就不会发生后来的一系列事件；如果师长白云森拿到投降令之后，第一时间公布出来，而不是想着争夺权力，那么也就不会遭到手枪营营长的枪杀；如果性格软弱的杨皖育没有趁乱毁掉投降令，那么历史又会以另外的一副面目出现。从这里可以看出，历史的走向，充满了太多的偶然性，其生成方式也具有无限的可能性。在莫言的《红高粱》中，这种强大的主体性也表现得异常鲜明。在小说中，作者不止一次地流露出这样的感慨和担忧：“他们杀人越货，精忠报国，他们演出过一幕幕英勇悲壮的舞剧，使我们这些活着的不肖子孙相形见绌，在进步的同时，我真切地感到种的退化。”这毫无疑问是创作主体对历史和现实进行追问与反思的结果。像《白鹿原》《圣天门口》这些带着一定史诗意味的小说，也同样表现出创作主体强大的理性精神。

刘震云对历史的审视使他进入了“消解正史”的新历史小说家的行列，他以自己的眼光与体验去解读和重写故乡的历史，并把这称为“无褒无贬，一切还原历史”[②]。在他的作品中特别触目的是对神化了的大众的重新书写。在他看来，为追逐权力而乐此不疲的大众只能是蝇营狗苟，为权力所拨弄而不自知的大众只能是芸芸众生。刘震云的另外两部故乡系列作品《故乡相处流传》和《故乡面和花朵》同样表现了作为弱势群体的大众在权力面前的庸俗性认同。权力充斥于中国历史，而刘震云以权力批判为中心的对历史本质的揭示和批判是有一定价值的。历史毕竟是前进的，黑暗之外还有光明，权力之

① 周梅森. 历史档案与小说创作 [J]. 上海档案，1989（5）：24.

② 刘震云. 推荐我所喜欢的作品 [J]. 作家通讯，1992（6）.

外还存在善良和公正。但是，刘震云把“历史”叙述成绝对的黑暗与绝望，一定程度上也限制了刘震云对于历史文化，特别是对农民文化反思和批判的深度。

第二，它以民间化立场，将传统的“大历史”还原为日常生活的“小历史”。民间化、微观化的叙事立场，是新历史主义思潮的又一个显著特征。相对于权威历史话语所建构的大规模、全景式的宏大历史叙事，展示“历史的潮流，浩浩荡荡，顺之者昌，逆之者亡”的历史走向，新历史主义思潮下的历史叙事，更多的是以一个现代人的独特体验，在创作视点下沉的过程中，着眼于民间的逸闻逸事、个人命运、家族沉浮，在个人化和碎片化的历史镜像中，探察无处不在的历史宿命和悲剧人生。“历史叙事不再被用于追述权威历史话语，相反，它正被用于廓清被‘史传传统’遮蔽的个人体验。历史从‘舞台’转向了‘后台’，人物从‘角色’转向了‘自我’。”[①]于是，一种带有人间烟火味的、属于普通人的历史镜像慢慢浮出地表。譬如莫言的《红高粱》中，对高粱地里那种野性十足的原始生命激情的激赏，构成了小说的审美内核；叶兆言的“夜泊秦淮”系列中，对普通人的喜怒哀乐，以及那种独特而迷离的历史风情的展示，成为历史的主要景象；苏童的《米》等小说，对食、色之类自然人性、原始欲望的集中考察，成为作品的内核；格非的《大年》对不可捉摸的命运的呈现，成为作家探究历史的主旨。这些小说都是在书写微观的、日常生活化的“小历史”，体现了当代作家对历史的别样探视。即便是在《家族》《笨花》《圣天门口》这样结构相对庞大的新历史小说中，也同样是在关注家族命运和个体命运的基础上，通过微观的“小历史”展现出“大历史”的宏阔与复杂。

相比于陈忠实、刘震云在宏大的历史结构中解构和质询权力，在莫言、苏童、余华等先锋一代作家的历史叙述中，叙事者对历史的批判、解构则更为精巧。他们经常让象征历史权威的“父亲”缺席或亡故，在构想历史故事时，以这种缺失或错位代表某种权威或传统的消失，引导读者或听众思考历史、权威和传统的重要性，以及它们在个人和家族命运中所扮演的角色。在“父亲”缺席的情况下，新历史小说打破了传统意义上“历史”的必然逻辑，实现了主体在言说历史时的自由与解放。例如在苏童的笔下，父辈的形象大多是以卑鄙和丑恶的面目出现的。比如嫖妓赌博、抛妻弃子的陈宝年（《1934 年的逃亡》），杀人越货、无恶不作的土匪式人物五龙（《米》），恶贯满盈、欺兄盗母的地主刘老侠（《罂粟之家》）……这些人物作为父辈的代表，已不再有任何神圣的光环和炫目的神采，而是集中了种族、民族和人性的丑陋、畸形与罪恶。透过这些形象，我们能感受到苏童对于历史冷静到近乎残酷的审视，以及对由父辈所隐喻的历史权威的拆解。

第三，它使历史叙事由“纪实”走向“虚构”，着重于对历史情境的诗意想象。历史是一种发生过的事情，具有先在的客观性，这是传统历史观长期尊奉的圭臬。这也意味着，历史叙事就是在既定的历史时间下，将客观的事件进行编码，并在对历史进行整

① 王侃．新历史主义：小说及其范本 [J]．浙江师范大学学报（社会科学版），2009，34（5）：32.

体性的观照中，展现出历史的意义。正如郁达夫所言：“历史小说里的人物性格，在读者的脑里，大约是已经有一半是建筑好了的，作家只须再加上一点修饰，就可以成立，并且可以很有力地表现出来。譬如我们大家都知道项羽是一个粗猛的英雄，有了这一个先入观念在脑里，然后再去看小说，那么不必细细地描写，作者就能给读者一个很深的印象。”[①]因此，这样的历史小说叙事，常常表现出对“正史”的求证或者补充，即便是表现一些所谓的“野史”，也同样受到这种历史观念的强制性规约。

而在新历史主义思潮中，历史的“客观性”被解构了。虽然作家们并不否认历史是由发生过的事件组成的，但是，由于人们对历史的认识大多是通过文本得到的，文本上的历史，与客观发生过的历史事件，并不存在一一对应的关系。历史叙事者在对历史事件进行编码的过程中，总会有意无意地陷入一种“先在的框架”之中，或者来自主流意识形态，或者来自其他利益集团的干扰，或者来自自身的叙事理念，总之，不是历史事件的原样呈现。因此，作家们不再去苦苦寻找所谓的历史“真相”，而且对一些主流意识形态支配下的历史叙事，表现出不信任的姿态。所以，像周梅森、莫言、余华、叶兆言、苏童、刘震云、杨争光等作家在讲述历史的过程中，一改传统历史叙事那种谨慎的写作姿态，转而大胆地拨开历史的尘烟，在那片无比广阔的天地中，讲述出一个个带着明显的创作主体审美特征的历史故事。例如在“夜泊秦淮”系列，以及《花影》《花煞》《1937 年的爱情》等一系列作品中，叶兆言把从晚清到 20 世纪 30 年代的江南描绘出一派凄迷、感伤、侈靡的风貌。正史上一系列惊天动地的宏大历史事件，只是作为背景出现，烘托出一种苍凉、腐朽和颓败之气。小说中的人物和事件，并没有受历史大事的制约，而是时常置身于历史事实之外，展开个体生命的动人故事。

第四，它以现代叙事手法和审美观念，使历史叙事充满了象征和隐喻的色彩。在新历史主义思潮中，创作主体拥有更多的主动性和重构历史的权力。蒙特罗斯曾用“文本的历史性”（historicity of texts）与“历史的文本性”（textuality of histories）这一对术语概括了新历史主义的特征。简单来说，“‘历史的文本性’指人们只有通过‘源自选择性保护和涂抹’的文本才能接近一个物质性的历史存在，而当文本转化成‘档案’时，它们自身也充当后人的阐释媒介。……‘文本的历史性’指的是所有的书写和阅读形式（包括文学文本、非文学文本乃至社会大文本）的历史具体性与物质性；文本并不是一个超历史的审美客体，而是特定时代的历史、阶级、权力以及文化等语境的产物”。[②]在这种情况下，创作主体以一种前所未有的激情参与历史重构。正如周梅森所说：“就像档案资料不可能完全客观一样，我们的创作更不可能是完全客观的，一个基本事实经过我们的描述之后，就不是那个基本事实了，而变成了带有我们强烈主观色彩的另一种事实，所以……我的历史小说，仅仅是我的历史小说，同样的事实，只要换一个人写，换一个视角，换一种观点，就是另外一回事了。”[③]这就意味着创作主体将全面

① 郁达夫 . 郁达夫文集：第 5 卷 [M]. 广州：花城出版社，1982：242-243.
② 汪民安 . 文化研究关键词 [M]. 南京：江苏人民出版社，2019：456.
③ 周梅森 . 历史档案与小说创作 [J]. 上海档案，1989（5）：24.

介入历史的叙述，而不再是历史事件的被动编织者。当讲述历史的外在枷锁被打破之后，作家们在历史的广阔天空下，自由地放飞自己的想象力，将各种各样具有现代意义的审美理念，灌注在这个包罗万象的历史背景之中，使历史叙事充满了象征和隐喻的色彩。

需要说明的是，这种象征和隐喻并不是修辞意义上的叙事手法，而是小说在整体上表现出来的审美特质。如《罂粟之家》中罂粟的妖艳与颓败，正好与整个时代氛围相适应。《迷舟》则以标题的形式，象征着人类命运的不可把握性。《追月楼》中，追月楼的阴影无处不在，并散发出一种无处不在的压迫感，它实际上象征着传统文化的强大影响和规约；而最后伯棋梦见一把火烧掉了追月楼，又隐喻了传统文化的没落。此外，像《状元境》《1934 年的逃亡》《妻妾成群》《月色狰狞》《圣天门口》等，无不洋溢着整体的象征和隐喻的色彩。这些复杂和充满活力的审美特征，让小说家们重新发现了历史这个丰富的宝藏。正是在他们的共同努力之下，20 世纪 80 年代中后期以来的新历史主义思潮蓬勃地发展了起来，并形成了一股强大的影响力，有力地促进了中国当代文学的多元化发展。

四、意义与局限

新历史主义思潮是一种主体在场的文学思潮，具有鲜明的现代主义审美特征，同时，也具有明显的后现代解构性色彩。它区别于传统历史的客观性，充满了作家以其主体性文化介入历史认知的冲动。作家们将大写的、整体性“历史”拆解为小写的、个人的“历史”。从这种意义上说，这些文学作品中的“历史”是一种有意味的文学方式。但是，在创作主体无限度地解构和消费历史的过程中，新历史主义思潮的启蒙特质也遭到了消解，有可能陷入虚无主义的泥潭中，所以其局限性也不容忽视。

从积极的意义方面来说，首先，新历史主义思潮促进了历史叙事的多元化。我们知道，在传统的历史小说叙事，特别是那种讲述近现代革命历史的小说中，进化论的视野，始终是历史小说叙事遵循的原则，具有不容置疑的权威。虽然这样的小说也抓住了历史进程的某些本质特征，但是，也有意无意地放弃了对历史复杂性的把握。“在政治目的论意识形态体系中，正统历史小说正确地抓住了社会历史变动中最为核心的一面，但同时它又遭到了来自政治本位观和目的论价值观的双重挤压，使得有着现实的丰富性的历史在历史小说文本中凝化为单一的社会政治图景，被进行了‘当代性的抽取与改造’。”[①]而新历史主义思潮则大胆地突破了“进步论”历史观所形成的遮蔽，试图重现历史的复杂性与多种可能性，将历史“引入一个疑难重重或似是而非的领域”[②]。于是，一元化的历史叙事逐渐被多元化的叙事方式取代。

其次，它充分彰显了人的主体性，包括作家的主体性与小说人物的主体性。在传统历史小说叙事中，因为强调叙事必须尊重历史的“客观真实”，作家的主体性受到了极

① 舒也．新历史小说：从突围到迷遁 [J]. 文艺研究，1997（6）：62.
② 陈晓明．反抗危机：论“新写实”[J]. 文学评论，1993（2）：94.

大的束缚，他们只能在既定史观和特定的价值立场中，对历史材料进行整合。这样，小说人物只是特定历史观念中的一颗“螺丝钉”，个体的意义并没有得到有效突出。而新历史主义思潮因为打破了既定史观对历史叙事的束缚，恢复了历史小说的虚构性，从而使得作家由历史的旁观者变成了主体的介入者。“新历史小说作家就是在这种主体化过程中发挥自己的艺术内省力，挣脱被史实牵制的困顿局面，而将庞杂的历史现象沉淀于作家的艺术心理结构中进行选择。”①在这一过程中，各种现代性的审美理念和创作技巧都被有效地纳入其中，以往被放逐的想象力，也被推向极为重要的地位，全面激活了作家的审美激情。随着作家主体性的全面激活，小说人物的主体性也开始得到了恢复。他们开始从各种观念性的历史中解脱出来，从对历史事件的依附关系中解放出来，不再是被任意驱使的木偶，而是具有真实生命的个体。不管是“英雄”还是普通人，不管是正面人物还是反面人物，都获得了应有的尊重。所以，在新历史小说的人物群像中，既有豹子这样被欲望劫持的人，也有“我爷爷”余占鳌这样的草莽英雄；既有萧旅长这样的迷茫者，也有宁珂这样为革命理想献出自己一切的革命者。总之，不管是什么样的人物，他们的存在都得到了真正的尊重。

当然，新历史主义小说思潮也有不容忽视的局限。首先，由于“偶然性”与“欲望”这两个因素的大量介入，新历史主义思潮确实打开了某些新的局面，但是，当作家们将它们作为历史发展的根本性因素时，历史再次陷入了“非此即彼”的怪圈当中，从一个极端来到了另一个极端，陷入了欲望与宿命的泥潭。“在新历史小说创作中，不少作家对人性的理解，都还有意无意地停留在‘动物性’本能与‘自然生命力冲动’这个层面，人性的形而上学、人的社会属性被剥离出革命的叙述话语。在告别传统革命历史小说的社会‘宏大叙事’以后，人性的自然法则与阴湿的成分，构成新历史小说作家图解革命的一种新的叙述源码。性、自私、权力欲望、残忍的暴行、冷酷无情等等，几乎可以看作是作家们叙述革命的全部内容。”②从人性的角度来看，人性是理性与感性、自然性与社会性的统一，孤立地抽取任何一面，都是有缺陷的；从革命历史的发展来看，虽然不排除革命的投机者，但如果没有为革命理想而奋斗、为真理而献身的真正革命者，历史的发展将是不可想象的，极有可能陷入新历史小说中那种宿命与迷茫的黑暗中。新历史小说基于新史观，颠覆了历史一元论的神话，积极突破了历史小说的写作禁区，特别是把历史人物还原为真实的人，为新时期的中国文坛带来了思想上与艺术上的新的活力。然而，它对历史真实性的消解未免矫枉过正。

新历史主义打破了传统“正史”的叙述话语模式，确认了一般大众的历史话语权力，为多样性历史话语提供了条件。但是，新历史主义所面临的困境也不容回避。对大写的、复数的历史进行解构，往往使得小历史的书写走向困境和相对主义。正如盛宁所说：“人们也同样有理由追问一句：当我们得到了由叙述人讲述的无数个版本的故事以后，我们还该不该对那个所谓无法企及的真正的‘历史’保留着向往和追求的意向？

① 洪治纲．新历史小说论 [J]. 浙江师范大学学报（社会科学版），1991（4）：22.

② 周保欣．道德革命与“革命”的道德：新历史小说革命书写的思想检视与审美反思 [J]. 文艺研究，2010（4）：10.

对那个‘非叙述、非再现’的、然而却是真正的‘历史’，我们是否可以从此就弃之不顾了呢？”[①]例如，《温故一九四二》中，作者有意回避了广为人知的史料，专注于小历史，而在此基础上形成的“历史”，却向正史的神圣性投去疑团，无法使自身成为历史的确证，甚至无法呈现完整的“人”。

其次，在消费主义的影响之下，后现代式的解构风潮风靡整个文坛，无深度、非理性的犬儒主义大行其道，历史彻底失去了应有的庄严，真正变成了一个任人揉捏的对象，一个“随意打扮的小姑娘”，走进了霍夫曼所言的“从虚无来，向虚无去——这就是历史”[②]的虚无主义泥沼中。这种对历史进行嬉戏性的解构，充满了历史虚无主义色彩，无论如何都是对历史的伤害，也是对新历史主义思潮叙事伦理的歪曲。新历史小说避免流于历史虚无主义的关键在于，作家要能在过去与现在，在历史与主体之间寻找一个“连接点”。朱光潜曾说：“没有一个过去史真正是历史，如果它不引起现时的思索，打动现时的兴趣，和现时的心灵生活打成一片，过去史在我现时思想活动中便不能复苏，不能获得它的历史性。”[③]历史不是已然僵死的事实，也不是某种既定的历史结论，它应该是存活在现实、在现实的心灵生活中的。在新历史小说中，历史、现实与主体三者就常常是融合、掺和在一起的。

整体来看，新历史主义思潮并不是一种历史虚无主义，也不是彻底的解构性文学思潮，而是带着历史的启蒙理性，在人道主义精神的支撑下，对历史进行的现代审视和重构。一旦离开了这种内在的精神向度，新历史小说的创作便失去了最本质的意义，这种文学思潮也将受到重创。所幸的是，在新历史主义思潮的回归阶段，那种启蒙理性再次扬帆起航，走向新的发展。

思考题

1. 新历史主义的历史观在新历史小说中如何体现？请结合具体文本展开分析。
2. 结合文本，分析新历史主义思潮的理性精神及其意义。

参考答案

文献索引

张京媛. 新历史主义与文学批评[M]. 北京：北京大学出版社，1993.

白亮. 新历史小说研究资料[M]. 南昌：百花洲文艺出版社，2018.

房伟. 二十世纪九十年代历史小说叙事思潮[M]. 北京：人民出版社，2016.

洪治纲. 新历史小说论[J]. 浙江师范大学学报（社会科学版），1991（4）：22-25.

石恢. “新历史小说”与“新历史主义小说”[J]. 小说评论，2000（2）：20-23，62.

孙先科. “新历史小说”的叙事特征及其意识倾向[J]. 文艺争鸣，1999（1）：33-42.

① 盛宁. 文学·文论·文化[M]. 济南：山东友谊出版社，2006：149.

② 转引自舒也. 新历史小说：从突围到迷遁[J]. 文艺研究，1997（6）：65.

③ 朱光潜. 朱光潜美学文集：第2卷[M]. 上海：上海文艺出版社，1982：434.

第九讲

新写实小说与日常生活审美化思潮

20 世纪 80 年代后期，当人们面对“寻根文学”、先锋文学的新变而目不暇接时，有一批作家以看似写实的面貌登场，但“既不同于先锋派文学，也迥异于昔日的现实主义。它呈现出一种新的风采，我们姑且称之为新现实主义小说”①。这种创作潮流后来被命名为“新写实小说”。它的出现，毫无疑问是在改革开放大背景下，由各种社会思潮和文学思潮交融而催生的。

一、背景：社会与文学结构的变化

在 20 世纪 80 年代后期，受社会经济形态发展的影响，精英文化越来越遭受到来自大众文化的冲击。精英文化所憧憬的道德理想主义，被民众强烈的物质生活渴望代替。80 年代后期开始兴起并在 90 年代快速发展的大众文化，其实是“在工业社会中产生，以都市大众为其消费对象，通过大众传播媒介传播的无深度的、模式化的、易复制的、按照市场规律批量生产的文化产品”②。大众文化在中国的发展壮大，需要两个基本条件：一是都市和大众的存在，这需要市场经济的强力支持；二是大众传媒网络的形成，这需要市场资本的足够积累。首先，中国在经济体制上已经具备了市场经济的活力，一些国际市场资本也在改革开放政策的引导下涌入中国。因此，当社会世俗化的趋势日益加剧时，中国社会形成了大众阶层。他们对文化的态度具有明显的消费主义的特征。其次，大众传媒网络形成。80 年代中期之后，由于“在某种意义上世俗化被夸大为一种新的乌托邦”③，呈现出大众文化“世俗性”的主要特征。当市场化发展到 20 世纪 90 年代时，精英文化的一部分退入象牙塔，另一部分则融入大众文化的汪洋大海。新写实小说正是诞生于这种社会结构快速变化的时代浪潮中的。在这种社会文化中，文人们“像游手好闲之徒一样逛进市场，似乎只为四处瞧瞧，实际上却是想找一个买主”④。

从社会文化结构的角度来看，伴随中国改革开放的历史进程而来的，是现代、后现代文化思潮涌入中国。其中最主要的文化发展态势便是政治文化、知识分子精英文化和大众文化的相互激荡。自五四运动以来，倡导启蒙运动的知识分子们，一直以开启民智为己任，试图提高民众觉悟而改造“国民性”。应该说，这种启蒙思潮在 20 世纪 80 年

① 徐兆淮，丁帆．思潮·精神·技法：新写实主义小说初探 [J]. 小说评论，1989（6）：5.

② 陈刚．大众文化与当代乌托邦 [M]. 北京：作家出版社，1996：22–23.

③ 陈刚．大众文化与当代乌托邦 [M]. 北京：作家出版社，1996：37.

④ 本雅明．发达资本主义时代的抒情诗人 [M]. 张旭东，魏文生，译．修订译本．北京：生活·读书·新知三联书店，2014：57.

代前期的思想界，仍然体现得十分明显。于是从伤痕文学到改革文学的创作浪潮，都显示出知识分子介入现实的某种强烈企图。但是到了 80 年代后期，受社会经济发展状况影响，改革开放之初的理想与激情，被民众在日常生活中日益增长的物质文化需求代替。据统计："1985—1986 年两年，全国零售物价总指数上升较多。1985 年同上年相比上升 8.8%（1984 年是 2.8%），1986 年同上年相比上升 6%。"[①]而到了 1988 年已经达到了 18.5%。[②]物价的快速上涨使民众从超越性和崇高性的精神生活向下看，开始关注日常生活的变化，关注衣食住行和柴米油盐。这种文化选择与生活态度，其实与生产力快速发展所带来的经济水平的分化直接相关，因此也无可厚非。正如马尔库塞所言："现实的就是合理的，既定的制度不管如何终会不负人们所望。"[③]

从文学思潮更替的角度来看，新写实小说是在改革开放的历史背景下，在各种思潮和学说交融之中出现的。20 世纪 80 年代中期，"寻根文学"和先锋文学相继登场。"寻根文学"从更为深远和广阔的文化背景中，探寻民族文化的历史演变与现代重建的问题，继续实践着文学"启蒙大众"的功能。先锋文学则在文体形式实验上表现出对自由精神的追求，强化了作家对个体生命存在及人性的发掘。但无论是"寻根文学"包含的启蒙思维还是先锋文学的文体实验，都导致了读者与作家作品之间的距离扩大，许多作品未能反映出社会生活的蓬勃生机与活力。现代主义文学所表现出来的审美方式与心理状态，对于刚刚开始现代化的中国读者而言实际上有些超前了。但是，这并不意味着新写实小说对这些文学思潮的彻底拒绝。

如果把新写实小说放在中国当代文学的整体格局中来看，从其命名到具体创作，是与革命现实主义或称社会主义现实主义相区别的。"'现实主义'与'写实主义'，它们不过是英文'realism'的不同译法，但这译名的一字之差又传达了选择的偏向……在八九十年代之交，评论界放弃沿用了半个多世纪的译名'现实主义'，拾回曾流行过却又久违了的'写实主义'并冠之以'新'。译名的选择已经隐含着可以领会的趋向。"[④]这种"新"的文学选择是与"寻根文学"和先锋文学、第三代诗歌的潜在影响分不开的。在"寻根小说"之后，新写实小说一方面延续了"寻根文学"的精神内核，把目光向社会下层看，聚焦于生活的本真状态；另一方面又摈弃了"寻根文学"的文化想象，而更关注人们实际的日常生活。新写实小说虽然在一定程度上是对先锋小说疏离读者大众的纠偏，然而经过先锋小说的熏染，一些新的审美形式也为新写实小说所吸纳。在"写实"之前冠以"新"，自然包含着对现代派小说的某些继承，例如叙述视角的扩展、叙事视角的转换等。更为明显的是，这类小说的叙述语调不同于热情洋溢的浪漫主义或严肃高深的现实主义，而是吸纳了现代主义小说中冷静从容的特点。此外，20 世纪 80 年代中期第三代诗人消解并淡化了精神、理想、崇高和信仰，强调对生活本身日常性的

① 苏星．新中国经济史 [M]. 修订本．北京：知识产权出版社，2016：617.
② 程松彬．治理通货膨胀大思路 [M]. 长春：吉林大学出版社，1990：68.
③ 马尔库塞．单向度的人：发达工业社会意识形态研究 [M]. 刘继，译．11 版．上海：上海译文出版社，2014：68.
④ 刘纳．无奈的现实和无奈的小说：也谈"新写实"[J]. 文学评论，1993（4）：110.

关注，对文坛的冲击和影响也不容忽视。因此，在最初的评论文章中，虽有人认为新写实主义是对现实主义的“回归”①，但更多的学者还是赋予其“后现实主义”“现代现实主义”“新现实主义小说”等称谓②。即便是所谓“回归”也应该理解成一种带有鲜明审美性质的、更高层次的回归。

面对 20 世纪 80 年代所建立起来的、强大的精英化理想，一些作家开始重审世俗生活的意义，并充当“反叛”与“排异”的角色，推动了文学的自我调整和突围。一方面，他们不满足于“寻根小说”偏于古远的审美趣味，试图让文学创作重新直面生活现场，近距离地真实呈现生活现实；另一方面，他们也摒弃先锋派心理化、内倾化的审美表达以及形式至上的艺术理念，努力让文学重新面对普通民众的生存境遇和生活状态。于“新写实”作家而言，他们发现了现实生活的平庸、琐碎中，包含着极为复杂的人生况味，因此，其创作视域和思路也随之发生逆转。正如刘震云所言：“我们拥有世界，但这个世界原来就是复杂得千言万语都说不清的日常身边琐事。它成了我们判断世界的标准，也成了我们赖以生存和进行生存证明的标志。这些日常生活琐事锻炼着我们的毅力、耐心和吃苦精神。记得有些文人爱说：感谢生活，这让我们生活起来更加感到沉重。生活一番还得想办法感谢。生活固然使我们一天天成熟，但它也使我们一天天变老、变假，一天天远离‘我们’自身。成熟固然意味着收获，但对于我们这些普通人来说，成熟不也意味着遗忘和丧失吗？”③刘震云的这段话，既隐含了当代作家对日常生活的自觉关注，也体现了作家对普通个体完整日常生活的重新定位。正如丁帆所说：“‘新现实主义小说’的作家们敢于将西方现代哲学思潮中那些已被西方社会和人的心理世界经历过并证实了是人类具有的共同的必然的生命经验作为自身思想的参照系；同时，亦敢于将那些被人类生命共同经验过后所证明是切实可行的文学技巧作为丰富自身表现力的新鲜血液。”④正是在这种文化交融背景下，新写实小说作家在现代性、后现代性的视野下，开始大力书写日常生活。一种新的文学思潮进而在中国当代文学领域逐渐形成，即日常生活审美化思潮。

二、重返生活现场的新写实小说

日常生活审美化思潮的兴起，是中国当代文学发展的一种必然态势。随着新写实小说的隆重登场，文学对于中国人的日常生活的表现，不再受制于政治生活的宏大主题，而呈现出一种崭新的面貌。不容置疑的是，新写实小说的作家们对日常生活的表现，已逐渐上升到一种审美意识上的自觉。他们对日常生活的处理，不仅告别了停留在生活表象层面的简单描述，而且前所未有地进入日常生活的肌理并深入挖掘其价值。于是，日

① 雷达．探究生存本相　展示原色魅力：论近期一些小说审美意识的新变 [N]. 文艺报，1988-03-26（2）.

② 分别参见王干．新写实：近期小说的后现实主义倾向 [M]// 王干．90 年代中国文学备忘录．北京：人民出版社，2014：41–55；张德祥．论“新现实主义”小说的美学特征 [J]. 小说评论，1990（5）：4–12；雷达．关于写生存状态的文学 [J]. 小说评论，1990（6）：4–9，63.

③ 刘震云．磨损与丧失 [M]//《小说月报》编辑部．小说月报第 5 届百花奖获奖作品集．天津：百花文艺出版社，2002：105.

④ 丁帆．时代、读者和历史将作出选择 [J]. 钟山，1990（1）：171–180.

常生活本身所蕴含的意义被历史性地凸显出来。

新写实小说发生、发展的过程，有效呈现了日常生活审美化思潮的发展过程。从表现的内容来看，新写实小说可以分为两类：一类是关于人的生存状态及人生的描写。例如池莉和刘恒的大部分作品描绘的都是芸芸众生的世俗生活，鸡毛蒜皮的小事，日常生活的矛盾纷争，生活的苦闷，以及生活中的柴、米、油、盐、酱、醋、茶等琐碎事件。另一类是关于人的生存与生存环境之间关系的描写。这种环境包括社会体制、历史文化、传统观念等。刘震云、方方就善于运用细节的营造与环境的渲染，使其小说中的人物顺应环境（如官场、河南棚子）的摆布，凸显了严酷的生存环境对人产生的不可抗拒的压力。

以新写实小说为主体的日常生活审美化思潮，可分为前后两个阶段。前一阶段是发端和发展阶段，大致为 20 世纪 80 年代后期到 90 年代初期。1987 年，池莉的《烦恼人生》发表在《上海文学》第 8 期，刘震云的《塔铺》发表在《青年文学》第 7 期。这些令人耳目一新的小说，让日常生活和普通人成为作品真正的主角。面对复杂琐碎但又充满生命活力的平民生活，作家们终于找到了一种有效的叙事方式进行审美转化。自此以后，一批原本名不见经传的作家以独特的姿态登上了文学的舞台，开始了自己的创作生涯。在这一阶段的新写实小说中，多数作品侧重于展示普通市民庸常的人生状态，表现了作家对世俗生活价值观的认同，主要代表作品有：池莉的“人生三部曲”（《烦恼人生》《不谈爱情》《太阳出世》），刘震云的《单位》《官人》《一地鸡毛》，方方的《风景》《桃花灿烂》等。具体而言，在日常生活审美化思潮兴起阶段，新写实小说的审美特征主要有以下三个方面。

第一，作家消解了对生活的主观构设，试图以客观的笔法还原生活状态。张德祥称：“‘新写实’实际上是现实主义在新的历史情境中、在吸收和融化了新的艺术因素之后适应现实的一种表现形态。”[①]传统现实主义小说意图通过生活现象抵达生活的本质，提炼意义。而新写实小说家不再像革命现实主义作家那样用理性分析生活，用理论指导写作。在还原生活的过程中，他们有意识地回避了对生活的理性判断，以期最大限度地接近生活的真实性。新写实小说倾力罗列琐屑的日常生活片段和细碎的感性经验，对平庸的世俗人生作不厌其详的现象描绘，以求还原“生活本相”。作家们拒绝向典型化提升和向生活的纵深切入，当然不是要取消生活的意义，而是要取消作家对生活意义的片面概括，获得生活现象所蕴含的全部内涵。如池莉的“人生三部曲”（《烦恼人生》《不谈爱情》《太阳出世》）是这方面的典型文本。第一篇记述了一个普通工人印家厚一天中的种种生活细节和内心感受；后两篇分别叙述了恋爱结婚和婴儿出世的故事。小说记载了主人公恋爱、生活的片段，全无大起大落的情节和大喜大悲的遭遇。这些作品不过是在平面化地展示每个普通人的琐屑日常生活和人生过程。作家并没有直接赞扬或者批判什么，而是通过客观的眼光描绘一切，让读者看到年轻人在日常生活的打磨中，怎

① 张德祥．现实主义当代流变史 [M]. 2 版．北京：社会科学文献出版社，2002：296.

样学会忍耐种种烦恼，开始直面生活的不完满。

第二，作品的主人公大多是“小人物”。他们没有豪言壮语与远大理想，困扰他们的是生活的烦恼与残酷。这种困扰大多并不是因为高远的理想，而只是日常生活里凡俗的欲望和人际关系。比如刘震云早期的小说《塔铺》《头人》《新兵连》等的主人公，都是在日常生活中摸爬滚打的知青、基层干部、士兵；即便是后来的《单位》《一地鸡毛》写了城市里的公务员，也依然落脚于他们的生活小事上。刘恒以城市或城镇生活为背景的作品同样聚焦于小人物的生活，如《黑的雪》《白涡》《虚证》等。新写实小说家普遍看重人的基本生存境遇，着力表现顽强的生命欲望和本能冲动，但由于他们以基本生命欲望的满足窥探生存的意义和人性的本质，因而其作品在一定程度上摆脱了对生存状态的伦理性判断，将具有形而上意味的“生存”转变为对形而下的“活着”的过程性展示。如刘恒的《狗日的粮食》《伏羲伏羲》，都涉及人的“原欲”，前者写“吃”，后者写“性”，这种“原生态”的生活即被视为意义之所在。池莉则将小说命名为《冷也好热也好活着就好》。这一命名包含着“活着”即生活本真的潜台词。

第三，新写实小说的情感较为冷静，更接近于“零度写作”。严格来讲，零度情感写作是不可能实现的，因为文学作品一旦有了叙述，就必然会有作家主体意识在其中。我们所说的“零度情感”，实际上是在文本结构内，作家尽量不灌输和倾斜自己的主题情绪和思想意识，保持生活本态的呈现。例如《烦恼人生》中的一段话：“儿子挥动小手，老婆也扬起了手。印家厚头也不回，大步流星汇入了滚滚的人流之中。他背后不长眼睛，但却知道，那排破旧老朽的平房窗户前，有个烫了鸡窝般发式的女人，她披了件衣服，没穿袜子，趿着鞋，憔悴的脸上雾一样灰暗。她在目送他们父子。这就是他的老婆。你遗憾老婆为什么不鲜亮一点吗？然而这世界上就只她一个人在送你和等你回来。”小说并不是全知全能的作者向读者带有感情地讲述生活故事，而是有一个佯装无知的叙事者把人物推给读者，让人物自己向读者披露他们的内心世界，以此降低情感介入性。除此以外，《不谈爱情》中庄建非对夫妻关系的领悟，《太阳出世》中李小兰对生命诞生的感受也都是如此。

在《风景》中，作家选取了一个出生后不久便夭折的亡灵作为叙事视角，让他成为“家”中的人，从而转述他们家庭的种种生活故事，有效屏蔽了作家直接的情感判断。在小说中，父亲毒打母亲的行为几乎成为夫妻之间的一种惯常的娱乐方式，孩子们在贫困逼仄的日常生活环境中彼此压榨斗殴，而拾破烂、捡菜叶、偷煤以及被父亲打骂则构成了他们幼年时代的主要记忆。《风景》中情节的残忍和叙事者冰冷的叙述形成了鲜明的反差，在叙述者并不直接流露主观意识的条件下，作品揭示出底层社会生活的残酷逻辑。

后一阶段是日常生活审美化思潮的成熟阶段，大致为 20 世纪 90 年代初到 90 年代中后期。这一阶段，不少作家进一步强化了“压制到‘零度状态’的叙述情感，隐匿式的或缺席式的叙述”[1]，还进一步减少了内聚焦叙事，只对日常生活进行近乎自然主义的细节描绘。因此，这些作品在形式上呈现出近乎“生活流”的表现和不作任何主观评价的叙述姿态。池莉的《你是一条河》《预谋杀人》，方方的《何处是我家园》，刘震云的《一地鸡毛》，刘恒的《贫嘴张大民的幸福生活》，范小青的《伏针》等都是代表性作品。

这一阶段新写实小说的题材，与前一阶段相比的区别在于，作家对日常生活的表现已由现实中的普通人拓展到历史中的小人物，作家试图从“类的层面”和“史的高度”概括出日常生活之于人的潜在意义和价值。在其他方面，则依然延续了前一阶段创作的主要特点，更加突出了新写实小说与传统现实主义的严格区别。综合起来有如下四点。

其一，作家更为关注人类的生存状况和人的生活欲望，对大众化的生活逻辑极为推崇，显示出对世俗生活的认同姿态。这一阶段的不少文本一定程度上不再书写抱怨和烦恼，这应该被视为新写实作家的进步，也体现出他们在日常生活书写方面的成熟。如《贫嘴张大民的幸福生活》那种在清苦中找乐子的耍贫嘴，都可以让读者从啼笑皆非的幽默里，超然于生活的苦难。用轻松巧妙的玩笑来应对烦恼或苦难，这是新写实小说家在20世纪90年代经常运用的叙事方式。在刘震云的《一地鸡毛》中，小林的行为动机卑微，不再像印家厚那样还带有一丝生活的温情和诗意，只是不断面对着生活中一个个的难题，谋求更好的生活质量。

其二，对现实生活的书写更为真实，大部分作品都未渗入作者任何主观情绪的客观书写。新写实小说所谓的“零度情感”在20世纪90年代以后的作品中体现得更为彻底。人物和事件都竭力贴近生活的本相，而不像传统现实主义那样对现实加以“理想化”和“典型化”。在早期的新写实小说如《烦恼人生》或《伏羲伏羲》中，作者还有一缕若有若无的情感灌注于叙事。在90年代以后，作家对日常生活的书写更为彻底地走向客观描绘社会现实。人物的情绪和叙事者的叙事立场都更为接近“零度”。正如池莉自己所述：“我不会对别人和自己的文学作品进行道德上的评判，也不会从社会时尚出发去纠正自己或者别人。”[2]比如池莉的《汉口永远的浪漫》仅仅是对日常生活某一个片段的速写，完全看不出“浪漫”二字，而对于人物的粗鄙言行，池莉也未加审美和伦理上的过滤。

其三，情节结构的非理性化。新写实小说不再是按照一条或多条线索贯穿全篇的方式来叙述故事，而是采取了更加开放化的形式，将不同的横断面连接在一起。这种叙事方式强调了现实生活的复杂性和多元性，让读者更加深入地了解人物和事件的真实面貌。在范小青的《伏针》中，大部分人物和事件都出现在陈继光的针灸科里。作品的叙事方式打破了情节的连贯性，没有遵循一般小说那种严谨的逻辑和线性叙事方式。丁文秀治病，陈振云学医，亚平与小玲的婚事等几个事件先后出现在小说中，并没有什么起承转合的必然联系，而呈现出不同人生活中的状态。

---

① 陈晓明．反抗危机：论“新写实”[J]. 文学评论，1993（2）：91.

② 池莉．池莉文集（五）[M]. 南京：江苏文艺出版社，1998：368.

其四，人物塑造的凡人化和非英雄化。新写实小说中的人物，大多性格平凡，其行为也是大众化的，并不像传统现实主义那样把人物的言行、心理和精神生活“典型化”或“神秘化”。作品中的人物只是现实生活中众多平民中的一员而已，这往往使读者感觉到是在写他们自己。比如《白雾》以记者豆儿的见闻、经历和感受为中心展开叙事，并没有波澜起伏的情节，对于豆儿的记者身份也不再神圣化为喉舌、良心，而是如实写了豆儿为个体户写一些表扬的话，换取一点实惠和好处。范小青的《顾氏传人》甚至没有传统现实主义小说强调的主要人物。作者从顾家老辈开始写起，进而写到了小辈们，以及老汪等外人。这种叙事方式更加真实地反映了现实生活中人与人的关系。

三、“日常生活审美化”思潮的内涵与特点

自从康德提出了艺术的“无功利色彩”，强调艺术的自律精神之后，现代性理论的一个重要特征便是将艺术和日常生活相区别。更进一步说，现代性理论强调艺术虽然来源于现实生活，但高于日常生活，甚至是对日常生活的反叛，而日常生活恰恰被认为是庸俗无聊的。回顾学术史，“日常生活世界”这一概念最早是在 20 世纪 20 年代之前被德国哲学家胡塞尔使用过。他将日常生活世界与科学进行比较，得出日常生活世界具有“前科学性”“前理论性”“非主题化”的特点，他认为：“这个世界是前科学地在日常的感性经验中相对于主体被给予的。对于它我们每一个人都有自己的表象。我们把这些表象认为是真实的存有者。在我们的互相交往中，我们早已发觉，在我们的存有的认定之间存在差异。”① 在胡塞尔之后的西方哲学领域，日常生活这一概念被不同学者从不同角度不断加以论证与探讨。其中，法国哲学家列斐伏尔和匈牙利哲学家阿格妮丝·赫勒的阐述尤其值得重视。列斐伏尔在其著名的《日常生活批判》一书中首次提出了“日常生活批判”这一概念。列斐伏尔认为：“正是在日常生活中，只有在日常生活中，自然的人和生物的人人化了（成为社会的人），更进一步讲，正是在日常生活中，只有在日常生活中，这个人、这个后天的人、这个培养出来的人，成为自然的人。”② 在他看来，工业文明和城市社会逐渐控制与异化了生命个体的生活方式，并由此造成了日常生活的异化。

20 世纪后半叶，随着后工业时代的来临，消费文化对日常生活的审美重构催生了日常生活景观化的审美现象。费瑟斯通将这种现象称为“日常生活的审美化”。在《消费文化与后现代主义》中，费瑟斯通使用了“日常生活审美呈现”这个概念。这既包含达达主义、超现实主义等追求的消解艺术与日常生活之间的界限，也指的是将生活转化为艺术作品的谋划，把生活融入和塑造为审美艺术，还包括那些“充斥于当代社会日常生活之经纬的迅捷的符号与影像之流”③。因此，“日常生活的审美化”得益于工业社会中生产力的快速提升，商品越来越丰富。但是，随着物质的丰富，人们对于日常生活的

---

① 胡塞尔 . 欧洲科学危机和超验现象学 [M]. 张庆熊，译 . 上海：上海译文出版社，1988：28.
② 列斐伏尔 . 日常生活批判：第 1 卷 [M]. 叶齐茂，倪晓晖，译 . 北京：社会科学文献出版社，2018：88.
③ 费瑟斯通 . 消费文化与后现代主义 [M]. 刘精明，译 . 南京：译林出版社，2000：98.

追求也不限于物质，而有了更高级的审美需要。尤卡·格罗瑙在其著作《趣味社会学》里指出，日常生活审美化的前提是“普遍的富足以及短缺的克服”[①]。

这种思潮已经越来越多地影响到各种形态的文艺创作，为日常生活叙事提供了更多的可能性。相比之下，阿格妮丝·赫勒的日常生活理论较为切近当代中国人的生活现实。在其专著《日常生活》中，阿格妮丝·赫勒系统地阐述了日常生活理论。她认为日常生活叙事是指将日常生活的吃喝拉撒、衣食住行、男女情爱等基本的生活需要纳入文学作品，将人的基本日常生活状态作为其叙事表现的中心，并以此为基础去打量人物的内在精神和生命本质。[②]日常生活反映了人作为生物的存在需要，是人性真实的反映，因此一部分新写实小说在日常生活的书写中，重在对人原始欲求的表现，比如对食与性等需求的细致表现，有其合理性。

在西方理论的影响下，自20世纪80年代末起，我国学者也开始从人与日常生活的关系着手，探究日常生活的本质。衣俊卿指出，日常生活就是指“那些同时使社会再生产成为可能的个体再生产要素的集合”。换言之，它是“同个体生命的延续即个体生存直接相关”“旨在维持个体生存和再生产的各种活动的总称”[③]，可分为三个层次：日常消费活动、日常交往活动和日常观念活动。日常生活的这三个层次，正是新写实小说对日常生活内容展示的主要范畴。新写实小说既展现了具有欲望需求的人的日常活动，同时也呈现了人与人的日常交往活动，从中折射出不少国人面对日常生活的传统观念，即“好死不如赖活着”。这也正是刘悦笛所总结的：日常生活“就是一日复一日的、普普通通的、个体享有的‘平日生活’。每个人都必定有每个人的日常生活，它是人们得以生存和消费的根本基础”[④]。

从上述关于日常生活及其审美化的理论探讨中不难发现，当代中国哲学是在受到西方日常生活及审美化理论的启发下，开始持续关注“日常生活”和“生活世界”，并以此透视当代生活的深刻性的。正是基于中国哲学和文学界对“日常生活”的理论与实践的双重关注，在20世纪80年代后期到90年代，中国社会才逐渐兴起了日常生活审美化的思潮。当市场经济迅猛发展，消费性的大众文化排挤了传统的精英文化时，审美开始进入日常生活，日常生活审美化便出现了。当代世界的产业结构在20世纪末发生了深刻的变化，服务产业、文化产业、休闲娱乐产业在经济结构中的比重越来越大，与此同时，大众传播方式迅速发展与普及，文化的市场化与商业化程度日益加深。按照本·海默尔的说法，日常生活“指的是那些人们司空见惯、反反复复出现的行为，那些游客熙攘、摩肩接踵的旅途，那些人口稠密的空间，它们实际上构成了一天又一天（但是并不对它们作出判断）。这是和我们最为切近的那道风景，我们随时可以触摸、遭遇到的世界”[⑤]。

---

① 格罗瑙．趣味社会学[M]．向建华，译．南京：南京大学出版社，2002：199.

② 赫勒．日常生活[M]．衣俊卿，译．重庆：重庆出版社，2010.

③ 衣俊卿．回归生活世界的文化哲学[M]．哈尔滨：黑龙江人民出版社，2000：191.

④ 刘悦笛．“生活美学”的兴起与康德美学的黄昏[J]．文艺争鸣，2010（5）：18.

⑤ 海默尔．日常生活与文化理论导论[M]．王志宏，译．北京：商务印书馆，2008：4-5.

从 20 世纪 80 年代后期到 90 年代的中国文学发展来看，日常生活审美化思潮具有两大鲜明特征。其一，日常生活审美化思潮的理论基础是后现代主义和实用主义，它的出现是对现代主义文艺思潮的一种反抗或矫正，其中包含了历史的合理性因素。其二，日常生活审美化思潮从本质上来说是崇尚形而下的，它否认审美的自律性和超越性，因而屡遭诟病。但其实这二者要结合起来看，正如列斐伏尔指出的："在日常生活这个层次上，我们可以观察到最实在的辩证运动：需要和欲望，愉悦和不愉悦，满足和需要（或挫折），实在和空空如也，工作和非工作。日常生活既有机械意义上的循环部分，也有创造性的部分，两个部分在一个永远不断激活的回路里，以只有辩证的分析可以觉察到的方式纠缠在一起。"①也就是说，在列斐伏尔的辩证观念里，日常生活有机械琐碎的一面，但在其中也能生发出生活的可能性和希望。具体而言，这一思潮具有以下几个主要特点。

第一，日常生活审美化思潮的发展，促进了美和艺术回归大众，进入日常生活。这无疑可以充分激发大众的审美创造性，既让日常生活具有审美的品格，又可以提升日常生活的内涵，从而大大减轻日常生活的压抑和枯燥。早在 20 世纪 50 年代末，西方美术界就曾兴起"生活派"艺术家。他们秉承"艺术与生活无界限"的美学理念，注重日常生活的所有细节中可能蕴含的艺术成分，并对此进行挖掘。他们认为："生活中的一切就是最好的艺术品，街头噪声是最好的音乐，宇宙飞船与地面的通话胜似贝多芬的乐章，俯拾皆是的生活用品和垃圾箱中的破烂含有最高的审美价值。"②而体现在新写实小说中，普通人的精神面貌较之以往的作品发生了根本的变化。日常生活中的普通人尽管具有平庸世俗的一面，但因为对日常生活的认真对待和勉力经营，他们的生命轨迹和存在价值都前所未有地得到了挖掘。对于普通人的个人感觉、美感体验、日常行动等的描写，可以说唤醒了长期以来被忽略的生活本相。以刘恒、刘震云、方方等作家的创作为例，他们直接把目光投向下层民众，将日常生活中的普通人的苦难历程与精神轨迹作为作品的主要内容加以表现。一方面还原了普通人作为"人"的庸常性，另一方面则传达了一种民间立场，即对自由和原始欲望的肯定。这也正是民间所代表的社会中下层人的价值追求，是日常生活中芸芸众生的价值追求。因此，尽管这些小说"大多表现的是底层百姓无序而又无奈的生活境况，呈现出日常生活的灰色调，但它从缭乱的日常内部揭示了生命在感性层面上的丰茂与芜杂，也突出了日常生活对于个体生存的绝对意义"③。

第二，当工具理性日益超出科学技术领域，在日常生活的各个方面疯狂泛滥时，生活原本的充实和丰富被无情抹杀，日常生活因而变得机械、单调、空洞和重复。列斐伏尔等人所开启的日常生活批判，恰恰要通过对日常生活的审美再造，完成对生活本身的超越。特别是后现代主义认同感性的力量，主张打破艺术与生活的边界，推动审美的娱乐化，促进日常生活的审美化。因此，日常生活的审美化可以满足人的消费性的感性欲

① 列斐伏尔. 日常生活批判：第 2 卷 [M]. 叶齐茂，倪晓晖，译. 北京：社会科学文献出版社，2018：274.
② 邵大箴. 当代国外文艺思潮与我国美术创作 [J]. 当代文艺思潮，1982（2）：122.
③ 洪治纲. 论日常生活诗学的重构 [J]. 文学评论，2018（4）：135.

望和快感，从而缓解理性对人的压抑，发挥文学的审美疏导功能。因此，新写实小说的崛起有力地证实了日常生活审美化的人文价值。

以往文学作品中的日常生活，不过是作为革命斗争场面的陪衬场景，日常生活中的普通人也不过是为了衬托英雄人物的崇高和伟大。即便到了20世纪80年代前期，文学对日常生活中普通人的个体追求或多或少还保留着对“崇高”与“理想”的追求。新写实小说则开掘了普通人在日常生活中各个层面所体现的生命价值。它从普通人的个性特征、情感世界、生理需求和身体感觉等诸多方面，大大拓展了文学关于普通人的表现范围。诚如李小娟所言：“面对日常生活，‘新写实’呈现了理想性与现实性两种不同状况，可以从中发现当今知识分子对世纪初以来的精英传统作痛彻反省和对市民社会作浪漫畅想的姿态，以及他们面对日常生活所具有的不同价值取向及其背后深厚的文化缘由。”①与此同时，作为一种文艺思潮，其始终贯穿了普通人是日常生活的主角这一创作思想，从而体现出当代文学对“人”在观念上的实质改变和重新定位。如池莉所说：“在我的作品里头，有一根脊梁是不变的，那就是对于中国人真实生命状态的关注与表达。”②

第三，作为生命存在的实体，身体美学与生存美学有着密切的关系，因而也必然与日常生活审美化产生关联。日常生活审美化“反映了后期现代社会大众文化繁荣的历史状况，因此它对审美的身体性和感性快乐的强调，也有某种历史合理性。身体美学批判了传统意识美学对身体性的忽视，强调了审美的身心合一性，这是值得肯定的”③。

新写实小说生动地呈现了饮食男女的身体本能需求，以基本认同世俗现实的创作态度，如实表现中国普通百姓最基本的生活方式和最纯粹的生活观念。其中一些作品如《伏羲伏羲》对身体、欲望的大胆描写，更是颠覆了传统的伦理道德观，突破了传统的文学审美风格。在传统语境中，身体是一个尴尬的词语。作为人的实际载体，它却始终被置于精神的对立面而被忽视，“灵之高贵、肉之低俗”的立场直到今天仍被一些人奉行。由于身体的需求强调的多是肉体的欲望，因此身体还被视为罪恶的渊薮。然而，在日常生活审美化的思潮中，小说不再回避粗俗、猥琐的场面描写，用艺术细节展现了大量看起来鄙陋但又闪现真实光芒的细节。如《风景》中的一家人在贫困、逼仄的日常生活环境中斗殴、偷情，血腥场面和粗鄙语言不少，但在生活实录当中隐含着对父亲、七哥乃至社会的审视和反思。

第四，以后现代主义为根基的日常生活审美化，试图以多元平等的绝对相对主义的审美观和审美的日常世俗化重新建立审美与生活的联系，却加重了审美的商品化、浅薄、犬儒主义和虚伪主义。正如德国后现代美学家韦尔施认为的，在表面的审美化中，一统天下的是最肤浅的审美价值：不计目的的快感娱乐和享受。④因此，日常生活审美

① 李小娟．世纪之交中国的日常生活批判理论[J]．求是学刊，2005（6）：25.
② 赵艳，池莉．敬畏个体生命的存在状态：池莉访谈录[J]．小说评论，2003（1）：37.
③ 杨春时．“日常生活美学”批判与“超越性美学”重建[J]．吉林大学社会科学学报，2010，50（1）：100.
④ 陈小碧．“生活政治”和“微观权力”的浮现：论日常生活与新写实小说的政治性[J]．文学评论，2010（5）：47-51.

化现象中涌现的消费主义意识形态的泛滥值得警惕。将审美主义推向广泛而平庸的日常生活，势必以泛化“美”的消费文化替代了审美，因此日常生活审美化必然与文化消费主义发生关系。韦恩·布斯在《小说修辞学》中谈道：“只有在指导写作畅销书的手册中，我们才会看到非常直率的建议，就是作家应该顾及读者，并根据读者的意见来写作。严肃作家中流行的一般态度，就是将任何明显的对读者的顾及，看作是艺术本来光洁面孔上的污点。”①也就是说传统的严肃文学创作是不考虑读者、销量的。然而，在消费文化的影响下，日常生活书写在与影视联姻之后，更为考虑大众的审美趣味。作为池莉小说的责任编辑的林金荣曾说：“她与其他一些严肃作家的区别是，她格外看重读者，或许这种意识奠定了她的小说得以畅销的基础。……有太多的人认可池莉的一针见血，他们说‘池莉写的就是我’，这样的阅读让人产生复杂的感受，轻松愉快伴着心痛或心酸或怅然若失或沉思良久，让人把过去的生活重新想一遍，让人在很长一段时间里忘不掉它。”②而刘恒 1997 年发表的小说《贫嘴张大民的幸福生活》很快被改编为同名电视剧，导演说：“张大民作为一个普通人，他非常现实地去面对生活中各种各样的困境和尴尬……张大民能够和所有人一起共存，这是他的特点。所以说，现在的观众是需要英雄呢？还是需要和自己一起共存的人呢？”③由此可见，日常生活审美化思潮之所以能在大众消费文化浪潮中产生如此广泛的影响，是因为充分照顾到了大众读者的审美心理与接受趣味。

对于 20 世纪 90 年代蔚为大观的日常生活审美化思潮，国内理论界曾在 2003 年到 2005 年间掀起热烈的讨论。对这场激烈的论争，戴毅华进行了综合性的分析概括，并指出其中存在的主要问题：“第一，机械地在西方所谓的美学‘理论’概念中寻找根据，如审美无功利（食利性）、艺术的死亡或终结等等，但多数人缺乏对这些概念发生、发展、变化的历史把握，从而引起了‘理论意义的误读’；第二，在虚幻的、貌似深邃的、不把读者搞晕不罢休的抽象‘理论’概念中旋转，虽有追求‘真正的审美并救赎无所适从的大众审美’的宏大愿望，但溢出的点滴高见却使人如同浓雾里看花，难解其意。这些都显出了学术研究表面化的浮躁弊端；第三，大多数批评或辩护者都表现出要争出一个是或非的勇气，似乎所争论的现象在理论上就应该是黑白分明的，因此，在表达观点的遣词用句方面也是经纬不容混淆，不料，争论了几年下来也没有说服对方，还是高建平最后一篇具有历史深度且白中有黑的‘灰’观点阐释平息了这场争论。”④

综上所述，日常生活审美化虽是一个宽泛的话题，但在新写实小说的推动下，最终形成了一股具有革命性意义的文学思潮，有效拓展了中国当代文学发展的审美空间，并使当代作家在重构人的生活的完整性上，在重建身与心、人与物的统一性上，有了更为全面和科学的理解。

---

① 布斯．小说修辞学 [M]. 付礼军，译．南宁：广西人民出版社，1987：98.

② 林金荣．池莉的小说为什么畅销 [N]. 大众科技报，1999-10-28.

③ 沈好放，吴冠平．显微镜下的生活：关于《贫嘴张大民的幸福生活》[J]．电影艺术，2000（3）：47.

④ 戴毅华．“日常生活审美化”学术争论的思想方法问题反思 [J]. 现代传播，2009（4）：151.

四、意义与局限

相比于之前的“寻根文学”和先锋文学，新写实小说和日常生活审美化思潮拥有大量的读者和广泛的社会影响。对物质化、欲望化生活状态的正面书写，充分体现了作家对于生活现实的正视，其意义主要体现在三个方面。

第一，日常生活审美化思潮彰显了感性化的诗学观念，有效弥补了当代文学一直以来强调生命的理性意义，追求史诗性写作的不足。将普通民众的日常生活状态正式作为文学的重点关注对象，意味着文学不再是政治的传声筒，或是道德的说教工具。一旦摆脱了“教化”与“拯救”的理性原则，面对生活的本真，文学毫无疑问地可以开掘出人类自我生命体验的崭新内涵。在此意义上，新写实小说“使生活现象本身成为写作的对象，作品不再去刻意追问生活究竟有什么意义，而关注于人的生存处境和生存方式，以及生存中感性和生理层次上更为基本的人性内容，其中强烈体现出一种中国文学过去少有的生存意识”①。由此，日常生活审美化思潮使当代小说创作突破了之前现实主义小说创作的盲区，极大地深化了现实主义文学的创作内涵，丰富了文学的表现对象，加深了人们对现实生活的理解和认识。正如李洁非等人所言：“古典哲学赋予历史的理性必然被超理性的过程随机性和可能性取而代之，‘崇高’赋予人的理想的自主性也被世俗生活中人的受动性取而代之。总之，人不再成为人的抽象理想，不再在身外寻找自己假定性的存在；也不存在一个彼岸世界和此岸世界的割裂对立，故而不必要为自己树立一种称为超人和英雄的目的性献身使命——人之成为人自身，成为是怎样就怎样的‘俗人’。”②

第二，对于世俗人生价值的理解与肯定。池莉称：“举目看看中国大地上的人流吧，绝大多数是‘印家厚’这样的普通人，我也是。我们普通人身上蕴藏着巨大的坚韧的生活力量。用‘我们不可能主宰生活中的一切，但将竭尽全力去做’的信条来面对烦恼，是一种达观而质朴的生活观，正是当今之世我们在贫穷落后之中要改善自己生活的一种民族性格，从许许多多的人身上我看到了这种性格，因此我赞美了它。”③在日常生活审美化思潮中，创作主体将自己的姿态放低，开辟了一种生活化而非理想化的路径书写现实。读者不需要作为思想启蒙或者被政治、文化教育的对象而阅读小说。与日常生活的和解是人之为人应该有的一面，对日常生活的忽视，实际上是对人大部分生命时间的忽视。因此，对日常生活的不尊重其实就是对人的不尊重。日常生活一定不是纯净无瑕的，否则日常生活就会陷入同质化的处境中。文学回归日常生活，可以提供对生活的更为丰富的理解和多样性的表达，从表现英雄、典型，表现变异和畸形的特例，转而关注到了真正活在现实中的人。

第三，隐含的社会与人性反思。较为出色的新写实小说虽然也写人的欲望和世俗生

① 陈思和．中国当代文学史教程 [M]. 上海：复旦大学出版社，1999：307.
② 李洁非，张陵．一九八五年中国小说思潮 [J]. 当代文艺思潮，1986（3）：61.
③ 池莉．也算一封回信 [J]. 中篇小说选刊，1988（4）：98-113.

活，但没有服膺于欲望本身，仍具有一定的思想冲击力。在新写实小说展示自然人性时，我们看到其呈现的“原生态”的生存场景背后是对这种原始的本能的人性、人的生存的深沉思索。表面上看，作家似乎有意地沉溺于世俗景象的复制过程之中，停留在人的生活琐事和日常行为之中，实际上，作家正是通过这种意义上的空缺，带给读者更为广泛的思索空间，因为琐碎之外再无问题，本身就是生活最大的问题。

例如《狗日的粮食》写一个相貌丑陋的农妇，其活着的目的就是吃饭。虽然作者冷静客观地铺叙生活情节，但从主题上看，人物将生存活动的全部意义和内涵落脚在生存的基本条件的保证上，实际上是人和社会的悲剧。在新写实小说中，作家们对权力的揭示，颇能体现日常生活的世俗化倾向对人本性的销蚀作用。如《一地鸡毛》中，小林面临着世俗社会的种种权力的考验：抄水表的老头有权对小林摆架子；幼儿园老师有权决定他的孩子能否入托；领导有权决定小林妻子能否成功调动工作；小林家的保姆有权不吃剩菜……于是在权力形成的社会结构中，小林也学会了利用手中的权力，在帮抄水表的老头解决了一个批文后接受了一台微波炉的贿赂。小说写道：“小林吃着白薯也很高兴。这时也得到一个启示，看来改变生活也不是没有可能，只要加入其中就行了。”由此可以看出作者隐含的反思意识，即世俗社会的权力运作以强有力的姿态改变了原本痛恨手执权力欺压良善的小林的内心，催生了人性的腐化与堕落。

此外，在新写实作家的启发下，20 世纪 90 年代文学关于日常生活的书写蔚为大观。日常生活审美化思潮启迪了一批新生代或称晚生代作家进一步自由探索，并正面书写日常生活中的凡俗欲望，何顿、邱华栋、朱文等一批作家在自由主义思潮的加持下，形塑出个人化写作的文学史景观。然而，日常生活审美化思潮对日常生活叙事的执着，一旦到了某种沉迷的程度，也就会形成审美上的局限性。这主要表现在两个方面。

其一，理想主义的缺失和欲望的过度张扬。一方面，日常生活审美化思潮由于自觉地接受了社会“世俗化”的主流观念的影响，往往沉浸于个人琐事与日常叙事中难以自拔。正因为与日常生活过分贴近，所以作家丧失了观察生活的合适距离，造成了写作中缺乏必要的反省意识，只是一味地呈现个体生活。“小说中的人物不仅没有抵抗权力和反思权力的意识，反而孜孜不倦地处在施受权力的关系中，并自觉地接受社会主流观念对人的思想意识的影响和规训”①，因而直接导致了人物理想和崇高精神的失落以及精神世界的平庸、空洞与卑微。另一方面，日常生活审美化思潮容易引发俗世主义的膨胀和感官欲求的凸显，造成对个体欲望的迷恋性表现，从而导致某些形而下的文化趣味。

其二，迷恋个人经验造成审美经验褊狭。日常生活审美化思潮立足于普通个体的生存经验和存在境遇，注重物质性、身体性和体验性的审美表达，意在发掘日常生活的审美价值。但是，不少作品一味关注生活琐事，被日常生活本身的“非理性”形态拘囿，因而，作家的审美呈现出某种微观化、感官化倾向，反而遮蔽了人对生活中某些理性的价值追求。作家对日常生活的审美呈现是合法的、正当的，但容易流于基于人的生物性

① 陈小碧．“生活政治”和“微观权力”的浮现：论日常生活与新写实小说的政治性 [J]. 文学评论，2010（5）：51.

本能而盲目接受生活中的不良现象。比如对于男人因为欲望而出轨的辩护，对于人因为物质而忽视情感的潜在认同，等等。人之为人，固然要尊重和享受生活，但人类文明社会又需要某些必要的秩序、情感和精神的支撑。

思考题

1. 新写实小说在前后发展阶段有什么变化？请结合具体作家作品展开论述。
2. 日常生活审美化思潮的意义是什么？请结合具体作家作品展开论述。

参考答案

文献索引

张学军.新写实小说再评价[J].山东大学学报（哲学社会科学版），1996（2）：52-59.

周宪.审美现代性与日常生活批判[J].哲学研究，2000（11）：63-71.

安斌."匮乏"与日常生活的"意义"展开：对"新写实"小说的一项简略考察[J].南方文坛，2016（4）：86-92.

关峰.中国现当代文学的日常生活诗学论略[J].江海学刊，2017（6）：198-203.

孟远.新写实小说研究资料[M].南昌：百花洲文艺出版社，2018.

第十讲

反抗精神侏儒化的人文主义思潮

一、背景：知识精英的思想退化

从社会文化的发展来看，20 世纪 90 年代是一个众声喧哗的时代，其文化格局远比 80 年代更为多元和复杂。这种变化主要来自两个方面：一是全球性的政治秩序发生了巨大变动，苏联解体，冷战结束，意识形态的对峙逐渐趋弱；二是随着中国市场经济的发展，主流文化开始分散，呈现出多元而又无序的状态，精英意识与世俗文化交织在一起，相互对抗又彼此融会，种种话语和思潮此起彼伏，让人眼花缭乱，莫衷一是。

从 1993 年到 1995 年，中国知识界发生的“人文精神大讨论”，称得上是 20 世纪 90 年代第一波最具冲击力的人文主义思潮。它的勃发既有市场经济发展的必然性，也与 20 世纪 80 年代文化精英和知识分子的身份、地位变化有着紧密的关系。中国的现代知识分子继承了“士不可以不弘毅，任重而道远”[①]的传统品格。他们“先天下之忧而忧，后天下之乐而乐”，在国家和民族的发展中自觉地承担起了历史的使命。同时，西方的启蒙理念又使他们形成了启迪民众、激发智性的观念和责任感，中外两种资源共同熔铸成中国现代知识分子特有的新型人格。在 20 世纪 80 年代，他们对中国的未来充满期待，渴望建立起一个现代文明的国家。他们为乌托邦理想所召唤，积极地参与思想解放运动，从真理标准大讨论、人道主义与异化，到现代化与现代主义、传统文化与现代文明等主题的探索，都显示出他们在剧烈变动的全球化进程中作为“第三世界”国家精英主体的焦虑与期待。

文化精英们在精神道义上所具有的号召力与感染力，在 20 世纪 80 年代的文学中体现得尤为明显。这一时期的文学从“文革”时期的“阶级斗争”中挣脱出来，为“人”“个体”“主体”等现代性价值提供了新的载体，重新接续上了“五四”新文化运动未完结的启蒙主题，最大程度地满足了社会和读者对于文学所寄予的新期待。像在“伤痕文学”“反思文学”“改革文学”的背后，都体现了人们对于历史的思考、反省、清理与现代化建构的热望。

然而，历史的发展表明，知识分子的乌托邦想象和现实之间出现了巨大的落差。理想主义和乐观主义的社会建设难以落实，现代性方案作为“历史进化论”的合法性受到质疑。当知识分子发现自己苦心经营的“理想国”被宣告破产之后，他们曾经高涨的思想活力、建构热情和实践动力都遭受到了严酷的摧残和打击。他们的理想从高空坠落，

① 杨伯峻译注 . 论语 · 泰伯篇 [M]. 北京：中华书局，2012：92.

化为乌有，甚至被证明是历史的反讽性寓言。在这种形势下，一种犬儒主义的倦怠感、萎靡感和颓败感不可遏止地在知识分子中弥漫开来。在 1993 年出版的《废都》中，贾平凹描绘了以作家庄之蝶为代表的人文知识分子精神堕落的景象，传达出世纪末的苍凉和颓废情绪，恰恰隐含了经历了某种历史“终结”后的知识分子在灰茫颓丧中无路前行的真实景象。

1992 年邓小平南方谈话后，中国的经济真正进入了市场化的发展阶段，随之而来的是市场经济机制走向成熟，消费主义成为社会的主流，世俗化观念取代了 20 世纪 80 年代的人文主义和理想主义。启蒙之后的民众有了自己的价值认知，不再听命于知识精英的指令。这本是知识分子参与现代化和思想文化建设的题中之义，但当它们真正实现时，当初的提倡者和实践者却被无情地拒之门外。知识分子被自己创造的历史放逐了。

因此，到了 20 世纪 90 年代，精英文化和文化精英走向衰微，英雄主义渐趋衰微。从 1993 年开始，知识分子提出了人文主义或曰“人文精神”的概念，他们结合 80 年代以来的文化变迁对这一命题进行了多角度和多层面的阐述，使之最终发展成为席卷文学、文化、精神、道德、伦理等领域的重要的人文主义思潮。考虑到 90 年代经济发展和世俗社会对于知识界的侵蚀，这场大讨论“未始不可以说是人文知识分子对于自己的边缘化处境的一种抗拒”[①]。不过，这种“抗拒”最终因为“人文精神”概念的模糊、观念的偏颇、逻辑的裂隙和大众文化的来袭等多方面因素而未能达到其目的。

二、人文精神大讨论的过程

人文主义思潮不同于传统意义上以写作风格为标志的思潮，它有着鲜明的社会化、思想化和文化化的特征。作为这一思潮的重要组成部分，人文精神大讨论一开始就将“人文”当作特定的理论话题和关键词，引发了知识界的强烈争议。这场大讨论持续的时间虽然不长，但各方意见鲜明，交锋激烈，一些论点成为 20 世纪 90 年代的重要论题。结合人文精神大讨论的历时性发展和主要论点，我们可以将这一思潮分为三个发展阶段。

（一）开始阶段

1993 年，《上海文学》第 6 期发表了《旷野上的废墟——文学和人文精神的危机》，记录了华东师范大学中文系教授王晓明和博士生徐麟、张宏、崔宜明以及硕士生张柠之间的对话。90 年代初，市场经济浪潮深入中国各个领域，一时间，文人开公司，知识分子经商，作家加入以赚钱为目的的商业化写作，这些现象引起了知识分子内部的热议。《上海文学》设有《批评家俱乐部》栏目，邀请学者和批评家轮流主持，第一期的主持人就是王晓明，由他组织和主导了这场对话。《旷野上的废墟》一开始，王晓明指出“文学的危机”已经非常明显，他说：“今天的文学危机是一个触目的标志，不但标

① 陶东风. 当代中国文艺思潮与文化热点 [M]. 北京：北京大学出版社，2008：46.

志了公众文化素养的普遍下降，更标志着整整几代人精神素质的持续恶化。文学的危机实际上暴露了当代中国人人文精神的危机，整个社会对文学的冷淡，正从一个侧面证实了，我们已经对发展自己的精神生活丧失了兴趣。"①

王晓明谈到的情况，正是 20 世纪 90 年代中国经济发展带来的变化。市场经济的介入使得文学从中心"下降"到边缘，作家的地位一落千丈。在金钱成为重要甚至是唯一的衡量标准时，人们的关注重心自然也转移到了商业方面。相较于 80 年代文学占据社会文化中心的状况，这种变化的确让曾经的文化精英们反感和忧心。

《旷野上的废墟》对"文学危机"进行了两个层面的界定，"一是媚俗，一是自娱"，批判的对象主要是王朔和张艺谋。参与对话者认为，王朔的作品风格可以概括为"调侃"，这是一种"取消生存的任何严肃性，将人生化为轻松的一笑"的"无意志、无情感"状态。张艺谋的《大红灯笼高高挂》则大肆"渲染和玩味""中国文化最陈腐的东西"，以迎合西方观众，这些都是"时代人文精神日见萎缩的突出症状"，是"中国式的虚无主义"。参与者由此将讨论引向 20 世纪 80 年代后期的先锋小说，认为它们注重形式远胜于内容的游戏性叙事是一种"倒退"，这样的写作难以解决"灵魂救赎"的问题，导致"不仅读者不能从作品中获取精神能量，就是作者本人也会因精神颓废所带来的'如释重负'感的诱惑，而丧失精神的力度和自信心，最终无以抵挡来自外部世界的种种压力和诱惑"②，这是先锋小说的困境，也"较为集中地体现了整个社会人文精神的困境"。

《旷野上的废墟》最后以颇具修辞色彩的语言和洋溢的激情对"文学危机"的现状与前景进行了描述。参与者指出，人文精神的危机有两重，首先是我们正处于一个价值观念大转换的时代，"穷怕了的中国人纷纷扑向金钱，不少文化人则方寸大乱，一日三惊，再也没了敬业的心气、自尊的人格"；更内在的是，作为一个有着五千年历史的民族，没有诸如信仰、信念、世界意义、人生价值这些精神追求，是很难生存下去和富强起来的。因此，他们表示应当"正视危机，努力承担起危机"，在传统价值观念土崩瓦解之时，尽快"创造一个新的人文精神"。参与者一边伤感"今天的文化差不多是一片废墟"，一边以"殉道者"和"维持人文精神活力"的文化"敢死队"而自居。③《旷野上的废墟》提供了两个对照鲜明的景象：一方面是文化遭到严重的危机和颓势，另一方面是人文知识分子舍身保义的悲壮。后者是一种在道德上占据高位的姿态，它传达出文化精英在遭遇集体性的精神重创与身份的边缘化时激烈的反抗情绪和捍卫姿态。

如今重读《旷野上的废墟》，有两个问题值得注意。第一是"文学危机"和"人文精神的危机"之间的关系。在王晓明的表述里，文学 = 文化素养，文学的危机 = 精神素质的恶化 = 人文的危机，由此他对"整个社会"发出了精神沦丧的诘问。且不说概念的调换是否具有逻辑性和有效性，将文学的功能扩展到社会化的范畴，使其承担超出本体

① 王晓明，张宏，徐麟，等. 旷野上的废墟：文学和人文精神的危机 [J]. 上海文学，1993（6）：63-64.
② 按照参与对话者的意思，这里的"压力和诱惑"指的是"下海"。
③ 王晓明，张宏，徐麟，等. 旷野上的废墟：文学和人文精神的危机 [J]. 上海文学，1993（6）：63-71.

的意义和价值，这本身就是一种极端化思维。这种思维与 20 世纪 80 年代将文学中心化一样，都偏离了对文学本体的认知。从这点来看，“人文精神”一开始就是一个模糊不清、宽泛无边的概念，“人文精神的危机”也就成了一个缺乏核心指向的命题。第二，《旷野上的废墟》对王朔、张艺谋和先锋小说作家的批判是可以商榷的。从对王朔“媚俗”的定性可以看到，知识分子无意中流露出了“精英 / 大众”“启蒙 / 通俗”的二元对立态度。在他们看来，像张艺谋那样以“民族”和“东方”的“奇观”取悦西方，更是丧失了国家民族的尊严。对于在追求现代化过程中强化民族文化意识的人文知识分子来说，这比“媚俗”更令人深恶痛绝。今天来看，王朔、张艺谋等人的艺术尝试虽然有不尽如人意之处，但也有着重要的贡献。他们表现出来的共同特征，是不再追求文学艺术的形而上意义，而是以拼贴、断裂、戏仿、反讽等方式来质疑和逃离主流文学的桎梏，颠覆以社会功能为主导的文学观。这种深度消解和消解深度的叙事姿态正是 20 世纪 90 年代后现代主义文化的重要特征。

《旷野上的废墟》准确地捕捉到了时代急剧变动之下人们的精神危机问题，希冀在虚无主义、悲观主义和犬儒主义的浪潮下力挽狂澜，重新修复文化理想、人文精神、生存价值等价值理念。该文发表后，在全国引发了强烈反响，对话的参与者也收到了许多读者信件，各地报刊纷纷发文，由此开启了人文精神大讨论的序幕。

（二）发展阶段

人文精神大讨论最重要和最活跃的阶段是从 1994 年开始的。王晓明认为在这个阶段，《读书》起到了很大的促进作用。据他与陈思和的回忆，1994 年春天，在华东师范大学召开的文艺学学会年会上，上海的一批人文学者白天开会，晚上一起集中讨论共同关心的一些问题，比如市场经济对文化的冲击、文人下海、人文精神的缺失、人文精神的寻思和重建等。在讨论之前，王晓明给当时《读书》的主编沈昌文写信，请他支持。沈昌文和编辑吴彬来到上海，不过他们没有参加讨论，但表示可以进行连环式的讨论，在《读书》上发表。上海的学者分成几组，第一场讨论在陈思和的家里，参加者还有王晓明、张汝伦和朱学勤，以后几期由他们四个人再分头找人组织讨论，最后根据录音整理成文。[①]《读书》从 1994 年第 3 期到第 8 期以《人文精神寻思录》为题，连续刊发了来自上海的讨论文章，在全国人文领域引发了持续两年的讨论。《上海文学》《上海文化》《文汇报》《当代作家评论》《文艺争鸣》《作家报》《文学自由谈》《现代化》《中华读书报》《东方》《探索与争鸣》《现代与传统》等报刊纷纷加入讨论。一时间，南北文坛争说“人文精神”和“人文主义”，以它们为关键词引发的争论，也成为 20 世纪 90 年代前期思想界、文化界最热门和最富争议性的话题。

在如何对待“人文精神”的态度问题上，褒贬不一，赞成者和拥护者有之，反对和质疑也不乏其声。洪子诚认为文学的“转向”与精神的“溃败”有着密切关系，赞同提

① 陈思和，王晓明，张汝伦，等．人文精神再讨论（上）[N]. 东方早报，2012-05-27（B05）；罗四鸰．对精神滑坡的集体抗衡：陈思和答关于“人文精神大讨论”的若干问题 [N]. 文学报，2008-12-18（5）.

出当代文学中的"'理想'问题"①；孟繁华对"人文精神""价值重建"持理解态度，提出更为具体的"新理想主义"，即"在一种精神的烛照下，文学应当对人类的精神处境予以关切，并为解脱人类的精神困境投入真诚和热情，文学应当表达它对人类基本价值维护的愿望和义务，在文学的娱性功能之外，也以理想的精神给人类的心灵以慰藉和照耀"②；李天纲和高瑞泉认为工具理性急剧膨胀，压灭了价值理性，导致"现代人性迷惘、委琐"，提出"人文精神"应当像"灯塔"一样，让思想和理想像光一样存在着③。以张颐武为代表的反对声音，以激烈的解构姿态，批评人文精神的提倡者"通过玄想式的、神秘式的言语创造一套永恒的和绝对的'知识'"，"以专横的霸权姿态确立自己的话语权威"。④张颐武认为"人文精神"并非新的话语，只是对 80 年代"主体"论的重复，它以对真理优势的掌握彰显了"神圣"性和"无限的力量"。⑤这种质疑神圣、权威、"真理"、宏大叙事的姿态是后现代的，在这种视野里，提倡"人文精神"并非真的要建构公民的文化素养，而只是炮制新的话语权力。

在如何重建和实践"人文精神"的问题上，论者提出了种种方案。王一川提出"'人文精神'应当体现在追求人生意义的具体而客观的文化过程中"，知识分子应当主动改变"启蒙"立场，而代之以"沟通"姿态，以创生新的人文精神。⑥陈思和提出"知识分子的岗位意识"："它包括敬业精神，又不等同于敬业，还有知识分子对人文传统的寻求和继承。"⑦费振钟提出要"实践"，主要指"话语操作上的"的实践。⑧王晓明则具体地将实践性落实到个人身上："你只是以个人的身份去追寻，没有谁可以垄断这个追寻权和解释权。"⑨这些方案涉及理论和实践层面，可以说是人文精神大讨论中最具有行动力的指导性策略。在大讨论之后，王晓明从文学研究转向文化研究，正是对自己理解和坚持的人文主义精神的实践。

在这一阶段，中国人文知识分子提出的问题基本上涵盖了大讨论的各种重要论题。在观点的交流与碰撞中，这些论题涉及与历史遗留物的关系、与现实精神问题的联系等等。应该说，这些都是大讨论中最值得关注的部分。不过，由于这些讨论并没有真正落实到实践中，因此它们只是话语上的交锋，并没有发挥实际性的功能和作用。

（三）后期阶段

对于人文主义思潮中的诸多问题，各方知识分子意见并不一致。由于中间夹杂了个体对文学观、政治观等不同的看法，有些缘起于发展阶段的争论你来我往，胶着于话语

① 洪子诚．文学"转向"和精神"溃败"[M]// 孔范今，施战军．中国新时期文学思潮研究资料（下）．济南：山东文艺出版社，2006：77.

② 孟繁华．新理想主义与知识分子意识形态 [N]. 光明日报，1995-07-05（7）.

③ 王晓明．人文精神寻思录 [M]. 上海：文汇出版社，1996：41-42.

④ 张颐武．人文精神：最后的神话 [N]. 作家报，1995-05-06（3）.

⑤ 许明．人文精神：新世纪的希望 [N]. 作家报，1995-07-22（3）.

⑥ 王一川．从启蒙到沟通：90 年代审美文化与人文精神转化论纲 [J]. 文艺争鸣，1994（5）：33.

⑦ 许纪霖，陈思和，蔡翔，等．人文精神寻思录之三：道统、学统与政统 [J]. 读书，1994（5）：50.

⑧ 吴炫，王干，费振钟，等．人文精神寻思录之三：我们需要怎样的人文精神 [J]. 读书，1994（6）：70.

⑨ 张汝伦，王晓明，朱学勤，等．人文精神寻思录之一：人文精神：是否可能和如何可能 [J]. 读书，1994（3）：8.

层面，有的一直延续到大讨论后期，因此也将之归入后期。

在这一阶段，主要有“二王”之争和“二张”共鸣。“二王”指的是王蒙和王彬彬之间的争论。早在王晓明等人提出“文学危机”说之前的1989年，电影界就有对于王朔“痞子电影”的定论。在90年代初期经过了王朔编剧的《渴望》《编辑部的故事》等影视热潮后，他作为大众文化的代言人这一身份已基本确立，他从市场角度出发对知识分子和文化、文学功能的界定引起了文坛中一些人的反感，因而受到了批评。1993年初，王蒙写下《躲避崇高》一文，嘲讽一些作家自视甚高的精英姿态，认为王朔以“亵渎神圣”撕破了“伪崇高”的假面具，肯定他“拼命躲避庄严、神圣、伟大也躲避他认为的酸溜溜的爱呀伤感呀什么的”文学有其存在的价值。①在人文精神大讨论中，针对《旷野上的废墟》等文章对王朔的批评，王蒙又写下了《人文精神问题偶感》，不同意“把人文精神神圣化与绝对化”，提出“应该承认人文精神的多元性与多层、多面性”。他认为“调侃文学”和“痞子文学”里面也有“人文精神”，对王朔的“宽容”本身就是“人文精神”的体现。②

王蒙为王朔的辩护在文化精英中间引起了不小的反响，最有代表性的是王彬彬的反驳文章《过于聪明的中国作家》，他将王蒙、萧乾、王朔称为持“保命哲学”、圆滑世故的“聪明的作家”，导致了中国文学的无大出息和大格局。同时，他表示赞成像鲁迅、吕荧那样的“不聪明”，一种不识时务、绝不妥协的精神。③王彬彬的极端化态度引来被批判者的反馈。萧乾以《聪明人写的聪明文章》辨明特定历史时代的政治背景，说明他提倡“至少不说假话”的含义。王蒙写下了《黑马与黑驹》《选择活法的可能性》等文，反驳王彬彬那种“或者是烈士，或者是叛徒”的二元判断方法，一再强调“宽容”的态度，指出应当告别“急切地与简单解决一切问题的心态”。④从王蒙的文章中可以看到，他并非完全赞同王朔的文学立场，而是将之作为论证材料和辩驳依据，立足于特定的历史记忆和政治情结，对以精英化、中心化和唯一化为特点的人文精神大讨论的姿态持警惕态度。在王蒙发表文章之后，王彬彬索性以“黑驹斋”自许，以更激烈的言辞进行反驳。“二王”之争引发了其他文坛中人或肯定或批判的回应。刘心武支持王蒙，发文劝告“某些年轻人不要重蹈高长虹的覆辙，以骂名人成名”⑤。王彬彬对刘心武进行批驳。张扬和曾任《高长虹文集》执行编委的董大中在《中华读书报》上发表文章，批评刘心武不应该如此对待敢于“犯上”的年轻人。

与“二王”之争传递出不同的立场、态度和价值观相比，“二张”（张承志、张炜）的共鸣主要集中于“道德理想主义”这一论题。从1993年开始，张承志先后发表了《以笔为旗》《撕名片的方法》等文章，张炜发表了《抵抗的习惯》《忧愤的归途》《独

① 王蒙 . 躲避崇高 [J]. 读书，1993（1）：12.

② 王蒙 . 人文精神问题偶感 [J]. 东方，1994（5）：46–50.

③ 王彬彬 . 过于聪明的中国作家 [J]. 文艺争鸣，1994（6）：65–68.

④ 王蒙 . 黑马与黑驹 [M]// 王蒙 . 王蒙文存（十五）. 北京：人民文学出版社，2003：428–429；王蒙 . 选择活法的可能性 [J]. 读书，1995（6）：153–154.

⑤ 刘心武 . 长虹的湮灭 [M]// 丁冬，孙珉 . 世纪之交的冲撞：王蒙现象争鸣录 . 北京：光明日报出版社，1995：411–414.

语》《夜思》等。在这些文章中，他们表现出的共同点是以“战士”的姿态对人文精神的失落表达强烈的不满和抗议。他们鄙视世俗生活的藏污纳垢，执着于追求精神主义，张扬起道德、理想、信仰等“清洁的精神”。围绕“二张”提出的“道德理想主义”，李锐和韩少功进行了呼应。1995 年，萧夏林主编“抵抗投降书系”，收入张承志的《无援的思想——张承志卷》和张炜的《忧愤的归途——张炜卷》。萧夏林将“二张”等人称为“当代文学英雄”和“屈原鲁迅的承继者”，认为他们的行为是“举起‘抗战文学’的大旗，直面文坛和时代的黑暗，用匕首投枪，抨击文坛的背叛和堕落，呼唤正义和真理，理想和信仰，呼唤苦难的文学，血和泪的文学”，对此持高度的敬意。[①]不过，“二张”的激进态度也引来了知识分子内部的不同声音。许纪霖等人对“道德理想主义”提出批评，认为张承志和张炜“自信地拥有资格充当道德的仲裁者，将他人押上道德的法庭，动以私刑，加以拷问”[②]，这种压倒是非和真理的态度必然导致严重的社会后果，对他人产生影响。1995 年下半年，在大讨论渐近平息时，王朔发表文章，将王彬彬、张承志、张炜等人放在一起批评[③]，让“二王”之争和关于“道德理想主义”的问题再起波澜。

不过，至此为止，人文精神大讨论的主要论点和立场态度都已经浮出水面，争论接近尾声，所以王朔的“反批评”并未引起强烈回应。1996 年，王晓明在上海编辑了《人文精神寻思录》(文汇出版社)，丁东在北京选编了《人文精神讨论文选》(光明日报出版社)，对大讨论进行了总结和思考，这两本文集的出版也宣告了大讨论正式结束。

三、人文精神大讨论的内在诉求

作为人文主义思潮的重要组成部分，人文精神大讨论历时不长，但它的影响却是深远的。它的形成有着深刻的社会原因和历史发展的必然性，同时，它也是知识界在 20 世纪 80 年代“文化共同体”失效之后的一次集体反馈。知识精英意识到自己丧失了文化领导权和话语主导权，内部的分化不可避免，这是他们从思想和文化领域退场时的最后一次悲壮出演。人文精神大讨论体现了中国 20 世纪 90 年代社会变革时期知识分子对于历史、现实和未来的展望与忧思，它的内在诉求主要体现在以下几个方面。

第一，它折射了社会转型时期的人文主义诉求。

这次大讨论发生在 20 世纪 90 年代初期，这是中国由计划经济向市场经济全面转型的时期。经济秩序的变化带来了人们生活理念和身份认知的变化，80 年代的“唯文化(文学)中心论”逐渐失效，作家、艺术家、知识分子纷纷“下海”。即使不开公司，作家也开始有了版权和稿费的意识。在王朔参与创办的时事文化咨询公司的业务里，有专门为作家提供版权的服务，王安忆、刘震云、史铁生、余华、苏童、格非、朱

① 萧夏林 . 时代的哀痛者和幸福者：写在《抵抗投降书系》的前面 [J]. 东方文化，1995(5)：12-13.

② 许纪霖 . 也谈诗人的愤怒 [N]. 文汇报，1994-08-07(7).

③ 王朔 . 读书人王朔说文坛风云 [N]. 北京青年报，1995-08-26(4).

苏进、莫言、林白、叶兆言、范小青等人都与公司签了稿约。① “布老虎”丛书、移民文学、影视文学、通俗文学、畅销小说等热潮，也说明文学市场的规则正在发生深刻的变化，文学的主题和题材、作品的艺术风格、作家的身份定位都受到了剧烈的冲击。

随着经济的发展，一个更加重视现实伦理、金钱至上的社会开始成形。从一个以理想化和文化为中心的时代一步跨入经济化时代，中间没有过渡，加之中国的传统文化一向宣扬“入世”和“实用主义”价值观，因此，对于中国人来说，精神的危机和价值的失落来得猝不及防：“在意义丧失的深远背景下，我们已经因民族复兴富国强民的追求去挤压终极关怀，工具理性膨胀得丢弃价值理性；再来一个消费主义、享乐主义的冲击，对当代人文精神不啻是雪上加霜。”② 在既无宗教信仰又失去 20 世纪 80 年代文化理想作为支撑的情况下，中国人的精神天平开始失衡。

知识分子注意到了这种危险的精神状况，在以天下为己任的责任感和使命感驱使之下，他们认为理应对此发言，努力挽回或重建新的人文精神。无论是王晓明等人对“文学危机”的忧虑，王岳川、陶东风、孟繁华等人提出的新概念，还是“二王”“二张”争论中对形而上道德价值观的护卫，都彰显了知识分子这一急迫的内在诉求，他们将“人文精神”视为“对抗市场与物质主义带来消极影响的解毒剂”。③ 那么，这种人文主义诉求到底应以何种形式出现，知识分子并没有提出新的建构模式，而是沿用了 20 世纪 80 年代的精英主义思维方式，将“人文”等同于文化和文学素养，倾向于建立深层次的人文精神作为支撑。模糊化和泛化的讨论，加上一些参与者的流于感性和情绪宣泄，使得人文诉求最终并未建立起来。这一失败也传递出一个警示：将 80 年代“不变”的人文结构和理想期待直接嵌入 90 年代“多变”的文化语境，这种做法本身就缺乏对现实的基本认知，这种不对称介入导致的失效正是时代逻辑不断发展的必然结果。

第二，它反映了知识分子启蒙话语的转型要求。

人文主义思潮的内在核心之一是“启蒙”。在中国当代文学史上，启蒙话语是在“文革”结束之后重新开启的，当人们从“阶级斗争”的束缚中挣脱出来、重新思考和审视“个人”“人”“主体”的价值时，发现社会需要启蒙，需要文化精英的呐喊与书写，以矫正过去时代对人性的扭曲。1978 年下半年，随着真理标准的讨论和思想解放运动的展开，中国历史上再次掀起了启蒙思潮。与“五四”新文化运动一样，20 世纪 80 年代的文学，承担了启蒙民众的重要功能，这一时期的小说主题基本上都是以“人”“人道主义”为话语核心，是“启蒙叙事”在不同层面上的展开。戴厚英在《人啊！人》和《诗人之死》中，以对“人”的书写重新接通了启蒙主义话语：“我写人的血迹和泪痕，写被扭曲了的灵魂的痛苦的呻吟，写在黑暗中爆出的心灵的火花。我大声疾呼‘魂兮归来’，无限欣喜地记录人性的复苏。”④ 在这种对历史和人的命运具有高度

① 李天 . 王安忆等与王朔公司签约 [N]. 新民晚报，1994-09-19（14）.
② 高瑞泉，袁进，张汝伦，等 . 人文精神寻踪 [J]. 读书，1994（4）：81.
③ 许明 . 人文精神：新世纪的希望 [N]. 作家报，1995-07-22（3）.
④ 戴厚英 . 人啊，人！ [M]. 广州：广东人民出版社，1980：353.

把控性的叙事里，隐含着典型的“启蒙／被启蒙”的关系模式。

这种关系模式来自“知识分子”这一概念超越世俗的精神内涵。在对政治化和社会化的主题进行“诊断式”书写时，知识分子不自觉地将救治“天下”视为自己与生俱来的职责，同时也不可避免地产生了“知识／权力”共生的现象。在人文精神大讨论中，知识分子意识到时代环境变化下人文精神的失落，提出“文学的危机”“文化素养的危机”，以不容置疑的精英主义和启蒙者姿态批判他者，排除异己。不过，这种姿态并非一成不变。知识分子内部的分化渐渐浮出水面。一些人表达了不同的态度和看法，不再坚持向着公众的启蒙姿态，转而对自身所属的知识分子群体的思想进行了清理和反省。许纪霖将20世纪80年代和90年代的文化语境进行对比，认为知识分子从树立起匡时济世的使命感到遭遇世俗观念的颠覆和嘲讽，他们的“精英意识”发生了变化：“八十年代的知识分子是从强调精英意识开始觉悟的，而到了九十年代，又恰恰是从追问知识分子精英意识的虚妄性重新自我定位。”他认为这是一种知识分子精英意识的“惶恐”。①王一川则在两个时代的对比中看到了“启蒙精神”的衰落。他指出，从20世纪80年代到90年代，审美文化发生了巨大变化，“从纯审美到泛审美、精英到大众、一体化到分流互渗、悲剧性到喜剧性以及单语独白到杂语喧哗”。随着这一变化，知识分子与大众之间的关系也变了。如果说在过去，两者之间是启蒙与被启蒙的关系的话，到了新的时代，大众已获得了充分的自信，拒绝导师的教诲，不再需要启蒙；反之，文化精英则丧失了启蒙大众的能力和自信，“从而导致启蒙精神的必然衰落”。②这种论断有其合理性和思辨性，但忽略了一个问题，那就是在任何一个时代，启蒙都有存在的必然性。问题是：启蒙的对象是谁？启蒙的价值维度是什么？

针对这些问题，王岳川和陶东风提出了“新启蒙与新理想”的构想，认为中国社会已经由“政治乌托邦”转向了“金钱乌托邦”，“精神的沉重”也被置换为“肉身的沉重”。他们所定义的“新启蒙”在对象上发生了变化，它指的是知识分子在“破除‘去启他人之蒙’这一教主心态之后的‘自我启蒙’”，这是“思维方式的转型”；所谓“新理想”，指的是“在旧理想主义失败时的思想困倦和生锈的时候对理想精神的全新吁请”，这是“价值观念的转型”。他们还提出“新启蒙”与“新理想”不应该停留于口号，而要成为“当代精神人格的健全的践行活动”。③从启蒙他人到自我启蒙，这一转型体现出知识分子对启蒙话语的全新认知，这也是构建20世纪90年代知识分子思想实践的重要理念。王晓明在为大讨论进行总结时，调整了他的文化精英导师姿态和判断方式。他指出，大讨论是一种“深切的反省”，可以视为“知识分子的自我诘问和自我清理”和“自救行为”。④陈思和也表达了类似的观点，他说：“这是一次知识分子的自我反省，是知识分子对新时代精神滑坡的集体抗衡”，从中可以看到“知识分子自我调

① 许纪霖，陈思和，蔡翔，等．人文精神寻思录之三：道统、学统与政统[J]．读书，1994（5）：46.

② 王晓明．人文精神寻思录[M]．上海：文汇出版社，1996：211.

③ 王岳川．中国镜像：90年代文化研究[M]．北京：中央编译出版社，2001：108-113.

④ 王晓明．人文精神寻思录[M]．上海：文汇出版社，1996：272-273.

整与时代关系的努力”。[①]这一从知识分子自身出发进行的总结更为平实和具有说服力，也充分证实了“自我启蒙”的实践性和有效性。

第三，它凸显了“文化共同体”解体后的个体价值观。

在20世纪80年代，知识分子和大众在社会文化与理想诉求上，基本上是“一体化”的，他们对于中国的现代性发展和对未来的期待也是一致的，对于文化问题少有歧义。正因如此，知识分子在20世纪80年代提出的一系列命题，都能够在全社会引发具有共鸣性的文化或文学思潮。但是，到了20世纪90年代，在政治和经济的急剧变化下，这种“文化共同体”解体了，主流意识形态也面临着分散，集体化观念的土壤不复存在。

在以往关于人文精神大讨论的研究中，人们普遍视之为几乎是铁板一块的知识分子针对大众文化、世俗观念的一场思想“战斗”。这种认知先验地固化了研究对象的性质，而没有从内部进行细察。在大讨论中，知识分子都意识到时代的精神状况发生了变化，文学场和思想场正在分化和重组。不过，他们仍然保留了不少个人化的意见。在关于“人文精神”的概念、价值、取向和前景等问题上，有像张承志、张炜等这样持激烈道德立场和价值判断者，有像陈思和、张志忠这样的辩护派，有像洪子诚和陈晓明这样以学术讨论为主的温和派，也有像南帆、孟繁华这样的建设派，还有像张颐武这样以“后学”为理论依据的解构派。“这场讨论客观上成了中国大陆人文学者在思考世纪之交中国文化何去何从这一重大问题时，不同知识背景、思想方法的大展览、大碰撞。”[②]在大讨论中，参与者体现出来的是自身对于这一问题的价值观，这使得讨论呈现出多声部的特征。

当然，这里的“个体价值观”，除了指参与者的观点有差异之外，还有一个值得注意的“个体”问题，那就是在涉及如何重建和落实“人文精神”时，不少知识分子都提出应当承认“人”的差别，重视“个人”和“个体”的实践性。“一个普遍主义的人文原则，在实践中却必须是个体主义的。”那么，如何认识和完成这种实践性？参与者指出，“实践的个人性，指的是实践行为的实施及方式的个别性，即任何实践行为都必须由某人自己去做”。他们一再强调，“实践必须是个人的，这一方面意味着他有选择的自由，正是这种选择决定了他将成为什么样的人；另一方面也意味着他要对自己的行为负责，即他不能不面对超个人的社会公理的批判”。[③]这种在普遍性与个体性之间的张力认知是人文精神大讨论中极具价值的部分。它之所以重要，是因为它趋向于将大讨论从口号和理念落实到实践策略上，这不仅是知识分子对大众，同时是对自己如何实现“人文精神”的具体要求，也可以将之理解为知识分子启蒙话语转型后的自我完善方案。

---

① 罗四鸰．对精神滑坡的集体抗衡：陈思和答关于“人文精神大讨论”的若干问题[N]. 文学报，2008-12-18（5）.

② 程文超．反叛之路[M]. 广州：中山大学出版社，1999：35.

③ 张汝伦，王晓明，朱学勤，等．人文精神寻思录之一：人文精神：是否可能和如何可能[J]. 读书，1994（3）：10-12.

四、意义与局限

人文主义思潮的出发点是"人"，这也是人文精神大讨论的基础，争论的主体始终围绕着如何建立现代人的精神价值，如何建构现代人文理想等问题。人文精神大讨论以对人道主义、人文主义的探讨推进了 20 世纪 90 年代思想和文化的发展。今天来看，虽然在大讨论中出现了不少激愤之音和情绪化的宣泄，影响了讨论的人文性和有效性，但这一思潮对于中国当代文学和文化的发展来说，有着重要的意义。

首先，它是知识分子对精神侏儒化的重要反抗。20 世纪 90 年代之后，在金钱社会的重压之下，知识分子开始失去了位于社会和知识中心的优越感，在精神上逐渐走向犬儒化和侏儒化。与二十世纪五六十年代相比，知识分子精神力量的丧失不是来自外部的压迫，而是自我的放弃。对于一个国家和民族来说，这种情形是危险和可怕的。人文主义思潮就是在这一转型时期出现的，是 20 世纪 90 年代规模最大的一次思想和文化运动。这次讨论以知识界和文化界为平台，集中了全国最为活跃的学者群体，调动了大量文化和学术性报纸杂志，各方资源的叠加和组合放大了讨论的影响力。面对正在袭来的"金钱伦理"和"世俗社会"，知识分子对中国未来社会的人文景观进行了展望，希望通过建立精神的价值维度，尽可能避免或减少形而下的世俗观念对于人们生活的主宰力量。虽然这一诉求并未实现，但是，这至少显示了知识分子在精神危机来临时，能自觉地承担起社会文化和思想发展的职责。

其次，这次人文主义思潮加速了"道统"和"政统"的分离，将"学统"从 20 世纪 80 年代的社会功能中剥离出来，使其具有了更为纯粹的发展空间。在中国传统文化中，知识分子历来以"道统"事"政统"，其自我角色的定位是与社会权力密切相关的社会方案设计者、策划者，而在"学统"的建构上则相对处于弱势。"中国历史上既没有发展出具有责任伦理精神的独立政治传统，也没有发展出类似西方学者那样为学术而学术、为求知而求知的独立学统。"①这种情形，在 20 世纪 80 年代并未得到明显改善。知识分子经过角色和身份的调整，积极投身于现代性的国家建设之中，与意识形态之间形成了"共谋"和"合力"的关系。在人文精神大讨论中，知识分子意识到 20 世纪 80 年代并没有留下多少学术积累，他们开始转移注意力，淡化道统的意识形态色彩，将其转化为世俗化社会的精神维度。陈思和就坦言，这次讨论是"新中国成立以来知识分子第一次不依靠官方自己来发现问题讨论问题"②，这也可以说明大讨论对于政统是疏离的。大讨论不再强调文学和文化超出其本体功能的社会作用，而是力图让学术和人文超越政治的束缚。郜元宝指出，对于当代的中国学人来说，"学统大概是最重要的、最贴近的"，应当"先要强化我们的学统"。③可以说，人文主义思潮部分地完成了这一任务，为中国学人的"学统"建构提供了重要的参照。

---

① 许纪霖，陈思和，蔡翔，等 . 人文精神寻思录之三：道统、学统与政统 [J]. 读书，1994（5）：48.
② 罗四鸰 . 对精神滑坡的集体抗衡：陈思和答关于"人文精神大讨论"的若干问题 [N]. 文学报，2008-12-18（5）.
③ 许纪霖，陈思和，蔡翔，等 . 人文精神寻思录之三：道统、学统与政统 [J]. 读书，1994（5）：51.

但是，从20世纪90年代以来的社会发展来看，这一思潮也有其局限性。

其一，概念的界定和厘清之难，导致这一思潮在现实层面上未能发挥重要作用。关于什么是“人文精神”的问题，参与者提出了一些说法，但总体来说并没有从边界、内涵和指向上进行清晰的定义。在给日本学者坂井洋史的信中，陈思和认为对于这个概念，“只要不是装糊涂，身处其文化环境中的人大概都会明白我们倡导的人文精神是什么”。他将其理解为“一种人所以为人的精神，一种对于人类发展前景的真诚关怀，一种作为知识分子对自身所能承担的社会责任与专业岗位如何结合的总体思考”。[①]张汝伦结合自己的哲学专业，指出“智慧与终极关怀构成了哲学真理的主要特征和内涵，体现的则是所谓的人文精神。实际上人文精神是一切人文学术的内在基础和根据”[②]。有论者引入“文人精神”来谈“人文精神”[③]，或从“知识”“叙事”角度来谈论[④]，或将之理解为“立于现实去追求理想”[⑤]等等。综而观之，在不少论者的阐述中，“人文精神”与“人”的生存意义、人类命运的思考、“终极关怀”“终极价值”“道德价值”等概念基本同义，概念的内涵指向十分模糊。

概念的界定是人文精神大讨论中最令人诟病的问题之一。它直接导致了无法弥合的逻辑裂隙和不少无效争论，使得大讨论最终陷于凌空蹈虚的窠臼，缺乏现实性的维度，既无法结合制度层面对“人”的精神境况加以调整和改造，也没能将人文素养的提升真正落实到具体的实践中。林贤治曾指出，“应该把它放大到政治制度、社会制度以至我们生存、生产和生活的方方面面”。他为这次讨论的未完成感到遗憾，认为它“实际上是可以由此扩大和延续下去，让更多人关注讨论、参与讨论，接受人文主义教育”。[⑥]如果这场大讨论能够与制度和实践层面相结合，这本应是一个具有生长性的、关乎公民素养的公共命题，可以对中国的人文教育起到实际作用。当年的参与者在回顾大讨论时，也指出由于积累和准备不足，加上参与者用了很多谁也听不懂的名词术语，“心气浮躁”“虎头蛇尾”[⑦]，讨论最终没有取得令人满意的结果。

其二，道德化的激进主义冲动，遮蔽了“真”问题的理性探讨。在大讨论一开始，知识分子对于“人文精神”的理解和出发点就局限于“道德”方面，这不仅使得他们对于王朔、张艺谋等人艺术性的探讨停留于道德判断上，稀释了讨论的学术性，而且遮蔽了有价值、有意义的问题。在对王朔作品的认知上，早在20世纪80年代末，戴锦华、赵园、陈晓明、陈思和等人就已经认识到了他的价值，肯定其作品中“真的人”、对城市生活和“颓废”的描写。陈思和回忆说：“批评王朔现象只是谈‘人文精神’的一个小插曲，并没有要把王朔驱逐出文坛的意思（也没有这种权力），更没有故意与王蒙为

---

① 王晓明．人文精神寻思录[M].上海：文汇出版社，1996：148.
② 张汝伦，王晓明，朱学勤，等．人文精神寻思录之一：人文精神：是否可能和如何可能[J].读书，1994（3）：3.
③ 吴炫，王干，费振钟，等．人文精神寻思录之三：我们需要怎样的人文精神[J].读书，1994（6）：69.
④ 陈晓明．人文关怀：一种知识与叙事[J].上海文化，1994（5）：23-26.
⑤ 王晓明．人文精神寻思录[M].上海：文汇出版社，1996：95.
⑥ 林贤治．关于“人文精神大讨论”[EB/OL].（2016-11-22）[2023-12-22]. https://site.douban.com/wingreading/widget/notes/7547565/note/593207949/.
⑦ 郜元宝．二十年后的回顾：“人文精神讨论”再反思[J].文艺争鸣，2013（12）：1.

难的意思。”[①]但是，由于道德化的判断和激进的逻辑，与王朔相关的本应该在20世纪90年代进一步得到深化的问题，如个人主义写作、城市写作、后现代的戏仿风格等都被阻断了，这不能不说是文学史发展的遗憾。这种内置的道德冲动，还集中体现在张承志和张炜身上，他们高扬理想主义旗帜，以期对人文精神进行强调，这种偏激的姿态导致许多论题被封闭于道德的圈子里，不可能充分展开。

不仅批判者是激进的，被批判者也表现出了不理性的态度。王朔质疑“人文精神”的概念和提法，对批评家、“文学危机”、道德化判断等都有所辩驳。他将人文精神大讨论的一些参与者称为“冒充文明火炬的传递者”，“以为自己手持火炬必定引人注目”，讽刺那些呼唤人文精神的人是想要“重建社会道德”，这可能是“一种陈腐的道德”，“有可能又成为威胁人、窒息人的一种武器”。[②]1994年，王朔发表《脱离文学界启事》，指责“一切煽动性的，假借真理名义的精神蛊惑”的“假崇高道德主义理想主义者”，宣布不再冒充“人类灵魂工程师”，也不再将写小说作为自己的职业。[③]这些感性、偏激、缺乏逻辑性的观点和做法，与人文精神大讨论中部分提倡者的偏颇并无二致。从某种程度上来说，这些激进态度影响了大讨论的效果和后续性，也阻滞了20世纪90年代人文主义思潮的健康发展。

思考题

1. 简述人文精神大讨论过程的三个阶段。
2. 简述人文精神大讨论的内在诉求。

参考答案

文献索引

陶东风. 当代中国文艺思潮与文化热点[M]. 北京：北京大学出版社，2008.

王晓明. 人文精神寻思录[M]. 上海：文汇出版社，1996.

许纪霖，陈思和，蔡翔，等. 人文精神寻思录之三：道统、学统与政统[J]. 读书，1994（5）：46-55.

① 罗四鸰. 对精神滑坡的集体抗衡：陈思和答关于“人文精神大讨论”的若干问题[N]. 文学报，2008-12-18（5）.

② 王晓明. 人文精神寻思录[M]. 上海：文汇出版社，1996：95，99.

③ 王朔. 脱离文学界启事[N]. 新民晚报，1994-11-10（10）.

第十一讲

聚焦式写作与新现实主义文学思潮

一、背景：转型时期的社会变化

现实主义传统在中国文学的历史长河中源远流长。特别是“五四”新文化运动以来，现实主义文学一直或显或隐地贯穿于中国文学的不同历史时期。在经历了“寻根文学”、先锋文学、新写实小说等文学潮流的更迭之后，新时期文学在20世纪90年代中期，涌现了一大批直面社会问题、聚焦现实矛盾、关注民众生存的作品。这些作品以群体性、集束式的方式给文坛带来了巨大的冲击，形成了现实主义文学创作的一道新景观，文学评论界称之为“新现实主义文学思潮”。

这股“新现实主义”创作思潮的出现，既与当代中国的社会转型有着密切的内在关联，也是当代文学自身发展的必然趋势，受多种内外因素影响。

从外在的社会因素看，20世纪90年代全球化语境下出现的中国社会全面转型，尤其是以经济体制转型为主导的改革的持续深化，使中国社会的诸多内在结构发生变化。改革的深入推进顺应全球化、信息化趋势，并与科技进步日新月异的发展要求相适应，极大地促进了经济的高速发展。然而，转型过程中的阵痛不可避免，“新的现实”充满了复杂尖锐的冲突，一些重大而棘手的社会问题浮出水面，如国企转制背景下工人下岗、国有资产流失；社会保障体系不完善，影响了底层民众的生活；工业用地大幅扩张与失地农民上访；官场贪污腐败触目惊心；社会阶层严重分化；等等。这些日渐突出的社会问题，不仅引发了人们的高度关注，也促使许多作家开始自觉思考，从而为现实主义文学思潮的重新崛起提供了重要的外在动力。

从内在因素看，20世纪80年代中后期的先锋文学、新历史主义小说、女性主义写作等创作潮流，过度注重形式的探索或对私语呓语的迷恋，使文学日益脱离各种重大的社会现实问题，从而失去了许多读者。而市场经济与商业化大潮对人的价值观念的重塑，也使作家从社会中心退出，人文精神逐渐走向边缘。在这种历史语境中，不少作家试图重塑新的人文价值形态，重新激活文学对各种重大现实问题的介入能力。他们自觉地关注当下的社会问题，试图回答人们对各种社会焦点的期待。虽然不能说他们希望重新回到社会代言人的角色上来，但是，很多作家还是渴望以自己的使命意识和责任意识，让文学重新直面社会现实的重大问题。

“新现实主义”文学思潮置身于一个开放性的社会文化环境中，从承续中国文学的现实主义传统来看，它处在经典现实主义与现代现实主义的双重语境之中。众所周知，现实主义的理论体系包含了19世纪原创的经典现实主义和20世纪发展了的现代现实主义两种不同形态的话语体系。经典现实主义始于19世纪欧洲的批判现实主义文学，其理论核心涉及对客观真实性的强调，以及对于艺术的典型化和理性法则的重视等；现代现实主义则主要指法国共产党人罗杰·加洛蒂的“无边的现实主义”理论和苏联文艺理论家德·马尔科夫的“开放的现实主义”理论。“五四”以来中国特殊的国情，使现实主义文学在西方理论与中国本土的结合过程中，主要借鉴了19世纪的经典现实主义理论，但也发生了很多中国化的变形，并形成了独具特色的中国现实主义传统。比如在20世纪30年代直至新中国成立后很长一段时期内，文学因承载了过多的社会使命，而呈现出现实主义与意识形态联姻的复杂形态，一方面遵循经典现实主义所要求的尽可能用写实的手法反映现实生活，另一方面却弱化了文学介入现实、批判社会的艺术精神。对此，许多新时期的作家都抱有高度警惕的态度，并对主流意识所推崇的现实主义创作进行了自觉规避。之后的文学创作对于20世纪现代现实主义的呼应，既是应对纷至沓来的西方现代主义各流派的艺术挑战，也是为了拓展自身的审美功能，使得中国当代的现实主义实践形态扬弃了经典现实主义的一些艺术法则，借鉴和吸收了诸多异质的艺术因素。譬如，“新写实”小说就是对现实主义的一次别有意味的变异：在关注现实生存的同时，它又果断地颠覆了典型化原则，在庸常芜杂的生活碎片组接中呈现人的生存状态。正像20世纪的现实主义在世界范围内由经典向现代转变一样，中国新时期之后的现实主义也带有现代现实主义所具有的某些新的艺术特征。因而，有学者认为：“从八十年代以来，虽然经典现实主义在新时期文学的各个阶段上无论是理论还是创作都代有传人，但就其发展的趋向来说，这种具有现代特征的现实主义毕竟是当今中国现实主义文学的一种基本的和主要的表现形态。而且，这种新的现代形态的现实主义在不断的发展变化中也逐步拥有了自己独特的话语世界。虽然没有必要也不可能把这种新的现实主义话语重新推到如同经典现实主义话语那样的霸权地位，但也不必否认它事实上正以其独具的开放性和先锋性对创作和批评产生巨大的影响和制约力量。这种影响和制约力量同样也可以被看作是一种现实主义的话语权力。当今中国文学正是以这种新的现实主义的话语权力与经典现实主义的话语权力相抗衡，并且相互之间的矛盾和抵牾发生着嬗递和蜕变，构造了当今中国现实主义文学的双重语境。”①

鉴于“新现实主义文学思潮”的特殊情境，有相当一部分论者认为，新现实主义并非以往现实主义的简单回归，它的“新”主要体现“在现实主义的新的元素、新的内核、新的要素、新的实践，以及它们之间的辩证统一关系。新的元素核心是时代，新时代的世界是世界经济一体化、政治多元化、文化多样化”。“文学创作新要素其内容仍是‘人物、情节、故事’三者合一，只是更注重三要素中的新内核。”“所谓新的实践，即在进行新现实主义创作中，要十分注重对新时代生活本质的认识与把握，分清社会存在的复杂状况的主流与支流，光明与丑恶，前进与倒退，顺时代而进与逆时代而隐，诸现象之间的相互关系，以抉择歌颂、倡导、支持、鞭挞、揭露、批判的切入

① 於可训. 在经典与现代之间：论近期小说创作中的现实主义 [J]. 江汉论坛，1998（7）：64.

点。”[①]陈建功更明确地指出：“新近现实主义文学创作上的收获，不是旧有的现实主义文学的重复和回归，而是现实主义经历了‘主义’林立的洗礼后，对自身模式既有继承，又有突破的结果。是现实主义思考自己，审度自己，对其他流派有所吸收，对自己作了否定之否定以后的新的肯定。”[②]张学正则强调：“90 年代的现实主义是吸纳了 80 年代改革开放意识的、观念现代化了的现实主义，是经过了 80 年代现代主义文学洗礼的现实主义，是一种更宏阔、更厚重、更包容、更理性、更生气勃勃的现实主义，这是一种新现实主义。”[③]

我们认为，严格地说，如果确立一个在经典现实主义与现代现实主义之间的坐标点，“新现实主义”应该更接近于经典现实主义传统。它在遵循“客观现实的真实性”原则、追求“艺术的典型化”、强调“反映生活的本质”方面，与经典现实主义文学精神和创作态度并无二致，在审美风尚上也并未超越批判现实主义文学所开创的传统。当然，不可否认的是，新现实主义小说出现于 20 世纪末，其“新质”主要在于它对中国社会发展中出现的新问题、新现象进行了及时的介入和传达，与此同时，亦有其表现形态上的“新质”：比如摒弃某种“理念人”的表现（如《乔厂长上任记》中的乔厂长）而将视线投向普通人；摒弃灰色状态“人”的表现（如《烦恼人生》中的印家厚）而强调人的极致性品格；表现“新的现实”中的“人”与“新的现实生活”，并传达作家对现实与历史的价值判断；等等。从某种意义上说，新现实主义文学思潮的出现，一定程度上也表明了新时期现实主义文学在经历了种种艺术可能性的探索之后重新回归批判现实主义传统的强烈诉求。

二、新现实主义文学思潮的三个阶段

新现实主义文学思潮自 20 世纪 90 年代中期出现，一直延续到 21 世纪，其间大致经历了“现实主义冲击波”“反腐文学”“底层写作（包括打工文学）”三个阶段。作为转型期特定历史背景下的文学思潮，新现实主义创作思潮不约而同地采取全聚焦式的叙事视角。作家在叙述故事时很少采用第一人称的主观型叙事，而常常以全知全能的叙事视角聚焦主题，以最大程度地呈现客观性，努力将生活中出现的各种焦点问题展现给读者。如“现实主义冲击波”聚焦于转型期经济改革中的种种现实矛盾，“反腐文学”直面社会变革过程中权力结构内部的种种贪腐问题，“底层写作（包括打工文学）”则将关注的重心转至社会底层群体生存困境的思考。正是从此种意义上说，新现实主义小说被认为“是一种社会问题小说”[④]。

（一）第一阶段：“现实主义冲击波”的涌现

这一阶段主要在 20 世纪 90 年代中期前后，一批聚焦社会现实问题的中长篇小说

① 翟泰丰．关于新现实主义探讨 [N]. 文艺报，2006-10-21（3）.

② 陈建功．现实主义：升温的话题 [J]. 文学评论，1997（2）：86.

③ 张学正．现实主义文学在当代中国：1976—1996 [M]. 天津：南开大学出版社，1997：184.

④ 洪治纲．多元文学的律动：1992—2009 [M]. 广州：广东教育出版社，2009：85.

陆续发表，引起了社会的强烈反响。如谈歌的《大厂》《城市热风》《城市迁徙》，关仁山的《大雪无乡》《九月还乡》《天高地厚》《破产》，刘醒龙的《分享艰难》《村支书》《挑担茶叶上北京》《威风凛凛》，何申的《信访办主任》《年前年后》《乡镇干部》，李佩甫的《学习微笑》，李贯通的《天缺一角》，许建斌《乡村豪门》，等等。"它们出现的时间都很相近，揭示的矛盾和思索的问题竟也像事先约好了一样的相似，把它们放在一起，就形成了一种阵势，一种共同的把握生活的方式和创作的新取向，称它们是一股现实主义的冲击波，也许是恰当的。"①

综观这些作品，可以发现，它们真实地呈现了当时正在发生的现实变革，直面中国现代化进程中人们遭遇的一系列困境，深刻地反映了当代经济转型与改革深化过程中中国社会面临的一些重大问题，直指市场经济转型中各种重要的社会症结。概括来说，这些作品主要反映了两方面的矛盾：一是由国企转型所引发的系列阵痛，如国企困境、工人下岗、国有资产流失等；一是市场化冲击下乡镇基层的诸多痼疾，如基层干群的冲突、招商引资的困难、乡镇企业的发展以及失地农民的生存等。这些作品所揭示的社会矛盾，都触动了当时社会的各种敏感神经，一经发表，便激起了人们强烈的情感共鸣。

在现实主义冲击波的浪潮中所涌现出来的这些作品，都体现了强烈的现实参与性，显示出作家对现实矛盾的密切关注和社会责任感，以及对弱势群体的关怀意识。他们"没有削平、淡化或回避生活中新出现的重大矛盾，也没有简化现实关系的新的错综状态"②。然而，细究这些作品所体现的叙事内涵，我们也发现，作家们对社会内部存在的各种问题的积极关注仍停留在对现实困境的表象式书写上。如谈歌的《大厂》，展现了国企在一个特定时期所经历的阵痛，那么，该如何解决工厂破产和工人下岗问题呢？小说用审美的形式表达了一种可能，那就是继承和发扬中国工人阶级无私奉献、团结友爱的优良传统，重新建构一种新的奉献精神，用这种精神凝聚力量、召唤人心，战胜转型期的困难。小说通过吕建国与章东民关于"市场无情人有情"的对话，试图告诉人们，按市场经济规律办事是要付出沉痛代价的，但人间真情不能丢掉。"人帮人，人爱人"的精神是我们推动社会前进的动力。只有发扬这种精神，才能保证企业职工的积极性和创造性，才能抑制市场经济带来的弊病，使企业摆脱困境，走向辉煌。应该说，这样的处理，反映了作家对社会内部各种冲突的本质思考是不足的，并未触及社会问题的真正症结，缺乏对社会本质的理性分析与对矛盾根源的深层剖析。再如表现"三农"问题的一些小说，像关仁山《伤心粮食》中的农民王立勤，因卖不出粮食，最终愤怒地烧掉了自家粮食，带着自己的母亲离开了土地，赴外地打工。小说演绎了农村中丰收成灾、谷贱伤农的悲剧，揭示了农民的沉重负担。关仁山的《天壤》中，农民韩大勇被迫开辟荒山养活自己，揭露了农村的土地被开发商征用而长期闲置，农民只能依靠打工谋生的社会现实。何申的《大寒小寒又一年》中，村委会主任秦五歌为了发展村子，使村民富裕，他自己的"地荒了"，家庭"往贫里返"，但他就是愿意"干那受累不讨好的破村

① 雷达. 现实主义冲击波及其局限 [N]. 文学报，1996-06-27（4）.
② 雷达. 现实主义冲击波及其局限 [N]. 文学报，1996-06-27（4）.

干部”。这些小说中，叙事大多停留在社会结构与现实矛盾的表层，虽然作家们真诚关注社会问题，为笔下的人物代言，与他们休戚与共，“乐于对处在困难之中的普通人给予‘真诚而深切的关怀和同情’，并进而去发掘‘生命底蕴中的慈与爱、宽广与容纳’，对于无私的分享艰难的‘大善’进行热烈但又蕴藉的讴歌”[①]，但总体来说，有效的深层思考普遍较为欠缺。

（二）第二阶段：“反腐文学”的兴起

随着20世纪90年代经济体制改革的提速，官场腐败现象日益严重，社会的“反腐热”升温。逼近世纪末的中国当代文坛，又涌现出一股直面现实矛盾、以反腐为内容的中长篇小说创作潮流。代表性作品有：张平的《抉择》《十面埋伏》《国家干部》，周梅森的《人间正道》《至高利益》《绝对权力》，柳建伟的《北方城郭》《英雄时代》，谈歌的《家园笔记》，关仁山的《风暴潮》，王跃文的《国画》《梅次故事》，陆天明的《苍天在上》《大雪无痕》《省委书记》，李佩甫的《羊的门》，钟道新《权力的成本》《权力的界面》，王大进的《欲望之路》，刘醒龙的《痛失》《弥天》，阎真的《沧浪之水》，等等。

“反腐文学”不仅作品数量众多，而且表现角度各异。有的集中描述官场，意在揭示权力交易的内幕；有的由权力问题入手，进而透视其他社会问题；有的意在批判腐败，歌颂廉洁。很多作家都以敏锐的叙事视角，深入权力结构的内部，披露官场体系的各种争斗、倾轧与腐败。如张平的《抉择》，以极大的热情叙述反贪英雄李高成如何与腐败分子作坚决斗争。王跃文的《国画》《欲望之路》聚焦于腐败的揭露，勾画了一系列腐败官员争权夺利、尔虞我诈的世相丑态图。在一些相对成熟的反腐小说中，作家力图通过反腐题材去揭示更深层次的社会问题，除了积极思考反腐对策外，还开始尝试着对滋生腐败的社会因素与根治腐败作理性的思考与探索。周梅森的《中国制造》就是这一时期的代表作。小说以轰轰烈烈的改革浪潮为背景，凸显了官员之间互相牵制和错综复杂的关系，暴露出改革过程中诸如干部任用、权力监督等种种体制上的弊端。作品由此提出了经济体制改革深入后随之而来的法制建设和政治体制改革的问题。这些反腐小说的出现，回应了民众要求社会公平公正的强烈吁求，也代言了主流意识形态反腐倡廉的决心，因而赢得了广大的受众。

应该说，“反腐文学”的盛行，一方面以其批判性的精神姿态，“为读者提供了一种认识现实和发泄愤懑的文本渠道”[②]，另一方面还归因于某些潜在的消费市场，特别是普通百姓的猎奇心理。正如孙郁所言：“人们喜欢看‘官场小说’，一是证明了社会上官本位意识的浓烈，二是中国社会中政治生活对民众日常生活的影响力依然强大。中国社会还处于官文化向法制文化艰难过渡的时期，好官与坏官深切地影响着一个地区的发展。而一些作品正是写出了这种影响力，使官场中人和非官场中人在作品中找到自己共

① 青羊，直木．反映生活　追踪现实：近期中短篇小说浅议 [N]. 人民日报，1996-09-05（11）.
② 孔范今．重构对话 [M]. 济南：山东大学出版社，2009：37.

鸣的东西，作品也就自然不用担心销路问题了。”[①]然而，产生于商业文化背景下的官场反腐小说注定了其思想内涵的模糊性。很多反腐小说“要么只是满足于对官场规则和游戏方式的猎奇式描述，要么只是满足于对人性欲望的放纵式书写，要么只是满足于官场人物在道德良知上的自我挣扎与堕落，既缺乏对权力背后所蕴含的传统文化痼疾的深层挖掘，又缺乏对权力本身在现代社会体制中所造成的巨大历史伤害进行深远的思索，其批判的有效性和尖锐性都非常有限”[②]。

（三）第三阶段：“底层写作”的盛行

21 世纪之初，随着改革步伐的加大，城市下岗工人大量涌现，“三农”问题更为突出，转型期社会阶层的分化与底层群体的生存现状，再次引发了人们的高度关注。农民工、下岗工人等底层群体的生存境遇，也开始成为一些作家的创作焦点，以此为表现对象的“底层写作”迅速浮出水面，并成为当时文坛的热点现象。

底层写作主要是对那些有关底层平民生活模态的书写，包括“写底层”与“底层写”两类。[③]前者指由作家来书写底层，后者指底层人的自我书写。底层文学以小说体裁为主，也涉及散文、报告文学、诗歌等。“写底层”的代表作家有刘庆邦、王祥夫、孙惠芬、曹征路、罗伟章、陈应松、范小青等。小说代表作品有刘庆邦《穿堂风》《兄妹》《红煤》，孙惠芬《歇马山庄》《歇马山庄的两个女人》，曹征路《那儿》《霓虹》，方方《奔跑的火光》《出门寻死》，罗伟章《我们的路》《我们的成长》，陈应松的《松鸦为什么鸣叫》《马嘶岭血案》《太平狗》，王祥夫的《菜地》《米谷》《端午》《红包》，范小青的《城乡简史》《低头思故乡》《谁住在我们的墓地里》《我就是我想象中的那个人》，等等。

“底层写作”将关注的焦点集中于社会的底层群众，这些群众都是弱势群体，是沉默的大多数，在商业化大潮中，他们的日常生活逐步陷入困顿，生存状态也日益恶化。他们在农村或城市底层生活的困顿，折射出计划经济向市场经济转轨过程中出现的贫富差距等问题。面对这一庞大的群体，作家们表现出深切的关注，他们以现实主义的表现手法细致描摹了这一群体苦难的生存境况，对底层群众生活的痛楚表露出极大的同情，并试图对造成这一状况的诸多因素进行揭示和批判。

然而，底层写作的缺憾也很明显。不少底层小说对于生存苦难的表现仅仅显示了作家对弱势群体的道德关怀与对社会生存环境的质疑批判，小说往往缺乏人物内心挣扎的悲剧性力量。特别是在表现底层女性备受欺凌的不幸处境时，作家常常不顾叙事的说服力，就让人物轻松地跨越道德底线而直奔卖身现场，如刘庆邦的《兄妹》《家园何处》，罗伟章的《我们的成长》，曹征路的《霓虹》等；而在表现底层男性时，充斥在文本中的是底层群体极端的狭隘、贪婪、暴烈、残忍和愚昧，如陈应松的《太平狗》《马嘶岭

① 转引自马志娟．20 世纪 90 年代反腐小说创作论 [J]. 作家，2012（16）：9.
② 洪治纲．多元文学的律动：1992—2009 [M]. 广州：广东教育出版社，2009：92.
③ 张清华．“底层生存写作”与我们时代的写作伦理 [J]. 文艺争鸣，2005（3）：48.

血案》，王祥夫的《街头》，刘庆邦的《穿堂风》等。城乡二元对立情境下人与人之间的冷酷与绝望，利益至上法则所滋生的罪与恶的泛滥，使“我们既看不到人类基本的伦理操守，又看不到现代文明的变革前景。很多作品，甚至以颠覆日常生活价值观念为代价，来演绎苦难的生存景象，放大不幸的生活处境”。这类写作因而被称为“典型的‘苦难焦虑症’”式的写作。[①]就文学审美层面而言，这类写作常常不乏“良知、道德和情感”，而缺少“艺术心智、才情以及必要的理性思考”以展示作家“对苦难的特殊思索和表达”。[②]

作为“底层写作”的另一股重要力量，“打工文学”是底层群体的集体发声，显示了底层群体主体意识的觉醒。进入21世纪前后，在城市化进程中飞速壮大的作者队伍，颇为引人注目的有王十月、郑小琼、安子、塞壬、谢湘南、张伟明、林坚、周崇贤、于怀岸、柳冬妩、秦锦屏等。小说作品有王十月的《寻根团》《出租屋里的磨刀声》，郭建勋《天堂凹》，于怀岸《台风之夜》，张伟明《对了，我是打工仔》《我们TNT》，周崇贤《我流浪，因为我悲伤》《打工妹咏叹调》，宋唯唯《一城歌哭》，戴斌《情爱原生态》，曾楚桥《我爱西桥》《规矩》等，颇有影响。与此同时，一批打工文学期刊也陆续出现，如《佛山文艺》《外来工》《打工族》《打工妹》等，由此形成了“打工文学”现象。[③]就“打工文学”而言，其作品中的底层意识，主要体现为作者对现实生活困境的描述，表达打工者的生存之痛，由此传达创作主体对生命尊严的强烈吁求，对艰辛的底层生活的无奈和幽怨。它以明确的亲历性，使文学与现实发生了强烈的共振关系，一定程度上显现了特殊时代的精神印痕。虽然他们的创作技法尚显稚嫩，思想并不深邃，但他们在鲜活的生存场景描摹中充分展示了现实的粗粝感和特殊的审美质感。

三、新现实主义文学思潮的特质

新现实主义文学思潮的兴起，是20世纪末中国文学发展的一道重要景观，充分体现了作家积极关注社会、介入现实的姿态，是现实主义随时代的发展而产生的新形态。纵观新现实主义文学思潮的发展，我们看到它呈现出了一些自身的重要特质。

首先，它具有强烈的社会现实关怀。

新现实主义文学思潮凭借对社会现实问题的及时把握，显示了作家们紧扣时代脉搏，对当下“新”的社会与“新”的现实的密切关注。从“现实主义冲击波”“反腐文学”到“底层写作”，都体现出强烈的社会关怀意识，具有鲜明的现实主义精神。在“现实主义冲击波”中，作家以直面现实人生的写作姿态，表现转型期社会的种种矛盾与问题，展现普通民众的生存困境，反映基层干部的分享艰难；“反腐文学”则以公众所期待的社会正义感与责任感，揭露官僚体系中的权力腐败与官场内幕；“底层写作”

① 洪治纲．“底层写作”与苦难焦虑症 [J]. 文艺争鸣，2007（10）：41.
② 洪治纲．“底层写作”与苦难焦虑症 [J]. 文艺争鸣，2007（10）：40.
③ 针对这一现象进行全面梳理的是杨宏海主编的《打工文学备忘录》（社会科学文献出版社2007年版），不仅对“打工文学”的发生与发展作了全面的资料收集，而且对“打工文学”的特点进行了多角度的探讨与归纳。

中，作家以深沉的悲悯意识，呈现了社会底层个体的生存境遇，都彰显了作家作为知识分子的道德情怀与艺术良知，显示出强烈的责任感。

在新现实主义文学思潮中，诸多现实问题与社会热点都得到了及时的揭示与呈现。比如，国有企业的发展困境，乡镇企业的破产兼并，基层农村的萧条贫困，名目众多的税负重压，农村田地的荒芜与人口外流，城市打工者的迷惘和压抑，贪污受贿的社会风气，官僚作风的腐败丑恶，官员之间的钩心斗角，有为干部的呕心沥血，经济能人的为所欲为，不良商人的巧取豪夺，下岗职工的走投无路，底层民众的悲苦绝望……正如雷达所说，新现实主义小说“以较前更全面、更冷静，也更求实的眼光，以不回避的正视姿态，来看待现实关系的复杂性和某些现实问题的尖锐性”，“把文学的真实领域发掘到一个新的层面，扩充到一种新的广度”，“它们弥补了文学总格局上的某种缺憾，满足了读者的某种期待”。①

其次，它体现了多维度的现实关注。

新现实主义文学思潮在关注现实的层面上，体现了作家多维度、全方位的审度视角，从社会体制与文化伦理等宏观矛盾，到个体情感与内在人性等微观冲突，几乎都有所涉猎。在“现实主义冲击波”中，很多作品都反映了经济体制改革过程中的种种社会矛盾，既有国企在市场转轨过程中的阵痛，又有乡镇基层围绕着市场发展而引发的各种问题；既有经济法则对人们思想价值观念的侵袭，又有社会改革者殚精竭虑的抗争。“反腐文学”既揭示了触目惊心的官场腐败，以及官场人物在道德良知上的自我挣扎与堕落，又演绎了正义与邪恶的紧张冲突；既反映了老百姓民主与法治意识的淡漠，又体现出人民抵制腐败的强烈愿望和勇气。这些腐败，涉及农村基层政权中的腐败、改革进程中的腐败、政法部门的腐败、干部任用中的腐败等等，呈现了改革进程中的种种问题，如领导者的决策问题、干部任用问题、民主问题、法制问题等。“底层文学”既揭示了经济转型背景下城乡分配差距加大的社会现实，也将视线投至打工群体、下岗工人等底层民众艰难生活的焦灼与困顿。此外，21 世纪社会阶层进一步分化牵连出的许多复杂社会问题，同样体现在众多作品之中，如“三农”问题、城乡对立及社会公正问题等等。

从这股文学思潮发展的三个阶段来看，新现实主义文学的现实关怀在总体上呈现出逐步深入的倾向。从“现实主义冲击波”关注的社会体制矛盾到“反腐文学”中的权力审视，再到“底层文学”中的生存关怀与人性关注，这股思潮不断向社会结构的深层逼近，同时也使作品从单纯的“揭露”逐渐上升到“同情”的美学范畴。譬如，“新现实主义冲击波”主要关注经济转型所带来的体制问题与社会矛盾问题，表现现代化进程中的困境。“反腐文学”则颂扬无私，谴责自私，其关注点重在体制内的权力体系。从“现实主义冲击波”到“反腐文学”，显示了作家对社会体制的反思的逐步深化。两者都弥漫着宏大叙事范畴内的乐观精神与理想情怀。到了“底层写作”中，作家的视野向

① 雷达 . 现实主义冲击波及其局限 [N]. 文学报，1996-06-27（4）.

社会结构深处推进，审视对象由外在的社会结构转向个体的人的生存，并超越了是非、善恶等二元对立观念，而将笔触伸至人性深层的撕裂与焦灼、痛苦与绝望，一些优秀的作品已经表现出一定的悲剧意识，在艺术技巧上渗入了现代主义的因素，在思想内涵上呈现出对现代性的反思，从此种意义上说，“底层写作”是第一、二阶段新现实主义写作的拓展与深入。

最后，它具有鲜明的道德化理想。

在这股新现实主义文学思潮中，作家们普遍以现实关怀的姿态，聚焦当下的生存困境，展示改革阵痛及由此带来的社会问题，抨击官场黑暗，体恤底层民众，折射了作家强烈的道德感与正义感。如果真正地深入那些文本，我们也会发现，鲜明的道德化理想是现实主义小说作家创作的普遍共性。作家们常常以一种明确的道德理想主义充当现实尖锐矛盾的润滑剂，这也使得新现实主义创作无法进入更高美学层次。

在“现实主义冲击波”中，很多作品中的主人公在遇到棘手问题时，都以自身的道德魅力和无私敬业精神扭转局面。如谈歌《大厂》中所面临的种种困难：发不到工资的工人罢工静坐；要账的堵塞门户；承包者违约不付租金等，最后都是靠厂长书记们一番掏心窝的感人话语得到了圆满解决。甚至，作者还对改革过程中改革者面对恶俗与腐败时的无奈与合污，表达了某种体恤、妥协与认同。厂长吕建国面对陷入困境的企业，煞费苦心，忍气吞声，违心讨好客户进行吃喝嫖赌。为了拯救企业，还大行公款吃喝，请客送礼，拉拢关系之道。《分享艰难》中的厂长孔太平为了厂子的利益，不得不包庇强奸自己表妹的道德败坏的企业家洪塔山。最终，小说中厂长、职工、乡长、村民等全社会上下“分享艰难”的价值取向和共克时艰的奋斗精神，成为作家面对“艰难”所能提供的正面应答。“虽然触及当下最尖锐的国有大中型企业和农村基层政权的问题，但所有的矛盾随着小说的结束，在文本中都得到了想象性的解决。而无法解决的难题则难以进入‘故事’中。”[①]在“反腐文学”中，作家们解决那些尖锐现实冲突的方式，也是来自那些身居要职、被道德化了的“权力英雄”，如《抉择》中的市长李高成，《绝对权力》中的纪委书记刘重天，《人间正道》中的市委书记吴明雄等。作家们将矛盾的解决与社会的希望寄托于有良知、有责任感的道德化权力英雄身上，貌似解决了现实问题，但事实上未能将对权力腐败的审视上升到体制与文化的高度，也未能对权力的结构形态及运作效度进行现代意义上的思索。“底层写作”的命名从一开始就彰显了作家关怀弱者的人道立场，以及对社会弱势群体给予精神抚慰的道德意愿，鲜明地凸显出作家的道德力量，但常常是同情和愤懑大于体恤与省察，道德认同大于生命思考；由于对底层生活的隔膜，不少作家未能触及对社会问题的深度审察与对人性的多向度追问，也缺乏改善社会现状的建设性思考。他们书写底层生活的着眼点落实于极力推演底层民众的悲苦与辛酸，过度彰显“崇苦崇恶”的审美追求，更多强化的也只是作家“铁肩担道义”的道德意愿。在笼络了读者期待心理的同时，也折射了作家们在批判立场上的暧昧性。

① 罗岗．书写“当下”：从经验到文本——“现实主义冲击波”之检讨[J]．上海文学，1997（5）：71.

四、意义与局限

新现实主义文学思潮的兴起，既展示了中国当代文学对社会现实矛盾的特殊关注，也体现了现实主义文学传统的内在生命力。这一思潮使文学真正扎根于现实的土壤，体现了作家“对文学与现实之合理关系的重新寻找，对文学之于现实的价值、意义、作为的重新寻找，对现实之于文学的土壤、营养、源泉的重新寻找”①。认真梳理这一文学思潮的发展状态和基本特征，我们认为，它既具有特定的审美价值和意义，也存在着明显的局限性。

首先，它重新恢复了中国当代作家关注社会、关注现实人生的文学传统。新现实主义文学不断地介入现实社会的各种矛盾，记录了当代中国在飞速发展过程中所出现的各种艰难，展现了广大人民群众在社会转型期的困惑、痛苦和追求。许多小说直面现实，有效地揭示出现实关系的复杂性和现实问题的严峻性，把文学的真实性提升到一个新的层面。在此之前，许多作品专注于个人化、虚蹈式表达，文学漂浮于时代需求之上，远离了现实，远离了读者。而这一思潮的出现，纠正了文学导向虚空与抽象的倾向性，聚焦于人们普遍关心的社会问题，表现出对人们共同承担的社会现实的真切忧思，在讴歌与鞭挞中呼唤着人类灵魂的净化、精神的升华和新时期、21 世纪健康向上的民族精神，体现出更强的经邦济世色彩，也使文学重新回归了大众。

其次，这一思潮中的作家们，以直面现实的创作态度，以及强烈的现实精神与忧患意识，对当下社会的诸多症结进行了独特的揭示。这种“铁肩担道义”的创作精神，体现了当代知识分子的使命意识和责任伦理，从某种意义上说，也是对人文精神的一种恪守。而这，对于消费主义盛行的、世纪之交的文坛，无疑具有重要的纠偏意义。

当然，新现实主义文学思潮的内在局限性也相当明显。

一是新现实主义创作对社会历史现象把握的深度不足。在许多作品中，道德化的价值立场削弱了作家对现实矛盾的质疑和深思，使作家所面对的社会症候与问题症结并未得到有效的诊断与审视。从这些作品中，我们很少能够看到作家深刻而又富于洞见的思考，很少能够发现作家对各种社会矛盾本质的有效探究。正如有学者指出的，这些新现实主义小说“既没有触及改革攻关中的症结所在，也没有揭示现实中造成人文关怀与历史理性、责任伦理与信念伦理的冲突背离的深层社会原因”②。从创作主体分析，主要问题有三：一是部分作家本身缺乏思想的深度与力度，致使他们无法穿透纷繁表象对生存本相与历史理性的遮蔽，洞见这些社会矛盾所隐含的各种社会结构的本质。二是有些作家对现实主义的把握虽然秉承了客观现实的真实性原则，但在主观上却缺少批判现实主义的悲剧意识与鲜明的不妥协的批判精神。针对此种局限，童庆炳和陶东风认为：现实主义艺术精神的核心不是简单的复制现实，它要求“基于人文关怀与历史理性的思想‘光束’，对现实采取不妥协的和批判的态度。当他们不得不在两极中进行选择的时候，

① 张德祥．繁花满眼看文坛：当代文艺潮流批评 [M]. 北京：中国文联出版社，2006：87-88.

② 童庆炳，陶东风．人文关怀与历史理性的缺失：“新现实主义小说”再评价 [J]. 文学评论，1998（4）：49.

宁可对‘历史’有所‘不恭’，也绝不以任何理由认同现实的罪恶、污浊和丑行，而抛弃人文关怀的尺度”。[①]三是从一些作家的社会身份来看，他们从改革的历史进程中寻找思想支撑点的时候，采用暧昧的道德化立场作为小说价值判断的依据，其背后似乎隐含了对某些意识形态的逢迎和重新成为社会代言人的期望。

二是新现实主义文学思潮中的很多作品在叙事上还带有模式化倾向。不同作家之间，或同一作家的前后创作中，有些作品的情节结构与表现内容都大同小异。譬如，同样书写 20 世纪 90 年代市场化经济体制转型过程中的现实矛盾，在何申、谈歌、刘醒龙、关仁山等代表作家笔下，小说中的人物设置、矛盾冲突都不无相似之处。他们笔下的国企、基层干部总是面对众多积存已久的难题，但在改革者殚精竭虑的努力下，这些难题最后都能得到解决，即使暂时失败也不乏无限的希望。同样书写官场权力争斗，在张平、周梅森、陆天明、柳建伟等作家笔下，故事情节、结构安排，也都是先抑后扬——腐败官僚用尽权术陷害忠良，即使一时得逞，终究难逃被严惩的结局，正义一定战胜邪恶。同样书写底层生存，无论是刘庆邦、王祥夫，还是曹征路、陈应松，常常将人物置于无助无奈又受尽欺辱的处境，在城乡二元对立式的想象中，塑造被伤害与被侮辱的灵魂，他们的尊严常常被不断践踏，他们的反抗充满绝望，最后女性人物常常是从良家妇女变为娼妇流莺，男性人物则是在充满欲望与利益的陷阱中通往绝境。这种模式化的叙事，归根结底表明了作家对生活本身的介入太过浅表，与现实存在着严重隔膜，对社会矛盾的认识浮于表面，主观臆测多于深入体验。同时，在叙事手法上，大部分长篇小说只停留在讲故事的叙事目标上，追求情节的曲折生动和人物命运的跌宕起伏，而对现代小说叙事艺术的探索不足，使新现实主义未能实现新的超越，从而影响了这股文学思潮的审美价值。

思 考 题

1. 如何理解新现实主义文学的审美新质?
2. 阐释新现实主义小说的现实主义精神。
3. 结合文本，分析“现实主义冲击波”“反腐文学”“底层写作”的成就与不足。

参考答案

文献索引

张学正.现实主义文学在当代中国：1976—1996[M].天津：南开大学出版社，1997.

童庆炳，陶东风.人文关怀与历史理性的缺失：“新现实主义小说”再评价[J].文学评论，1998（4）：43-53.

雷达.现实主义冲击波及其局限[N].文学报，1996-06-27（4）.

张清华.“底层生存写作”与我们时代的写作伦理[J].文艺争鸣，2005（3）：48-52.

① 童庆炳，陶东风.人文关怀与历史理性的缺失：“新现实主义小说”再评价[J].文学评论，1998（4）：49.

第十二讲

性别体验与女性主义写作思潮

一、背景：性别意识的觉醒

所谓女性主义（Feminism），主要就是指“研究性别和权力的学说”。Feminism可以译为女子主义、女性主义、女权主义、男女平权主义，它对应的是妇女解放运动的不同阶段。由于汉语里没有一个同时包含“权力”与“性别”的词语，因此无论翻译成哪个词，内涵差异都很大。但是，“女权主义”主要是指早期女性为争取政治、教育、法律和文化等基本权利而进行的斗争；而“女性主义”，则侧重于强调性别写作、性别理论和性别文化。①

女性主义写作生发于性别意识的觉醒，即女性认识到在社会生活和世俗观念中存在着性别关系和性别权力的问题。在欧美，女性主义兴盛于20世纪60年代的妇女解放运动，着重批评男权文化、探讨女性文化美学的建构和政治/性别等重要论题。在中国，这一进程要滞后和缓慢得多。“文革”结束后，出现了大批女作家，包括茹志鹃、宗璞、陈敬容、张洁、谌容、戴厚英、霍达、王安忆、铁凝、竹林、舒婷等。她们以对历史的思考和社会的观察加入“伤痕文学”“改革文学”“知青文学”，如张抗抗的《北极光》《夏》，谌容的《人到中年》《懒得离婚》，宗璞的《我是谁》《弦上的梦》，茹志鹃的《剪辑错了的故事》，张辛欣的《在同一地平线上》《我们这个年纪的梦》，张洁的《爱，是不能忘记的》《沉重的翅膀》，王安忆的《雨，沙沙沙》《本次列车终点》，等等。这些作品虽然也触及女性在社会和家庭中的问题，但总体来看还不是“女性主义写作”，因为她们并没有刻意追求与女性身份相适应的独特性。

到了20世纪80年代，尤其是80年代中后期，中国的文化语境呈现出开放性和多元化的格局，西方女性主义理论开始传播，如波伏娃的《第二性》、贝蒂·弗里丹的《女性的奥秘》、玛丽·伊格尔顿主编的《女权主义文学理论》等。从本土化研究成果来看，应该首推孟悦和戴锦华的《浮出历史地表》，它将女性主义、叙事学、精神分析学等西方理论与中国现代文学研究高度结合，提炼出了中国妇女文学的精神内涵与价值伦理，对后来的女性文学研究有着深远影响。丰富的文化环境为女性提供了孕育性别意识的土壤。“性别意识”可以分为生理性别（sex）和社会性别（gender）两个方面，前者是指从生理学角度区分的女性/男性的自然特征，这使女人天然地关注性别群体的生活和命运；后者是指在社会文化影响下形成的女性不同于男性的角色分工、社会期待和

① 张京媛．当代女性主义文学批评[M]．北京：北京大学出版社，1992：3-4.

行为准则等方面的规定。“把社会性别作为一种社会关系来考察的含义是：像任何一种社会关系一样，它的形成涉及社会文化各个部分；对它的考察必须是历史的、具体的，而不能是超越社会历史的、本质主义的。”①用波伏娃的话来说，女人不是天生的，而是后天生成的。

性别意识的充分实现和成熟，或许与1995年在北京召开的第四届世界妇女大会密切相关。以“世妇会”为契机，中国女性主义成果如雨后春笋般繁茂出土。这一年，女作家的创作、出版和专题研究层出不穷。从出版方面来看，有四川人民出版社的“红辣椒”丛书、河北教育出版社的“红罂粟”丛书、华艺出版社的“风头正健女才子”丛书、云南人民出版社的“她们”丛书。有意思的是，这四套丛书的主编都是男性，分别为陈骏涛、王蒙、陈晓明和王朔、程志方和刘存沛。《人民文学》《中国作家》《北京文学》《大家》等刊物都先后推出了女作家的作品专号。陈祖芬、叶文玲、张抗抗、王安忆、方方、蒋子丹、唐敏、迟子建、林白、陈染、赵玫、徐小斌、张欣、池莉等人集体亮相于公众视野。

从研究成果来看，20世纪90年代后性别研究著作开始集中涌现。西方的女性主义理论以专著或选译形式被介绍到中国，如莫依的《性与文本政治——女权主义文学理论》、E.M.温德的《女性主义神学景观》、理安·艾斯勒的《圣杯与剑——“男女之间的战争”》、凯特·米莉特的《性政治》、鲍小兰主编的《西方女性主义研究评介》、张京媛主编的《当代女性主义文学批评》、李银河主编的《妇女：最漫长的革命》、王政和杜芳琴选编的《社会性别研究选译》、张岩冰的《女性主义文论》等。从中国本土的研究论著来看，戴锦华的《镜城突围》和《犹在镜中》、陈顺馨的《中国当代文学的叙事和性别》、刘慧英的《走出男权传统的藩篱》、刘思谦的《“娜拉”言说——中国现代女作家心路纪程》、盛英的《中国女性文学新探》、乔以钢的《中国女性的文学世界》、林丹娅的《当代中国女性文学史论》、林树明的《女性主义文学批评在中国》、王绯的《睁着眼睛的梦》、荒林的《新潮女性文学导引》、康正果的《女权主义与文学》、陈惠芬的《神话的窥破——当代中国女性写作研究》、徐坤的《双调夜行船——九十年代的女性写作》等纷纷问世。这些论著从性别角度出发，对女性主义写作中的性别经验、审美心理和文学风格等进行了多方位的阐释，既有理论高度，也有具体扎实的文本分析。

与20世纪80年代后期只有孟悦、戴锦华、杜芳琴、李小江等人孤军奋战的状况相比，可以说，90年代是中国历史上从未有过的大规模译介和研究女性主义的时代。丰富多元的研讨会、研究主题、学术论著构成了一个不断向外辐射文化影响力的“场”，丰富了新的女性创作和理念。女作家作品与理论批评互生互荣，共同组成一股强大的女性主义文学思潮。

① 王政．“女性意识”、“社会性别意识”辨异[J]. 妇女研究论丛，1997（1）：20.

二、女性主义写作思潮的三个阶段

从20世纪80年代中后期到21世纪初期，随着中国与世界文化的接轨，以及现代性、现代主义、结构主义、后现代主义等理论在中国的不断发展，中国的女性主义写作不断地推进，发展出了本土化的模式和内涵，并形成了非常明确的文学思潮。这一思潮的发展，大体可分为三个阶段。

第一阶段：以20世纪80年代后期的诗歌创作为主，代表诗人有翟永明、伊蕾、唐亚平等。

中国的女性主义写作率先从诗歌领域开始。以翟永明、伊蕾、唐亚平为代表的女诗人，敏锐地捕捉到了中国男权社会在性别问题上的失衡，她们以简短精练、富有穿透力的语言书写女性经验，展示女性身体和心理的独特奥秘，在被遮蔽的经验中艰难地寻找和建构新的话语空间。

在当代文学史上，翟永明被视为中国大陆“第一位激进的先锋女诗人”[①]。她的早期诗作被称作自白诗，她自己也说受到过美国诗人普拉斯的影响。她的《黑夜意识》《女人》分别刊发于1985年9月21日和1986年6月6日的《诗歌报》,《诗刊》1986年9月号发表了《女人》组诗中的六首，包括《独白》《母亲》《预感》《世界》《我对你说》《边缘》。这些作品和唐亚平的《黑色沙漠》、陆忆敏的《美国妇女杂志》等诗歌一起，被视为中国女性诗歌的崛起。

翟永明的诗以平静深邃的忧伤、克制内敛的叙述、丰富而近于原初性的情感体验，洞穿了女性长期受到男权中心压抑和遮蔽的生存真实：“我，一个狂想，充满深渊的魅力／偶然被你诞生。泥土和天空／二者合一，你把我叫作女人／并强化了我的身体”（《女人·独白》),“女人用植物的语言／写她缺少的东西……毫无害处的词语和毫无用处的／子孙排成一行／无药可救的真实，目瞪口呆”（《人生在世》)。在情感关系的处理上，翟永明不同于舒婷的《致橡树》《神女峰》等通过社会化的外部视角来表达恋爱观，而是将男性看作与女性生命紧密相连的存在，通过男性来透视女性的情感和欲望：“这个夜晚无法安排一个／更美好的姿态，你的头／靠在他的腿上，就像／水靠着自己的岩石／现在你们认为无限寂寞的时刻／将化为葡萄，该透明的时候透明／该破碎的时候破碎”（《女人·边缘》)。对于母亲的书写，女诗人更是完全摆脱了对母爱的纯美歌颂，代之以痛苦的凝望和孤独的同感。当这种关系与生命和死亡联系起来时，诗人对母亲的感情便化作了两个女性个体生命之间的惺惺相惜、隔渊相望：“无力到达的地方太多了，脚在疼痛，母亲你没有／教会我在贪婪的朝霞中染上古老的哀愁。我的心只像你”,“没有人知道我是怎样不着痕迹地爱你，这秘密／来自你的一部分，我的眼睛像两个伤口痛苦地望着你……凡在母亲手上站过的人，终会因诞生而死去”（《女人·母亲》)。洪子诚将《女人》视为“女性诗歌”出现的标志：“所谓‘女性诗歌’，是那种

① 张晓红，连敏.《女人》中的女人：翟永明和普拉斯比较研究[J].中国比较文学，2007（1）：106.

'回到和深入女性自身'，表达她们基于独特的生命体验所获具的人性深度的诗歌。"[①]在《女人》之后，翟永明发表了组诗《静安庄》，将女性的情感与命运熔铸到黑夜里的古老村庄和生生不息的时间循环之中，使女性意识有了更为辽阔而坚实的承载。此后，她还发表了《死亡的图案》《称之为一切》《颜色中的颜色》等长诗。在中国诗坛上，翟永明第一次以系统、完整的女性声音，向禁锢如铁的男权中心发出了清晰而痛彻的呼喊。

天津诗人伊蕾的性别书写主要体现于《独身女人的卧室》，这首组诗由《镜子的魔术》《土耳其浴室》《窗帘的秘密》《自画像》《女士香烟》等 14 首诗构成。诗人擅长从生命和情感内部凸显女性千百年来被压抑、被剥夺的爱与欲望的洪流，以惊世骇俗的情爱独白和宣言展示女性的尊严、骄傲与狂想。她以调侃、轻松甚至不乏幽默的方式将女性的情感渴求和盘托出："我和几位老兄起来跳舞／像舞厅的少男少女一样／我们不微笑，沉默着／显得昏昏欲醉／独身女人的时间像一块猪排／你却不来分食"（《独身女人的卧室·小小聚会》）。她最令人惊骇的是在《独身女人的卧室》的每一首诗后面，都反复吟咏以"你不来与我同居"，以貌似放荡的口吻来对抗男权社会对"淑女"的要求。她还有一些诗用令人战栗和疯狂的号叫向着"历史"发出质疑："每一块肌肉都张开口／发出尖锐的嚎叫／把你屈辱的历史对着天空说"；在绝望的自虐中呈现出决绝的反抗："挣扎着的肉体／要把心灵和皮肤撕裂的肉体／把空气撕裂的肉体／落入了噩梦"（《独舞者》）；以介于生命与死亡的游移体现女性的抵抗力量："给我一口水吧／请给我永生之水／三十七年我以水为生／一百次想到要在水中死去／／因此我才这样淡泊如水／因此我才这样柔韧如水／撕也难毁／烧也难毁"（《三月永生之七》）。伊蕾通过撕裂式的情感表达和极端化的书写，揭穿了女性作为客体的生存真相，构成了对男权传统极具冲击力的连环轰炸。

贵州诗人唐亚平的诗歌主要集中于"黑色"系列。她在"黑夜"中寻找自我："我的眼睛不由自主地流出黑夜／流出黑夜使我无家可归／在一片漆黑之中我成为夜游之神／夜雾中的光环蜂拥而至"（《黑色沙漠·黑夜》）；她在"黑色"中领悟生与死："黑色寂寞流下黑色眼泪／倾斜的暮色倒向我／我的双手插入夜／好像我的生命危在旦夕／对死亡我严阵以待"（《黑色沙漠·黑色眼泪》）。她在"黑裙子"激荡的想象与浪漫里对日常生活细节进行艺术化的变形，从女性的视角来反观和审视男性：她将恋爱中的约会说成是"约一个男人来吹牛"，将在瓶里插上玫瑰花之类置换成"我在深不可测的瓶子里灌满洗脚水"，约会前的激动变成"他到来之前我什么也没想"，动人的情话变成"高贵的阿谀自来水一样哗哗流淌"，浓烈的激情变成"学者般的冷漠"（《黑色沙漠·黑色睡裙》）。这些富有动作性和想象力的诗句带来了陌生化的审美质感，在女性意识的笼罩下对熟视无睹的日常场景和秩序重新排列、书写。

在这一阶段，除了诗歌之外，在小说创作中也出现了女性主义写作的特质，代表性作品有王安忆的"三恋"和《岗上的世纪》、铁凝的《玫瑰门》。这些作品有别于她们

① 洪子诚．中国当代文学史 [M]. 北京：北京大学出版社，1999：308.

自己之前以社会化为主要诉求的创作，借助自然环境或历史化的背景，以女性为中心，以叛离传统叙事的方式张扬了作家对于女性的身体、情感和欲望的探索。《岗上的世纪》描写意欲返城的女知青李小琴与农民小队长杨绪国的情爱纠葛，并使李小琴重新认识了自己的身体，故事内涵与“知青文学”完全不同，结局也颇令人意外。《玫瑰门》在幽暗的历史背景下交织着女性对自我身体和性意识的觉醒，竹西在情欲的指引下勇敢地作出了新的人生选择。这些女性形象通过身体突破了男权传统的藩篱和桎梏，向着社会观念中的性别／权力／意识形态的共生传统发起了强烈的质询。它们为小说领域带来性别意识萌芽的同时，也与20世纪90年代的女性主义小说创作相衔接，形成了相对完整和丰富的女性主义写作谱系。

第二阶段：以小说创作为主，代表作家有陈染、林白、海男、徐小斌等。

20世纪90年代之后，随着中国进入经济发展的快速轨道和西方女权主义理论在中国的广泛译介，当代女作家们对性别意识有了更深层的自觉认知。与80年代相比，她们以更成熟的个体化姿态活跃于文坛，同时以更明确的女性视角观察男性和社会，更执着坚韧地以女性身份与历史对话。

陈染从一开始便体现出直视自我、背对社会和人群的姿态。她的创作带有自传色彩，偏执，倔强，以自虐的方式不停地涂抹着狂怪的自画像，加之触及隐私性体验，在内省和内观的氛围中展开叙事，因此被称为“私人化写作”。她的小说多以第一人称女性为叙事者，讲述现代都市独居女性在家庭和社会中的创伤性体验。这些女性的经历基本相似：被抛弃与被冷落的破碎童年，在孤独封闭的环境中生活，瘦削清秀，内心忧郁，身上散发出知识女性的多愁善感。《私人生活》讲述少女倪拗拗的成长经历，这个名字就暗示了其个性和命运。女主人公患有严重的心理幽闭症，是一个“残缺的时代里残缺的人”。父母离异、母女相依为命，这里面有陈染的部分真实生活。母亲对女儿的压抑与控制无所不在，并演变为对女儿的窥视，生活的种种变数使得女主人公在心理上产生了“恋父／弑父”和“恋母／仇母”的双重情结。除此之外，这部小说还囊括了陈染和女性主义写作的其他重要母题：“阉割”男性、理想男性、爱欲想象、姐妹情谊、性别乌托邦，这在《与往事干杯》《无处告别》《只有一只耳朵的敲击声》《麦穗女与守寡人》中都有所体现。在对抗与爱恋中，作者充满诗意地展现出了女性的欲望、性别经验与精神演变史。

林白出生于广西北流，南方小镇的生活和情感经历是她创作的重要元素。《同心爱者不能分手》《子弹穿过苹果》《日午》《回廊之椅》等作品以女性的认同性眼光，塑造了朱凉、邵若玉、姚琼等美丽优雅、孤绝于世俗的女性形象。林白在《守望空心岁月》中直接写到，要“美化女人”，将女性描绘成“既美丽又有很好的气质”是她的爱好之一：“在水和水生植物中间，美丽的女人像天鹅一样浮游其中，她们美得令人心痛，在幽暗的湖畔，在乌云密布的天空下，她们缺乏真正的保护。在我的文字之流中，脱落的羽毛比比皆是，我从来不丑化女人，这将使我付出真实与深刻的双重代价。”[①]林白将美丽的女性置于与传统社会观念不断发生冲突的氛围里，对其命运的描述具有跌宕起伏的悲剧性。她还将富有南国特色的自然环境与文化语境相糅合，敏锐地体味和把握女性的情感和心理，勾勒出了一个独语的女性世界。她的代表作《一个人的战争》以多米为主人公，从多米童年时对身体热烈精细的探索开始，详细描写了她的性别体验。成年后，她不断遭遇情感和身体的创伤，阴差阳错地过着残缺破碎的生活：强奸、诱奸、失恋、因抄袭而身败名裂等。多米的性体验和欲望感受引发了很大的争论，还被消费市场包装利用。事实上，在小说中，林白并没有把对多米的躯体和感官描写当作叙事目的，而是将之作为心理的探测器，探测女主人公对生命的感悟程度和孤独的深度，阐述她的成长过程和性别意识的成熟。

海男早期从事诗歌写作，后来转向小说，她以布满感性和诗意的语言讲述女性在现实中遭遇的创伤。在《粉色》和《关系》中，女主人公罗韵和罗曼林用身体去体验和认识世界，她们不再是传统男权社会中的欲化对象，也不再是守身如玉的传统女性形象。《蝴蝶是怎样变成标本的》以女性的“出走”和“逃离”为主题。年轻时的普桑子跟随男友到南方采集蝴蝶标本，因为一场鼠疫走散天涯。她在一个个男性之间不断地游走，最后居无定所，孑然一身。凡庸沉重的生活与女性的精神飞翔之间构成了巨大的悖论。对女性来说，“寻找蝴蝶”就是寻找生命开到极致的绚烂华美。这是一个不断逃离的过程，逃离自己的欲望，逃离纠葛不清的情感，逃离传统的社会秩序。

第三阶段：以时尚写作为主，代表作家有卫慧、棉棉、周洁茹、文夕、九丹等。

在20世纪90年代后期至新世纪初期，中国的城市文学和都市经验逐渐成形，女性主义写作思潮和性别意识的凸显已成事实，社会对女性写作也有了一定程度的认可，因此，这一时期的女作家已无须耽于与男权的对峙，性别之间的激烈对抗被新的关系代替。以卫慧、棉棉为代表的写作从一开始就依凭于两种叙事资源：另类的都市经验和喧闹的躯体感官。前者为她们提供了丰富的现代生活场景，使她们的叙事话语与都市生活相契合；后者使她们在消费主义中无限度地追求甚至放纵身体的快感，暴露了精神上无所依凭的苍白和匮乏。

在小说《上海宝贝》后记中，卫慧称其为“半自传体的书”。小说以爱情与欲望的不断错位为叙事主体，描写美丽聪明、出版过小说的上海女孩CoCo与中国男友天天和德国性伴侣马克之间的关系。天天性无能，与CoCo之间保持着精神上的恋爱关系；已婚男人马克从身份到身体都彰显出西方的强悍力量，与CoCo之间是纯粹的肉体关系。小说最后以天天吸毒身亡、马克返回德国而告终，只留下她在充满空虚与欲望的都市。《上海宝贝》以最时髦的性爱话题为叙事线索，再糅合进大量“小资”的时尚生活信息，比如酒吧、咖啡厅、与洋人的性爱等。小说对女性身体和情欲的直白描写是它最引人注目的地方，颓废、空虚和沉沦的基调也迎合了都市的某些现象而使作家名噪一时。小

① 林白．守望空心岁月[M]. 广州：花城出版社，1996：43.

说引起了很大争议，被批判为描写“黄色、淫秽、色情描写、暴力、吸毒”，后被禁止出版，这反而为卫慧带来了更大的声誉和利益。她的小说还有《蝴蝶的尖叫》《水中的处女》《像卫慧那样的疯狂》《硬汉不跳舞》《欲望手枪》等，但在风格和主题上有所重复，这种重复由于无法向深度拓展而止于表面，没能再引发像《上海宝贝》那样的轰动效应。

棉棉的《糖》以问题少女“我”与男友赛宁、歌手谈谈、诗人努努、同性恋者奇异果等男性的关系为线索，展示了关于亲情、友谊、爱情、欲望、身体的故事。主人公成长于物质选择充分的家庭，生活上富足，但来自父辈的压抑和社会的巨大变化使他们无力强壮自我的心灵。他们游走于躯体感官的享乐，毫无节制地重复着、放逐着青春的欲望。他们对人生持以“玩”的姿态。身体和情感的游戏刺激着主人公，他们的少年反叛姿态最后也不得不消泯于世俗社会和情欲关系的强大逻辑之中。棉棉以细腻敏锐、充满感性的细节呈现出了一代人面对社会转型和传统价值解体时的惶惑心态，但由于没有对情感和欲望进行有效制约，以及缺乏对人物内心和叙事节奏的把控，小说陷入了表面繁盛、实则虚脱的话语失控状态。

在周洁茹的《我们干点什么吧》中，梅茜从海南赚了不少钱回来，与朋友一起去N市，约见旧日情人，却陷落于情感的无助与现实的冷酷中，“我们是想干点什么的，但我们什么也干不了”，“我过着很优雅的生活，但我的骨头是烂的，烂得一塌糊涂”，在失败的情感之下，一种颓唐的无奈和厌世感深深地攫住了主人公。

文夕的《野兰花》《罂粟花》《海棠花》以经济发达的南方城市为背景，描写市场经济新贵与“二奶”之间的情欲故事。表面上看，她讲述的是现代女性在物质与权力的双重霸权中寻求理想的生存方式，话语之中却布满了欲望的沉醉，透射着肉体资本化的交换逻辑。

九丹的《乌鸦》《女人床》更是如此，性爱不再是隐私和秘密，而成为生理的表演与观赏，作者甚至不惜以此来吸引市场，小说一出版便遭到强烈质疑。在这样的写作中，创作主体缺乏对女性尊严与现实道德的维护，导致肉体的享受代替了心灵的受难，感官的快乐消解了生存的焦灼，无法让人体会到市场经济原则下的深刻思考。

三、女性主义写作思潮的主要特点

女性主义写作思潮出现的时间不长，前后不足20年，却成为融合了性心理学、社会学、后现代主义、后殖民主义等元素的新型写作，并以毫不逊色于男性的叙事和艺术成就构成了中国当代文学中新的写作思潮。这一思潮主要有以下三个特点。

第一，以女性视角呈现女性特有的生存经验。

在男权社会中，文化、政治、历史话语都是以男性为主体而建构的，写作史就是一部“菲勒斯中心主义传统的历史”[1]。女性一直处于匿名与空白的状态，女性及其身体作

---

[1] 张京媛．当代女性主义文学批评[M].北京：北京大学出版社，1992：193.

为被“看”的对象存在着，这引发了女性的“角色焦虑”和“角色反抗”[①]。通过写作，女性试图重新认识自我，为自我定位。由于男权社会剥夺了或没有予以女性以外在的认同，女性只能从身体开始写作：“用身体，这点甚于男人。男人们受引诱去追求世俗功名，妇女们则只有身体，她们是身体，因而更多地写作。”[②]20 世纪 80 年代中后期集群式地出现了以翟永明、唐亚平、伊蕾为代表的女诗人，她们诗歌中鲜明锐利的女性意识、向着男权社会的质疑与反叛，以及诗歌文本质与量的高度统一，使中国文坛不得不开始正视女性主义写作现象。

在理论家和批评家那里，“身体写作”更多地被赋予了“个体性”和“以血代墨”的写作意义。葛红兵将林白、陈染等人的创作概括为“个体性文学”，认为它是以“身体写作”为特征的：“作家首先认定自己是独立个体，然后再把自己的个人的经验世界呈现出来，这是一种身体的哲学，它确认人的身体的经历的正当性，身体的法则是私人性的、非理性的、欲望化的。”[③]女性对身体的反复探索，表明了她们对男权秩序的疏离和摒弃。《一个人的战争》中，多米从小对身体就有着惊人的敏感和好奇，这使她在成长过程中很难对世俗化规则俯首听命。“一个人的战争意味着一个巴掌自己拍自己”，“一个人的战争意味着一个女人自己嫁给自己”。这种孤独承载着女性的生命意识，建立起了一个新的性别世界。海男的《女人传》用颜色来比喻不同年龄阶段的女人，少年时期是粉色的，18 岁以后进入蓝色时光，30 岁的女人是红色的，40 岁的女人是紫色的，50 岁的女人是黑色的，80 岁的女人是白色的，无论在哪个阶段，女人都对自己的身体充满了欣赏和沉迷，对生命有着自己的感悟和坦然。“女性占领文学的目的之一即是，通过写作放纵躯体生命，冲破传统躯体修辞学的种种枷锁，用自己的血肉之躯充当写作所依循的逻辑。”[④]在身体写作中，女作家将自我感受嵌入主人公的经历，以女性私密体验的书写冲击着、荡涤着父权文明的晦暗死角。

不过，女性经验的展示在 20 世纪 90 年代末期走向了极端化。在卫慧、棉棉生活的时代，资本和金钱被一众“成功人士”改写为社会的重要原则。当人们在物欲中沉迷和享受时，放纵的欲望也转换成了人生游戏的规则。在她们笔下，身体书写不再是与男权社会相对抗的手段，而成为消费化、狂欢化、表演化的感官盛宴。女主人公善于利用身体来获得等价的利益交换，或者将之作为释放欲望的通道。女性身体与资本市场的消费主义同步，失去了原初的反抗和解构意义。因此，在这些作品中，女主人公最后向着现实妥协，实际上也是身体被“资本化”“欲望化”的必然结果。

第二，大量呈现富有女性特征的隐喻和意象。

女性主义写作的美学风格是独特的，这表现在它为文学史提供了具有女性意味的隐喻和意象，包括黑夜、月亮、镜子、灯、光、洞穴、窗户、浴缸、贝壳、房间等具有幽

① 张京媛．新历史主义与文学批评 [M]. 北京：北京大学出版社，1993：204.
② 张京媛．当代女性主义文学批评 [M]. 北京：北京大学出版社，1992：202.
③ 葛红兵．九十年代的小说转向 [J]. 南方文坛，1997（4）：17.
④ 南帆．躯体修辞学：肖像与性 [J]. 文艺争鸣，1996（4）：35-36.

闭性和折射性功能的物体，女性通过它们来认知自我与世界的界限，传达性别意识的发展和成熟。

在20世纪80年代中后期的诗歌中，女诗人们几乎是不约而同地选择了“黑夜”“黑色”等意象。如果说男性写作是被置于“光亮”与“白昼”中的主流书写的话，那么，留给女性或者说女性唯一可以占有的只有“黑夜”，这一意象与女性在孤独、痛苦、绝望、分娩、受难中的感受是同一的。《女人》以精心营构的“黑色”意象书写了女性隐秘的生命意识。诗中的叙事基本上发生在“黑夜”：“穿黑裙的女人夤夜而来”，“貌似尸体的山峦被黑暗拖曳／附近灌木的心跳隐约可闻”，“我想告诉你没有人去拦阻黑夜／黑暗已进入这个边缘”，“我已习惯在夜里学习月亮的微笑方式”，还有那些穿着黑衣、在乌鸦城堡里出现的女人，用黑罂粟装饰的玻璃窗，种下黑色梦想之根的原始岩层，在空中微笑的蝙蝠……这些意象呈现出与男性写作相反的指向：女诗人急欲摆脱太阳的照耀而隐入黑暗，在那里，她们仿佛回到了母亲的子宫和大地的原初，拥有了巨大而平静的力量。对“黑色”的钟爱在唐亚平那里达到了顶峰，她的《黑色沙漠》由名为《黑夜》的序诗、跋诗和10首“黑色”物象的诗歌组成：《黑色沼泽》《黑色眼泪》《黑色犹豫》《黑色金子》《黑色洞穴》《黑色睡裙》《黑色子夜》《黑色石头》《黑色霜雪》《黑色乌龟》。夜晚、沙漠、沼泽、洞穴、太阳、月亮、天空、大海等都在“黑色”之下凝结着，这些物象共同衬托出一个自足的女性形象。

“黑色”和“黑暗”具有自我封闭性质，与之功能相似的意象还有镜子、浴缸、房间、蚌壳、迷宫等。在《私人生活》中，女主人公在浴缸里享受着自怜自爱的快乐，这种快乐是个体营构的，它不需要别人的帮助，也拒绝与他者互相分享。与清洁安全的“浴缸”相对立的是外面那个污浊不堪的世俗化世界，这种封闭式意象承载的性别象征意义是很明确的。《双鱼星座》《羽蛇》中的镜子、灯、金耳勺和巨蚌包含着徐小斌赋予女性故事的强烈寓意，尤其是巨蚌，它在幽蓝色的湖里张开双臂，与女主人公相对相视，影响着她的人生抉择。这个巨蚌与子宫和浴缸一样是封闭的，它们荡漾着生命的源泉和力量。“镜子”意象也很重要，它在女作家笔下屡屡出现。女主人公通过镜子来观察和认识自己，重新发现被遮蔽和被淹没的性别经验。这不仅是对男权文化的反叛，也是打破意识形态以实现完整独立自我的重要途径。

第三，使用繁复华美、扑朔迷离的叙述方式和感性化的语言。

在传统的男性写作中，线性叙事占据着重要位置，“因果链”和“事出有因”使其成为有头有尾、有迹可循的逻辑性表述。女性写作从一开始就与男性不同：不再追求明晰化和因果律，而是以感觉、感性、感受为叙事主体。“要给女性的写作实践下定义是不可能的，而且永远不可能。因为这种实践永远不可能被理论化、被封闭起来、被规范化——而这并不意味着它不存在。……它将只能由潜意识行为的破坏者来构思，由任何权威都无法制服的边缘人物来构思。”[①]这种无法定性、无法定义的特征使女性主义写作

① 张京媛．当代女性主义文学批评[M]. 北京：北京大学出版社，1992：197-198.

呈现出碎片化、零散化的风格。

在女作家笔下，故事如何开始、发展和终结并不重要。重要的是能否以细致灵动的笔触将神秘幽暗的生命意识、繁复的女性经验和感受描绘出来。在海男那里，文学主题主要与生命、存在、欲望、死亡等抽象寓意相关，她沿着形而上的思考对生活经验进行剪切和重排，叙事如梦呓般纷繁婉转、枝蔓丛生。在《私奔者》中，几个女人围绕一个男人不断地私奔，她们分别占据着这个男人生命中的不同部分，“在路上”的往复循环状态形成了小说的结构。《我的情人们》用诗歌连缀起模糊的梦境、漂泊的历程、徒劳的奔波，这些碎片构成了一个个迷宫。陈染则以独处的女性形象结构起她的小说世界。《私人生活》的开头“时间和碎片日积月累地飘落”暗示了小说是碎片式的拼贴组合，倪拗拗的心灵简史像蛛网游丝一样延伸飘展。《破开》以现代女性的独居来表达女性特有的复杂变异心理。小说将飘忽不定的内心独白、破碎的记忆片段和穿越性的时空遐想交叉叠合起来，形成了纷繁迷离、幽暗闪烁的叙事“奇观”。

语言是社会发展和交流的重要产物，它在潜意识之下烙印着性别歧视的痕迹。林丹娅指出语言不是中性的，而是意识形态的载体，从汉字的构字法中就可见到这一倾向：“‘男’作为生产力主导着经济社会地位象征的刻画，‘女’作为跪屈的人生人格状态的从属物象征的刻画。”①因此，女性主义写作要反叛男权中心，反叛意识形态的束缚，就必须对语言进行改造。女作家不断地窜改词语，摧毁话语的内在结构，打破传统的语法和能指与所指之间的唯一指向关系，使语言的指涉性增强，极富表现力地呈现出了女性生命和欲望的本体形态。徐小斌相信世界上存在着神秘的事物，如命数、特异功能、前生后世等，而且它们都与女性有着天然的联系，既是女性用以抵抗命运的武器，也是安放她们精神的寓所和家园。这种对不确定事物的感知与敬畏使她的小说充满了神秘色彩，甚至近于“巫风”。陈染的语言也得到了认可。王蒙认为，她的小说单是题目就够让人琢磨了：《潜性逸事》《站在无人的风口》《另一只耳朵的敲击声》《与假想心爱者在禁中守望》《巫女与她的梦中之门》《秃头女走不出来的九月》《凡墙都是门》，“梵高的那只独自活着的谛听世界的耳朵正在尾随着我，攥在我的手中”“门缝自动闪开，那乳白色的长衣顺顺当当溜进去”“玫瑰色的灯光从一个隐蔽凹陷处幽暗地传递过来，如一束灿然的女人目光”等充满奇特感觉和陌生化冲击力的句子比比皆是。女作家用语言将自己从男性传统中剥离出来，创造了属于女性的轻盈、奇异、飞翔、玄妙和富有想象力的性别诗学。

在20世纪90年代，除了上述有着鲜明性别特征的女性主义写作之外，还有数量不小的女作家的作品，她们写女性，但不囿于单纯的性别意识，如王安忆的《长恨歌》，铁凝的《对面》《午后悬崖》《秀色》，迟子建的《秧歌》《向着白夜旅行》《旧时代的磨坊》，池莉的《你是一条河》《云破处》，方方的《何处是我家园》，徐坤的《遭遇爱情》《狗日的足球》，须兰和赵玫的《武则天》，蒋韵的《栎树的囚徒》，张欣的

① 林丹娅．当代中国女性文学史论 [M]. 厦门：厦门大学出版社，1995：56.

《首席》《绝非偶然》，等等。这些作品的视角从“女性”走向“社会”，在性别经验的基础上发展出了向着历史、政治、权力、职场敞开的叙事空间。用“女性写作”而非“女性主义写作”来概括这样的文本更为恰切：“它标识着对女性创作的作品及女性写作行为的特殊关注，旨在发现未死方生中的女性文化的浮现与困境，发现女作家中时隐时现的女性视点与立场的流露，寻找女性写作者在男权文化及其文本中间或显露或刻蚀出的女性印痕，发掘女性体验在有意无意间撕裂男权文化的华衣美服的时刻或瞬间。”①概念边界的不断扩张显示出，中国的女性写作在努力突破自身与社会、历史之间的界限。

四、意义与局限

女性主义写作思潮是中国当代文学的重要构成部分，它在与西方女性主义理论的接棒中实践着对本土女性经验的思考，通过对女性个体命运的书写、“私人化”风格的建构、对男权传统的反抗，为中国当代文学提供了新的叙事维度。从文学史的发展状况来看，这股女性主义写作思潮有其重要的存在价值和意义。

首先，它以反叛和颠覆父权中心的姿态建立起了女性的精神世界。在历史上，男性作为主导者和制造者历来都扮演着社会的主角。在他们的舞台上，只有“his story”而没有“her story”，女性被视为“他者”和男性的“创造物”：“一种缺乏自主能力的次等客体，常常被强加以相互矛盾的含义，却从来没有意义。”②这种将女性排除在文化创造之外的做法使历史上的妇女写作成为一种僭越性行为。

女性主义写作的出现打破了男权中心一统天下的格局。沉默了千百年的女性开始说话，女作家第一次集群式地以鲜明的性别意识和女性经验书写崛起于文坛，以具有相当高度的文学技巧和美学水平与男性写作平分秋色，宣告了独立的女性主体性的诞生。无论是对女性身体和经验的展示，还是以颓废堕落的方式宣泄痛苦，都不难体会到女性作家面对男权主体和价值崩解的真诚勇敢，这意味着女性有意识、有能力对男性世界重新进行阐释和建构。女性主义写作思潮为文学史贡献了女性独有的才情与思考，提供了具有冲击力的写作方式，这种写作也体现了社会发展的文明程度与个体生命的自由化趋势。

其次，女性主义写作思潮形成了“私人化”“个人化”的美学风格。在20世纪80年代以前的中国文学中，不仅个人私密经验是写作的禁忌，就连带有个性化的写作风格也难免受到时代意识的质疑和甄别，在五六十年代不乏因此而受批判的例子。这个问题直到女性主义写作思潮的出现才得以解决。对于女作家来说，公共记忆和主流叙事往往意味着普遍化的经验，她们希望将自己从中分离出来，去感受“个人”的经验和世界：“只有当我找回了个人的记忆，才可能辨认出往昔的体验，它们确实曾经那样紧地紧贴着我的皮肤。”③个人经验成为自我指涉的主体：女性身体和欲望的张扬、精神世界的暗

① 戴锦华．涉渡之舟：新时期中国女性写作与女性文化[M]．北京：北京大学出版社，2007：16.
② 张京媛．当代女性主义文学批评[M]．北京：北京大学出版社，1992：165.
③ 林白．记忆与个人化写作[J]．花城，1996（5）：124.

潮涌动、黑夜中的喃喃私语、零碎化和片断化的写作方式，都是“私人化”写作的重要特征：“它具体为女作家写作个人生活、披露个人隐私，以构成对男性社会、道德话语的攻击，取得惊世骇俗的效果。因为女性个人生活体验的直接书写，可能构成对男权社会的权威话语、男权规范和男性渴望的女性形象的颠覆。”①这种写作方式明显地有别于男权中心的写作方式，它拓展了文学的表达空间和审美范畴，也为 90 年代的“个人化”写作思潮提供了坚实的基础。

不过，从女性主义写作自身的发展逻辑来看，其局限性也是很明显的。

其一，“对抗”无法通向“和解”。

由于女性写作一开始就是以对抗的姿态出现的，致力于在男性的对立面建立起性别差异和女性中心，因此有些女作家一意孤行，将自我幽闭于想象的性别乌托邦。一方面，女作家表达了对姐妹情谊的执念，认为女人应当一起“齐心协力对付这个世界”，“像姐妹一样亲密，像嘴唇和牙齿，头发和梳子，像鞋子与脚，枪膛与子弹。因为只有女人最懂得女人，最怜惜女人”（《破开》）；另一方面，女性主义写作对男性进行了符号化处理。男性不再是作品中的主人公，他们要么虚弱无能，要么仅仅作为欲望化的象征而存在着。《致命的飞翔》中，北诺杀死了秃头男人；《双鱼星座》中，卜零身边的三个男人各有各的猥琐不堪，以至于女主人公宁愿独自面对世界留给她的绝望，也想将那些蠢笨男人杀掉。多米和倪拗拗最后都弃绝了男性，义无反顾地走向了“另一个世界”。在那个世界里，女性自恋自爱，与灵魂的自我相互应答：“你才是我虚构的”（《一个人的战争》），“这个世界，让我弄不清里边和外边的哪一个是梦”（《私人生活》）。

当女性将男性当作潜在的“敌人”和绝望的根源而非伴侣时，也就失去了对自我内心的真正省察，无法与外部世界建立起连接，这使性别关系从女性受歧视的一端走向了男性被怨憎的另一端，这种失衡状态与文学创作的人文内涵是相违背的：“只要两性之间的关系没有实现平等，所谓的人文主义传统就只能沦为笑谈。”②在理想的社会状态下，男权和女权应该是平等的，男人和女人之间应该和平共处。女性主义理论家指出，理想化的世界应当是以“伙伴关系”为缔结中心，它可以将人们（无分男女）引入“关系更稳定、更和谐、更具伙伴精神的航程”③。不过，在中国女性主义写作思潮中，这个“航程”还在迢遥而艰难的建设过程之中。

其二，身体写作走向了感官化和欲望化的狂欢。

身体写作（躯体写作）是女性主义写作思潮的题中之义，其存在和发展包含着女性对自我身心的重新审视，有着积极的意义。但是，从前述三个阶段来看，女性主义写作逐渐走向了感官化和欲望化的狂欢，一些文本不乏放纵的意味。将第三阶段的卫慧、棉棉与第二阶段的林白、陈染相比，可以看到两者都触及身体写作，却有着本质性的区

① 王干，戴锦华．女性文学与个人化写作 [J]. 大家，1996（1）：196-197.
② 布洛克．西方人文主义传统 [M]. 董乐山，译．北京：群言出版社，2012：207-208.
③ 艾斯勒．圣杯与剑：“男女之间的战争”[M]. 程志民，译．北京：社会科学文献出版社，1995：4.

别。陈染和林白笔下的身体写作与国家、民族话语相分离，她们将此作为解构宏大叙事的有效手段，可以说，她们小说中的身体“变得‘私人化’了，但没有完全肉体化”[①]。在卫慧等人的文本中，身体成为叙事的本体甚至是终极目的。由于沉湎于没有节制和界限的感官描写，极大地夸张了欲望的合法性，在她们笔下，性成为生理和本能的冲动。这些作品在解构和颠覆传统秩序的同时，也走向了满足大众窥视欲、被市场收买的结局，失去了对生存价值的追问和对女性尊严的持守。

消费主义取代父权主义成为女性新一轮的桎梏，这正是一些女性文学研究者所担心的问题。徐坤指出越来越多的所谓“私人写作，极有可能是商业化市场与写作者的一种合谋，尤其是当它加上‘女性’的前缀词后，不光是营造出一批批同流合污的文化垃圾，或许还会变成满足个别人‘窥阴癖’的意淫之物。‘我们’奋力争取来的说话权利，即会面临在一夜之间重又失去的可能”。[②]戴锦华以“镜城”来指涉 90 年代以来女性在男性文化之“镜”中的虚假形象：“在男性文化之镜中，她要么是个花木兰——化装成男人，要么，就是在男性之镜中照出男人需求的种种女人形象，是巫、是妖、是贞女、是大地母亲。”[③]女性为了反抗男权文化，不可避免地会强调性别的差异性，即突出“性”的元素，这又将女性放回了“被看”的客体化位置，再次成为男性话语中的“他者”。因此，如何超越性别之间的对峙，与不同的性别群体建立起深切的联系，走向双性和谐的世界，依然是女性主义写作需要探索的问题。

思考题

1. 简述女性主义写作思潮的三个阶段。
2. 简述女性主义写作思潮的主要特点。

参考答案

文献索引

张京媛. 当代女性主义文学批评[M]. 北京：北京大学出版社，1992.

徐坤. 双调夜行船：九十年代的女性写作[M]. 太原：山西教育出版社，1999.

艾斯勒. 圣杯与剑：“男女之间的战争”[M]. 程志民，译. 北京：社会科学文献出版社，1995.

戴锦华. 涉渡之舟：新时期中国女性写作与女性文化[M]. 北京：北京大学出版社，2007.

① 陶东风. 当代中国文艺思潮与文化热点 [M]. 北京：北京大学出版社，2008：366.
② 徐坤. 双调夜行船：九十年代的女性写作 [M]. 太原：山西教育出版社，1999：47.
③ 戴锦华. 犹在镜中：戴锦华访谈录 [M]. 北京：知识出版社，1999：210.

第十三讲

“个人化写作”与自由主义思潮

一、背景：多元价值观念的蔓延

20 世纪 90 年代之后，随着社会经济市场化转型的逐渐深入，中国当代文化也日趋多元，长期处于静默状态的自由主义思想开始重新浮出地表。活跃于“五四”时期的中国自由主义思潮，曾在 20 世纪 80 年代末的“重评胡适自由主义”过程中被短暂地激活，但旋即再度消隐。90 年代初，这股思潮再次获得重新生长的必要空间，并成为中国文化领域中人们普遍关注的议题之一。

所谓“自由主义”，源自拉丁文“Liberalis”，最早是指一种政治派别的内在诉求，包含个人自由、思想独立、多元宽容、平等权利等内涵。欧洲中世纪后期，它是人们批判宗教神学观、凸显人自身价值的重要武器。启蒙运动之后，自由主义逐渐演变为一种影响广泛的社会文化思潮，其核心价值观即以人为最高价值，肯定人的存在意义，推崇个性自由。它“强调个人的价值与权利，强调个人由于其天生禀赋或潜能而具有某种超越万物的价值，强调个人应该得到最高的尊重，应该享有某些基本权利”①。从本质上说，“个人主义”是自由主义的思想内核。

20 世纪 90 年代中国文坛出现的“个人化写作”潮流，表征了自由主义思潮的再度崛起。它的出现是不同文化语境下多元价值观念蔓延的结果。

一是消费主义的滥觞。

19 世纪末，消费主义在西方发达国家兴起。作为一种文化形态和生活方式，它“是资本符号下整个加速了的生产力进程的历史结果”②，其要义是凸显消费在个人生活中的中心地位，消费本身成为目的与意义。在消费主义时代，消费行为主要指向商品、服务的符号象征意义，人们通过获取其符号意义而获得荣誉感、幸福感、尊严感等。简言之，商品的消费实质上已成为伴随消费活动而来的，表达某种意义或传承某种价值系统的符号系统。正如费瑟斯通所言：“遵循享乐主义，追逐眼前的快感，培养自我表现的生活方式，发展自恋和自私的人格类型，这一切，都是消费文化所强调的内容。”③

20 世纪 90 年代以来，中国社会转型带来了市场经济的快速发展，城市化进程不断加剧，人们的消费水平也进入相应的高速增长期，现代都市生活方式骤然兴起以及新媒介的迅捷发展，都为消费文化的渗透提供了有利条件。正如有学者指出，“新意识形态”

① 李强．自由主义 [M]．长春：吉林出版集团有限责任公司，2007：17.
② 波德里亚．消费社会 [M]．刘成富，全志钢，译．南京：南京大学出版社，2000：225.
③ 费瑟斯通．消费文化与后现代主义 [M]．刘精明，译．南京：译林出版社，2000：165.

早已经渗入社会生活的各个层面，"今天时代的热点不在精神而在物质，不在追求完美而在追求舒适。形而上学的道远水救不了近火，形而下的器则有益于生存……我们面临的将是一个世俗、浅表的、消费文化繁荣的时期"。[①]消费文化的普遍渗透，使人们对物质与世俗生活表现出了前所未有的兴趣。它在消解意识形态界限的同时，也强化了金钱万能、物质崇拜、个性自由、性放纵等价值观念。这种价值观一方面带来了理性精神的流失、个体感官的放纵、快感原则的合法化；另一方面也促进了个体的自恋、自我的强化，以及自私原则的凸显。同时，消费文化的盛行，还隐含着一种反主流的个体意愿。其要旨在自觉远离既定意义模式的规范，消除传统价值观念对个人生活的贬值，远离具有公共性的事物和意识形态性的话题，关注与个人生活密切相关的经验与体验，崇尚独特的生存方式及另类的个人空间。这无疑为自由主义思潮的彰显，提供了一种强有力的文化支撑。

二是审美现代性的崛起。

在 20 世纪 90 年代多元化的文化语境中，一个重要的文化向度就是现代性理论的译介与接受。对现代性思想的吸纳同样渗透在中国的现代化进程中。众所周知，早期的现代性是以启蒙为核心的人本主义。它发轫于欧洲的启蒙运动，理性精神是启蒙运动的思想武器。随着理性的极度发展，尤其是工具理性的过度蔓延，理性精神所表现出的负面问题日益突出，各种悖谬性的生存景象日渐显现："技术逻各斯"的极度推崇导致了主体支配世界的力量反而转变为对主体自身的反噬与控制，从而使人性的分裂现象日趋加剧，人的主体性价值衰退，人性的丰富性与差异性逐步消失，人成为丧失了自由和创造力的"单向度的人"。这也导致现代社会出现了精神逐步萎缩、意义丧失、终极价值隐退、社会失去公平等现象，启蒙思想家所宣扬的自由与解放的前景变得黯淡无光。这种启蒙现代性的冲突，正是马克思所说的双刃剑："技术的胜利，似乎是以道德的败坏为代价换来的。随着人类愈益控制自然，个人却似乎愈益成为别人的奴隶或自身的卑劣行为的奴隶。甚至科学的纯洁光辉仿佛也只能在愚昧无知的黑暗背景上闪耀。我们的一切发现和进步，似乎结果是使物质力量成为有智慧的生命，而人的生命则化为愚钝的物质力量。"[②]

在理性精神逐步演化为工具理性的资本主义现代化进程中，对理性精神的自我反思也成为必然要求。由此，德国哲学家哈贝马斯认为，审美现代性孕育于启蒙现代性，却以颠覆启蒙现代性为目标，是现代社会摆脱工具理性的解放之途。他认为，艺术的自主性正是审美现代性的主要标志，艺术能够给予启蒙现代性相应的反思和质疑，承担起批判启蒙现代性的重任。它的"无功利性"消弭了工具理性的"功利性"，它的"自由性"颠覆了工具理性的"压制性"。同样的表述，也出现在韦伯的论著中："不论怎么来解释，艺术都承担了一种世俗救赎功能。它提供了一种从日常生活的千篇一律中解脱出来的救赎，尤其是从理论的和实践的理性主义那不断增长的压力中解脱出来的救

① 宋遂良 . 漂流的文学 [J]. 当代作家评论，1992（6）：7.

② 中共中央马克思恩格斯列宁斯大林著作编译局 . 马克思恩格斯选集：第 1 卷 [M]. 2 版 . 北京：人民出版社，1995：775.

赎。”[①]“如果说启蒙的现代性把意义的确定性作为目标的话，那么，审美的现代性则是对意义不确定性与含混多义的张扬，甚至是对意义的否定；倘若我们把启蒙的现代性界定为对人为统一规范的建立的话，那么，审美的现代性无疑是以其特有的片断和零散化的方式反抗着前者的‘暴力’，它关注的是内在的自然和灵性抒发。”[②]审美现代性强调艺术的审美原则，用以维护人类的生存意义和精神信仰，其重要表现形式是审美主义，即以审美、感性原则代替一切其他规则，应对启蒙现代性的各种危机。审美现代性的崛起，对当代作家的启示无疑是巨大的。它强调生命的意义和体验，把主体引入非功利的想象空间，主张艺术感性的、本真的、快乐的原则，倾听自我，超越目的，呈现自由的状态，为自由主义思潮的产生提供了审美观念和艺术机制的有力支持。

三是主体性的高度张扬。

主体性话语作为现代性的有机组成部分，本身也有力地推动了现代性的发展。主体性话语认为，相对于自然万物，人是一种主体的存在。而商品经济的发展，促进了个体的分化。在这一过程中，人本主义哲学进一步深化了对主体性的认知，强调人除了是有意识的个体外，还具有欲望、信念、情感生活以及追求自我目标等特征，突出人的生存价值，肯定个体的个性、人格和自由，主张从生命和生存出发去理解宇宙人生，用意志、情感和活动去充实理性的作用。早在 20 世纪 80 年代，李泽厚、刘再复就分别从哲学与文学的角度“以人为思维中心”，搭建起“文学主体性”框架，确立了文学的主体性理论。到了 90 年代中期之后，随着人文精神大讨论的结束和消费主义的急速发展，个体生存的主体意识越来越突出，也同样深刻地影响着作家的创作思维。主体意识的张扬使他们面对个人独立的主体世界，争相呈现独特的声音与风格，促进了文学的多元化发展。他们将“存在即合理”的哲学理念套用到审美价值中，使个人的世俗欲念得到极大的张扬，由此为当代作家提供了丰富的写作资源。

正是在上述多元文化观念影响下，20 世纪 90 年代中期前后，一批出生于 20 世纪 60 年代[③]的“晚生代”作家群，从一开始进入当代文坛就自觉地规避公共话语与集体叙事，他们的创作极力凸显个人的主体意识，专注于个人话语的表达，形成了一股广泛而有影响的文学创作潮流。这股以自由主义思想为内核的创作潮流被称为“个人化写作”，在诗歌和小说中都得到了有力彰显。在诗歌方面，代表诗人有欧阳江河、王家新、西川、张曙光、吕德安、臧棣、孙文波、于坚、韩东、伊沙、李亚伟、桑克、陈东东、张枣、贝岭、宋琳、肖开愚、柏桦、西渡等。在小说方面，代表作家有王小波、毕飞宇、韩东、鬼子、刁斗、朱文、鲁羊、邱华栋、东西、艾伟、陈染、林白、海男、徐坤、徐小斌、尹丽川等。

---

① GERTH H H, MILLS C W. From Max Weber: Essays in sociology [M]. New York: Oxford University Press, 1946: 342. 转引自周宪．审美现代性批判 [M]. 北京：商务印书馆，2005：157.

② 周宪．审美现代性批判 [M]. 北京：商务印书馆，2005：152.

③ 也包括少数 20 世纪 50 年代生人。

二、“个人化写作”中的自由与媚俗

“个人化写作”产生于20世纪90年代的多元文化语境。一方面，宽松的社会氛围使作家个体获得了更为自由的表达空间，也使他们的精神层面获得了更多的自由，并与那个时代不断高扬的个人主义和极富乐观色彩的主体性精神相融会，从而在创作中呈现出鲜明的自由主义倾向。另一方面，文学的市场化转型，又使这类写作不可避免地带有强烈的媚俗性和消费性。因而，总体来看，“个人化写作”呈现出自由与媚俗的双重特质。

首先，这种“自由”的特质，体现在宽松多元的文化语境中，使得作家们能够摆脱文学的各种限制，突破公共经验与群体意识的藩篱，回归个体的精神空间，在创作中立足于创作主体的个人体验或经验。这一立足点与公共性相对应，即针对20世纪90年代之前文化与文学创作中的宏大叙事而言。在利奥塔看来，宏大叙事与基础主义、普遍主义一元化文化相联系，包括了现代理性、启蒙话语、总体化思想和历史哲学等话语范式。现代话语为了使其观点合法化，常常诉诸进步与解放、历史或精神之辩证法、意义与真理的铭刻等元叙事。因而，现代性的元叙事倾向于排他，并且倾向于追求普遍的元律令。如此一来，宏大叙事便不可避免地具有了某种代言的性质。很显然，针对宏大叙事的“个人化写作”，在一定程度上受到了利奥塔的影响。他们要反抗的宏大叙事正是“公共性群体意识”、代言性的“大我”乃至“非我”的叙事，他们倡导的是多元性、多样性、差异性和异质性等因素。于是，我们看到，秉承自由主义思想理念的小说家们，更倾向于以“自由”的写作姿态，书写个人的自我经验与记忆，以个人的视点去观照历史及当下生活，他们“强调作家的主体情致，并对世界作出个人性的解释，要求将小说单纯的叙事陈述转化为一种个人性的表意过程”①。他们“不再关注宏大崇高的历史命题，不再投身启蒙理想的价值目标，也不再沉迷先锋的文本实验，而是立足于创作主体的个人意愿和主体意志，在创作中突出对个体生命体验的迷恋，对自我精神空间的恪守，对欲望本能的极致化演绎等等，以便在更高的层面上全面体现作家个人的审美理想和主体意识”②。他们的创作主动疏离或规避主流意识，以鲜明的个人意识凸显边缘化立场，体现出一种强烈的自由主义意愿和独立自治的精神操守。在诗歌中，“个人化写作”同样展示了诗歌主体在精神特质上的“自由”：个人精神存在的坚持与张扬。诗人们切入时代的方式更直接地来自自我的生命体验。他们常常以日常经验规避乌托邦和宏大叙事，主张以个人化的方式表达对现实和历史的某种内在认知。

其次，这种“自由”的特质，还体现在“个人化写作”的多样化审美探索中。受审美现代性思想影响，作家们倾听自我，游离群体，呈现出自由的创作状态，在个人日常经验的多样表达中彰显了各自不同的个人理想。毕飞宇、鬼子、李冯、东西、李洱、鲁羊、韩东、艾伟等作家，都自觉规避正面的宏大叙事书写，常常从个体生存切入历史或

① 蔡翔．日常生活的诗性消解 [M]. 上海：学林出版社，1994：10.
② 洪治纲．多元文学的律动：1992—2009 [M]. 广州：广东教育出版社，2009：110.

现实，以明确的个人化视角，着力表现普通个体的人性景观与他们的生存际遇。他们注重对个体的自我感受与体验，细腻揭示个体生命的精神面貌和人性内部各种隐秘复杂的存在状况，其间杂糅了自我的审美感受和思考，并始终恪守个人的价值理念。他们既注重对深度主题的开掘，也追求诗意与想象的审美效果。如毕飞宇就善于在某些诗意的情境中呈现自己的生存思考，展示人之种种生存的可能性，让人们在一个又一个悲剧气氛之中感悟生命之“痛”。他的小说《青衣》《哺乳期的女人》《玉米》《玉秀》《平原》《推拿》，在对人的现实生存境遇的追问中直抵人性深处。东西的小说《没有语言的生活》《耳光响亮》《目光越拉越长》《后悔录》等，则以反讽的叙事姿态，将喜剧手法与悲剧精神进行了自由结合，在独特的童年记忆中展开历史反思，在现实人生的感受体验中体现出深刻的哲学意味。鬼子的小说更是以一种决绝的姿态，把自我生存的一些微妙体验书写得淋漓尽致。他的《伤心的黑羊》《被雨淋湿的河》《瓦城上空的麦田》等小说，在故事情节的强制性推演中传达底层苦难的尖锐体验，浸润着作者深层的人道主义体恤情怀。李洱的《花腔》《午后的诗学》《石榴树上结樱桃》以自觉缜密的叙事，在纷繁驳杂的叙事景象中，对特定历史或当下语境中人的生存状态进行了揭示，其间不乏严肃的思考、冷峻的批判、反讽的戏谑。鲁羊高举“新寓言主义”，他的《青花小匙》《身体里的巧克力》等小说在若有若无的生命体验中，表达了那些虚无的、难以言说的存在，充满了寓言化的审美追求。这些创作主体将极具个人性的审美体验进行了多样化演绎，使小说在表现生命内在状态上取得了相当精细的扩展，为“人”的表现开拓了新的叙事空间。

也有一些作家，在观照日常生活中个人的世俗生存时，常常不断强化欲望本能的内在景象，对商业化语境下人的种种欲望现实进行多维的透视，代表作家有朱文、刁斗、何顿、韩东、邱华栋、述平等。这种欲望化写作，展示了作家对人性欲望的深度演绎，包括消费主义利益化生存原则下人们对世俗物质意义和金钱价值观的趋从。例如何顿的大量小说跟踪并演绎了物质时代“金钱物欲”对人性的褫夺过程，描摹了人们的生存理想和诗意情怀在利益瓜分中逐渐溃败消解的状态。他的《无所谓》《告别自己》《生活无罪》《我们像葵花》等小说，成为20世纪90年代中国社会转型期知识分子、小生产者在积累财富的过程中无限膨胀的人性欲望的纪实。邱华栋《手上的星光》《环境戏剧人》《时装人》等小说，通过对都市“玩主”追逐金钱、游戏爱情的欲望化生命的放大，构筑了现实社会的欲望之壑，描述了当下现代都市里物质霸权主义重压下的心灵创伤、人生的迷惘及无所依托的虚妄。此外，还有石康的《一塌糊涂》《支离破碎》、张者的《桃花》《桃李》等小说，都以一种消解精英文化的方式，展示了消费时代对实利原则的认同与人的异化。

“个人化写作”对个人日常经验的执着表达，也体现在一些女性作家的“私语化”叙事中。所谓“私语化”叙事，主要是指女性作家在创作中“摆脱了宏大叙事的个体关怀，是私人拥有的远离了政治和社会中心的生存空间，是对个体的生存体验的沉静反观和谛听，是独自站在镜子前，将自我视为他者的审视，是自己的身体和欲望的‘喃喃叙述’，是心灵在无人观赏时的独舞和独白”[①]。在“私语化”空间建构中，女性作家们自觉回避公共经验与集体意识，专注创作主体自身的个人体验，特别关注被社会伦理法则与公共道德规范拒斥抑制的各种意识与无意识、潜意识，将之深入各种女性生命的内部反复游走。代表作家有陈染、林白、海男、徐坤、徐小斌等，她们创作了一大批颇具代表性的作品，包括陈染的《与往事干杯》《子弹穿过苹果》《无处告别》《嘴唇里的阳光》《私人生活》《另一只耳朵的敲击声》，林白的《瓶中之水》《一个人的战争》《致命的飞翔》《玻璃虫》《守望空心岁月》，海男的《蝴蝶是怎样变成标本的》《坦言》《男人传》《女人传》《花纹》，徐坤的《春天的二十二个夜晚》《爱你两周半》等。她们以独特的女性视角，以私语、独白的方式诉说女性生存的隐秘感受，宣泄梦幻般的个体心理体验，强调纯粹私人化的边缘经验。“私语化写作”一改以往女性写作的含蓄风格，以大胆越轨的笔致，书写女性隐秘的身心体验，剖析现代文明笼罩下的女性精神与肉体的双重疼痛，建构起独特的“私人生活”空间，以此对抗男权文化及传统的道德藩篱，展现了多样化的审美风格。如陈染以呓语式的文字，大胆挖掘女性的私人隐秘体验，从《嘴唇里的阳光》到《私人生活》，都颇为深入而精准地抚摸着女性的生存之痛，叙事话语中处处弥漫着女性迷乱而清幽的审美体验；林白在《守望空心岁月》《回廊之椅》等小说中对女同性恋、自恋等尖锐而边缘的女性经验进行了率真而大胆的言说，是作家对自我生命体验的一场场盛宴式的书写，充满了大量诗意化的细节，洋溢着令人惊悸的审美感受；海男的《坦言》《女人传》中，处处充满了女性主观化的个人心理感受，在感性与理性的交叉叙述中，精致描摹了各种隐秘的内心体悟以及女性生命内心的困惑，弥漫着深层的忧伤与绝望。

在诗歌中，“个人化写作”同样呈现了诗人远离宏大叙事与代言人姿态的写作立场，并表现出言说个体生存经验的差异性。有的诗人延续“他们”诗风，强调对日常生活与生存状况的细致观察和深刻体验（如于坚、伊沙、吕德安、桑克、韩东、李亚伟）；有的诗人注重对抒情、叙事、修辞等综合审美的强调，以及对历史的重新介入（如西川、王家新、欧阳江河）；有的诗风转向荒诞、超现实，追求隐晦的寓意和玄学的气息（如陈东东、张枣、贝岭、宋琳）；有的诗人则向着智性的叙事道路前进（如张曙光、孙文波、臧棣、肖开愚、柏桦）。从表达策略上看，表现的、浪漫的、叙事的、抒情的、分析的、超现实的、日常的、神性的、沉思的等等，不一而足。可以说，“个人化写作”为诗歌提供了多种新的审美可能性。

随着市场经济的加速转型，以及现代都市生活方式的骤然兴起，中产阶级及布尔乔亚（“资产阶级”的音译）情调成为某些个人或群体的“时尚”追求。与此同时，以消解主流文化、阐发大众文化和消费文化为主旨的西方后现代理论大量涌入，为文学的市场化提供了理论上的支撑，在这样的经济文化大背景中产生的一部分“个人化写作”，走向了对消费文化的趋迎，表现出媚俗的一面。“媚俗的根本内涵是从需要回到欲望”，

① 郭春林. 从“私语”到“私人写作”[J]. 文学评论，1999（5）：59.

“把欲望等同于娱乐，再把娱乐等同于审美，就成为媚俗的全部理论根据”。[①]这一部分“个人化写作”属于极端的私语化写作，主要是一批“70 后”作家，包括卫慧、棉棉、沈浩波、尹丽川、朵渔、李红旗、巫昂、赵凝、木子美等。他们的写作被命名为“身体写作”“下半身写作”“液体写作”“胸口写作”等，这些写作大多对欲望进行了彻底的放逐，文学的性描写泛滥，“性欲”成为“消费社会的‘头等大事’，它从多个方面不可思议地决定着大众传播的整个意义领域。一切给人看和给人听的东西，都公然地被谱上性的颤音。一切给人消费的东西都染上了性暴露癖”[②]。身体与性在打破了文化与道德的禁忌后，已成为纯粹商业化的消费符号。

在“身体写作”中，性作为一个消费符号被堆砌起来进行大批量的生产，并与极尽能事的商业炒作相结合。1999 年 9 月，卫慧的长篇小说《上海宝贝》由春风文艺出版社列入“布老虎”丛书出版，小说封面打出的广告语赫然醒目，“一部女性写给女性的身心体验小说”“一部半自传体小说”“一部发生在上海秘密花园的另类情爱小说”，其自爆性隐私的宣传，正是为了“打动和取悦那些将要购买他作品的均等消费者”[③]。《上海宝贝》叙述了“我”与天天、德国人马克的“三角情爱”。小说在故事结构中贯穿了爱与欲不断对抗的叙事线索，在酒吧、迪厅等生活场景中渲染与洋人的情爱等中产阶级的后现代气息，其间遍布充满感官欲望、近乎放纵式的情爱过程。2000 年 1 月，棉棉的长篇小说《糖》出版。《糖》叙述了“我”与赛宁、奇异果、谈谈之间奇特的感情纠葛。流淌在小说中的，也都是一些欲望与隐私的碎片：随意地同居，放纵自我，沉迷于喧闹的酒吧，人物沦陷于膨胀的物欲。作品中的主人公沉浸于非理性的享乐主义世界，用极度放纵的欲望麻醉自我，消解理性。这两部小说以其异常另类的欲望狂欢的方式，“提供了当今都市生活空间中以感官放纵为核心的狂欢的神话”[④]，迅速引起了文坛的巨大争议。

20 世纪 90 年代开始一直处于边缘状态的诗歌界，在世纪之交也打出了“下半身写作”口号，以遥相呼应的高调姿态，为当代作家的主体放纵插上诗歌的旗帜。2000 年 5 月，沈浩波及同人创办《下半身》诗刊，并写作《下半身写作及反对上半身》宣言，在中国文化界引起了剧烈的反响。“所谓下半身写作，追求的是一种肉体的在场感。注意，甚至是肉体而不是身体，是下半身而不是整个身体。因为我们的身体在很大程度上已经被传统、文化、知识等外在之物异化了，污染了，已经不纯粹了。太多的人，他们没有肉体，只有一具绵软的文化躯体，他们没有作为动物性存在的下半身，只有一具可怜的叫作‘人’的东西的上半身。而回到肉体，追求肉体的在场感，意味着让我们的体验返回到本质的、原初的、动物性的肉体体验中去。我们是一具具在场的肉体，肉体在进行，所以诗歌在进行，肉体在场，所以诗歌在场。仅此而已。”[⑤]在“下半身写作”的

① 潘知常 . 当代审美文化中的“媚俗”：在解释中理解当代审美文化 [J]. 社会科学，1994（8）：50–54.
② 波德里亚 . 消费社会 [M]. 刘成富，全志钢，译 . 南京：南京大学出版社，2000：159.
③ 卡林内斯库 . 现代性的五副面孔 [M]. 顾爱彬，李瑞华，译 . 北京：商务印书馆，2002：268.
④ 王宏图 . 狂欢的神话 [M]// 王宏图 . 深谷中的霓虹 . 石家庄：花山文艺出版社，2002：43.
⑤ 杨克 . 中国新诗年鉴：2000 [M]. 广州：广州出版社，2001：546.

具体实践中，对个体欲望即性本能的表达是其主要指向。诗人直接以感官化的诗句，表现性爱、性器、性心理，展示了人的本能欲望和激情冲动。缺乏思想的支撑与有效的理性节制，使这些作品对欲望的无节制表达显得低俗不堪，削平了诗歌应有的精神深度。2003 年后，“下半身写作”便逐渐隐没于当代文坛。

21 世纪之初，除了“身体写作”“下半身写作”外，“木子美现象”“胸口写作”现象也成为热议话题。2003 年 6 月 9 日，“70 后”女性写手木子美在“博客中国”开辟了供网民自由浏览的个人空间，将之定名为《遗情书》，不断披露自己与不同男性之间的性爱经历。作品中的叙述，完全剥离了人的社会属性，将人还原为赤裸裸的动物式交配，使身体变成了简单的性交符号。木子美的博客迅速蹿红，她自称这种写作是“液体写作”。各种关注与议论开始从网络辐射至纸质传媒，“木子美现象”由此成为一个文学事件。时隔一年，另一个颇引人争议的感官化的身体写作现象出现，即“胸口写作”。2004 年，北京女作家赵凝在其新书《夜妆》出版的同时，抛出了“胸口写作”的口号，“胸口写作就是用生命去写，其中包含了女性写作的全部含义：热血、激情、怦怦跳动的心脏、情欲、哺育，等等”[①]。这些肉身化写作，遵守快感、性感原则，从肉体始，至肉体止，呈现了伦理让位于肉体、思想让位于感官、诗性让位于流俗的特点，因而无可避免地遭受了广泛诟病。

三、自由主义文学思潮的主要特征

以“个人化写作”为标志的中国当代自由主义文学思潮，既不同于西方近代科学革命和启蒙运动催化下的自由主义，也不同于清末民初中国现代知识分子以民族独立为理想的自由主义，它孕育于中国社会的市场化进程中，是试图使文学回归个人，同时又受制于信息文化、大众文化、消费文化等诸多因素的文学思潮。纵观这一文学思潮的发展形态，我们可以看到，它拥有一些自身独有的主要特征。

第一，它具有鲜明的个人化审美风格。

不可否认，文学创作本来就是作者“个人化”的审美表达。创作作为一种体现作者自我生命个性与精神理想的书写，“个人化”似乎并不是一个值得探究的问题。但是，在这股自由主义文学思潮中，“个人化写作”所呈现的“个人化”，与之前“个性的文学”的最大区别在于，“个人化写作”专注于剥离社会、群体外壳的“个人化”表达，写作者并不追求时代的心声或人性的普遍意义，而是强化个人生命体验中的私人化色彩与隐秘性特征，准确摹写创作主体独有的生命感受与生活经验。从写作动机看，“群体无关的私人经验的表达冲动与倾诉欲望成为叙述的真正动力。这种动机无关乎国家、民族、群体、人类，也无关乎拯救人类、拯救社会等崇高使命”[②]。在这一思潮中，“个人”既是写作的起点，也是写作的终点，显示出极度自我的思想圭臬。

从另一层面来说，“个人化写作”强调从自我的经验切入个人化的生命体验，切入

① 他爱．十美女作家批判书 [M]. 北京：华龄出版社，2005：150.

② 陶东风．私人化写作：意义与误区 [J]. 花城，1997（1）：196.

历史与生活内部，个人创作风格的异质性、独特性成为作家们首要的追求。他们执着地捍卫自身独有的审美理想，并在创作中充分彰显自身的异质性特征。无论在小说还是在诗歌中，“个人化写作”凸显的都是作家、诗人个人的感觉与体验，这种经验、立场完全属于他（她）自己，是其他作家、诗人不可重复的，唯有他（她）才具备的语感、语调和声音。这种对审美风格异质性、独特性的极度张扬，从本质上看，也是对个体自由主义的极度推崇。

第二，它体现了被边缘化的精神立场。

在市场经济与商业文化的驱动下，知识精神远离了民众代言人和思想启蒙者的角色定位，许多作家既不愿充当社会现实的审视者，也不想成为宏大叙事的代言人，而仅仅满足于个体生命体验和身体欲望的言说，在调侃和戏谑中消弭历史与现实中的宏大话语，表现出游离主流、固守边缘的精神立场。林白在《记忆与个人化写作》一文中就指出：“个人的写作建立在个人体验与个人记忆的基础上，通过个人化写作，将包括被集体叙事视为禁忌的个人经验从受到压抑的记忆中释放出来，我看到它们来回飞翔，它们的身影在民族、国家、政治的集体话语中显得边缘而陌生，正是这种陌生确立了它的独立性。”①这些作家笔下的生活经验和生命体验，只是与个人生活密切相关，具有世俗性甚至隐秘性，并且无关宏旨。

譬如，朱文的一些小说，都在琐屑的日常生活书写中，传达了创作主体对于世俗生活与生存本相的感受。他说：“我觉得人被流放到这颗星球上，卑微应该是自然的品质，是命运注定的。做人做得洋洋自得，实在令人费解。我还想说的是，‘小丁’的卑微不想感动任何人，甚至不想感动他自己。”②从《我爱美元》到《人民到底需不需要桑拿》，他的很多作品呈现的都是生活中最微不足道、最熟视无睹的琐碎细节，如吃喝拉撒等漫无目的的日常。韩东对此也谈道：“我们对尘世生活中的小恩小惠、小快小乐、小财小色充满了依恋，无法真正摒弃，并不虚无。”③他的《树杈间的月亮》《去年夏天》等作品，也是以平民化的视角，在对俗世生活的这些“小恩小惠、小快小乐、小财小色”描写中展示小人物的生存境遇，充满了世俗性特征。这种边缘化的精神立场，规避了精英角色的使命意识和价值伦理，呈现的是丰富而又多元的日常生存镜像，折射了自由主义以人为最高价值、肯定人的世俗生活的价值观念。

第三，它兼具理性建构与感性欲望的双向演绎。

一方面，“个人化写作”以个人化视角，构成对集体性叙事的消解。许多作家以个人化的写作形式来反抗集体话语的压抑，以边缘化的自由主义姿态维护个人权利，从个体生存的各个向度切入对个体之“人”的观照，表现出穿越生存表象、探索生命本真的潜在意图，这使他们对人的关怀渗透着某种哲学意味，从而体现出理性建构的价值意义。譬如在个人化的诗歌写作中，张曙光的《尤利西斯》、欧阳江河的《雪》、王家新

① 林白．记忆与个人化写作[J]. 花城，1996（5）：125.
② 林舟．生命的摆渡：中国当代作家访谈录[M]. 深圳：海天出版社，1998：124.
③ 林舟．生命的摆渡：中国当代作家访谈录[M]. 深圳：海天出版社，1998：54.

的《伦敦笔记》、西川的《重读博尔赫斯》、翟永明的《脸谱生活》、开愚的《向杜甫致敬》、陈东东的《喜剧》、臧棣《照耀，或驳柏拉图》等，或揭露了个人生存的荒诞性，或剖析了生命的意义，或批判了社会现实，或暗示了生命的错位与艰难，显示了诗人各自不同的思想穿透力。在小说创作中，作家们不仅在人的生存境遇中演绎了命运的悖谬与尴尬，伦理的分裂与错位，还切入人的非理性层面探索人性之种种可能性。其中有对生存伦理的智性追索，如东西的《不要问我》、徐坤的《白话》、朱文的《什么是垃圾什么是爱》等；也有对理想生命的执着追求，如红柯的《美丽奴羊》、北村的《水土不服》等；还有对幽暗人性的深度探寻，如鬼子的《谁开的门》、艾伟的《乡村电影》、毕飞宇的《哺乳期的女人》等；当然也有揭示心灵的错位与荒谬，如王彪的《复眼》、东西的《把嘴角挂在耳边》、刁斗的《代号：SBS》等。在这些充满作家个性特质的创作中，无论是审美内涵还是叙述策略，都体现出创作主体的理性建构特征，表明了作家试图重建文学可能性的努力和勇气。

另一方面，有些“个人化写作”，在演绎欲望本能的个人化体验时，常常满足于生命表层的感官欲望，专注于感性欲望与官能冲动，并对之不加掩饰地渲染，实际上展现的是纯粹的个性放纵，是以低俗趣味迎合市场消费，使文学沦为商业运作的产物，也使作家失去了内在的精神自由与文学应有的超越性。如果说，在陈染、林白、海男、徐坤等女性写作中，她们是以封闭的内在经验来表达对男权世界的抵抗与反叛，与强大的世俗伦理进行抗争，其价值尚在文化反叛，那么到了“下半身写作”等创作中，诗人们以极其口语化的方式表达着追求欲望的生理或心理快感，把本能当作写作的核心资源，则完全抛弃了文学诗性的审美追求，使创作沦为无深度的平面写作与个人欲望的狂欢，最终将“个人化写作”推向了危险之境。

四、意义与局限

中国当代自由主义文学思潮是 20 世纪 90 年代至 21 世纪之交多元价值观念共同作用的必然结果，也是商品经济在文学领域孕育出来的特殊产物，体现了市场化语境中当代文学发展的另一种特殊形态。总结这一文学思潮的发展状态和基本特征，我们认为，它既具有特定的审美价值和意义，也存在着非常明显的局限性。

其审美价值在于，首先，这一文学思潮使中国当代文学重新接续了“五四”以来的个人主义话语传统，张扬了之前被集体叙事遮蔽的“个人”与“自我”的价值，使文学从以往的公共话语中挣脱出来，以明确的“个人化”的方式，言说无数普通个体的独特生存，体现了文学对人的生命完整性的追求。

其次，这一文学思潮将对人的关怀落实到个体的世俗生活层面，还原了个体领域被公共领域挤压的文学表现空间，将个体丰富的经历从受到压抑的记忆中释放出来，使文学回到日常的生活现场，回到个体存在的独特性和丰富性之中。从边缘化立场出发，作家们不断突出普通个体的存在价值，展示不同个体在历史与现实中的独特镜像，凸显了不同个体生命的隐秘体验与感受，使文学在生命与人性的内在探索上更为深入，为中国当代文学的多元呈现拓宽了审美空间。

最后，这一文学思潮也显示了作家主体性的进一步张扬。在文学主体性及文化多元化的驱动下，中国当代作家开始不断彰显人的主体意识，守护作为作家的“自我”与“个体差异性”。其核心是坚守个人的价值立场，摆脱各种外在的羁绊，从独特的个人视角，讲述个人感受、体验、理解和叙事，因而更贴近真实的个人思想、体验和感受，从而在多元社会中，发出自己富有个性的声音，建立起自我与世界关系的多样化表达，凸显了强烈的主体意识。

当然，这一文学思潮也存在不容忽视的局限性。

其一，崇尚“绝对自由”的“个人化写作”，疏离群体，张扬自我，将两者进行机械对立的同时，这一思潮忽视了文学理应具有的社会责任与人文关怀。正如王岳川所说，这些小说“展现的仅仅是一些卑微灵魂的卑微生活，以及卑微的欲望和卑微欲望的些许满足。小说不再成为大众反省生活、直视灵魂和感悟世界的窗口，也不再具有文学自身的超越性和提供他者经验的参照性，而仅仅成为世界沉沦中的自我身体抚摩的确证”[①]。文学是人学，而人是一切社会关系的总和，是历史的存在，也是文化的存在，文学在反映人类生活及其可能性状态时，必须承担社会、历史、现实的相关责任。

其二，对欲望的过度张扬和自恋式的书写策略，消解了理想、责任等价值理性，使文学丧失了对人类的精神反省与灵魂观照。其实，对生理和躯体的关注，是 19 世纪以来文学创作的一个重要动向。它反驳了封建文化中灵肉对立的观念，认为正是肉体、感性、物质等形而下的东西证明了此在的真实。“身体的复活”在引导叙事回归自我、发掘生命体验上，无疑有着非常重要的意义。但是，在这一思潮中，不少作家沉溺于个人感官体验与隐秘生活的展露，将“身体革命”视为欲望放纵的掩饰性口号，折射了文学的媚俗倾向与消费本质。

何为自由？何为自由主义写作？哈耶克说：“一个成功的自由社会，在很大程度上将永远是一个与传统紧密相连并受传统制约的社会。”[②]维护个人的自由与权利，必须把尊重传统、尊重社会责任等作为重要的前提。这种“传统”包括人的良知、尊严、对真善美的追求，也包括对生命的总体性关怀等。同样地，真正意义上的自由主义写作，除了应该体现创作主体的独立人格、清醒的自由意志和明确的反叛精神外，坚守与生命相始终的良知与尊严也必不可少。正如陈染所言：“懂得节制的自由才是真正的自由。一个不会自制的艺术家便破坏了她自己的艺术自由。”[③]并且，追求“个人化”并不意味着对社会的疏离与对群体的排斥，而是以个人的真知灼见，面对时代和历史发言，面对存在发掘真相。因此，自由主义写作在执着于“个人性”的基础上，应该跨越个人的私语化、欲望化的陷阱，保持真正的个人视角，寻找个人与外部世界的契合点，拓宽视野，重构价值，展示作家应有的人文精神和对生命的终极关怀。

---

① 王岳川 . 90 年代中国先锋艺术的拓展与困境 [J]. 文艺研究，1999（5）：5.

② 哈耶克 . 自由秩序原理：上 [M]. 邓正来，译 . 北京：生活 · 读书 · 新知三联书店，1997：71.

③ 陈染，萧钢 . 另一扇开启的门 [J]. 花城，1996（2）：91.

思考题

1. 如何理解“个人化写作”中的自由与媚俗?

2. 简述中国当代自由主义文学思潮的审美特质。

3. 结合具体文本，分析“个人化写作”的成就与不足。

参考答案

文献索引

霍布豪斯. 自由主义[M]. 朱曾汶，译. 北京：商务印书馆，2017.

郭春林. 从“私语”到“私人写作”[J]. 文学评论，1999（5）：59-61.

吴永林. 个人化及其反动：穿刺“个人化写作”与1990年代[M]. 上海：东方出版中心，2010.

第十四讲

“80后”写作与青年“亚文化”思潮

一、背景：社会结构的内在转型

“80后”是一个十分独特的写作群体。当中国文坛还在关注崭露头角的“70后”作家时，“80后”却在转瞬之间凭借“少年作家”的光环冲进了人们的视野，而且，他们的姿态是反叛的，抗拒一切秩序的。这种令人讶异的姿态，体现出明确的青年“亚文化”特质，并由此掀起了一股青年“亚文化”文学思潮——尽管时至今日，这一思潮开始渐渐平息，但它对中国当代文学所带来的冲击是颠覆性的，并使当代文学中的代际冲突变得尤为尖锐。应该说，带有强烈叛逆意味的“亚文化”，是每一代青年人都或多或少拥有的一种精神气质，但是，为什么在“80后”作家的创作中，形成了如此鲜明的一股青年“亚文化”文学思潮？这显然与他们成长的社会文化环境密切相关，尤其是20世纪90年代以来中国社会结构的市场化转型。

在“80后”作家的成长过程中，中国改革开放的社会发展进程，一直伴随着他们。物质生活的日渐丰裕，思想环境的日趋宽松，独生子女政策的落实，都使得这一代人没有经受太多的生活压力，也没有遭受太多的个性约束。特别是在20世纪90年代之后，随着中国由计划经济向市场经济的快速转型，以及全球化、信息化步伐的不断加快，整个中国都在调整思维，转变观念，迎接挑战，向市场化时代阔步前行。这种社会结构的巨大转变，带来的不仅仅是物质财富的增加，社会体制的更新，国家实力的提升，还有社会阶层的变化，生存方式的更替，价值观念的迁徙。

这种重大的社会转型，导致了中国社会的两个显著变化：一是人文精神的衰落和知识精英的边缘化；二是在生存方式和价值观念上，人们越来越注重自身的个体利益，包括个体的经济诉求和自由意愿。在20世纪90年代初，由一些文化精英发起的人文精神大讨论，从文学领域迅速蔓延到整个人文领域，并引发了一场有关精神侏儒化的人文思潮，其焦点就是针对物欲化日益突出的社会现实，如何捍卫人类应有的人文操守，彰显人类社会自启蒙以来所取得的理性成果。遗憾的是，在强大的物欲化市场洪流中，这场讨论最终不了了之。与此同时，个体主义却在“存在即合理”的幌子下，不断突破人类固有的某些价值底线，在市场化的社会浪潮中追名逐利，寻找自我最大的利益空间，追求感官化的享乐主义。由此形成的现象是，“在我们的周围，存在着一种由不断增长的物、服务和物质财富所构成的惊人的消费和丰盛现象。它构成了人类自然环境中的一种根本变化”[①]。而这种变化的核心之一，则是“文化中心成了商业中心的组成部分。但不要以为文化被‘糟蹋’：否则那就太过于简单化了。实际上，它被文化了。同时，商品（服装、杂货、餐饮等）也被文化了。因为它变成了游戏的、具有特色的物质，变成了华丽的陪衬，变成了全套消费资料中的一个成分”[②]。当文化与商业结盟，或者说当文化成为商业消费的一种符号，这就意味着，我们已进入一个消费主义的时代。

一方面是人文精神的衰落，另一方面是个体至上的消费主义兴起，中国社会在历经短暂的转型之后，逐渐形成了一种物质主义的社会风气，以及追求自我满足的欲望化社会伦理。个体的自由与个体的欲望混为一谈，个人的尊严与个人的价值被物质绑架，各种社会伦理中所必须坚守的核心价值变得十分脆弱。对此，陶东风曾经描述道：“在1990 年代文化市场、大众文化、消费主义价值观以及新传播媒介的综合冲击下受到了极大挑战，刚刚被赋‘魅’的知识分子和精英文化感受到了极大的危机。……这次（90 年代）的‘祛魅’不仅仅是祛了‘革命文学’的魅、‘样板戏’的魅，而且也祛了知识分子精英文学、精英文化的魅。它导致的结果是文学市场和文化生产领域呈现出前所未有的去精英化、解神秘化趋势。”[③]在这种历史环境的熏陶下，我们看到，原本就是家庭“小皇帝”的“80 后”一代，无论是对正规的学校教育，还是对整个社会传统伦理，都表现出某种程度上的不屑和抗拒。唯我独尊的成长经历，个体至上的现实伦理，使这一代人很少有集体主义的共识性观念。叛逆，以及通过叛逆展示出来的“另类”形象，则是他们最为推崇的生存理想。

与此同时，由社会结构的转型所导致的价值观念的转变，还加大了中国社会中“代际差别”的裂痕。由于社会变革的速度不断加快，深受既定经验制约的老一辈人越来越难以适应时代的变化，也无法为新一代人提供生存的智慧和经验；新一代人与长辈之间的“代沟”越来越明显，冲突也越来越尖锐。特别是“80 后”一代，他们基本上不再继承老一辈的生存方式和价值观念，而是像玛格丽特·米德所阐释的那样，他们推崇的是“并喻文化”，即“每一世代的成员其行为都应以他们的同辈人为准，特别是以青春时期的伙伴们为准，他们的行为应该和自己的父母及祖父母的行为有所不同。个人如果能够成功地体现一种新的行为风范，那么他将会成为同代人的学习楷模”[④]，所以他们常常“根据自己切身的经历创造全新的生活模式，并使之成为同辈追求的楷模”[⑤]。在文学创作中，这种代际差别变得尤为突出。当《萌芽》通过“新概念作文大赛”，连续推出韩寒、郭敬明等“少年作家”之后，很多“80 后”写手都坚信“自古天才出少年”，自觉地将这些“少年作家”奉为偶像，并迅速形成了一种非主流的、“去精英化”的文化趣味。

---

① 波德里亚．消费社会 [M]. 刘成富，全志钢，译．南京：南京大学出版社，2006：1.
② 波德里亚．消费社会 [M]. 刘成富，全志钢，译．南京：南京大学出版社，2006：4–5.
③ 陶东风．当代中国文艺思潮与文化热点 [M]. 北京：北京大学出版社，2008：5.
④ 米德．文化与承诺：一项有关代沟问题的研究 [M]. 周晓虹，周怡，译．石家庄：河北人民出版社，1987：51.
⑤ 米德．文化与承诺：一项有关代沟问题的研究 [M]. 周晓虹，周怡，译．石家庄：河北人民出版社，1987：54.

二、代际冲突与青年"亚文化"文学思潮的凸显

"80后"作家的创作，从一开始就呈现出明显的青年"亚文化"的特点。但是，如果从文学思潮的动态性、历史性和观念性来看，这种青年"亚文化"文学思潮的形成和发展，仍有其内在的文化规定性和必然性。也就是说，这一思潮的形成，是由各种特定的文化思潮深度参与和共同建构而成的，具有外在的社会化倾向，不同于传统的文学思潮且游离于文学的自律性。很多人在探讨"80后"作家时都曾指出，这一代作家的创作主要是一种文化现象，而不是单纯的文学现象；他们的作品体现了青年文化、网络文化、消费文化的相互渗透，成为进入21世纪以来颇为突出的文化表征；他们的写作游走在体制写作之外，绕过了传统文学的承续模式，以断裂的方式呈现出自己的审美世界。从今天的情形来看，这一文学思潮的发展，大体经历了三个主要过程，并最终融入多元并存的文学格局。

（一）形成阶段

这一阶段主要是21世纪初期，以韩寒、春树、郭敬明、李傻傻等青春写手为代表的"80后"作家，高举叛逆的大旗，毫无忌讳地展示青春的反叛、困惑与放纵，彻底颠覆了中国传统青春文学的底色。以前，我们的青春写作主要立足于校园文学，作者们都自觉地尊崇教育启蒙的价值谱系，虽然也会涉及成长的忧郁或烦恼，但"积极的主题"和"健康的思想"一直是这类作品的核心内涵，这也使很多作品都打上了"快乐成长"的印痕。即使是到了20世纪90年代，《花季·雨季》等小说也仍延续着这种审美风范。但"80后"作家从一开始就明确对抗"阳光写作"的思路，着力展示青年"亚文化"的精神底色。《三重门》就是一个重要的标志。该书问世之后，韩寒瞬间成为各种媒体的焦点人物，大量的媒体炒作，使他几乎在一夜之间便成为"80后"一代的精神偶像。2004年2月，凭借《北京娃娃》和《长达半夜的欢乐》等作品，春树则成为美国《时代》周刊的封面人物。随后，李傻傻、韩寒也相继成为《时代》周刊的封面人物。可以说，在短短几年内，全球媒体之所以如此高密度地关注中国的"80后"作家，并非因为他们的作品在艺术上极为出色，而是因为这一群体呈现出极为突出的反叛姿态。这种反叛的姿态，让一些媒体嗅到了中国青少年成长中的某种"亚文化"气质，也为他们对中国社会结构的解读增加了一扇窗户。

韩寒在处女作《三重门》里，通过中学生林雨翔的一段中学生活，在情绪化、碎片化的叙事中，呈现出个性强悍的学生对中国现行教育体制的强烈不满，尤其是对以应试教育为核心的教学机制、教学观念、教学方式、教育制度以及与此有关的社会现象进行了挖苦与嘲讽，甚至对同学、老师和家长也不无讥讽。郭敬明的《悲伤逆流成河》也被称为"青春文学的一朵恶之花"。"叛逆心理、爱情憧憬、禁果的苦涩、青春期的躁动等因素是中学生们潜意识中的最爱。郭敬明在小说中就极力把这些因素的最强烈的一面放大了展现出来"；"《悲伤逆流成河》令中学生喜爱的另一原因恐怕应该是它的灰色朦

胧病态的青春色彩。青春色彩迷人的一面本该还有它亮丽清纯积极的一面，但正如喜剧的魅力远远不如悲剧的魅力大一样，灰色朦胧病态的青春色彩自然也比亮丽清纯积极的青春色彩更容易抓住人心，我想这就是郭敬明选取这个视角的根本原因吧！"[①]

春树的《北京娃娃》《长达半天的欢乐》等小说中，很多主要人物都没有独立的生活基础，没有远大的人生志向，也没有耀眼的命运前景，他们只是游走在都市的底层，自觉地扮演着"坏孩子"的角色，以绝对的率性传达"叛逆"的情绪，以绝对的自我展示自己的与众不同，以随意的放纵体现自身的欲望需求。无条件尊重自己的感官伦理，不委屈自己，是春树笔下人物的生存景象，也暗示了创作主体的价值理想。春树自己就曾经说过："其实我觉得自己更像一个诗人……诗人才不管不顾呢，今朝有酒今朝醉。"她还将萨特的话视为一种自我放逐的理由："没有任何一个人有能力，或者说有资格、有必要，为另一个人指明方向。"[②]李傻傻的长篇小说《红 × 》里，正在读高三的沈生铁因为屡犯校纪，被学校开除。为了不想让身为农民的父母知道后伤心，沈生铁便佯装继续上学，踏入了自我放逐的流浪之路，靠偷窃、女友的资助和自己打工来维持生计，在漫无目标的游走中，学会了抽烟、酗酒、打架、嫖娼乃至乱伦等种种恶习。后来，在与女友杨晓约会时被流氓抢劫和强暴，受到侮辱的沈生铁愤而杀死罪犯，从此潜逃湘西。

这一朵朵盛放的"恶之花"，不仅彻底解构了读者对于青春文学的理想主义期待，而且让人们陷入巨大的困惑与迷津——无论从哪个方面看，"80 后"一代从出生开始，就没有遭受太多的压抑和束缚，丰富的物质生活、多元的文化消费、宽松的社会环境，都为他们的成长提供了相对自由舒适的生存空间。作为中国独生子女政策下成长出来的第一代人，他们唯一受到"压抑"的，或许就是来自长辈们的关爱甚至是溺爱。但是，他们在复述自我的青春时，却处处备感束缚，渴望冒险与放纵，而且这种精神书写，赢得了同代人的强烈呼应，使他们的作品在市场中动辄发行数十万册甚至上百万册。正是在这种作者与读者的高频率互动中，一股非主流的青年"亚文化"文学思潮，开始在这一代作家中逐渐形成。

（二）发展阶段

大约从 2005 年开始，随着孙睿、张悦然、笛安、饶雪漫、小饭、颜歌等一大批"80 后"作家涌入文坛，这股青年"亚文化"的文学思潮获得了迅速发展。一方面，他们利用自己在年轻读者中的偶像地位，不断挑战传统文坛的审美观念和文学秩序，先后发起了"韩白之争"和"韩郑之战"，使代际冲突在中国当代文坛愈演愈烈；另一方面，他们完全不理会传统文坛长期形成的审美观念，充分利用自身对消费文化的熟悉，办杂志，搞销售，纷纷建构属于自己的文学消费圈，以自身的行动颠覆传统文学的发展逻辑。

① 肖舜旦．青春文学的一朵恶之花：我看郭敬明《悲伤逆流成河》[N]. 文学报，2012-02-09（18）.

② 春树．村上春树是我最大的竞争对手 [M]//《新周刊》. 世界观 2011. 上海：文汇出版社，2012：175，178.

通过剧烈的代际冲突方式，否定传统文坛的既定价值，展示这一代作家的内心诉求和“另类”特征，是这股青年“亚文化”文学思潮的重要体现。2006年2月，评论家白烨在新浪博客上贴出了《“80后”的现状与未来》一文。在该文中，白烨认为，“80后”作家“走上了市场，但没有走上文坛”，因为“他们中的许多作者，都是直接通过出版者出版了自己的作品，没有经过按部就班的文学演练，因而文坛对他们知之甚少或一无所知”。尤其是针对韩寒作品中的“亚文化”特质，他批评道：“韩寒则大致代表了对主流社会的某些方面（如僵滞的教育体制、学校秩序等）的反叛倾向，这种倾向在他那里越来越极端，他去年出版的《2004通稿》，我看了之后很吃惊，里面把中学所有开设的课程都大贬一通，很极端，把整个教育制度、学校现状描述得一团漆黑。……这种反叛姿态做得过分了，就带有一种为反叛而反叛的表演性了。所以他的作品现在恐怕只有一种观念的意义，和文学已经没有什么关系了——在他写《三重门》的时候，那种语言和感觉还是具有相当的文学性的。”[①]韩寒读了此文之后，随即在博客上发表了《文坛是个屁，谁都别装逼》一文，对白烨进行了某种非理性的批驳，其文章充斥了各种污言秽语和攻击性言语。不料，这篇博文迅速引来大量网友的围观、热捧和转发，接着又成为众多纸媒的关注焦点，并很快上升为一个文化事件。随后，著名作家陆天明和导演陆川、音乐人高晓松也相继加入论战，均批评韩寒行文的恶劣，并对“80后”无视长幼之序的轻狂之举进行了反驳。但是，这不仅没有平息论争，反而激起了韩寒的“斗志”，也激怒了数量庞大的“韩粉”，一时之间，各种攻讦之声甚嚣尘上，致使争论几乎无法收场，白烨等人最后只好关闭了博客。

时隔一年，这种代际冲突再度爆发。2008年8月，河南省作协副主席郑彦英的《从呼吸到呻吟》，因为参加起点中文网举办的“全国30省市作协主席（包括副主席）小说竞赛”并获得二等奖，被韩寒在博文《领悟》中讥讽道：“很快就有人创作出了《从呼吸到呻吟》这样的文章。他已领悟了网上‘标题党’的精神。”此文一出，郑彦英随即在博客上发表了《人不能信口雌黄》进行反击，并愤而写道：“一个轻浮到这种程度的人，肯定连他的父母想什么做什么都不知道。当然，他的父母健在不健在，健康不健康我不了解，正因为我不了解，我不会说他的父母正在哪种生活状态。”韩寒当然不甘示弱，也迅速发表了《副主席郑主席》的博文，针对郑彦英文章中的漏洞大肆调侃和嘲讽：“作为写手，虽然我们年龄不同，但是平级的，我不敢说自己是作家，但如果真的以作家论，你是要比我低级，因为你是国家豢养的。假若税收的支取都是在一个领域内，那就是我交给国家的税发了你的工资。所以说，我是你的衣食父母，你怎能写文章说你爷爷奶奶不好呢。”由是，“郑韩之战”迅猛升级。一些传统作家和大量“韩粉”也纷纷加入论战，导致论战双方都不乏一些攻讦意味。

透过这两场论战，我们可以清楚地看到，在“80后”作家的心目中，传统作家都是意识形态的产物、体制化的附庸、“国家豢养”的产物，而他们自己则是“独立的自

① 白烨．“80后”的现状与未来[J]. 中国当代文学研究资料与信息，2005（3）：7.

我"，是一个自谋生计、为自我写作的自由群体。也就是说，他们不惜以蔑视和诋毁的手段，彻底否定体制内作家存在的合法性，并以市场化的准则，彰显自己身份的价值意义。这种二元对立的思维，尽管暴露了诸多的局限，但是，其中所反映出来的，已不仅仅是不同代际之间审美观念的差别，还体现了生存观、价值观和伦理观方面的差异，是一种典型的"代沟"冲突。只不过，韩寒充当了"80后"作家的代言人。2010年3月，"80后"作家张悦然面向同辈作家策划了一次问卷调查，让他们谈谈对前辈作家的看法。尽管我们无缘看到这份问卷的详细答案，但已有部分反馈信息流布于报端："那些曾经作为我们少年偶像存在的作家们，如今已经淡出了我们大部分人的视线，我们其实都已经羞于提起自己曾经喜欢过这一批作家。""上一辈作家已经没有资格作为自己的精神偶像。""我们在刚刚开始写作的时候，肯定是受过先锋派的影响，因为它和现实主义不一样。但后来却发现他们没有把他们的世界观表达出来。"① 从这些答卷中，我们同样可以看到，"80后"作家的所作所为已显示了某种不惧道德伦理、不惧现实秩序的叛逆姿态，展示了极为明确的青年"亚文化"的颠覆性特质。

"80后"作家之所以在反叛的路上显得底气十足，还因为他们是消费的一代，从小就熟悉消费主义的某些准则。所以，他们一边否定传统文坛，一边努力建构自己的文学圈。特别是这一代中的很多偶像式人物，都纷纷参与杂志与图书的编辑，密切了解文化消费的动态信息，同时也不断打造自我的偶像魅力。如郭敬明就先后主编了《岛》和《最小说》，饶雪漫主编了《最女生》，孙睿主编了《逗》，鱼悠若主编了《悬疑志》，张悦然主编了《鲤》，韩寒主编了《独唱团》，南派三叔主编了《超好看》等。通过这些杂志的编辑和发行，这一代作家不断彰显自己的精神诉求和艺术理想，同时也更好地了解了读者的阅读反响和消费需求，为他们以后的写作提供了诸多的市场参照。黄发有就认为，这些杂志"不是严格意义上的'杂志书'，其信息和文体都不杂，主题无深度，信息缺时效，基本上以主编为核心来设计形式和组织内容，利用青春写手的市场号召力来吸引粉丝，构建纸上的粉丝团。因此，我认为这些出版物的核心品质是以制造和吸引崇拜者为要务的'偶像书'"②。的确，从某种意义上说，这些杂志突出强调的，往往不只是其中的内容，而是主编个人的精神气质和话语行为，也就是说，他们是借助这些杂志，突出自己的偶像化特质，提升自己的精神魅力，并不断强化自身的读者群。

（三）回归阶段

随着"80后"年龄的增长，中国社会的消费市场也日趋多元，大约从2010年开始，这股青年"亚文化"思潮逐渐融入多元文化的格局，很少再出现各种叛逆性极强的否定性精神姿态。其实，在任何一个思想相对宽松且社会变革较为剧烈的时代，"亚文化"都会或多或少地成为青年一代追捧的一种时尚文化。这种与青春紧密相伴的青年"亚文化"，体现的是处于边缘地位的青少年群体的利益，它对成年人的社会秩序往

① 金星."断裂"之后还有决绝[N].文汇读书周报，2009-12-04（3）.
② 黄发有.作为流行文化的"偶像书"[J].南方文坛，2011（4）：32.

往采取一种颠覆的态度，所以，青年“亚文化”的突出特点就是边缘性、颠覆性和批判性。

21世纪之初的这股青年“亚文化”文学思潮，在经历了近十年的喧嚣之后，之所以呈现出回归的倾向，主要有两种原因。其一是文化消费市场的成熟与多元。在创作初期，“80后”作家凭借其“亚文化”的叛逆性和颠覆性，在一番又一番的媒体炒作中，意外地获得了巨大的市场效益——不仅作品迅速畅销，而且很快培养了一大批读者群。随着互联网的不断发展，这一代作家很快意识到，市场利益比代际论战更重要。于是，他们开始将更多的精力投入市场化的深耕细作，全力发掘自身写作的市场潜力。于是，我们看到，当一些网络文学平台日渐成熟时，他们很快便成为这些文学网站的核心力量。在赢得网络的巨大利润之后，他们又开始通过纸质书籍的发行、影视与动漫的改编等，不断获得丰厚的经济利益。相比传统作家仅靠“一鱼两吃”（纸质与影视改编），“80后”作家们的市场运作，几乎形成了一条相对完整的文化产业链。

其二是“80后”作家群的逐步分流。早期的青春写作群体开始逐渐解体，包括其中的代表性作家韩寒、郭敬明、李傻傻、张悦然、饶雪漫、春树、孙睿等，都很少再书写叛逆的青春，而是更多地关注现代青年个体的生存体验及无序性的精神突围。同时，大量的后续力量也在不断步入文坛，开始自觉地融入当代文坛的秩序，如笛安、甫跃辉、李傻傻、张悦然、颜歌、胡坚、周嘉宁、马小淘、蒋峰、南飞雁、张怡微等等。除此之外，随着类型化网络写作的风起云涌，另一些“80后”作家则自觉地加盟到网络写作之中，如南派三叔、天蚕土豆、流潋紫、我吃西红柿、跳舞、血红、安意如等等。这些作家的创作主要立足于网络，并在玄幻、悬疑、穿越、架空、推理等方面，推动了另一种特殊的类型化写作思潮的形成。

正是这两方面的变化，标志着这股青年“亚文化”文学思潮的逐渐平息。纵观新世纪所形成的这一文学思潮，我们会发现，其特殊之处在于，它是由一群刚刚进入写作领域的青年写手所激发的，其目的也并非要掀起某种思潮，只是渴望对传统的文学秩序及其审美观念发出代际意义上的挑战。

三、青年“亚文化”文学思潮的主要特征

从人类文化学的角度来说，青年“亚文化”之所以特殊，主要是因为这种处于反抗、破坏、颠覆状态的“亚文化”，很容易使涉世不深、思想不健全的青少年产生错觉，从而将这种反抗性和颠覆性视为一种正当合理的精英文化来接受，并进而将“亚文化”宣扬的价值观视为健康的主流价值观来吸收。尽管在“80后”的写作中，也多少折射了这种偏激情形，但从总体上看，其“亚文化”表现，还是解构与建构并存，并呈现了自身的一些重要特征。

第一，它具有明确的代际反叛意识。

“80后”作家从出道开始，就高举着青年“亚文化”的大旗，极力彰显各种反叛的个性气质。这种反叛，具有强烈的代际冲突特征，直接指向传统的师生伦理、家庭伦

理、情爱伦理及社会秩序，明确体现了新一代人的不认同、不继承和不合作的姿态。在反叛过程中，他们充分借助各种现代媒介，通过自己的作品向成年人所掌控的世界发起了直接的挑战和对抗。但是，细而究之，他们的反抗目标常常是虚无的，反抗方式也常常是自虐式的。即使是像韩寒早期的小说，目标直指现行的教育体制和价值观念，但他反抗的手段也只是不合作式的解构和嘲讽。他们并没有多少英雄情结，也没有强烈的救世意愿；爱护自己、遵从内心的舒适感，是他们反抗的主要动力。就像有人所论及的那样："80 后作为一个创作整体登上文坛，首先引起人们注意的是作品中一大批的另类的人物形象，他们以叛逆和反抗的姿态、以嘲讽和调侃的语调书写青春的无奈，把成长看成代表着否定、训诫和惩罚的'坚韧的黏网'，个体成了无边之网中挣扎的猎物。80 后以'反'和'拒绝'的姿态成长着，以颓废、反讽、游戏和调侃的姿态叙述着，他们书写的是个体生命在各种有形无形的'门'与'网'中无可皈依的荒谬性的存在困境。他们的创作是对既存秩序和存在方式的怀疑、背离、反叛和解构，呈现出一种当代人普遍'在路上'的彷徨、苦闷、焦虑、恐惧和忧伤的流离之苦，展示了一代人的写作伦理，具有了非常高的精神高度。"①

在这方面，韩寒、孙睿、春树、李傻傻等人的作品表现得尤为突出。从《三重门》开始，韩寒就一方面无情地嘲讽各种规范化的启蒙理念，另一方面极力推崇个人化的自由主义理想，以"另类化"的个性风范和勇气，以及率真的姿态将自己打造成"时代斗士"的角色。随着《零下一度》《像少年啦飞驰》《毒》《通稿 2003》《长安乱》等一批作品的相继问世，韩寒终于在叛逆的大旗之下，让自己迅速成为"80 后"一代的青春偶像。然而，这种非建设性的反抗和非建构性的叛逆，更多的只是一种情绪的发泄，或者说是一种自我放逐式的率性。即使是韩寒后来推出的《1988：我想和这个世界谈谈》与《他的国》，也是如此。这两部小说中的主人公陆子野和左小龙，既是对世俗伦理和现实秩序有着强烈不满的解构者，藐视一切的独行客，又是社会的放逐者，将自我主动安置到社会边缘地带的游走者，和盘踞在小空间中的逍遥者。他们对这个世界的丑陋和阴暗有着明确的憎恨，但他们又无力去颠覆它、改造它，所以常常选择自我放逐的方式，展示自身与这个世界的不相融。

春树在彰显"80 后"一代内心深处的"恶之花"同时，则渗透了强烈的疼痛、麻木、虚无和残忍的生命体验。这种体验，既源于青春的无助和无奈，也源于世俗伦理的羁绊。它是青春独有的敏感性被不断放大之后所形成的情绪化的生命感受。春树小说中的人物一旦遭遇某种拘束，放弃和逃离总是他们自觉选择的人生路线。这些人物没有多少人生的阅历，更没有多少文化的积淀，要让他们在叛逆之中显示出某种追问的价值，体现人物对社会与历史的深度思考，显然是难以做到的。叛逆只是为了自由，而当这种自由无力捍卫时，他们只能选择自我的放逐，这便是春树所建构的一种生存逻辑。孙睿的《草样年华》干脆以"草"代"花"，将青春视为一种卑微而又无助的存在。小说通

① 郭彩侠，刘成才. 一代人的写作伦理：80 后作家的美学症候与精神叙事轨迹 [J]. 文艺争鸣，2011（6）：62.

过邱飞与周舟的情感主线，展示了当代大学校园生活的枯燥无味、喧嚣空虚等诸多问题，其中既有师生之间的利益冲突，又有学而无用的课程设置，甚至争名夺利的较量。他们热衷于逃课、恋爱、拼酒、补考、游山玩水，让青春在自我放逐的过程中如野草般飞扬，迷惘无助而又极度空虚。它是一种对青春热血的稀释，是激情无处释放之后的混乱。它所折射出来的，是这一代人对各种传统价值的不信任和不认同，具有某种后现代意义上的平面化精神特质。

第二，它具有强烈的个体自由意愿。

反叛是为了个体的自由，是面对不合理的现实寻找自己的自由空间，这是“80后”写作的精神诉求，也是这股青年“亚文化”文学思潮的主要特质。当反叛不能实现自身预想的目标时，他们便会通过自我的放逐，来维护最大限度的个体自由。在《北京娃娃》中，春树曾如此写道：“自由自由自由自由，‘吃饭的自由，睡觉的自由，说话的自由，歌唱的自由，赚钱的自由，点灯的自由，自杀的自由，自由的权利一直是自己的，这个自由都没有，还谈什么自由。’毫无疑问的是我再也忍受不了了。自由自由自由自由，看书的自由，吃饭的自由，睡觉的自由，听歌的自由，做爱的自由，放弃的自由，回家的自由，退学的自由，逃跑的自由，花钱的自由，哭泣的自由，骂人的自由，出走的自由，说话的自由，选择的自由，看《自由音乐》的自由，自由自由自由自由自由，自由自由自由，如果你不是一个自由的人，还说什么自由。”[①]这段近乎放纵的无序式叙述，几乎可以视为“80后”一代人的精神宣言，也是这一代作家在创作中共同呈现出来的内心诉求。

对绝对自由的强烈吁求，对一切外在束缚的敌视和反抗，构成了这股青年“亚文化”思潮的核心内涵。无论是有关青春的叛逆性书写，还是忧郁感伤的表达，包括网络中的奇幻性书写，其背后都渗透了某种彻底的自由主义理想。有人就认为，“‘80后’一代纯真、自恋，他们想实现个体生命的彻底自由，但又在心理上感到非常孤独、脆弱，在精神上缺乏一种方向感和归宿感。无论在生理上和心理上，他们都是一群不定向的游离分子。轻飘与梦幻，成为这代人共有的精神气质和性格特征。这种‘轻飘与梦幻’的精神气质和性格特征，给这代人文学写作的精神取向和艺术形态打上了深刻的烙印”[②]。这段话颇为在理。如果从另一个角度来说，问题或许不在于这种极端自由的正确与否，而在于通过这种个体自由的内在驱动，“80后”作家们在边缘化的社会身份中，逐渐寻找并最终确立了属于自己的文化空间。

第三，它具有孤独冷漠的情感特质。

青春尚未过去，爱却已然苍老。这是“80后”写作的精神镜像，也是这股青年“亚文化”文学思潮显示出来的情感特质。他们在书写成长与爱的忧伤时，总是透露出冷漠甚至残酷。在笛安的很多小说中，主人公总是带着孤独而感伤的情绪，在爱与被爱的过程中，伤害别人，也伤害自己。如《告别天堂》中的天扬与江东虽然只是高中学

① 春树．春树四年文集[M]．北京：中国青年出版社，2006：77.

② 武善增．论“80后”写作的精神姿态[J]．文艺争鸣，2011（15）：124.

生，但他们的最大兴趣不是学习，而是以近乎自虐的方式，乐此不疲地相互折磨，以此玩味着青春的伤痛。他们有情感，但这种情感更多地依附于感官或情绪之中，转瞬即逝，之后便化为相互的攻讦。在《芙蓉如面柳如眉》中，大学生孟蓝频繁穿梭在各种声色场所中，以陪酒女郎的身份换取虚荣的生活，当她看到自己深爱的陆羽平已另有所爱，便以硫酸将情敌夏芳然毁容。在“龙城三部曲”（《东霓》《西决》《南音》）中，笛安再一次演绎了这种伤痛与冷漠的彼此渗透。父母的长期对抗，使东霓自幼便对家庭之爱丧失殆尽。即使是很多年之后，东霓仍无法忘记自己在幼年时期，被父母掐住脖子的濒死体验，尤其是那种窒息的感觉。长大成人之后，她一次次地寻觅着爱和归宿，却又一次次远离真爱，沦为灵魂的漂泊者。父亲病重瘫痪在床，她的问候是“他怎么还不死啊”；自己的孩子患有智障，她常常对之施虐以发泄内心的愤懑；堂弟西决一旦拥有了可人的女友，她便暗中作梗……对东霓来说，童年的阴影和成长的落寞，或许构成了人生最大的“创伤记忆”，也注定使她离不开孤独和忧郁，但是当她能够主宰自己的时候，却又以更为冷漠甚至是歹毒的方式去伤害别人，包括自己的亲人。

张悦然的《誓鸟》《葵花走失在 1890》《水仙已乘鲤鱼去》《十爱》等作品，其中有关主人公的成长也是遍布了爱的缺失、孤独和伤痛，很少有一种阳光般明媚的快乐。当这种孤独积累到一定程度，人物便走向冷漠，甚至是冷酷。像《红鞋》里，女孩目睹了母亲的被杀，也显得无动于衷。这个孤僻冷酷的女孩，常以虐待他人和动物为乐，不仅将邻居男孩牙齿全部拔掉，还残忍地虐猫，甚至迷恋于拍摄各种阴森恐怖的画面。《水仙已乘鲤鱼去》中的璟，虽然先后经历了父亲、奶奶、继父、小卓、沉和、丛微、小颜的死，但很少有过度的悲伤；她的母亲也从来没有给过她爱，留下的只是痛恨、厌恶、轻蔑。《小染》中的主人公小染，每天重复做的事情，就是早晨买来水仙花，然后用剪刀剪断它们的根茎，看着它慢慢死去。这种几近残忍的人性，与人物的孤独与忧伤纠缠在一起，使张悦然的小说不时地迸发出尖锐乖戾的气息，有时让人感到不寒而栗。有学者就指出，张悦然的“残酷”叙述源于其对“酷虐文化”的推崇与信奉，它是“一种主张残酷写作的叙述姿态，也是一种推崇残酷美学的审美态度……尽管她的小说仍然保留了时尚的炫目语词，但它们已经从忧伤逐渐升级为疼痛直至酷虐。在幻想世界中，张悦然用各种不同的手法来处理酷虐”①。

这种情感特质，在郭敬明的小说中也有明确的体现。从《爱与痛的边缘》《幻城》等开始，郭敬明的小说就呈现出“一半忧伤、一半明媚”的感伤特征，到了《悲伤逆流成河》，郭敬明却增添了冷漠和残酷的人性元素。在小说中，父母与子女之间的血缘亲情，常常体现为彼此的憎恨与厌恶，甚至不乏相互的攻讦。同学之间的友情也不再是两肋插刀，而是相互嫉恨，恶意中伤，彼此报复，以至于相继自杀。所谓“悲伤逆流成河”，从某种意义上说，其实是“冷漠逆流成河”，因为展现在这群学生眼前的，总是一个个意想不到的坚硬和残酷，是最为粗鄙的人性和最为自私的面孔。在“小时代三部

① 徐妍．幻想是一种有魔力的资源：张悦然小说中幻想与“酷虐文化”的互证关系 [J]. 南方文坛，2007（4）：36-37.

曲”里，郭敬明继续强化了这种悲伤与冷漠彼此交织的人性状态，只不过，他将更多的原因推向了以上海为背景的资本化现实。尤其是到了《小时代3.0》，当他们真正地步入社会，终于看到，冷酷的现实顿时扑面而来，人与人之间的尔虞我诈、明争暗斗、相互利用，甚至疾病死亡，开始频频进入每个人的生活，导致整个叙事不断地裸露出冷漠而又坚硬的质地。

第四，它具有明确的文化消费倾向。

作为一种极为特殊的文学思潮，青年“亚文化”具有十分突出的社会聚焦点，特别是它的“另类化”反叛姿态，常常成为现代媒体高度关注的对象。事实上，“80后”作家也成功地利用了这一特点，使他们的写作从一开始就成为媒体关注的中心。尽管这种关注最初只是处于一种文化现象层面，很少触及作品审美价值的讨论，但在一番又一番的媒体炒作中，他们却意外地获得了丰硕的成果——不仅作品迅速畅销，而且很快培养了一大批读者群（又称“粉丝”）。媒介传播的这一特殊力量，让他们明白了市场消费的某些潜在因素。于是，无论是网络媒体还是纸质媒体，这一代作家总是非常善于利用各种新闻资源，不断炮制各种热点话题，甚至掀起一场又一场文化事件。像“韩白之争”“韩郑之战”，口诛笔伐之余，他们谋求的并非什么真理，而是一种新闻上的轰动效应。

借助媒体上的轰动效应，“80后”作家们收获了无数年轻人的自觉拥护，从而建立起自身庞大的读者群，使他们的写作有效地深入文化消费市场内部，为中国当代文学的市场开拓提供了诸多经验，这是这一文学思潮的特异之处。在传统的文学写作中，作家通常不会将市场消费放在重要位置，创作主体要面对的，主要是自身的审美理想和艺术目标，作品的经济效益也并非检视其艺术价值的标准。但是，“80后”作家自出道以来，却在市场消费中屡建奇功。他们的大量作品，均以数十万册乃至数百万册的销售实绩让众多前辈作家望尘莫及。不仅如此，他们还特别谙熟文化产业的发展模式，从网络到纸质，从影视到动漫，很多作品都成功地实现了环环相扣的消费链，最大程度地攫取其经济效益。当然，这也与文化消费主义思潮的盛行密切相关。

四、意义与局限

尽管青年“亚文化”具有某种破坏性的功能，特别是对传统文化伦理具有较强的解构性，但是，作为一种异质性的存在，这一文学思潮的出现，对于中国当代文学的发展来说，并不完全是一件坏事。它从成长的角度，体现了中国“80后”作家颇为强烈的自主意识，也折射了中国社会的宽容与多元：“青春写作的外延可以随着无限丰富的大众文化和青年亚文化向着无边界的未来扩展，‘80后’青春文学写作因为对于中国现当代文化历史意识的淡漠，在相当大的程度上反而成就了这一代人和中国古代传统情境以及西方文化某种异时空的对接。因此他们的语言、想象力和对于文本的探索直接而锐利地体现出了不同的面目。在他们的文本里，最鲜明地体现出了‘我是我自己’的一代人的声音。‘80后’青春文学写作带着和中国文学现当代传统断裂的现代性特征，阐释了一代青年的自我意识。他们试图回答‘我’是不同于其他时代的另一个，且是以群体的面目声称这是一个不同于前辈时代的‘自我’们。”① 当然，每一代人的精神成熟都需要一个过程，强烈的自主意识，对一个作家来说无疑是非常重要的，因为写作本质上是一种个人化的精神劳作，需要独立的精神空间和思考方式；没有明确的自主意识，很难形成独立自主的精神空间，也很难有一种独创性的艺术实践能力。

从积极的层面上看，这股青年“亚文化”文学思潮的出现，首先是丰富了中国当代文学的表达空间，也拓展了当代文学的精神内涵。白烨就曾说道：“过去我们的文学在针对不同年龄层次的读者上，相当地粗线条。在成人文学之外，就只有成人创作的儿童文学，而这只能对应小学生读者群体。而中学生读者群体这一块，要不去看成人文学，要不去看儿童文学，这实际上都与他们的实际需要并不对位。现在青春文学——‘80后’的出现，弥补了这样一个长久以来的欠缺。从这个意义上讲，它是应运而生的。”② 白烨无疑从文学史的角度，道出了这一代作家的独特价值和意义。的确，“80 后”作家从一开始写作，就以决绝的方式，抛开了很多传统的写作规范。他们将青年“亚文化”视为自我独立和自由的法宝，以强烈的否定性写作，彰显自身的主体意识。这些充满反叛和解构意味的创作，既体现了不同代际作家们在主体意识上的彰显和抗争，也折射了代际文化对他们的主体精神的潜在影响。不可否认，由于共同的历史记忆和文化熏陶，每一个代际的作家都会受到代际文化的制约，但是，在面对文学发展而作出自己的承诺时，他们没有简单地沿袭前辈们的艺术思维和审美理念，也没有主动地模仿前辈们的表达策略和审美形式，而是坚定地走自己的路，恪守自己的审美理想。很多学者在讨论他们的青春写作时，发现他们的作品既不同于以往的校园文学，也不同于传统的青春文学，“阳光意识”完全消失，代之而起的则是激烈的否定、极端的放纵和令人惊悚的冷酷；他们的类型化写作，从玄幻到仙侠，从盗墓到悬疑，从穿越到耽美，完全游离了人们的日常生活经验，充满了虚拟时代的精神气质。

其次，这一文学思潮的发展，还从代际层面上拓展了中国当代作家的生存空间，优化了当代文学的发展格局。从某种程度上说，这一文学思潮的迅速兴起，既源于“80后”作家的反叛性精神，也支撑了这一写作群体的迅速成长，并在代际意义上丰富了当代文学的发展。在“80 后”作家中，我们看到，他们完全脱离了既定的文坛秩序，也不在乎体制化写作的某些利益，而是以自由撰稿人的角色，使自己的创作与消费主义文化形成了紧密的共振。尽管在这一代人里，也有一些作家依然在坚持反市场化的纯粹写作，如蒋峰、马小淘、周嘉宁等，但绝大多数作家都是紧跟市场消费的文化趣味，不断地创作出迎合各种读者消费心理的作品。

当然，这一文学思潮的内在局限性，也是非常明显的。其一，它以极端化的个体自由，否定了人类集体主义价值观的必要规约，使很多“80 后”作家的创作形成以“个人”为中心、推崇个体生命自由的价值理念。对于他们来说，写作只是一种自我表达的

① 郭艳．代际与断裂：亚文化视域中的“80 后”青春文学写作 [J]. 中国现代文学研究丛刊，2011（8）：161.
② 白烨，张萍．崛起之后：关于“80 后”的答问 [J]. 南方文坛，2004（6）：17.

需要，一种文化消费的需求，一种探寻时尚生活、奇幻想象、悬疑冒险的审美体验，一种远离主流历史和大众现实的独享性体验。他们习惯于“小我”而不是“大我”；他们强调的是“利己”而不是“利他”；他们崇尚的是“感官享受”而不是“形而上”的沉思；他们追求的是作品的市场消费指数而不是艺术的经典价值。他们以同代成功者为人生楷模，迅速制造了韩寒、郭敬明、春树等一批属于他们自己的偶像，也形成了自身特有的、极为庞大的青少年文化消费圈。随着这种消费圈的巩固和扩大，“80后”作家不仅有底气也有资本，明确地向老一辈作家发起挑战，甚至不惧动用某些攻击性的言论。

其二，它以代际冲突的反叛方式，阻断了文学传承的必要路径，动摇了文学经典的重要价值，加剧了文学俗世化的倾向。文学作为人类精神活动的特殊形式，与物质性的市场消费有着本质性的差异，很多经典的作家和作品在当时并没有引起人们的重视，更没有什么消费市场，但是，经过时间的淘洗，最终成为人类文化的重要标志。然而，“80后”写作群体，只是奉市场为写作之圭臬，强调作家的存在价值是由市场来确定的，不仅对传统文学不信任，对文学经典的形成也少有思考。这种艺术观念必然促使他们只相信当下的利益化现实，只崇拜市场化的成功者，既没有传承中国文学传统的自觉意识，也没有丰富和发展文学经典的使命意识。因此，否定甚至诋毁前辈作家的创作，割裂文学在代际意义上的延续，其实是他们的自觉选择，其目的就是彰显世俗主义的文学观，推行消费主义的文学理念。

思考题

1. 简述青年“亚文化”的主要内涵。
2. “80后”青年作家创作中的“亚文化”思潮，存在哪些主要局限？
3. 如何理解“80后”作家创作中的青年“亚文化”思想与消费主义的关系？

参考答案

文献索引

杨庆祥. 80后，怎么办？[M]. 北京：北京十月文艺出版社，2015.

郭艳. 代际与断裂：亚文化视域中的“80后”青春文学写作[J]. 中国现代文学研究丛刊，2011（8）：156-166.

米德. 文化与承诺：一项有关代沟问题的研究[M]. 周晓虹，周怡，译. 石家庄：河北人民出版社，1987.

第十五讲

网络文学与类型化写作思潮

一、背景：信息时代的网络文化

类型化写作思潮，是21世纪以来中国文坛自发形成的一种极为特殊的文学思潮，不仅发展速度快，而且创作类型也十分丰富。它主要依托于互联网技术的迅猛发展，尤其是网络信息对人类日常生活的影响，通过文化消费的各种新型范式，成功地融入大众的阅读生活。从文化渊源上看，类型化写作思潮的兴起，主要源于两种重要的文化背景：一是网络文化的快速发展，二是信息技术支配下的消费主义文化的滥觞。

以现代电子技术为支撑的互联网，是人类社会发展过程中的一次重大变革，被人们称为人类历史上的“第三次革命”。围绕着互联网的信息传播特征所形成的网络文化，不仅深刻地影响了人类社会的生存方式、价值观念，也导致整个人类审美观念逐渐向感官化、娱乐化转变。对此，波兹曼曾描述道：“有两种方法可以让文化精神枯萎，一种是奥威尔式的——文化成为一个监狱，另一种是赫胥黎式的——文化成为一场滑稽戏……奥威尔害怕的是那些剥夺我们信息的人，赫胥黎担心的是人们在汪洋如海的信息中日益变得被动和自私；奥威尔害怕的是真理被隐瞒，赫胥黎担心的是真理被淹没在无聊烦琐的世事中；奥威尔害怕的是我们的文化成为受制文化，赫胥黎担心的是我们的文化成为充满感官刺激、欲望和无规则游戏的庸俗文化。……简而言之，奥威尔担心我们憎恨的东西会毁掉我们，而赫胥黎担心的是，我们将毁于我们热爱的东西。”[①]在波兹曼看来，奥威尔式的恐惧已经成为历史，而赫胥黎式的担心却正在变成现实。因为互联网以其特殊的信息传播优势，使全球信息每天以爆炸的方式在骤增，世界正在成为“一个娱乐之城，在这里，一切公众话语都日渐以娱乐的方式出现，并成为一种文化精神。我们的政治、宗教、新闻、体育、教育和商业都心甘情愿地成为娱乐的附庸，毫无怨言，甚至无声无息，其结果是我们成了一个娱乐至死的物种”。[②]

当然，网络文化并非一种单纯的娱乐文化，它借助自身的开放性、互动性、即时性和大众化等重要手段，使网络自身成为政治、经济、文化等重大社会活动的交流平台和引导平台，从而使信息真正地渗透到人类日常生活的每个角落，潜移默化地影响并改变着人类的生活方式及生存观念。这些高度发达的信息传播方式和理念，使得信息社会呈现出一系列独异的文化特质。这些特质主要体现在以下几个方面。

---

① 波兹曼．娱乐至死·童年的消逝[M].章艳，吴燕莛，译．桂林：广西师范大学出版社，2009：132-134.

② 波兹曼．娱乐至死·童年的消逝[M].章艳，吴燕莛，译．桂林：广西师范大学出版社，2009：5-6.

一是交互性。互联网在本质上是一个开放性的虚拟空间，无门槛、无等级，可以为任何一个网民提供信息分享和信息传播。在理论上，它超越了任何国界、族群和性别，也超越了阶层、身份和职业，并在自由共享的基础上，取消了人们在社会现实中的身份等级，实现了不同角色之间自由、平等的参与。在网络世界里，只要懂得基本的网络操作规范，任何人都可以与全球范围内的其他人相互交流、相互探讨、相互帮助，并从中获得尊重、友情和自我价值的实现。这种交互性，剔除了日常生活交往所带来的诸多人际障碍，包括文化、族群、年龄与性别的障碍，使人与人之间可以围绕共同的兴趣与爱好进行广泛沟通，从某种程度上实现了人类交流的平等原则。

二是快捷性。互联网的巨大优势在于"瞬时即达"，它成功地突破了人类自身在物理层面的空间制约和时间规定，使人的能力获得了全球性的自然"延伸"。一方面，在移动终端技术的支持下，人们可以随时随地、轻松便捷地利用网络搜集自己所需要的信息，为现代生活提供各种充分的保障；另一方面，由于追求"即时性"，网络也将信息的快速淘汰和更新作为其生存的重要法则，从而为"快餐文化"的迅速流行提供了便利的平台。从客观上说，随着社会本身的飞速发展，个体生存的竞争态势也在日益加剧，人们的生活节奏不断加快，个人的内心空间日趋萎缩，人们迫切需要用轻松、娱乐和消遣的文化形态作为心灵的减压阀和润滑剂。所以，快捷性以及由这种快捷性所催生出来的"快餐文化"，在某种程度上成为网络文化不可避免的特征。

三是大众化。在互联网尚未普及之前，人类社会的主流文化一直由精英阶层所控制，是精英文化主导下的多元文化形态。所有重要文化体系的建构、文化价值谱系的界定、文化观念的确立与倡导，都是基于精英文化的判断和认同，因为它的媒介话语权始终是由精英阶层所操控的。也就是说，受制于传统媒介的封闭性，以前的社会文化话语权都是由精英阶层所把持，精英文化具有不容置疑的权威性，扮演了主流文化"立法者"的角色。而大众文化则一直处于民间的从属地位，甚至在很多时候处于遮蔽状态。但是，互联网的开放性和平等性，为大众的话语交流提供了灵活多样的虚拟空间，并且，相对于精英阶层，数量庞大的大众群体才是互联网真正的主力军团，其话语权也成为互联网生存和发展的基础。没有哪一家网络公司可以忽略普通网民，普通网民与网络之间已形成紧密的共生关系，数量庞大的大众群体参与甚至左右了网络的发展，这便是网络文化的真实景观。

随着互联网对人类生活影响的日益加剧，以及人们对网络文化的高度认同，依托于互联网的文化消费范式也开始广泛流行。如今，人们的衣食住行都已离不开网络，没有网络上所提供的各种信息，很多人都开始显得手足无措。在这种情形下，借助于信息消费的特殊手段，各种新型的文化消费范式应运而生。这种文化消费范式主要体现在两个方面。

第一，人们的消费目标发生了本质性的改变。在信息时代，越来越多的人不再关注商品的实用功能，而是强调它的社会属性，即符号价值，将物质消费转化为一种意识形态意义的美学消费，即通过各种符号价值所承载的象征意义，在很大程度上展示了消费者的经济地位、政治地位、文化地位等阶层差别，以及个人的美学趣味。当符号形象充斥网络（包括电视）并被发挥到极致时，人们实际上进入了鲍德里亚所说的“拟像化”世界，消费品的符号价值已经超越了它的实用价值。

第二，人们的消费观念发生了重要改变。在互联网时代，人们不再满足于日常生活中的生存需求，而是更加关注身体化的享乐需要。一方面，通过网络信息的不断轰炸和大众的极力追捧，人的身体被消费社会重新发现和重新编码，并被逐渐神话化。这种神话化的核心主题，就是青春、健康、美丽，乃至情色，由此促使身体成为文化消费的载体，一切有关身体的符号化商品都被包装为审美消费的目标。另一方面，身体消费又带来了感官化的享乐主义蔓延，促使我们的文化消费不再追求理性深度而满足于感官欲望：“一方面是消费领域和娱乐领域的开放以及媒体为进入、参与这个领域提供的便捷，另一方面则是大众在政治领域以及其他重大的公共事务领域的参与仍然存在相当大的限制，这样，大众常常自觉或不自觉地把自己的参与欲望发泄（也只能发泄）在娱乐与消费领域。”①而这，又反过来进一步激化了感官化和欲望化消费符号的生产。这种消费观念在人本主义口号的掩饰下，以极具诱惑力的即时享乐、纵欲狂欢和快速多变等方式，颠覆了人们固有的生活观念，展示了种种新的价值观念、文化伦理和审美趣味。

网络文化和消费文化虽然是两种不同的文化范畴，但在互联网支撑下的信息时代，这两种文化事实上并行不悖，而且相互促进，彼此共生。所有消费文化的新型范式，都是由网络文化催生出来的，而网络文化的某些内在的基本属性，也是由新型的消费文化孕育出来的，它们缺一不可。正是这两种文化的相互交织，有效推动了类型化写作思潮的快速发展。

二、类型化写作思潮的发展过程

类型化写作思潮的兴起，是网络文学发展的一种必然态势。最初的网络文学，以自娱自乐为主，当然也会在与读者互动的过程中，兼顾读者的阅读兴趣和审美期待。但是，随着互联网在文化消费过程中的日益成熟，各种付费阅读逐渐成为网络文学的主要消费模式。从表面上看，付费阅读是一种极为低廉的文化消费，商业化的利润空间并不突出，但是，由于互联网的开放性及其受众的广泛性，即使是最低廉的付费阅读，也会使一些网络平台在经济上收益不菲。为此，一些重要的网络平台开始纷纷筹建自己的文学网站，培养并包装自己的写作队伍，全力塑造自己的偶像品牌。特别是在作品推广上，它们不断进行类型化的设计，以便更好地吸引各种审美趣味的受众，有效占领大众阅读的文化市场。类型化写作思潮的发展主要可分为三个阶段。

（一）初始阶段

这一阶段大致从1997年到2002年，是中国网络文学的兴起阶段，也是类型化写作的初始阶段。1997年12月25日，美籍华人朱威廉的个人文学创作主页“榕树下”

① 陶东风.当代中国文艺思潮与文化热点[M].北京：北京大学出版社，2008：22-23.

网站正式开通，标志着汉语文学的首个文学网站诞生。尽管在那时候的中国互联网还不太普及，但该网站仍以每天上传近千篇文学原创作品的数量，成为当时一个极为重要的文学交流与发表平台。随后，黄金书屋、书路、卧虎居等文学网站也陆续开通，并通过自由发表文学作品的方式，与作者、读者进行积极的互动。1999 年 8 月，红袖添香文学网站正式创建，并建立了相对完善的个人投稿系统、个人文集系统等等。2000 年，幻剑书盟文学网站也正式开通。其他一些综合性的门户网站，也充分利用BBS（公告板系统）等言论平台，鼓励作者发表自己的原创作品。这一系列自由、开放、免费的网络平台，为一些文学爱好者提供了众多的作品发表空间，也培养了一大批网络写手和读者，并形成了作者、网管和读者彼此积极互动的良好格局。

尽管这一时期的网络文学，是由一大批爱好写作的网络写手利用各种网络的开放性平台而自主发表作品，以自娱自乐的形式为主，但是，很多作品已开始显示出类型化写作的某些趋势。其中最突出的，就是“都市言情类”小说的快速发展，涌现了像痞子蔡的《第一次的亲密接触》《雨衣》《槲寄生》《夜玫瑰》，安妮宝贝《八月未央》《告别薇安》《彼岸花》等一大批作品。这些作品篇幅不长，以现代都市青年男女的情感纠葛为主，演绎了人们在各种欲望冲突下所渴求的理想情感。同时，今何在的《悟空传》，开始体现出同人小说的审美格调；黄易的《大唐双龙传》、中华杨的《中华再起》等，则明确地体现了历史架空小说的结构模式；莫仁的《星战英雄》、瞎子的《佛裂》、燕垒生的《瘟疫》等小说，则呈现出玄幻奇幻类的小说特征。

（二）发展阶段

这一阶段大致从 2003 年到 2008 年，是网络文学的发展阶段，也是类型化写作思潮逐渐形成的关键时期。2003 年之所以是一个非常重要并且具有标志性的年份，是因为这一年，一些重要的文学网站开始了商业化的运营，并对网络作者进行大量的收编和商业化的包装，其中最具代表性的，是起点中文网和幻剑书盟。2003 年 8 月，起点中文网经过精心整合后的运营模式正式上线。它通过 VIP（贵宾）付费阅读方式，全面进行商业化的运作，并以极高的信誉度，赢得了一大批网络高级写手的加盟，使其迅速地做大做强。而幻剑书盟也利用自身的作者优势，在商业化的运营中表现出强劲的冲击力。但是，盛大收购起点中文网之后引发了文学网站的逆转——起点中文网不仅利用其巨大的资金优势，挖走了一大批幻剑的优秀作者，而且对读者群的定位更为宽广。自此之后，各种文学网站都开始寻找商业运营模式，有很多非常重要的文学网站，也纷纷投靠在那些综合性的大型传媒集团之下，网络文学结束了自娱自乐的时代，逐渐进入商业化写作模式。

在商业化的战略操控之下，这一阶段的网络文学呈现出井喷式的爆发，各种类型的作品风起云涌，类型化写作思潮获得了迅速发展，并对传统文坛产生了巨大的冲击。2008 年 3 月，中国社会科学院文学研究所中国文学网、中国社会科学院互联网发展研究中心等单位联合在北京召开了网络文学发展高峰论坛。在本次论坛上，一些专家学者不仅认真探讨了网络文学的相关问题，还推出了“优秀文学网站推荐榜”及全国文学网站年度报告等重要举措。其中，起点中文、17K、红袖添香、逐浪、晋江原创文学、幻剑书盟、烟雨红尘、小说阅读网、榕树下、不死鸟原创文学网，获得了“十大最具影响力文学网站”称号；同时，此次高峰论坛还评选出 2007 年度的十大原创作品，包括月关的《回到明朝当王爷》、禹岩的《极品家丁》、跳舞的《邪气凛然》、我吃西红柿的《星辰变》、猫腻的《庆余年》等等。2008 年 7 月，盛大文学有限公司正式成立，收购了最具影响力的起点中文网、晋江原创文学网、红袖添香网。网络文学高峰论坛和盛大文学有限公司的成立，分别从主流文化和商业文化两个层面，强化了人们对网络文学的认同，标志着中国网络文学的发展进入新的历史时期。

从这一时期的网络文学发展来看，类型化的小说写作一直是其主流，无论是文学网站、网络写作，还是广大读者，都在自觉或不自觉地接受类型化写作。譬如，起点中文网的首页，就将所有作品分为各不相同的几种类型：武侠仙侠、都市言情、历史军事、游戏竞技、科幻灵异、玄幻奇幻、同人漫画。红袖添香网，则将所有作品分为三大类型：言情小说类，主要提供言情、总裁、穿越、宫斗、都市、青春等女性向小说；玄幻小说类，主要提供玄幻、仙侠、军事、历史、都市、网游等男性向小说；经典文学类，主要提供长篇经典、短篇文学。小说阅读网，从读者角度将所有作品分为三大类型：男生版类型，主要提供玄幻、武侠、游戏、军事、异能等男性向小说；女生版类型，主要提供言情、都市、穿越等女性向小说；校园版类型，主要提供青春校园等学生小说。不同的文学网站，虽然对文学类型的划分略有不同，但从总体上看，都无一例外地强调了作品内容的基本属性，展示了不同类型写作的基本特征，标志着类型化写作思潮的全面形成。从类型化的角度来看，这一时期的网络文学，已形成了后来网络文学发展的各种主要类型特征。笼统地归纳起来，主要有以下一些写作类型。

（1）都市言情类：以现代都市或时空穿越为背景，书写青年男女的情感纠葛，以及对各种乌托邦式情爱理想的追求，带有浓郁的小资情调；也有一些小说毫不掩饰地展示人物对名利特权的向往，对各种奢侈的物质生活的迷恋，包括对另类奢华生活方式的憧憬。在这一类型的小说中，后来还延伸出分类更细的创作类型，如“高干文”，其中的主人公都出身于高干家庭，背景深厚，生活优渥，衣食住行都十分精致，不时显示某种特权，对爱情的投入专心又略带霸气；“总裁豪门”类小说，总是讲述一些灰姑娘遇到商界豪门俊男，并演绎出一段段惊世之恋，体现出各种爱情至上的生命法则；“女尊王朝”类小说，主要书写强权女性驾驭俊男帅哥的爱情故事，其中的女性都是社会成功人士，强悍霸道，充分彰显了女性的自恋心理。在都市言情类的小说创作中，作者多为女性，代表作家有明晓溪、可爱淘、匪我思存、顾漫、郭妮、安宁、郑媛、风琳儿、简璎等人，代表性作品则有《何以笙箫默》《微微一笑很倾城》《来不及说我爱你》《我的青春从爱你开始》《千山暮雪》等等。

（2）玄幻奇幻类：以妖魔鬼怪神等超自然能力为书写对象，通过魔法、斗气等主要方式，展示各种神秘、奇异、怪诞的异界生活场景，表达各种非主流文化的美学趣味。

这类作品一般结构宏大、视野开阔、想象奇特、情节怪诞。随着这一类型的不断发展，后来又延伸出分类众多的写作模式，如魔幻、玄幻、奇幻、灵异、盗墓、修真等等。其代表性作品有《魔法学徒》《小兵传奇》《斗罗大陆》《斗破苍穹》《踏古诛天》《圣王》《傲天战神》《鬼吹灯》等等。像天下霸唱的《鬼吹灯》和南派三叔的《盗墓笔记》，不仅涉及大量的玄学、风水、阴阳、禁忌、宗派以及天象和地质等方面的知识，还四处渲染各种神秘、怪异、恐怖的盗墓氛围，再加上情节本身有着看似严密的逻辑推理，使这类小说读起来真假难辨。特别是《鬼吹灯》中，既有包罗万象的历史典故和风俗民情，又有似是而非的《易经》解析，还有湘西、滇南、西藏等自然风貌的细致描写，视野极为开阔。何马的《藏地密码》，则以探险的方式，让读者跟随主人公的经历，不仅饱览了雪山冰洞、玛雅地宫、倒悬空寺、热带丛林、雪山险峰、地下冥河、神秘仙境香巴拉等特殊环境的神奇景象，而且穿越了可可西里，从西藏到南美，西藏的宗教文化与异域的玛雅文明一览无余，具有强烈的探秘趣味。

（3）武侠仙侠类：将人物置入中国古代社会或洪荒时代，把内力、真气、真元、法力等超自然能力的修炼作为人物主要的生存方式，宣扬武器、功法、法术、法宝等武功秘籍，呈现人的超自然能力和重建社会秩序的理想。由于作者大多深受中国传统武侠小说的影响，对这类作品的模式十分熟悉，因此，这一类型的作品在网络文学中非常普及，也涌现出不少代表性的小说，如萧鼎的《诛仙》，沧月的《血薇》《护花玲》，藤萍的《香初上舞》，凤歌的《昆仑》，孙晓的《英雄志》，小椴的《杯雪》，金寻者的《大唐行镖》，等等。其中的女性写手像沈缨缨、沧月、步非烟、藤萍等，还创造了别具特色的女性江湖。

（4）架空穿越类：将现代人的思想行为放置在特定的架空环境中，使人物兼有古典的传统意识和现代的自由精神，不断适应架空环境里各种奇特的伦理秩序，并演绎出各种匪夷所思的生活及命运，或者让人物从其原本生活的年代，穿越到另一个相隔久远的年代，寻找并最终成就自己的理想人生。这一类型的创作，后来又发展成更多更细的类型模式，包括全架空、半架空、清穿、明穿等等。代表性的作品，在男性作家中有月关的《回到明朝当王爷》、灰熊猫的《窃明》、禹岩的《极品家丁》、凤鸣岐山的《十龙夺嫡》、猫腻的《庆余年》等等，在女性作家中则有金子的《梦回大清》、桐华的《步步惊心》、李歆的《独步天下》、流潋紫的《后宫》、海飘雪的《木槿花西月锦绣》等等。

（5）同人变身类：“同人”类写作，主要是指利用经典的文学人物形象进行改编或续写的作品，如由《神雕侠侣》衍生的小龙女、郭襄同人，由“哈利·波特”系列衍生的《哈利·波特》同人等；“变身”类写作，则是指主人公喜欢进行异性装扮或发生性别转变，有些甚至由人类变成非人类，由此演绎出各种奇特的生活经历。在“同人”类写作中，受我国四大古典名著的影响，这些作品的人物被“同人”化最为普遍，最早就有今何在的《悟空传》。又如《红楼梦》的同人小说，就有《梦红楼》《情丝万种续红楼》《跳龙门》《惜春记》等等。在“变身”类写作中，代表性作品有月下小羊的《候补圣女》、御筱攸的《变身女混混》、伯伦希尔的《夜明珠》、胡鳕的《恶魔狂想曲之明日骄阳》、卜印缜的《踏歌行》、弋人的《妖星变》、徙徒的《三千纪》等。

（6）耽美百合类：同性恋类型的小说写作，耽美即指男同性恋小说，百合则指女同性恋小说。据说，"耽美"一词最早源于日文，本义为"唯美、浪漫之意"，即沉溺于美，"包含一切美丽事物，能让人触动的，最无瑕的美"。后来"耽美"被日本漫画界用于BL（boys' love，男性与男性之间的恋情）的漫画上，并逐渐引申为代指一切俊男帅哥，以及男性与男性之间不涉及繁殖的恋爱感情，最后发展为男同性恋漫画的代称，并顺利地沿用到网络小说之中。与此相对应的，则是GL（girls' love，女性与女性之间的恋情），即百合小说。这类写作强调优美而感伤的情调，舒缓而优雅的叙述，情节曲折纠结，叙事细腻敏感，常有虐心之感。别有意味的是，即使是耽美小说的作者，也多半是女性写手。这类小说比较小众，代表性作品有北京同志的《北京故事》、暗夜流光的《十年》、风弄的《凤于九天》、流玥的《凤霸天下》、张漠蓝的《焰祭》、海蓝的《我的天使我的爱》等等。

此外，从网络平台的类型划分上看，还有官场职场类、历史军事类、游戏竞技类等。由于这些类型的划分并没有统一的标准，因此在大家相对认同的类型概念中，实际上存在着大量相互交叉的作品。譬如，都市言情类的小说中，就不乏一些架空穿越类作品；武侠仙侠类的作品中，也有很多可以划归到玄幻奇幻类。但这在总体上并不影响网络文学的类型化特征，也显示了这种类型化写作思潮的繁复与丰饶。

（三）成熟阶段

2009年之后，网络文学开始全面进入商业化发展，一些网络巨头也将目光瞄向网络文学领域，各种资本运作不断介入网络文学创作，从而促使网络文学不断走向"泛文学化"，也促进了类型化写作思潮逐渐走向成熟。这一阶段有两个极为重要的外在环境因素，深刻地影响了类型化写作思潮的发展：一是资本的深度介入，一是作者队伍的急速增加。

从资本介入上看，以前以大型网络媒体并购为主，网站采用VIP付费阅读的逐利模式，激发网络作家的积极性；现在，则已演变成网络巨头的巨资兼并，包括百度和腾讯这样的巨型公司，也纷纷加入对一些重要网络文学平台的并购活动，使得网络文学成为商业资本的角逐之地。更重要的是，还有大量的民间资本通过间接的方式，也参与对网络文学作品的深度开发领域，包括对一些重要作品的纸质出版、影视改编、动漫改编、网游设计等等。有学者就认为："更多资本以间接的方式参与了网络文学的价值开掘，这着重体现在所谓的IP（intellectual property，即知识产权）运营和腾讯的'泛娱乐化'战略中。这一系列版权售卖行为和新的产业模式架构，意味着网络文学将直接对接影视、ACG（动画animation、漫画comic、游戏game）和周边文化创意产业，意味着来自互联网行业之外的更大规模的资本注入。这就使得网络文学的IP价值超越了互联网的范围，融入更加广阔的大众娱乐市场。"①这也意味着，资本的多层面渗透，已将网

① 邵燕君，庄庸，高寒凝，等．2014年网络文学：多重博弈下的变局[N]．文艺报，2015-02-04（3）．

络文学引入文化产业的全方位开发领域。

从作家队伍上看，由于网络写作的无门槛和自由性，同时受一些网络大神巨额收入的刺激，越来越多的年轻作者不断加盟各种网络写作平台。从2010年开始，各类网络文学平台的签约作者就已经超过100万人。随着写作队伍的急剧膨胀，在“每个人都是艺术家”的梦想追逐下，每位写手都在寻找自己的制胜法宝，追求自我成功的利益途径。虽然这也导致了大量网络作品迷恋于“怪力乱神”，常常暴露出鱼龙混杂、东拼西凑、跟风复制等创作乱象，但在寻找个性化的空间中，有不少作者也在努力开拓各种新的表现领域，从而使整个网络文学在类型化上日趋丰富和多元。可以说，几乎每一年都有不少新的网络写手脱颖而出，甚至树立起一面新的类型文学之旗。

通过上述两个外在环境因素的刺激，类型化写作思潮的发展也越来越复杂，并不断往两个方向拓展：一是在类型划分上越来越细致，受众群体越来越集中。面对如今的网络文学，事实上，我们已经无法从类型上对所有作品进行科学的归类。在很多类型化写作中，不断地延伸出无数小的类型，并且呈现出无穷无尽之势。如玄幻奇幻类作品中，又可分为东方玄幻、转世重生、魔法校园、王朝争霸、异术超能、远古神话、黑客时空、异世大陆、吸血家族等等；都市言情类的作品，又可分为高干文、总裁豪门、女尊王朝、校园青春等等；穿越类作品，又可分为正穿、反穿、单穿、多穿、多重穿等等。这种类型的不断细化，意味着作者对这一类型的审美空间正在进行深入的开拓，也标志着类型化写作不断地走向深层。

二是在各种类型化的创作中，人们开始越来越注重所谓的“爽文”，自觉强化写作的精品意识。在总结2015年类型化写作时，邵燕君等人就曾由衷地认为，多种类型化的文学创作，都开始出现“精品爽文”的自觉意识，特别是“知识考古型”历史小说和“东方玄幻”小说，在2015年的类型化写作中最值得关注。“‘知识考古型’历史小说一直是穿越小说主流下的一脉潜流，近年来逐渐壮大，目前已几乎占据了男频历史穿越小说的半壁江山。最早开先河的当推阿越的《新宋》，几年之后佳作频出，如三戒大师的《官居一品》、随风轻去的《奋斗在新明朝》、贼道三痴的《雅骚》等。到了Cuslaa（哥斯拉）的《宰执天下》和贼道三痴的《雅骚》《清客》，这一脉创作可以说真正成熟起来了”；而“东方玄幻”在出现了许多标志性的作品之后，并没有停滞不前，“热血和升级虽然还是主菜，但东方背景再也不只是拉近与读者距离的手段，日系热血漫画和美韩网络游戏也不再是玄幻文的唯一内核，作者找到了将中国风格和中国气派融进小说，并使之成为‘精气神’支柱的方法”。[①] 从这种创作态势上看，类型化写作思潮的发展，已逐渐走向多元和成熟。

三、类型化写作思潮的主要特征

类型化写作思潮的兴起，是21世纪文学发展的一道特殊景观，也是信息时代在文

---

① 邵燕君，吉云飞，肖映萱. 2015年网络文学：顺势而为与内力所趋[N]. 文艺报，2016-02-19（2）.

学领域孕育出来的特殊产物。它充分彰显了中国当代年轻作家对互联网价值的积极利用和发掘，也折射了中国当代文学发展的新动向。这一文学思潮，之所以不同于传统的文学思潮，不仅仅是因为它挣脱了传统纸媒的制约，使每一位写作爱好者都拥有实现“作家”梦想的平等机会，还使文学全方位地进入现代文化产业的开发，展示了现代消费文化的巨大吞吐能力。纵观类型化写作思潮的发展，我们可以看到，它拥有一些自身独有且异常突出的特征。

第一，它具有远离现实的奇幻性特质。

尽管这一文学思潮在类型划分上十分丰富，且越分越多，越分越细，但绝大多数的创作类型，都呈现出明确的远离现实生活的审美倾向。即使是那些都市言情类或官场职场类作品，也很少忠实于现实生活经验和常识，而是沉迷于现实表象之下的各种“潜规则”，展示各种反经验的隐秘生活，如很多所谓的“‘村官’小说”，都带有准色情化的个体欲望的想象性满足。如果我们抛开狭义的“奇幻”类型，从广义上来看，无论是悬疑、推理、盗墓，还是穿越、架空、耽美，在本质上都离不开奇幻的成分，都绕不过猎奇和冒险的特质。也就是说，在类型化写作思潮中，远离现实生活经验，推崇各种生存的奇幻性，是其不可或缺的特质之一。通过奇幻性的书写，作家可以充当上帝的角色，创造一片独异的世界，在那里建构种种符合自身理想秩序的社会关系。如颜歌的《异兽志》，就设置了一个叫永安城的地方，在那里，九大兽类与人类共同生活在一起，像悲伤兽的雄兽可与人类女性交配，在她们最快乐的时候吞食她们，然后化成她们的形象，吸收她们的意识，并慢慢变成雌兽，以此繁衍后代；喜乐兽则常常寄居在幼童体内，神秘无常；穷途兽生性木讷，以绝望为食物；荣华兽爱如磐石，但恨亦如天火，一旦由爱转恨，将会同归于尽……尽管我们可以从寓言的角度，将这部小说视为人类某些情感的隐喻，但就小说本质而言，它讲述的依然是一个“异界”的故事。

摆脱现实生活经验和常识逻辑的制约，凭借各种奇幻的营构，来全力打造“异界”的生活天地，在那里尽情挥洒自己的艺术才情，展示自己的人生梦想，这是类型化写作普遍尊崇的一种叙事格调。当然，追求奇幻，不仅仅是为了回避作家经验的不足，同时也是为了强化作品的吸引力。曾以《魔兽剑圣异界纵横》风靡网络的白金作家天蚕土豆，就非常善于虚构各种“异界”之事，譬如他的《斗破苍穹》，就精心虚构了一个斗气的世界。在这个世界里，每个人都专注于斗气的修炼，在无数代人的努力之下，斗气不断繁衍，发展到了巅峰。因为斗气的极度发达，又衍生了无数的斗气修炼之法，由高到低分为四阶十二级：天、地、玄、黄，同时每一阶，又分为初、中、高三级。功法的高低决定了一个人日后成就的高低，实力处于同阶别的强者，功法高级的一方占据着绝对的优势。这个世界完全不同于传统武侠，并无行侠仗义的主旨。辰东的《神墓》《长生界》等作品一会儿到远古，一会儿在魔界，人物的言行规则，也完全不同于现实世界。

穿越小说更是如此。因为穿越本身就是一种反现实的“异界叙事”，只不过，作者常常将笔下的“异界”转化为古代或异域的某个时空罢了。事实上，就类型化写作思潮而言，作家们在打造“异界”时空的过程中，有效挣脱了各种现实经验的羁绊，使得冒险、惊悚、怪异等猎奇性的故事有了充分的表演理由。有人就曾指出，这类小说“都不注重人物复杂性格的刻画和丰富的内心世界的挖掘，它们突出的是离奇的情节、怪异的事物、血腥的气氛、神秘的疑团、奇异而决绝的恋情。在取悦读者的同时，‘80后’写手也在这些虚拟幻境中进行着快乐的精神翔蹈与轻飘”[①]。的确，当我们沉入那些奇幻性的世界中，所读到的，永远是一些稀奇古怪、闻所未闻的故事，有仙侠、悬疑、魔法、人兽恋、人鬼恋等等。譬如，那多的“灵异手记”系列，包括《凶心人》《坏种子》《铁牛重现》《幽灵旗》《神的密码》《过年》《亡者永生》《返祖》《暗影三十八万》《变形人》《纸婴》《亡者低语》等，看起来都是从现实入手，然而现实仅仅是故事的一个触点，从这个触点出发，作者便迅速转入某种惊悚性的内核。那里不仅有奇特的瘟疫、神秘的生物、二战时的日军幽灵旗、神谕般的密码，还有陨石带来的灾难种子、美国的登月诡计之类，惊悚之事层出不穷，奇异事象应接不暇。

第二，它具有批量创作的消费化特征。

类型化写作之所以成为一股方兴未艾的文学思潮，本质上就是因为它顺应了现代文化消费的市场需要，就像20世纪初期的“鸳蝴小说”顺应了当时市民的精神需要一样，其通俗化、模式化、快餐化是不言而喻的。市场化的消费驱动就是减少成本，确保多样化的产品能够快速产出，并形成多层次的消费空间。类型化写作，由于其类型发展的模式化、经验化和易仿性，为很多网络写手提供了相对稳定的写作模式，从而确保了作品能够进行批量化的快速生产。如今，一些颇受读者追捧的作品，每天的更新篇幅都在5000字以上，似乎只有这样，才能留住相对固定的读者群。谁的作品更新速度快，更新篇幅大，就更能吸引读者的点击，当然也会获得更大的经济效益。这就意味着，作者很难通过绝对的原创和苦思冥想的创新来实现每天的故事更新，而必须借助于一些熟练的写作模式进行惯性化的写作。

因此，在这种消费主义的驱动下，类型化写作者凭借自身所熟悉的类型模式，可以通过仿写等手段，从容地进行批量化的作品生产。像我吃西红柿的《星辰变》《盘龙》《九鼎记》《吞噬星空》等，都曾是名噪一时的玄幻力作。但是，如果细而究之，我们便会发现，它们的内在结构十分相似，所用的故事元素也几乎相同，即它们都融入了某些科幻的成分，不断地营造出各种匪夷所思的世界，主人公总是一如既往地修炼功力，直到最后完成一番伟业。唐家三少的《斗罗大陆》《神印王座》等，也同样展示了远离现实的异类世界。如《神印王座》，就将时间设定在未来某个年代，此时魔族十分强势，在人类即将灭绝之时，一个叫作“六大圣殿”的组织开始崛起，并带领人类守住最后的领土。小说中的主人公龙皓晨为了救母，毅然加入骑士圣殿，最后凭借自己的努力，登上象征着骑士最高荣耀的神印王座。在《斗罗大陆》里，每个人在六岁时，便会在武魂殿中令武魂觉醒。这些武魂有动物、植物、器物，它们可以辅助人们的日常生活。其中

① 武善增.论“80后”写作的精神姿态[J].文艺争鸣，2011（15）：122.

有些特别出色的武魂，则可以用来修炼。所以，令武魂觉醒的最终职业，就是斗罗大陆上最为强大也最重要的职业——魂师。

在上述这些作品中，故事看似各不相同，但是，无论是作者对异界的建构与想象，还是人物在异界里的生存际遇，本质上并无太多的不同，模式化的痕迹非常明显。南派三叔就曾说过："宫斗剧火了，大家都开始写宫斗，盗墓火了，都一窝蜂扎堆盗墓，这些作品风格千篇一律，不过是改头换面，了无新意。"[①]像类型化写作中的玄幻、仙侠、后宫、架空、穿越、灵异等作品，动辄都是数十万字以上，"百万字、千万字的超大部头作品也不鲜见，并且在文学网站中火爆不衰，层出不穷。重复、模仿、抄袭，成为网络小说创作的普遍现象。不少作品仅看书名就大同小异，如《始皇圣剑》《剑出华山》《绝天剑仙》《剑主苍穹》……不外乎是一些吸引眼球的词汇拼凑而成，给人以胡思乱想、瞎编滥造之感"[②]。尽管这种模式化的批量写作，让很多人颇有微词，甚至不屑一顾，但是，它很好地适应了消费文化的市场需要，有不少作品还迅速进入影视改编、网游改编及动漫改编等文化产业领域。

第三，它具有自由开放的民间化特征。

由于互联网是一个自由开放的虚拟空间，它决定了网络文学创作的低门槛和作品发表的无障碍，也意味着无论什么样的写手，都可以在网络上一展才情，并不需要现实社会高度认同的作家身份，更不需要传统文学在专业上的价值评判。对于网络写手来说，其作品是否成功的唯一标准，就是读者的点击量。这种无须任何审查的"零进入门槛"，无疑为各类民间写手的成长提供了重要的机制保障，也使他们成功摆脱了传统体制化写作的诸多壁垒。众所周知，在网络上发表作品，完全基于个人的自由意愿——零编辑、零技术、零体制、零成本、零形式。任何人想进入文学领域，无须按照传统纸媒的编辑审核等程序，瞬间就能达到发表作品的目的。这种发表模式，既绕过了漫长而烦琐的编辑过程，也更加完整地保留了作品的真实面貌，是一种无妥协、无损耗的作品呈现。更重要的是，网络本身又是一个交互共享式的信息平台，作者可以在这个平台中随时随地与广大读者直接交流，迅速而准确地获得读者反馈的阅读信息，从而使创作在真正意义上实现与读者的共同参与。

这种自由开放的民间化特征，从理论上说，为网络写手们提供了独立写作的保障，使他们的写作不再受太多的限制，可以自由自在地表达自己的审美理想。但事实上，这种无制约的自由和十分芜杂的民间性，往往会引发各种庸俗趣味的滥觞。有学者就认为："在传播障碍消失，'守门人'隐退的同时，文体的边界，道德的规范，观念的限制也随之松动，'80后'文学因此获得较传统纸介文学更大的自由度。'非主流的声音'频频出现，'众声喧哗'迅速形成浪潮。但在'个人的宣泄和表达'无约束的同时，文学中一些属于内核的东西也在被稀释、忽略乃至抛弃，文学作品在高速写作的同时，既出现了新质，同时也出现了'一次性消费'的'失重'。更值得深究的是由网络传播所

① 南派三叔接受本报专访，自称得益于网络文学产业的发展电影版《盗墓笔记》，不刮美国风[N].潇湘晨报，2012-08-23（A19）.

② 胡聪．消费文化语境下的网络文学类型化探析[J].大众文艺，2015（23）：272.

引发的‘80后’文学写手们艺术观念的变化，文学接受者阅读观念的变化，最终导致文学观念的变化。这些变化已对传统主流文坛，以纸介媒体为正统的主流文学构成挑战，具体形态研究远非本文所能展开，但当下的种种现象，已不容置疑地昭示网络文化业已成为‘80后’文学最为重要的文化背景。”①不过，类型化写作思潮中虽然存在着诸多的弊端，并且与传统文学的审美价值构成了较大的反差，但是，若从文化的多元角度看，我们显然不能轻易地否定它。

类型化写作的这种民间化特点，看似给了作者以独立自由的写作保障，作者可以不受任何干扰，专注于自己审美理想的表达，但是，由于网络本身受制于大众文化的主宰，读者的点击率决定了作者写作的存活力，这也导致了作者在具体的写作过程中必须对读者不断妥协。“网络小说一般在线写作、即写即贴，在公众的期待与关注之下实现读作者的互动。但素质的差距、爱好的不同、理解力的高下使网民群体‘众口难调’——阅读取向差异甚大，发表言论的欲望又非常强烈。因此，一篇作品尚未完成在线连载就会遭遇无数读者品头论足，狂热吹捧和破口大骂都不鲜见。虽然过激言论会被删除，但写作过程中的在线交流实际上妨碍作者独立思维，导致作品失去个性化观点，转而拼凑添加流行元素，用以讨好阅读者。在信息无限共享的网络上，为使作品好看，吸引足够多的点击量，作者不得不肆意征用各领域知识、传说、桥段，过于驳杂的内容导致拼凑痕迹严重。网络小说题材的类型化、创作的跟风、内容的大杂烩与作者个性流失互为因果。”②在传统文学中，作家的具体写作过程是一种相对封闭的私密行为，读者无法看到作品故事的发展和情节的设置，其写作基本上不受读者的直接干扰，因此，这类创作反而能确保作家审美思考的独立性。

第四，它具有特定群体的接受特征。

在类型化写作思潮中，有一个非常突出的特点，就是不同类型的作品拥有不同的读者群体。这些接受群体虽也不乏交叉情形，但总体上呈现出一种圈子化、稳定化的倾向。如都市言情类的作品，读者多为年轻的女性，尤其是以大中学女生为主；而玄幻、武侠、盗墓类的作品，则以青年男性读者为主；耽美类的小说，主要读者却是女性，特别是一些自称“腐女”的读者，理由是这类小说中的俊男形象更能满足自己对爱情的想象。这种特定群体的接受特征，使不同类型的创作，都拥有相对明确的接受指向，也使作者与读者在网络的互动中，能够更好地满足读者的审美期待。

从根本上说，网络文学的发展，是基于读者群的不断壮大。而读者群的壮大，又是基于互联网的高度普及，尤其是各种移动终端设备的便捷化。上网的迅速、便捷，使得网络文学在审美接受上具有无与伦比的优势，也使得它的读者群呈现出快速增加的趋势。2023年8月中国互联网络信息中心（CNNIC）发布的《第52次中国互联网络发展状况统计报告》显示，截至2023年6月，我国网络文学用户规模达5.28亿人，较2022年12月统计结果增长7.3%，占网民整体的49%。与此同时，网络又借助其良好

① 江冰．论“80后”文学[J]．天津师范大学学报（社会科学版），2007（3）：49-50.

② 许苗苗．网络小说：类型化现状及成因[J]．文艺评论，2009（5）：35.

的开放性和互动性，随时把握大众的阅读需求，了解大众的文化心理，及时调整信息资源的发布方式，从而与广大的受众群体形成了一种紧密的共振关系。在这种共振关系中，大众既是文化消费的主体，又是引导网络文学发展的“文化导师”。为了满足大众的审美趣味和日新月异的现实变化，网络文学必须在短、频、快的理念中适应大众的多元化审美期待。作为商业化的网络平台，他们深知这些读者群的重要性，因此，除了倾力打造一些网络大神，召唤各路铁杆粉丝，他们还要紧密研判VIP读者的点击率，尤其是对这些读者的阅读趣味、阅读频率和阅读习惯进行跟踪统计，从而科学地制定文学网站的发展战略。事实上，类型化写作思潮的迅速发展，在很大程度上正是得益于各种文学网站对读者群的全面研判和精准定位。一方面，他们根据读者的阅读趣味，在网站首页设置各种类型的作品标签，引导读者快速找寻自己喜欢的作品类型；另一方面，他们又根据读者的阅读兴趣，不断调整作品的发表方式，确定作品在文化产业上的开发价值。

特定读者群的形成及其稳定化，对类型化写作思潮的发展产生了巨大的支撑作用，也使不同类型的写作，拥有了各自独特的审美接受群体。更重要的是，当那些读者以“骨灰级”的铁杆粉丝角色，不断参与建构自己所喜欢的类型创作时，也会提供一些极为宝贵的经验，从而推动一些类型朝更高更深的方向发展。所以，类型文学的发展，在一定意义上代表了某种文化消费模式，体现了某种文化消费的价值差异和文化消费的品位。换言之，类型化写作思潮的发展，体现了当前大众文化的小众化分享方式。而这，也是文化多元化的自然景观之一。

四、意义与局限

类型化写作思潮的兴起，既是网络文学发展的一种必然趋势，也是大众文化和消费文化紧密结合、彼此共振的结果。它使网络文学尤其是网络小说，自然而然地进入批量化的生产机制中，充分迎合了消费时代的大众文化趣味，体现了市场化语境中当代文学发展的另一种趋向，也使中国当代文学建构起多元化的内在格局。认真总结这一文学思潮的发展状态和基本特征，我们认为，它既具有特定的审美价值和意义，也存在着明显的局限性。

从审美价值上看，类型化写作思潮的勃兴，既有外在的文化拓展意义，又有内在的心灵补偿作用。首先，它为中国当代文学走向市场化提供了丰富的经验，也为很多文化产业的发展提供了丰富的文本资源。如今，很多火爆的影视剧、动漫产品和网游产品，都是源于一些类型化作品的改编。我们可以毫不含糊地说，类型化写作思潮，在一定程度上催生了一条相当活跃的文化产业链，并使互联网经济在文化层面上走出了一条新路径。没错，类型化写作就是一种通俗化、大众化的写作，但是，它是通过网络的开放性和交互性，与大众审美趣味保持密切互动的写作，对通俗文学的消费市场有着准确的把握。“类型化作品的固定模式有助于市场细分，更好地捕捉相对应的受众群，迎合受众的喜好；也便于读者根据自己的喜好，轻松地对作品进行挑选，这种便捷化的阅读方式更符合当今快节奏的生活方式。”[①] 无论是何种时代，我们都需要精英化的经典作品，也需要大众化的通俗作品，所谓雅俗共赏、彼此共存，是人类普遍存在的文学景观。因此，从文学生态的多样性来说，类型化写作思潮无疑具有重要的价值意义。

其次，类型化写作思潮在整体上呈现出远离现实生活的奇幻性美学趣味，这种美学趣味，在娱乐化、感官化的表象之下，其实折射了现代人与现实世界的想象性关系，展示了虚构世界对人们内心愿望的补偿机制。由玄想而猎奇，而惊悚，而冒险，通常是类型化写作普遍尊崇的一种美学向度。它所展示出来的，不仅仅是创作主体的想象能力和虚构能力，还有作家内在的审美趣味、精神向度和文化积淀，包括作家对现实的反抗性姿态。无论穿越与架空的惊奇，悬疑或惊恐的推演，还是荒漠大海中的探险，从心理补偿机制上说，其实都折射了现代人面对日趋繁杂的都市生活的不满和无奈，也体现了他们对无法实现的各种“另类生活”的渴望。同样，众多读者如此追捧这类作品，在本质上也体现了现代人对日趋焦虑的现实的缓释和对抗。

当然，类型化写作思潮毕竟体现了文学创作缺乏应有的原创性和经典性，它的内在局限性也是不言自明的。“类型化倾向所带来的作品的通俗化、模式化、批量化，也就是在某一时间内，市场上流行着大量同类题材、通俗易懂、拥有相似故事情节甚至相似人物塑造的艺术作品。在文学创作中，这种类型化倾向还会使得同类作品内容陷入固定创作形式中，对复杂社会生活的简单化处理，也直接损害作品的质量和品位。”[②] 应该说，几乎所有的文学评论，都注意到了类型化写作的这种局限性。

第一，在模式化、经验化的潜在制约下，类型化写作普遍注重故事情节的曲折性、诡异化，人物际遇的偶然性和惊悚性，很少对人物的内心世界及性格发展进行多维度、立体化的塑造，导致大量作品中的人物性格扁平，形象单一，缺乏丰满复杂的艺术形象。有人就认为：“在严肃文学看来，类型化正是大众文艺的明显缺陷，人物性格因此扁平化，情节结构因此类同化，文艺发展因此板滞化，总之都是类型惹的祸。而大众却从来不对类型文化有任何抱怨，他们总是一波未平一波又起地追逐类型风潮，以致一种类型受青睐，只要跟得快，保证大批同类型的产品同样有人阅读有人看。”[③] 由于人物精神的丰实度较为匮乏，因此很多作品成为各种猎奇性情节或场景的轮番登场，仿佛是卡通画面的连续性拼接，隐含了电子游戏时代的某些逻辑经验。陶东风就认为，这些小说中“匪夷所思的描写会让你觉得这是想象力的极致，但是又会感到这想象力如同电脑游戏机的想象力，缺血、苍白，除了技术意义上的匪夷所思，没有别的”[④]。应该说，这种评价颇有几分道理。

第二，类型化写作意味着模式化的作品生产，它不可避免地引发创作的跟风、内容的重复，与作者创作个性流失是互为因果的。就网络文学的属性而言，类型化写作时刻

① 余海燕．基于网络文学类型化倾向下的受众研究 [J]. 出版发行研究，2015（10）：77.

② 余海燕．基于网络文学类型化倾向下的受众研究 [J]. 出版发行研究，2015（10）：77.

③ 蓝爱国．网络文学的题材类型 [J]. 社会科学战线，2008（6）：181.

④ 陶东风．青春文学、玄幻文学与盗墓文学：“80 后写作”举要 [J]. 中国政法大学学报，2008（5）：34.

面对的是读者的点击率。作者必须具有强烈的读者意识，“创作过程中真实的交流以及虚拟的被观望感，使他们完全压抑了自我，希望获得读者的点击或购买，所以总的倾向是读者喜欢什么就写什么，没有独树一帜的个性自觉和引导阅读的精英意识。曲高和寡的独特个性吸引的读者远不及哗众取宠来得容易，无论多么独特的奇思妙想，只要到了全面共享的网络环境中，就立刻被网络信息海洋化解为小小微不足道的元素。网络作者原本就缺乏创作个性的自觉，又身处众声喧哗知识共享的网络中，因此，放弃个性、取悦读者成为常态”[①]。但是，文学之所以成为文学，恰恰是因为作者对主体个性的坚守，对自我内心理想的张扬，为取悦于他人而放弃自我的审美追求，无疑是对文学艺术性的巨大伤害。

第三，网络文化的生存法则，就是以快速淘汰和不断更新为其发展动力，因此，时尚化、新奇性和感官化，是网络文学的立身之本。它不需要接受时间的考验，也不需要经受理性的辨析，“一次性消费”是其通用的模式。它直接颠覆了经典作品所需要的时间沉淀和理性思考，使经典的价值变得越来越边缘化，也使经典在人类文化中的核心地位受到巨大的冲击。因此，从网络文学中发展起来的类型化写作思潮，从一开始就是背对传统经典的写作，或者说，是一种反经典的“快餐化”写作。尽管在这一文学思潮的发展过程中，也出现了不少可圈可点的作品，但是，从总体上看，值得人们反复阅读和不断阐释的文本异常稀少。

思 考 题

1. 为什么说中国 21 世纪网络文学是一种类型化写作思潮?
2. 中国 21 世纪网络文学的类型化写作思潮能否推动经典作品的诞生?
3. 请围绕某个类型化的网络文学，谈谈这一写作思潮的内在局限。

参考答案

文献索引

邵燕君. 破壁书：网络文化关键词[M]. 北京：生活 · 读书 · 新知三联书店，2018.

邵燕君，肖映萱. 创始者说：网络文学网站创始人访谈录[M]. 北京：北京大学出版社，2020.

欧阳友权. 网络文学发展史：汉语网络文学调查纪实[M]. 北京：中国广播电视出版社，2008.

浙江省作家协会，浙江省网络作家协会. 华语网络文学研究[M]. 杭州：浙江文艺出版社，2015.

① 许苗苗. 网络小说：类型化现状及成因[J]. 文艺评论，2009（5）：35.